Jack London, 1876 in San Francisco geboren, starb 1916 in Glen Ellen, Kalifornien.

Die Phantastik nimmt im Werk Jack Londons einen wesentlichen Platz ein. Das Unwirkliche, Unerklärbare, Rätselhafte beschäftigte ihn bis zu seinen letzten Erzählungen, die er vor seinem Tode im Jahre 1916 noch in Angriff nahm. Er schrieb abenteuerliche »Vorzeit«-Geschichten, sozialutopische Erzählungen und Berichte über phantastische Begebenheiten; von Verjüngungen, der Überwindung des Todes, Unsichtbarkeit, vernichtenden Strahlen, von Atavismen wie dem Überleben des Urmenschen in der Zivilisation. Evolutionstheorien, Sozialdarwinismus und engagierte soziale Weltverbesserung sind die Hauptthemen seiner phantastischen Erzählungen. Keine ist seltsamer und bezwingender als die Geschichte *Der Rote*: ein außerirdisches Phänomen, eine Sternenbotschaft, ist einem bereits sterbenden Forscher unter Kopfjägern ein Rätsel, das er nicht mehr entschlüsseln kann.

insel taschenbuch 3106

Jack London

Wer glaubt schon an Gespenster!

Jack London
Wer glaubt schon an Gespenster!

und andere phantastische Erzählungen
Herausgegeben von Olaf R. Spittel
Aus dem Amerikanischen von Edith Boldt,
Ingo Schwarz und Sabine Thieme

Insel Verlag

insel taschenbuch 3106
Erste Auflage 2004
Insel Verlag Frankfurt am Main und Leipzig

Hinweise zu dieser Ausgabe am Schluß des Bandes
Vertrieb durch den Suhrkamp Taschenbuch Verlag
Umschlag: Michael Hagemann
Satz: Hümmer GmbH, Waldbüttelbrunn
Druck: Ebner & Spiegel, Ulm
Printed in Germany
ISBN 3-458-34806-9

1 2 3 4 5 6 – 09 08 07 06 05 04

Phantastische Erzählungen

Wer glaubt schon an Gespenster!

»Die ist wirklich gut – für dich; aber ich kenne eine, die übertrumpft ...«

»Nein, nein, Damon. Ich weiß, du hast immer eine Geschichte, die noch besser ist als die zuvor erzählte, aber ich habe es ganz ehrlich gemeint, und wenn du bezweifelst, daß sie wahr ist, glaube wenigstens an meine Aufrichtigkeit beim Erzählen.«

»George! Du willst mir doch nicht einreden, daß du wirklich an Gespenster glaubst? Die Idee ist ja schon absurd, und solch einen Glauben mit dir in Verbindung zu bringen ist – ist ...«, Van Buster, sonst als Damon bekannt, machte eine Pause, weil er keinen passenden Ausdruck fand, und platzte schließlich hervor: »grotesk!«

»Aber ich glaube wirklich daran, und ich stehe mit meinem Glauben nicht allein, denn zu meiner Unterstützung kann ich die größten Leuchten aus allen Zeiten aufmarschieren lassen, angefangen von der chaldäischen Geisterbeschwörung bis zum kalten wissenschaftlichen ›Heute‹. Halte für einen Moment ein und denke nach, o Damon, und auch du, Pythias, denn ich sehe dein skeptisches Augenblinzeln wohl. Bedenkt, daß es zu jeder Zeit, in jedem Land und in jedem Volk viele gab und gibt, die an die Wiederkehr der Seele nach dem Tode glauben. Könnt ihr angesichts so vieler offensichtlicher Beweise sagen, daß all das die Schöpfung kranker Gemüter und abnormer Einbildungen ist?« Und als Damon und Pythias diese Frage positiv beantworteten, schloß George in der frommen Hoffnung, daß sie eines Tages kraft einer zwingenden Beweisführung ihren Sinn würden ändern müssen.

»Na komm, Pythias! Was hast du zu unserer Verteidigung zu sagen? Zeige unserem leichtgläubigen Freund, auf welch festem Boden wir stehen. Wirf deine ganze Logik in die Waagschale, Sophistik vielleicht auch noch, denn das ist doch ein sehr schlimmer Fall. Zeige ihm, daß diese psychische Kraft lediglich die Schöpfung einer üppigen menschlichen Phantasie ist; beweise ihm, daß diese erdgebundenen Geister, astralen Formen und körperlosen Wesen nichts als Schimären sind.«

»Ach, Damon«, sagte der träge, »ich habe keine Lust, mein enormes Wissen und mühselige Forschungen an solche belanglosen Gegenstände zu vergeuden. Wenn ich herausgefordert würde, über Probleme des Landes, über Löhne und Finanzen zu streiten, würde ich gern antworten; das hier erinnert mich jedoch zu sehr an das Kindergeschwätz über den schwarzen Mann. Erdgebundene Geister, wahrlich! Dem guten George kann ich nur sagen, daß er ein Esel ist, und solange er mich nicht einer astralen Gestalt vorstellen kann, betrachte ich das Thema als erledigt.«

In keiner Weise über den Sarkasmus seiner Freunde verärgert, sagte George: »Ich muß jetzt den alten Knittelvers singen:

›Geh doch mal nach Derby Town
und schau dir an, was ich dort sah.‹

Denn ich habe viel gesehen, was ich für authentische Beweise für die Existenz und Wirkung dieser Kraft halte. Ich weiß, daß alles Argumentieren zwecklos ist, wenn ich zwei solche Genies gegen mich habe; aber sie sind so sehr in die geistige Sackgasse geraten, daß sie nichts wissen und noch nicht einmal wissen, daß sie nichts wissen.

Wir alle betrachten die Welt durch bunte Gläser; aber ihre Gläser sind so unheimlich grün, daß man fast glaubt ...«

»Und du mußt zugeben, daß deine ziemlich vernebelt sind«, unterbrach Damon. »Aber laß doch, George, wir wollen uns nicht wegen so eines Themas streiten. Du kennst meinen Standpunkt, wenn es um Unbekanntes geht. Ich bestätige nicht und lehne nicht ab, aber ich kann durchaus sagen, daß dein Glaube eine gewisse Plausibilität, wenn nicht Wahrscheinlichkeit für sich hat. Um dir, mir und der Welt Gerechtigkeit widerfahren zu lassen, kann ich nur sagen, daß ich es nicht weiß, es aber gern wüßte. Und ich wie auch Pythias möchten dich darum bitten, uns einmal in persönlichen Kontakt mit diesen körperlosen Wesen zu bringen.«

»Das alte Birchall-Haus«, sagte Pythias zögernd, »vielleicht können wir dort ihre Bekanntschaft machen. Es soll dort spuken.«

»Genau der richtige Ort!« rief Damon aus. »Glaubst du, das ›Gespenst‹, das zur mitternächtlichen Geisterstunde über die dunklen Korridore schleicht, würde geruhen, eigens zur Erbauung zweier so elender ungläubiger Sterblicher, wie wir es sind, sichtbar zu werden? Eine günstige Gelegenheit – es ist erst zehn, bis elf können wir da sein. Pythias und ich werden uns mit einem Dutzend Kerzen ausstatten, mit einigen Päckchen Durham sowie dem *Trilby,* um daraus laut das Dreht-euch-um vorzulesen – letzteres, um unsere Einbildungskraft anzuregen und vorzubereiten. Was sagst du zu dem Spaß, Pythias?«

»Ich bin immer dabei«, erwiderte er. »Ich kann mir eine Pause in der Paukerei leisten. Ich hab die Prüfungen hinter mir, wie du weißt. Aber ich schlage eine Änderung vor, nämlich den *Trilby* zu streichen und statt dessen Schach zu spielen. Außerdem sollten wir ein Päckchen Feuerwerkskörper mitnehmen, die wir loslassen, wenn der Geist erscheint. Vielleicht ist er ein chinesischer Teufel, weißt du? Und du, George, kommst natürlich mit? Nein? Dann such dir einen Begleiter und stehe draußen Wache für den Fall, daß ein Unglück passiert, und paß ja auf, daß wir nicht weglaufen.«

»Das läßt sich ohne weiteres arrangieren«, antwortete George. »Ich hole mir Fred. Der wird jetzt gerade auf Katzenjagd gehen.«

»Katzenjagd!« riefen Damon und Pythias.

»Ja, Katzen jagen. Ihr wißt, er steckt gerade in Grays *Ana-*

tomie und ist scharf auf Untersuchungsobjekte. Er hat sogar den großen Malteser seiner Schwester um die Ecke gebracht und war so stolz, als er die Knochen wieder zusammen hatte, daß er die Frechheit besaß, es ihr zu zeigen und zu behaupten, daß es das Skelett eines Kaninchens wäre.«

»Das Scheusal!«

»Die Katze?«

»Nein, Fred. Die arme Dora hat sicher sehr um ihre Katze getrauert.«

»Der müßte eine Tracht Prügel bekommen.«

»Nein, seziert, zusammengelegt und den Hinterbliebenen als Missing link präsentiert. Sie würden ihn auch nicht leichter wiedererkennen als Dora ihre Katze.«

»Wenn Katzen Seelen hätten, würde ich an seiner Stelle nicht wagen, nachts draußen herumzuwandern. Haben sie Seelen, George?«

»Ich weiß nicht; aber wir sollten keine Zeit mehr vertun, wenn wir den Plan noch ausführen wollen. Wir müssen uns Punkt elf vor dem Haus treffen.«

Sie waren sich einig. Nach der Begleichung ihrer Rechnung verließen sie also das Restaurant – George, um Fred aufzutreiben, Damon und Pythias, um ihr restliches Kleingeld in Kerzen, Feuerwerkskörpern und Durham anzulegen.

Um elf hatten sich die vier Freunde vor dem Birchall-Haus versammelt. Sie waren alle in angeregter Stimmung, und als sie sich trennen wollten, wandte sich George mit folgenden Worten an sie:

»O Damon, du Agnostiker, und Pythias, du Skeptiker, bedenkt meine letzten Worte. Ihr wandelt an einem Ort, von dem das gemeine Volk sagt, daß es dort spukt. Die Wahrheit dessen bleibt noch zu beweisen; aber bedenkt, daß man der Kraft, mit der ihr zu kämpfen haben werdet, nicht so ohne weiteres widerstehen kann wie den irdischen Kräften, die ihr kennt. Sie ist geheimnisvoll, unwägbar und mächtig; sie ist unsichtbar, aber oft auch sichtbar, und sie kann auf vielerlei Weise wirksam werden. Das Öffnen von geschlossenen Türen, das Löschen von Licht, das Fallenlassen von Ziegelsteinen, seltsame Laute, Schreie, Flüche und Klagerufe – das sind nur einfache Formen, in denen sich dieses Phänomen zeigt. Wie wir auch in diesem Leben Menschen haben, die zum Guten neigen, andere hingegen zum Schlechten, so gibt es auch im Leben danach, unter den Geistern, sowohl gute als auch böse. Wehe euch, wenn ihr mit den bösen Geistern in Berührung kommt. Eure Körper könnten hochgehoben und wie ein Fußball auf den Boden oder gegen eine Wand geschleudert werden; ihr könntet grauenvolle Dinge sehen, die die Vorstellungskraft Sterblicher übersteigen; ein so großer Schrecken kann über euch kommen, daß euer Gemüt aus dem Gleichgewicht gerät und ihr zu plappernden Idioten und Geistesgestörten werdet. Noch einmal, diese bösen Geister verfügen über die Macht, euch eines, zweier oder gar aller eurer Sinne zu berauben, wenn sie es wollen. Sie können euer Trommelfell zum Platzen bringen, eure Augen ausbrennen, eure Stimme zerstören, euern Geschmacks- und Geruchssinn schwer beeinträchtigen und einen oder alle Nerven eures Körpers lähmen. Und wie in den Tagen Christi können sie sich in euren Körpern einnisten, so daß ihr von den bösen Geistern gequält werdet und euch das Irrenhaus mit seinen gepolsterten Zellen droht. Ich kann euch keinen Rat geben, wie ihr mit diesen geheimnisvollen Dingen klarkommen könnt, denn ich bin unwissend, aber meine Abschiedsworte lauten: ›Bewahrt die Ruhe; möge eure Unternehmung erfolgreich sein, und gebt acht!‹«

Dann trennten sie sich – Damon und Pythias auf der Suche nach Geistern und George und Fred auf der Suche nach Katzen.

Das erste Paar schritt zur Vordertür; da sie aber geschlossen war und die Geister nicht reagierten, nachdem sie den großen altmodischen Klopfer ordnungsgemäß betätigt hatten, versuchten sie es mit den Fenstern am langen Säulengang und fanden im zweiten Stock auch eins offen. Sobald sie sich Zutritt verschafft hatten, zündeten sie sofort ein paar Kerzen an und begaben sich auf Erkundung.

Alles war altmodisch, staubig und muffig; das hatten sie erwartet. Im dritten Stock fingen sie an und überprüften alles gründlich – öffneten die Schränke, rissen die verrotteten Tapeten ab, suchten nach Falltüren und horchten sogar die Wände ab. All das taten sie, weil beide kürzlich *Emile Gaborieau* gelesen hatten. Mit Monsieur Lecoq wetteifernd, stiegen sie sogar in das Kellergeschoß, was sich aber als so kompliziert herausstellte, daß sie es resigniert aufgaben.

Zurück im zweiten Stock, machten sie es sich mit zwei Hockern und einer Kiste, die sie aufgetrieben hatten, in dem saubersten Zimmer, das die finden konnten, bequem. Obwohl ein halbes Dutzend Kerzen den Raum erleuchtete, sah er immer noch trübe und verlassen aus und dämpfte ihre Stimmung »gerade soweit«, wie Damon sich ausdrückte, »daß sie für ein gutes Schachspiel richtig war«.

Nach Ablauf von anderthalb Stunden beendeten sie ihr erstes Spiel. Pythias klappte seine Uhr auf und bemerkte: »Halb eins, und noch kein Gespenst.«

»Das kommt davon, weil das Zimmer so verräuchert ist, da sind die armen Geister gar nicht zu sehen«, erwiderte Damon. »Mach doch das Fenster auf und laß etwas Rauch abziehen.«

Als dieses getan war, richteten sie das Brett für ein neues Spiel her. Als Damon seine Hand ausstreckte, um den weißen Königsbauern vorzusetzen, hielt er plötzlich mit einem erschrockenen Gesichtsausdruck inne, desgleichen Pythias. Schweigend, mit fragendem Blick, sahen sie sich an, und ihre beiderseitige, jedoch unbegreifliche Betroffenheit war offenkundig.

Wieder versuchte Damon, den Bauern vorzusetzen, und wieder hielt er inne, und abermals starrten sie einander entsetzt an. Das Schweigen schien so greifbar, daß es sich wie eine bleierne Last auf sie legte. Die Anspannung ihrer Nerven war fürchterlich, sie wollten sie durchbrechen, jedoch vergeblich. Georges Warnung fiel ihnen ein. War es möglich? Konnte es wahr sein? Waren sie durch diese bewußtseinsmäßige, psychische Kraft, an die keiner von beiden glaubte, ihrer Sprache beraubt worden? Wie in einem Alptraum versuchten sie zu schreien, um die entsetzliche lähmende Macht zu brechen. Pythias war leichenblaß, und auf Damons Stirn bildeten sich Schweißperlen, die über den Nasenrücken liefen und in einem kleinen Wasserfall auf die saubere weiße Fliege und die glänzende Hemdbrust tropften.

Es schien ihnen eine Ewigkeit, aber in Wirklichkeit waren es nur ein paar Minuten, die sie sich gequält anstarrten. Schließlich sagte ihnen ihre Intuition, daß sich die Angelegenheit einem Wendepunkt näherte. Sie wußten, daß der Druck nicht länger andauern konnte.

Plötzlich ertönte in der stillen Nachtluft, unheimlich und schrill, der Schrei einer Katze, der durch das offene Fenster hereingetragen wurde; dann hörte es sich an, als klettere jemand über einen Zaun, und Steine polterten gegen Bretter, worauf sich der triumphierende Katzenschrei in ein Schmerzens- und Schreckensgeheul verwandelte, das schnell in ein erstickendes Gurgeln überging; und sie hörten Fred mit Begeisterung in der Stimme rufen: »Nummer eins!«

Für einen kurzen Augenblick fühlten sie sich wie ein Taucher, dem es ein wunderbarer Genuß ist, wenn er nach dem Auftauchen aus den Tiefen des Ozeans die verbrauchte Luft aus den Lungen stoßen und von neuem das Lebenselement einatmen kann. Der Bann war jedoch nicht gebrochen. Ihre Bestürzung kehrte zurück, nur tausendmal schlimmer. Beide hatten das hysterische Bedürfnis zu lachen, so komisch erschien ihnen die Situation. Aber infolge der geheimnisvollen Kraft blieb ihnen auch das versagt, und ihre Gesichter verzerrten sich zu idiotischen Fratzen. Das entsetzte sie so sehr, daß sie sofort ihren ganzen Willen dagegen aufboten und ihre Gesichter nun wieder den Ausdruck von Bestürzung annahmen.

Gleichzeitig dämmerte es ihnen. Ihnen war die Fähigkeit abhanden gekommen, ihre Bewegung zu lenken. Die Artikulationsversuche ihrer Lippen hatten es gezeigt. Sie erhoben sich halb, als ob sie fliehen wollten, doch dann beschämte sie ihre eigene Feigheit, und sie setzten sich wieder. Pythias hielt ein Bündel Feuerwerkskörper an eine Kerze und warf es mitten ins Zimmer.

Unter Zischen, Knallen, Krachen und Ballern erfüllten die Schwärmer den Raum mit einer dichten Rauchwolke, die wie eine Glocke über den beiden hing und in dem darauffolgenden entsetzlichen Schweigen geheimnisvoll auf ihnen lastete.

Damon wurde von einem seltsamen Gefühl gepackt. Die Angst vor dem Übernatürlichen schien ihn zu verlassen und durch das wilde, heftige, verzehrende Verlangen ersetzt zu werden, das Spiel zu beginnen. Undeutlich erkannte er, daß er eine Reinkarnation durchmachte. Er hatte das Gefühl, daß er sich rasend schnell in jemand anderen verwandelte oder ein anderer in ihn hineinschlüpfte. Seine eigene Persönlichkeit schwand, und als träume er, nahm er die Projektion einer anderen und mächtigeren Persönlichkeit in sich wahr, oder er wurde von dieser überwältigt, geschluckt. Er selbst schien alt und schwach geworden zu sein, als beuge er sich unter der Last der Jahre; dennoch empfand er diese Last als seltsam leicht, so als würde sie durch die brennende, begeisterte Aufregung getragen, die in ihm kochte, brodelte und bebte. Ihm war, als würde sein Schicksal auf dem Brett vor ihm liegen; als ob sein Leben, seine Seele, sein Alles von diesem Spiel, das noch zu spielen war, abhinge.

Dann kamen plötzlich in kurzer Zeit ein unstillbarer Haß

und ein grausiges Verlangen nach Rache in ihm auf. Tausend Kränkungen schienen sich ihm in lebendiger Klarheit zu zeigen; tausend Teufel schienen ihn zu drängen, sein Verlangen zu stillen. Wie haßte er jenen – den Mann, der die Inkarnation Satans war, der ihm da auf der anderen Seite des Schachbretts gegenübersaß. Er warf ihm einen herausfordernden Blick zu, und mit der Geschwindigkeit eines dahinsegelnden Adlers verstärkte sich sein Haß, während er in das verräterische, lächelnde Gesicht und die halbverdeckten, hinterlistigen Augen sah. Das war nicht Pythias; dieser war gegangen – warum und wann, das fragte er sich nicht.

Die gleichen seltsamen Veränderungen waren mit Pythias vor sich gegangen. Er verachtete den Gegner, der ihm gegenübersaß. Er hielt sich für einen Menschen, der mit der Schläue und Gerissenheit der ganzen Welt ausgestattet war. Der andere war in seiner Gewalt; Pythias wußte das und freute sich, als er in aufreizender Hochstimmung in dessen Gesicht schaute. Das triumphierende Gefühl, den anderen zu bezwingen, ihn niederzuwerfen, wurde übermächtig in ihm. Auch er wollte anfangen. Das Spiel begann. Damon eröffnete kühn mit einem Gambit. Auch Pythias setzte, spielte aber defensiv. Damons Angriff war glänzend und schnell; Pythias jedoch begegnete ihm mit so gewagten und ungewöhnlichen Kombinationen, daß beim siebenundzwanzigsten Zug abgebrochen wurde und Pythias immer noch einen Bauern mehr hatte.

Damon strengte sich von neuem an und trieb Pythias durch eine sehr solide und längere Angriffskombination so, daß dieser entweder seine Dame verlieren oder in vier Zügen matt sein würde. Aber durch eine erstaunliche Serie riskanter Züge rettete sich Pythias unter dem Verlust zweier Bauern und eines Springers.

Von seinem Erfolg angestachelt, griff Damon wild an, wurde aber durch das vorsichtigere Spiel seines Gegners zurückgetrieben, der sich durch ein Ablenkmanöver auf der rechten Flanke und durch geschicktes Manövrieren alsbald erholte und seinem Gegner schließlich wieder ebenbürtig begegnete. Und so nahm das Spiel, eins der größten, das die Welt je gesehen hatte, seinen Lauf. Es war ein gewaltiges Duell, in dem die Partner vergaßen, daß sich die Welt noch drehte, und als das erste Morgengrauen im Fenster dämmerte, befand sich Damon in einer mißlichen Lage.

Er würde seine Türme verdoppeln müssen, um dem Schachmatt zu entgehen – das begriff er. Sein Gegner würde daraufhin seine Dame decken und ihm seinen Läufer nehmen. Der Verlust wäre unabwendbar. Plötzlich hatte er jedoch eine rettende Idee. Ein glänzender Zug lag vor ihm. Durch eine Serie von Zügen konnte er die Dame seines Gegners erobern und das Blatt wenden.

Das Schicksal trat dazwischen. Der schrille Schrei einer Katze erfüllte die Luft und lenkte ihn ab. Der wohldurchdachte Zug entfiel ihm, und das drohende Matt verwirrte seine Gedanken so sehr, daß er die Türme doch verdoppelte und sich dem unvermeidlichen Schachmatt in sechs Zügen gegenübersah.

Sein Hirn lief auf Hochtouren; alles Unrecht seines Lebens schrie scheußlich nach Rache; alle Täuschungen, alle Lügen, jeder Verrat seines Gegners erstanden in seinem Geist mit erschreckender Klarheit. Er verfluchte den lächelnden Teufel gegenüber und erhob sich taumelnd. Mord – ging es wie ein brennender Dämon durch seine Gedanken.

Er sprang mit einem furchtbaren Schrei auf Pythias und grub beide Hände in dessen Kehle. Er warf ihn rücklings auf das Schachbrett, aber nicht mit der Raserei eines Teufels, vielmehr würgte er ihn mit einer wunderbar erhabenen Freude, bis dessen Gesicht dunkel wurde und Pythias im Todeskampf lag.

Es wäre schlimm ausgegangen für Pythias, wenn nicht rasch näher kommende Schritte auf der Treppe zu hören gewesen wären; ein paar Polizisten und mit ihnen Fred und George stürzten in das Zimmer und rissen die beiden auseinander.

Damon kam voller Bestürzung zu sich und half, seinen Freund wiederzubeleben. –

»Das war fast noch einmal der alte Birchall-Duinsmore-Mord«, sagte der Sergeant, als sie an der Ecke standen und alles besprachen. »Duinsmore, Birchalls Neffe, war der Fluch in des Onkels Leben. Von Kindheit an hatte er ihm Kummer gebracht. Als Mann bereitete er Birchall auf die verschiedenste Weise immer wieder Leid, bis Duinsmore ihn zum Schluß durch gerissene, betrügerische Finanztransaktionen seines gesamten Vermögens, mit Ausnahme seines Hauses, beraubt hatte. Eines Abends brachte er den Alten dazu, auch dieses in einer Partie Schach aufs Spiel zu setzen. Dieses Haus war alles, was Birchall noch vom Armenfriedhof trennte, und als er geschlagen war, verlor er den Verstand und erwürgte seinen Neffen über dem Schachbrett, auf dem sie das entscheidende Spiel gespielt hatten.«

»Gute Schachspieler?«

»Man sagt, sie seien nahezu die besten gewesen, die die Welt je gesehen hat.«

»Die Alchimie war ein großartiger Traum, faszinierend und unglaublich; aber noch bevor ihre Zeit abgelaufen war, entsprang ihrem Schoß ein viel prächtigeres Kind – die Chemie. Prächtiger deshalb, weil Fakten anstelle von Phantasien rückten und sich der Bereich menschlicher Möglichkeiten unermeßlich erweiterte. Sie hat die Wahrscheinlichkeit zur Möglichkeit werden lassen, und aus dem Ideal ist Wirklichkeit geworden. Stimmst du mir zu?«

Zerstreut suchte Dover nach einem Streichholz, und gleichzeitig betrachtete er mich in konzentrierter Ernsthaftigkeit, was sofort meine Erinnerung an den alten Doc Frawley weckte, der vor wenigen Jahren unser klinischer Dozent gewesen war. Ich nickte zustimmend, woraufhin er – angemessen in Rauch gehüllt – in seinem Diskurs fortfuhr.

»Die Alchimie hat uns viele Dinge gelehrt, und nicht wenige ihrer Visionen sind in späterer Zeit von uns verwirklicht worden. Das Lebenselixier war absurd, ewige Jugend eine schlichte Verleugnung des eigentlichen Lebensprinzips. Doch ...«

Hier hielt Dover in aufreizender Feierlichkeit inne.

»Doch die Lebensverlängerung ist heutzutage für jeden, der danach verlangt, eine ganz gewöhnliche Sache. Vor noch nicht sehr langer Zeit betrug das Durchschnittsalter der menschlichen Existenz – einer Generation – dreiunddreißig Jahre. Heute setzt man eine Generation aufgrund rascher Fortschritte in der Medizin, der Gesundheitspflege, der Vermögensverteilung und so weiter auf etwa vierunddreißig Jahre an. Zur Zeit unserer Urenkel wird es sicherlich auf vierzig Jahre angestiegen sein. *Quien sabe?*

Und mehr noch, wir könnten sogar erleben, daß es sich verdoppelt.«

»Aha!« rief er, als er meine Verblüffung bemerkte. »Du verstehst, worauf ich hinauswill?«

»Ja«, erwiderte ich. »Aber ...«

»Laß doch mal diese ›Aber‹«, platzte er selbstherrlich dazwischen. »Ihr verknöcherten Konservativen hängt stets an den Rockzipfeln der Wissenschaft ...«

»Und haben sie auf diese Weise oft genug vor dem Genickbruch bewahrt«, revanchierte ich mich.

»Nun brems dich mal für eine Minute und laß mich weiterreden. Was ist Leben? Schopenhauer hat es als Bejahung des Willens zum Leben definiert, was, nebenbei bemerkt, eine philosophische Absurdität ist, aber mit der haben wir nichts zu tun. Nun, und was ist Tod? Schlichtweg die Abnutzung, die Erschöpfung, der Zusammenbruch von Zellen, Geweben, Nerven, Knochen und Muskeln des menschlichen Organismus. Den Chirurgen bereitet es große Schwierigkeiten, die Knochen älterer Leute zusammenzuflicken. Warum? Weil der Knochen, gebrechlicher geworden und im Zerfallsprozeß begriffen, nicht mehr in der Lage ist, die ihm von den natürlichen Körperfunktionen zugeführten Mineralstoffe abzubauen. Und wie leicht kann dadurch ein Knochen brechen! Jedoch, wenn es möglich wäre, die vielen Ablagerungen von Phosphaten, kohlensaurem Natron und so weiter abzuziehen, würde der Knochen seine jugendliche Elastizität und Spannkraft zurückgewinnen.

Man braucht dieses Verfahren nur in unterschiedlicher Art und Weise auf die restliche Anatomie anzuwenden, und was erreicht man? Einfach die Verlangsamung des Zusammenbruchs des ganzen Systems, die Verhinderung des Alterungsprozesses, Verhütung von Senilität und die Wiedergewinnung der erregenden Jugend. Wenn die Wissenschaft die Lebenserwartung einer Generation um ein Jahr verlängert, ist es da nicht ebenso möglich, daß sie das Leben eines Individuums um viele Jahre verlängern kann?«

Die Lebensuhr zurückzustellen, das Stundenglas der Zeit

einfach umzudrehen und den goldenen Sand erneut rinnen zu lassen – diese Kühnheit faszinierte mich. Was sollte einen daran hindern? Wenn ein Jahr möglich war, warum nicht zwanzig? Vierzig?

Ich fing gerade an, meine Leichtgläubigkeit zu belächeln, als Dover neben sich ein Schubfach aufzog und eine Phiole mit Metallverschluß ans Licht zog. Ich gestehe meine bittere Enttäuschung, als ich die darin enthaltene, ganz gewöhnliche Flüssigkeit erblickte – eine dickflüssige, fast farblose Substanz, die nichts von jenem leuchtenden Schillern hatte, das man selbstverständlich von einem solchen Wundermittel erwarten würde. Liebevoll, fast zärtlich schüttelte er sie; aber okkulte Eigenschaften offenbarten sich nicht. Dann öffnete er eine schwarze Lederkassette, in der eine subkutane Injektionsspritze auf einem Samtkissen lag, und nickte bedeutungsvoll. Das Brown-Sequard-Elixier und Kochs Experimente mit Impfstoff schossen mir in den Sinn. Ich lächelte belustigt, aber voller Zweifel; er jedoch – meine Gedanken erahnend – beeilte sich zu sagen: »Nein, sie waren auf dem richtigen Weg, haben ihn aber verfehlt.«

Er öffnete die Innentür des Laboratoriums und rief: »Hector! Komm, alter Knabe, komm schon!«

Hector war ein reichlich überalterter Neufundländer, der seit Jahren schon zu nichts mehr zu gebrauchen war, außer daß er Leuten im Wege lag, und darin brachte er es zu bewundernswerter Meisterschaft. Begreifen Sie mein Erstaunen, als dieses schwere, stämmige Tier wie ein Wirbelwind hereinsauste und alles völlig in Unordnung brachte, bis sein Herr es schließlich zur Räson rief. Ohne ein Wort zu verlieren, blickte mich Dover vielsagend an.

»Aber das – das ist doch nicht Hector!« rief ich und zweifelte gleichzeitig an dieser Feststellung.

Er hob das Ohr des Tieres an, und ich sah innen zwei vernarbte Risse, die es zur Erinnerung an die wilden Kämpfe seiner Jugendtage zurückbehalten hatte, als auch sein Herr und ich noch junge Burschen waren. An die Wunden konnte ich mich genau erinnern.

»Sechzehn Jahre alt und springlebendig wie ein junger Hund.« Dover strahlte triumphierend. »Seit zwei Monaten experimentiere ich mit ihm. Niemand weiß bisher davon, aber wie wird man die Augen aufreißen, wenn Hector draußen wieder herumspringt! Die Sache ist ganz einfach so, daß ich ihm mit der Injektion neue Lebenszeit geschenkt habe – übrigens, der gleiche Impfstoff, wie er von früheren Forschern verwendet wurde, nur war es ihnen versagt, seine Bestandteile zu bestimmen, was mir gelungen ist. Was das ist? Ein tierisches Derivat, das die Auswirkungen des Alterungsprozesses eindämmt und abbaut, indem es auf die abgestorbenen Lebenszellen jedes tierischen Organismus einwirkt. Beachte die anatomischen Veränderungen an Hector, die durch die Infusionen herbeigeführt wurden; im wesentlichen kann man ihre Wirkungen als Abbau von mineralischen Knochenablagerungen und als Aufbau von Muskelgewebe charakterisieren. Natürlich gab es noch geringe Bedenken; doch ist es mir gelungen, diese auszuschalten; unglücklicherweise ging das jedoch nicht ohne das Ableben von mehreren meiner früheren Versuchstiere vonstatten. Ehe ein Mißerfolg des Versuchs nicht ausgeschlossen war, brachte ich es nicht fertig, mit Hector zu arbeiten. Und jetzt ...«

Er erhob sich und lief aufgeregt hin und her. Es dauerte eine Weile, bevor er seinen unvollendeten Gedanken wieder aufnahm.

»Und jetzt bin ich soweit, diese Verjüngung an Menschen vorzunehmen. Und ich schlage vor, als allerersten jemanden auszuwählen, der mir sehr nahesteht ...«

»Nicht doch – nicht etwa ...?« stammelte ich.

»Doch, Onkel Max. Deshalb habe ich um deine Mithilfe gebeten. Entdeckungen, eine immer größer als die andere, habe ich gemacht, und jetzt ist der Verjüngungsprozeß so weit fortgeschritten, daß ich vor mir selbst Angst bekomme. Hinzu kommt, Onkel Max ist so sehr alt, daß größte Diskretion erforderlich ist. Nur durch wirksamste Methoden lassen sich derartig entscheidende Veränderungen im Gesamtorganismus eines altersschwachen Körpers erzielen, und wir haben allen Grund, vorsichtig zu sein. Wie schon gesagt, ich habe Angst vor meiner eigenen Courage und brauche zu meiner Kontrolle das Mitdenken eines anderen. Verstehst du? Wirst du mir helfen?«

Ich habe das obige Gespräch mit meinem Freund Dover Wallingford wiedergegeben, um deutlich werden zu lassen, auf welche Art und Weise ich zu einem der merkwürdigsten wissenschaftlichen Erlebnisse meines Lebens kam. Über all die folgenden, beispiellosen Begebenheiten spricht und staunt das Dorf heute noch. Und da dem Dorf die wahren Fakten des Falles bekannt sind, wurde es durch die nachfolgenden Ereignisse bis ins tiefste erschüttert. Die verursachte Aufregung war gewaltig: Gleichzeitig wurden drei Feldgottesdienste abgehalten – und das mit unglaublichem Erfolg; es gab viel Gerede über Zeichen und Vorbedeutungen, und nicht wenige der ansonsten normalen Gemeindemitglieder verkündeten die Wiederkehr der alten Wunder; und immer noch spitzen sie eifrig und geduldig die Ohren, um die Trompeten des Jüngsten Gerichts zu hören, erheben ihre Augen, um bezeugen zu können, daß der Himmel sich auftut wie eine Schriftenrolle. Was aber Major Rathbone – das war Dovers Onkel Max – betrifft, nun – er wird von einem gewissen Teil des Dorfes als ein zweiter Lazarus angesehen, als einer, der vom Tode auferstanden ist und fast schon vor Gott gestanden hat; währenddessen ist eine andere Gruppe im Dorf der festen Überzeugung, daß er mit dem Teufel im Bunde steht und eines Tages in wirbelnder Schwefelwolke im Höllenfeuer verschwinden wird.

Aber sei es, wie es sei, ich werde hier die Tatsachen festhalten, wie sie wirklich geschehen sind. Es ist jedoch nicht meine Absicht, mich allen Einzelheiten des Falles zu widmen außer denen, die Major Rathbone direkt betreffen. Es haben sich mehrere unvorhersehbare Zufälle eingestellt, die erst genauer untersucht werden müssen, bevor wir die alte Welt mit der Formel unserer wunderbaren Entdeckung wachrütteln.

Dann werden wir eine Synode aller Nationen einberufen, und das Mittel zur Verjüngung der Menschheit wird kompetenten Expertenausschüssen der verschiedenen Regierungen ausgehändigt. Und wir geben hier das Versprechen, daß es allen gehören soll wie die Luft, die wir atmen, oder das Wasser, das wir trinken. Weiterhin bitten wir darum, daß man im Hinblick auf unsere rein uneigennützigen Motive unsere gegenwärtige Verschwiegenheit respektiert und die Welt, der wir einen Dienst erweisen wollen, das nicht zum Gegenstand gehässiger Erörterungen macht.

Nun zur Arbeit. Ich ließ unverzüglich mein Gepäck kommen und schlug meinen Wohnsitz in einem der Räume neben Dovers Laboratorium auf. Major Rathbone, von den verlockenden Verheißungen der Jugend ganz verwirrt, ertrug bereitwillig unsere Belästigungen. Für die Außenwelt lag er sterbenskrank darnieder; aber in Wirklichkeit wurde er mit jedem Tag, den wir ihm widmeten, zunehmend kräftiger und stärker. Drei Monate lang beschäftigten wir uns ausschließlich mit dieser Aufgabe – einer Aufgabe, die voller Gefahren, doch so fesselnd war, daß wir kaum bemerkten, wie schnell die Zeit verstrich. Die bläßliche Haut des Majors bekam wieder Farbe, die Muskeln strafften sich, und die Falten verschwanden zum Teil. In seinen Jugendtagen war er keinesfalls ein Athlet gewesen, und da er keine Organschwächen hatte, kehrte auf höchst wundersame Weise seine Kraft zurück. Es war überraschend, welche Spannkraft und Energie sich in ihm ansammelten, und ungestümer jugendlicher Übermut wallte in seinem Blut, so daß es uns zum Schluß oft schwerfiel, ihn zurückzuhalten. Wir, die wir mit der Wiederbelebung eines schwachen, alten Mannes angefangen hatten, standen jetzt vor einem ungebändigten jungen Riesen. Bemerkenswert war an unserem Experiment, daß sein schneeweißes Haar und der Bart unverändert blieben. Was auch immer wir probierten, hier blieben alle Anstrengungen erfolglos. Hinzu kam, daß die mit fortschreitendem Alter erworbene Reizbarkeit weiterbestand. Und das, verbunden mit einer natürlichen Veranlagung zu Starrsinn und Aufsässigkeit, wurde für uns zu einer drückenden Bürde.

Irgendwann in den ersten Apriltagen mußten wir beide, Dover und ich, wegen einer bürokratischen Verwicklung um eine Schiffslieferung Chemikalien das Haus verlassen und zum Expreßbüro. Wir hatten Michael, Dovers Vertrauten, die erforderlichen Anweisungen erteilt und befürchteten deshalb keine Schwierigkeiten. Aber bei unserer Rückkehr trat uns am Eingang zum Grundstück ein ziemlich beschämt aussehender Michael entgegen.

»Er ist fort!« keuchte er. »Er ist fort!« wiederholte er in seiner Verzweiflung immer wieder. Sein rechter Arm baumelte schlaff und kraftlos herunter, und es erforderte nicht wenig Geduld, um endlich zu erfahren, was vorgefallen war.

»Ich habe ihm erklärt, daß er laut Anweisung nicht ausgehen darf. Aber er tobte los wie ein Stier und wollte wissen, wessen Anweisungen das wären. Und als ich es ihm sagte, meinte er, es sei für mich an der Zeit, zu begreifen, daß er von niemandem Anweisungen entgegennähme. Und als ich ihm in den Weg trat, ergriff er meinen Arm so, und er drückte einfach fest zu. Ich fürchte, er ist gebrochen, Sir. Ja, und dann rief er Hector und verschwand mit ihm quer über die Felder in Richtung Dorf.«

»Nun, Ihr Arm ist in Ordnung«, versicherte Dover ihm

nach einer sofortigen Untersuchung. »Nur der Bizeps ist ein bißchen gequetscht, wird ein paar Tage steif sein und schmerzen. Das ist alles.« Und dann zu mir: »Los, komm, wir müssen ihn finden.«

Es war ein leichtes, Mr. Rathbone ins Dorf zu folgen. Als wir die Hauptstraße herunterkamen, erregte eine Menschenmenge vor dem Postamt unsere Aufmerksamkeit, und obgleich wir bei unserem Eintreffen nur den Höhepunkt miterlebten, konnten wir uns ohne weiteres vorstellen, was vorher losgewesen war. Eine Bulldogge, die zu einer Gruppe von drei Spinnereiarbeitern gehörte, hatte mit Hector Streit angefangen, und da es nicht möglich gewesen war, Hector in seiner zweiten Jugend mit einem neuen Gebiß auszustatten, war klar, daß er im nachfolgenden Kampf elendiglich benachteiligt war. Offensichtlich hatte Major Rathbone, im Bemühen, die Tiere zu trennen, eingegriffen, was die drei Rohlinge ihm verübelten. Überdies war er mit seinem schneeweißen Haar und seiner väterlichen Erscheinung ein so harmlos aussehender alter Gentleman, daß sie annahmen, ihren Spaß mit ihm treiben zu können.

»Los, hau ab hier«, konnten wir einen der kräftigen Kerle sagen hören, während er dabei den Major wegschubste, als wäre er ein kleiner Junge.

Der protestierte höflich, das sei sein Hund; aber sie wollten ihn nicht ernst nehmen und hörten nicht auf ihn. Ein Haufen ungehobelter Kerle hatte sich da zusammengefunden; sie standen so dicht gedrängt, um dieses Ereignis sehen zu können, daß wir schwer zu tun hatten, uns Durchgang zu verschaffen.

»Faß ihn«, hetzte der Spinnereiarbeiter, der Major Rathbone weggeschubst hatte, »glaubste nich, is besser, wenn de nach Haus zu deine Mami gehst? Dis hier is kein Ort nich for kleine Jungs wie dir.«

Der Major war ein Kämpfer, wenn er beleidigt wurde. Und jetzt ging er los. Bevor man noch bis drei zählen konnte, war alles vorbei: ein Schlag auf das Ohr des ersten Grobians, ein empfindlicher Treffer mitten auf das Kinn des zweiten und ein gezielter Hieb, angedeutet als Schwinger und mit kurzem Aufwärtshaken, auf die Schlagader des dritten, und die drei Rohlinge lagen niedergestreckt im Straßendreck. Hastig zerstreute sich die Menge angesichts dieses Wunders, und mehr als einen hörten wir, der ihn inbrünstig um Vergebung bat.

Nachdem er die Hunde getrennt hatte und sich erhob, hatte der Major ein übermütiges Funkeln in den Augen, das uns völlig aus der Fassung brachte. Wir waren auf ihn zugegangen wie Pfleger, die einen genesenden Patienten betreuen; aber seine strotzende Gesundheit und völlige Gelassenheit verblüfften uns.

»Sagt mal«, meinte er vergnügt, »da gibt's doch so eine kleine Kneipe gleich um die Ecke – bester alter Korn – o Mann!« Und er zwinkerte bedeutungsvoll, als wir uns wie Kameraden einhakten und uns einen Weg durch die vor Schreck versteinerte Menge bahnten.

Von diesem Augenblick an hatte unsere Kontrolle über ihn ein Ende. Er war schon immer ein herrischer Mensch gewesen, und nun wollte er beweisen, wie gut er auf sich aufpassen konnte. Seine mysteriöse Verjüngung war ein Wunder, das fortdauern sollte und von Tag zu Tag beachtlicher wurde. Jeden Morgen konnte man ihn sehen, wie er mit einer gutgefüllten Jagdtasche und Dovers Flinte quer über die tauigen Felder zum Frühstück nach Hause stapfte. Früher war er ein passionierter Reiter gewesen. Eines Nachmittags, wir kamen von einem Stadtausflug zurück, hatte sich das halbe Dorf am Zaun der Pferdekoppel versammelt. Bei genauerer Inspektion entdeckten wir den Major beim Zureiten eines jungen Pferdes, das sich trotz aller Versuche der Stallknechte bisher nicht hatte zähmen lassen. Es war ein unbeschreibliches Spektakel – seine grauen Locken und der ehrwürdige Bart, die vom Wind umspielt wurden, als er auf dem Rücken des sich wild aufbäumenden Tieres immer wieder herumgeschleudert wurde. Aber er bezwang den Wildfang, bis ein Stallbursche das Pferd, das nun anschmiegsam war und wie ein Kätzchen zitterte, fortführte. Ein andermal, bei einem seiner nunmehr zur Gewohnheit gewordenen nachmittäglichen Ausritte, forderte eine Gruppe junger Burschen seinen unermüdlichen Unternehmungsgeist heraus. Sie waren gut zu Pferde, doch er gab seinem großen, schwarzen Hengst die Sporen, bis sie auf dem Ritt durch die Hauptstraße des verschlafenen Städtchens nur noch seine Staubwolke sahen.

Kurz und gut, er nahm die Zügel des Lebens dort wieder auf, wo er sie vor Jahren hatte fallen lassen. Was die Politik anging, so war er ein eingefleischter Konservativer, und die außerordentlich unerfreulichen Zustände, die sich damals abzeichneten, lockten ihn wieder in die Arena. Ein Konflikt zwischen den Spinnereibesitzern und den Arbeitern spitzte sich zu, und eine ungestüme Truppe von »Agitatoren« hatte es in unsere Mitte verschlagen. Nicht allein, daß der Major sie öffentlich angriff, nein, er verprügelte mehrere der schlimmsten Anführer, erstickte den Streik in seinen Anfängen und gewann mit einer höchst aufsehenerregenden Kampagne das Bürgermeisteramt. Das knappe Wahlergebnis war dazu angetan, die Schärfe des Kampfes zu unterstreichen. Und in der Zwischenzeit präsidierte er auf peinlichen Massenversammlungen, ließ die versammelte Menge »Cuba Libre!« brüllen und war fast bereit, für die Erfüllung dieser Forderung auf die Straße zu gehen.

Es ist wahr, er tobte durch das Land wie ein junger Nimrod und lenkte die Geschicke der Stadt mit der Weisheit eines Solon. Er schnaufte wie ein altes Schlachtroß, wenn er auf Widerstand stieß, und wehe denen, die es wagten, sich gegen ihn zu stellen. Erfolg stimulierte ihn bloß zu noch größerer Aktivität; aber während eine derartige Aktivität für einen jüngeren Mann angemessen schien, wirkte sie bei jemandem in seinem fortgeschrittenen Alter so widersinnig und unpassend, daß Freunde und Verwandte über alle Maßen erschreckt waren. Dover und ich konnten nur hilflos die Hände ringen und die Possen unseres altehrwürdigen Wunderkindes beobachten.

Sein Ruhm, oder wie wir es vorzogen zu sagen, seine Berüchtigtheit verbreitete sich wie ein Lauffeuer, bis man im Distrikt davon sprach, ihn für die kommenden Kongreßwahlen zu nominieren. Sensationsgierige Zeitungsschreiber füllten die Kolumnen der Sonntagsblätter mit frisierten Beiträgen über seine Tätigkeit und über seine unermeßliche Vitalität. Diese Journalisten der Sensationspresse hätten uns mit ihrem ständigen Geschrei zur Verzweiflung getrieben, wenn der Major die Angelegenheit nicht selbst in die Hand genommen hätte. Eine Zeitlang hatte er die Angewohnheit, den einen oder anderen dieser Verrückten noch vor dem Frühstück aus dem Haus zu werfen, und in gleicher Weise kam er den Wünschen von drei oder vier anderen nach, wenn er abends nach Hause zurückkehrte. Ein lästiger Haufen von Neugierigen und gelehrten Professoren schlich in unserer ruhigen Wohngegend herum. Bebrillte Herren, meist glatzköpfig und immer städtisch, kamen einzeln, paarweise, als Komitees und Delegationen, um die Fakten und Erscheinungen dieses höchst bemerkenswerten Falles aufzuzeichnen. Mystische Schwärmer, langhaarig und mit wirrem Blick, sowie Anhänger von zahllosen okkulten Sekten belagerten unsere Vorder- und Hintertür und zertrampelten die Blumen, bis der Gärtner aus lauter Verzweiflung mit seiner Kündigung drohte. Und ich glaube wirklich, daß man zehn Prozent der Heizungskosten hätte einsparen können, wenn man mit der ungebetenen Korrespondenz geheizt hätte.

Und um dem ganzen Unterfangen die Krone aufzusetzen,

Major Rathbone legte sofort sein Bürgermeisteramt nieder, als die Vereinigten Staaten Spanien den Krieg erklärten, und bewarb sich im Kriegsministerium um einen Posten. Mit Blick auf sein Führungszeugnis während des Bürgerkrieges und auf seinen gegenwärtig ausgezeichneten Gesundheitszustand war es durchaus wahrscheinlich, daß seinem Antrag stattgegeben werden würde.

»Es scheint, als müßten wir auch ein Gegenmittel entdekken, bevor wir die Welt mit dieser Verjüngungskur beglükken – eine Art Beruhigungsmittel, um die mit der Rückkehr der Jugend auftretende Euphorie zu dämpfen.«

Auch wenn es scheinbar hoffnungslos war, hatten wir uns zusammengesetzt, um das Problem zu diskutieren und um zu versuchen, einen Ausweg zu finden.

»Verstehst du«, fuhr Dover fort, »nachdem wir einen alten Menschen wiederbelebt haben, entgleitet dieser Mensch völlig unserer Macht. Wir können weder irgendwelche Kontrollmechanismen einbauen noch irgendwelche Exzesse jugendlicher Spontaneität, die von uns verursacht wurden, abschwächen. Ich weiß jetzt, daß wir bei der Anwendung unseres Impfstoffes große Vorsicht walten lassen müssen – die größte Vorsicht, wenn wir jegliche Art von lächerlichem Verhalten des Patienten ausschließen wollen. Aber das ist augenblicklich nicht die strittige Frage. Was soll mit Onkel Max geschehen? Ich gestehe, daß ich mir nicht anders zu helfen weiß, als einen Aufschub beim Kriegsministerium zu erwirken.«

Diesmal war Dover so hilflos, daß ich nicht einmal Stolz empfand, ihm den Plan zu erläutern, über den ich seit einiger Zeit schon nachgrübelte.

»Du hast von Gegenmitteln gesprochen«, begann ich versuchsweise. »Nun, wir wissen aber auch, daß es solche und solche Gegenmittel gibt, und dann wiederum gibt es Gegenmittel, von denen einige als Heilmittel gegen die negativen

Begleiterscheinungen wirken und andere diese verstärken. Wenn ein Baby einen Liter Kerosin getrunken hat, welches Gegenmittel würdest zu verordnen?«

Dover schüttelte den Kopf.

»Und da es in einem derartigen Notfall kein Gegenmittel gibt, gehen wir davon aus, daß das Baby sterben muß? Ganz und gar nicht. Wir verordnen ein Brechmittel. In unserem Fall kommt ein Brechmittel natürlich nicht in Frage. Aber andererseits, sagen wir mal, jemand ist einer Frau hoffnungslos verfallen, oder nehmen wir einen Hypochonder, was für eine Arznei müßte da angewendet werden? Selbstverständlich wäre keine der beiden von mir erwähnten angebracht. Nun, was würdest du einem krankhaften Melancholiker verschreiben?«

»Veränderung«, erwiderte er prompt. »Etwas Abwechslung, um ihn von sich und seinem zersetzenden Grübeln abzulenken, um ihm von neuem Interesse am Leben zu geben, damit er einen Lebenssinn findet.«

»Sehr gut«, frohlockte ich. »Du wirst bemerkt haben, daß du gerade ein Gegenmittel verschrieben hast. Das ist wahr, aber anstelle eines physischen oder medizinischen Mittels ist dies immateriell und abstrakt. Also kannst du mir eine ähnliche Medizin gegen exzessiven geistigen oder körperlichen Elan nennen?«

Dover sah verwirrt aus und wartete, daß ich fortfuhr.

»Kannst du dich an einen gewissen starken Mann mit Namen Samson erinnern oder an Delila, die schöne Philisterin? Hast du dir schon einmal Gedanken über die tiefere Bedeutung von ›Die Schöne und das Tier‹ gemacht? Weißt du nicht, daß die Macht der Starken geschwächt, Dynastien gegründet oder zerstört wurden, zahllose Nationen in Zwistigkeiten gestürzt oder daraus errettet wurden – durch die Liebe einer Frau? Da hast du dein Gegenmittel«, fügte ich bescheiden als Nachgedanken an.

»Oh!« Seine Augen blitzten sekundenlang hoffnungsvoll,

aber seine Verzagtheit kehrte zurück; er schüttelte traurig den Kopf und sagte: »Aber wer sollte das sein? Es gibt niemanden.«

»Erinnerst du dich an eine gewisse Romanze des Majors, als er noch ein ganz junger Mann war, lange vor dem Krieg?«

»Du meinst Miß Deborah Furbush, deine Tante Debby?«

»Ja, meine Tante Debby. Sie hatten Streit, wie du weißt, und haben sich nie versöhnt ...«

»Noch seit damals miteinander gesprochen ...«

»O doch, sie haben. Seitdem er verjüngt ist, besucht er sie regelmäßig, erweist ihr seine Aufmerksamkeit und erkundigt sich nach ihrer Gesundheit. Ist eine Art von Schadenfreude, verstehst du. Sie ist jetzt seit einem Jahr bettlägerig; man muß sie die Treppe rauf- und runtertragen, aber eigentlich fehlt ihr nichts. Sie ist einfach alt.«

»Wenn sie kräftig genug wäre ...«, spekulierte Dover.

»Kräftig genug ist sie!« rief ich. »Mann, ich versichere dir, es ist reine Senilität – es gibt nicht das geringste, wovor man sie bewahren müßte außer einer sehr leichten Herzklappenschwäche. Was meinst du? Wir versuchen, ein paar Monate Aufschub bei seiner Berufung in das neue Amt zu erreichen, und fangen sofort bei Tante Debby an! Na, was sagst du dazu, alter Freund? Was hältst du davon?«

Nicht nur ich war über diese Lösung unserer Schwierigkeiten in Erregung geraten, sondern ich hatte schließlich auch seine Begeisterung geweckt. In Anbetracht der gebotenen Eile räumten wir sofort alle erforderlichen Dinge aus dem Labor und schlugen unser Quartier in meinem Haus auf, das wiederum genau gegenüber von Tante Debbys lag.

Diesmal lag das ganze Unternehmen direkt in unserer Hand, deshalb konnten wir mit äußerster Eile vorankommen. Aber wir waren verschwiegen, und Major Rathbone hatte nicht die leiseste Ahnung, was wir vorhatten. Eine Woche nachdem wir mit der Behandlung angefangen hatten, überraschte Tante Debby das Haus Furbush damit, daß sie aufstand und dem Major die Hand reichte, als er seinen üblichen Besuch machte. Vierzehn Tage später sahen wir – von einem günstigen Beobachtungsort in meiner Windmühle aus – die zwei im Garten spazierengehen und bemerkten im Benehmen des Majors eine gewisse neue Galanterie. Und das Tempo, mit dem Tante Debby gegen den Lauf der Zeit ankämpfte, war atemberaubend. Sie wurde zusehends jünger, Tag für Tag, und die Rosen der Jugend blühten wieder auf ihren Wangen und gaben ihrem Teint die denkbar schönste rosa Perlenfrische zurück.

Etwa zehn Tage danach fuhr er vor ihrer Tür vor und nahm sie auf einen Ausflug mit. Und das Gerede im Dorf! Doch das war noch nichts im Vergleich zu dem Geschwätz, das einsetzte, als einen Monat später das Kriegsinteresse des Majors abgeflaut war und er seine Bewerbung zurückzog. Und als die uralten Liebenden mutig vor den Altar traten und dann in die Flitterwochen fuhren, schien es, als ob sich alle Welt die Mäuler zerreißen wollte, bis es nichts mehr zu zerreißen gab.

Wie schon gesagt, dieser Impfstoff ist eine wundervolle Entdeckung.

Bis daß der Tod uns scheidet

Mag sein, daß es reiner Zufall war, mag sein, daß es ungeahnte Verbindungen zwischen dem Leben und dem Tod gibt, und mag es auch sein, daß Bat Morganston blindes Vertrauen in die Zukunft verspürte, als er sich plötzlich an Frona Payne wandte und fragte: »Bis daß der Tod uns scheidet?«

Frona Payne war einen Augenblick verwirrt. Ihr oberflächliches Wesen erlaubte ihr nicht, die tiefe Liebe eines starken Mannes zu verstehen. Derartige Dinge hatten keinen Platz in ihren flatterhaften Wertvorstellungen. Doch sie kannte die Männer gut genug, um ihre Bestürzung in ein Lächeln zu zwingen; blickte also mit ernsten Kinderaugen zu ihm auf und antwortete, die Hände auf seine kräftigen Schultern legend: »Bis daß der Tod uns scheidet, Bat, mein Lieber.«

Und als er sie mit Macht an sich preßte, seiner Sache nicht ganz sicher, rief er leidenschaftlich aus: »Sollte das geschehen, werde ich dich selbst im Tode die meine nennen, und kein Sterblicher soll zwischen uns treten!«

Wie absurd, dachte sie, als sie sich befreite und zuschaute, wie er die Leinen seiner Hunde entwirrte. Ein imposanter Bursche war er schon, wie er so zwischen die gefährlichen Biester trat, hier zog, dort einen zur Seite schob, rechts und links Klapse austeilte und sie über die gefrorenen Riemen oder drunter durch zerrte, bis das Gespann ordentlich stand. Sein glattrasiertes Gesicht, von der strengen Kälte zu zartem Rosa gefärbt, erzählte eine schlichte Geschichte von Kraft und Unbezähmbarkeit. Sein Haar, das dicht und seidig braun bis auf die Schultern reichte, hatte wahrscheinlich mehr als alles andere an ihm die vergängliche Zuneigung dieser Frau für ihn gewonnen. Selbst wenn Männer die sechs Fuß und zwei Zoll seines muskulösen Körpers von oben bis unten musterten, sahen sie in ihm einen richtigen Mann, von den verzierten Mokassins bis zur krönenden Wolfsfellmütze. Nun ja, so sind die Männer nun mal.

Sie küßte ihn einmal, zweimal und auch ein drittes Mal in ihrer scheu-vertraulichen Art. Dann stieß er den Schlitten mit der Steuerstange los, feuerte die Hunde an, wie nur ein Schlittenführer es kann, und sauste den Hang hinunter zur Hauptroute am Fluß entlang. Die Mittagssonne, die auf den schneebedeckten Gipfeln des Südens ruhte, verwandelte die winzigen Froststäubchen in glitzernde Edelsteine, und durch dieses blendende Gespinst verschwand Bat Morganston auf seiner Reise nach Forty Mile, den Yukon hinab. Flußabwärts galt er als König, wegen des vielen Goldes, das ihm gehörte, nachdem er trostlose Jahre in der Dunkelheit des Polarkreises verbracht hatte. Dawson bedeutete ihm nichts. Nicht ein Fußbreit Kies gehörte ihm dort im Umkreis, und für die dortigen Einwohner konnte er sich auch nicht begeistern – jene Chechaquas, die wie Schakale eingefallen waren und die guten alten Zeiten verdorben hatten, als Männer noch Männer waren und jeder Mann des anderen Bruder. In der Tat, der einzige Grund für seine dortige Anwesenheit, noch dazu ein äußerst unsicherer, war Frona.

Er hatte seine Hunde angespannt und war über das Eis dahingejagt, um die Schwüre des vergangenen Sommers zu erneuern und auf ein baldiges Hochzeitsdatum zu drängen. Nun, im Juni sollte geheiratet werden, und erleichterten Herzens kehrte er jetzt zur Verwaltung seiner Minen zurück. Juni – die Ausbeute versprach einigen Reichtum, er würde verkaufen und dann: die Staaten, Paris, die Welt! Natürlich hatte er seine Zweifel – wie die meisten Männer, wenn sie eine hübsche Frau zurücklassen –; aber ehe er Forty Mile erreicht hatte, war sein Mißtrauen verschwunden, und bis zu dem Zeitpunkt, als er sich bei einer Elchjagd eine Lungenentzündung holte und einen Monat später verstarb, lebte er in einem Zustand von glückseligem Optimismus.

Frona winkte ihm zum Abschied, und ebenfalls erleichterten Herzens kehrte sie in die Hütte ihres Vaters zurück; sie jedoch hatte keinerlei Zweifel. Im Juni sollte geheiratet werden. So war es ausgemacht. Und das war keine unerfreuliche Aussicht. Um die Wahrheit zu sagen, sie hielt es für besser, sich mit dieser Aussicht anzufreunden. Die Männer hielten große Stücke auf ihn, und er war eine Partie, deren man sich nicht schämen mußte. Außerdem war er reich. Leute, die es wissen mußten, behaupteten, er könne jederzeit eine halbe Million Gewinn lockermachen. Und wenn seine Zinsen bei der American Creek nur annähernd so hoch waren wie das, was man sich davon erzählte, mußte er ein zweiter MacDonald sein. Nun ja, das bedeutete eine ganze Menge, denn MacDonald war der reichste Bergwerksbesitzer des Nordens, und selbst vorsichtigste Schätzungen seines Vermögens wichen um mehrere Millionen voneinander ab.

Nun muß man wissen, daß die von Frona Payne begangene Sünde wirklich eine Sünde war, tatsächlich aber nicht begangen wurde. Zwischen Forty Mile und Dawson gab es keine Postverbindung, und da Bat Morganstons Minen noch ein paar hundert Meilen von Forty Mile entfernt in der eisigen Wildnis lagen, kam die Nachricht von seinem Tod nicht den Fluß herauf. Außerdem hatte er ausgemacht, nur in dem höchst unwahrscheinlichen Fall zu schreiben, daß ein zufällig vorbeikommender Reisender seine Schürfstelle passierte, und so dachte sie sich nichts weiter bei seinem Schweigen. Soweit es sie betraf, war er noch am Leben. Deshalb war die Tat, die sie beging, wahrhaftig eine Sünde.

Mit keiner Methode kann man die Seele einer Frau analysieren, mit keiner Waage läßt sich das Motiv einer Frau abwägen, deshalb gibt es keine vernünftige Erklärung, weshalb Frona Payne, drei Monate nach dem Abschied von Bat Morganston, Herz und Hand an Jack Crelin verschenkte.

Allerdings, Jack Crelin war ein König in Circle City, besaß einige der begehrtesten Claims am Birch Creek, doch die Männer, die etwas aus diesem Land gemacht hatten, schätzten ihn nicht sehr, und seine einzigen Bewunderer fand er unter den kriecherischen Greenhorns, die ihm bereitwillig halfen, seinen Goldstaub zu verschleudern. Vielleicht war es Crelins ganze Art, vielleicht die triebhafte Anziehungskraft zweier oberflächlicher Seelen; aber was auch immer es gewesen sein mag, sie beschlossen, im Juni zu heiraten, hinunter nach Circle City zu fahren und dort in der üblichen, einfachen Art des Nordlandes ihren Hausstand zu gründen.

Das Eis des Yukon brach zeitig, und bald nach diesem bedeutsamen Ereignis sollte der Dampfer *Cassiar,* auf dem Fronas Bruder Kapitän war, planmäßig ablegen. Die *Cassiar* hatte die Ehre und das Pech, sowohl Schatzschiff wie auch Krankenschiff des Jahres zu sein. In ihren Tresoren beförderte sie fünf Millionen in Gold, in den Kabinen zehnmal mehr Krüppel und Kranke als vorgesehen. Und dann gab es noch die Händler und Könige aus dem Lower Country, die von ihrer Winterarbeit oder von Vergnügungen in Dawson zurückkehrten. Unter all diesen Leuten standen – als kleiner Vorgriff auf das Ereignis – *Mr. und Mrs. Jack Crelin* auf der Passagierliste. Doch als die Kranken und die von Heimweh Erfüllten wegen der grausamen Verzögerung der Abfahrt die Stimmen zum Himmel erhoben und die Goldschiffer zunehmend krakeelten, war die *Cassiar* gezwungen, vor der Zeit abzulegen, und Mr. und Mrs. Jack Crelin waren noch Mann und Jungfrau.

»Macht nichts, Frona«, sagte ihr Bruder, »kommt an Bord, und ich werde mich um euch kümmern. Pater Mahan steigt in Forty Mile zu, und ihr werdet ein Paar sein, ehe wir uns in Circle City auf Wiedersehen sagen.«

Da Wasserstandsmarkierungen, Kesselinspektoren und protestierende Versicherungsbüros noch nicht bis in die unwirtlichen Einöden des Nordens vorgedrungen waren, löste die *Cassiar* ihre Leinen, und Passagiere, Ladung, Hab und Gut waren gestapelt wie schlecht sortierte Sardinen. Wolfshunde, deren Arbeit mit dem Schnee begann und endete und die in dem sommerlichen Müßiggang übermütig geworden waren, tobten vom Heck zum Bug über den Dampfer oder töteten einander beim geringsten Anlaß. Robuste Stick-Indianer vom Oberlauf des Flusses erleichterten ihre vollen Geldbeutel im tapferen Bestreben, den weißen Mann bei Glücksspielen zu übertreffen, oder sie vergewaltigten ihren Körper mit Whisky, der ihnen für dreißig Dollar die Flasche verkauft wurde. Untersetzte, mongolisch aussehende Malemute- und Eskimowanderer vom zweitausend Meilen entfernten Great Delta waren an Bord. Unter den Weißen waren der Lärm und das Geschrei der Nationalitäten nicht weniger ausgeprägt. Die Nationen der Welt hatten ihre Söhne in den Norden geschickt, und die sprachen in vielen Zungen. Kurz gesagt, Frona Paynes Bruder kommandierte ein schwimmendes Babel, führte und steuerte es unbeirrt durch eine auf keiner Landkarte verzeichnete Wildnis auf den Wogen tobender Fluten – denn der gewaltige Yukon hatte seine träge Stimme erhoben und brüllte seine Wut hinaus, von einem Felsufer zum anderen. Der Schnee von neun Monaten strömte in ebensoviel Tagen zwischen seinen Ufern hindurch, und die Reise zum Meer war weit.

In Forty Mile drängten noch mehr Passagiere und Fracht an Bord. Unter all den Pilgern befand sich Pater Mahan, und zwischen den Gepäckstücken gab es eine Kiste aus rohem Kiefernholz, die in der Größe den herkömmlichen Maßen der letzten Wohnstatt eines Menschen entsprach. Dem Tod wird in der Hast des Lebens wenig Beachtung geschenkt, deshalb lud man diese Kiste bedenkenlos an Deck der *Cassiar,* oben auf eine Pyramide von Frachtgut. Doch Bat Morganston, der bis zum Augenblick der Verschiffung in einer behaglichen Eishöhle gelegen hatte, kümmerte das wenig. Niemanden kümmerte es. Bis auf einen kräftigen Wolfshund, dem der Geschmack der Peitsche seines Herrn jetzt noch süß erschien, gab es keine trauernden Hinterbliebenen. Von niemandem bemerkt, war der Hund an Bord gekrochen, und noch bevor die Leinen losgemacht wurden, hatte er wie gewohnt seine Wache an der Seite seines Herrn oben auf dem Gepäckhaufen angetreten. Er war dermaßen bösartig und zeigte seine Fänge auf solch einschüchternde Weise, daß die anderen Hunde einen weiten Bogen um ihn machten und es vorzogen, ihn samt seinem Toten in Ruhe zu lassen.

Die Kajüten waren mit Kranken vollgestopft, deshalb wurde die Trauung auf dem überfüllten Deck vollzogen. Es war fast Mitternacht, aber die Sonne, eine rote, runde und verhangene Scheibe, schickte ihre schrägen Strahlen noch flach über den Horizont.

Frona Payne und Jack Crelin standen Seite an Seite. Pater Mahan begann mit der Zeremonie. Von achtern hörte man die Rauferei eines halben Dutzends betrunkener Spieler; aber im großen und ganzen drängte sich die menschliche Schiffsladung um den Mittelpunkt des Interesses. Und die Hunde ebenfalls.

Demnach wäre alles gutgegangen, hätte nicht ein Labradorhund einen vorteilhafteren Platz inmitten des Frachtgutes gesucht. Er hatte zahllose Reisen hinter sich, war Veteran etlicher Hungersnöte und tausender Kämpfe und kannte keine Furcht. Die trotzige Frechheit des Hundes, der die Kiefernkiste bewachte, interessierte ihn. Er kroch näher, seine entblößten Fänge schimmerten wie poliertes Elfenbein. Knurrend schnappte er zu, die achtlos gestapelte Fracht unter ihnen geriet ins Wanken.

In diesem Augenblick segnete Pater Mahan die zwei, die nun eins waren, und Jack Crelin ergänzte feierlich: »Bis daß der Tod uns scheidet.«

»Bis daß der Tod uns scheidet«, wiederholte Frona Payne,

und ihre Gedanken schweiften zurück zu dem anderen Mann, der genau diese Worte gesprochen hatte. Für den Augenblick empfand sie aufrichtigen Kummer und Reue über das, was sie getan hatte. Und in ebendiesem Augenblick schlossen sich die Kinnbacken der beiden Hunde in tödlichem Biß, und die lange Kiefernholzkiste schwankte auf der Pyramidenspitze. Ihr Gemahl zog Frona zur Seite, als die Kiste herabfiel, mit dem Ende voran. Es gab ein Krachen und Splittern; der Deckel fiel ab, und Bat Morganston, auf den Füßen stehend, aufrecht wie im Leben, mit Sonnenglanz auf den seidigen braunen Locken, fiel vornüber.

Alles geschah sehr schnell. Einige sagen, daß seine Lippen sich zu einem furchterregenden Lächeln öffneten, daß er die Arme um Frona Payne schlang und sie festhielt, bis sie zusammen auf das Deck stürzten. Das könnte unglaubwürdig erscheinen, wenn man bedenkt, daß der Mann tot war; aber es gibt Leute, die schwören, daß sich die Dinge so abgespielt haben. Wie auch immer, Frona Payne schrie schrecklich, als man sie unter dem Leichnam ihres verflossenen Liebhabers hervorzog, und ihr schrilles Schreien hörte nicht auf, bis der Hafen von Circle City erreicht war.

Und Bat Morganstons Worte wurden wahr. Denn wer sich heute die Mühe macht, über die hinter Circle City liegenden Berge zu reisen, kann, dicht beieinander, eine Hütte und ein Grab sehen. In der einen wohnt Frona Payne; im anderen liegt Bat Morganston. Sie warten aufeinander, bis ihre Fesseln von ihnen fallen und die Trompeten des Jüngsten Gerichts die Stille des Nordens durchbrechen.

Ein Relikt aus dem Pliozän

Zunächst möchte ich meine Hände in Unschuld waschen. Ich bin weder für die Urheberschaft seiner Geschichten zuständig, noch fühle ich mich für sie verantwortlich. Ich mache diese einschränkenden Vorbemerkungen, um meine Integrität zu bewahren. Ich habe eine gewisse Position errungen und auch eine Frau; und um des guten Namens der Gemeinschaft willen, die meinem Dasein die Ehre ihrer Anerkennung zukommen läßt, sowie um der Nachwelt willen kann ich Gelegenheiten nicht mehr beim Schopfe packen wie früher oder bestimmte Möglichkeiten mit der sorglosen Nachlässigkeit der Jugend begünstigen. Ich wiederhole also, ich lege meine Hände nicht ins Feuer für diesen Nimrod, diesen starken Jäger, diesen gemütlichen, blauäugigen, sommersprossigen Thomas Stevens.

Da ich immer ehrlich zu mir selbst war, und angesichts der absehbaren Güte, mit der meine Frau mich gewiß freudig umhegen wird, kann ich es mir nun leisten, großzügig zu sein. Ich werde die Geschichten, die Thomas Stevens mir erzählt hat, nicht kritisieren, und ich werde mich auch jedes Urteils enthalten. Fragt man mich, warum, kann ich nur hinzufügen, daß ich mir kein Urteil erlauben kann. Ich habe lange nachgedacht und dies und das erwogen, aber niemals glich eine Schlußfolgerung der anderen – denn Thomas Stevens ist wahrhaftig ein größerer Mann als ich. Hat er die Wahrheit gesagt, gut und schön, hat er die Unwahrheit gesagt, auch gut und schön. Denn wer kann beweisen, was wahr oder unwahr ist? Ich selbst halte mich aus der Sache heraus, und die, die nur wenig Vertrauen haben, können tun, was ich getan habe – nämlich besagten Thomas Stevens suchen gehen und mit ihm persönlich über die Dinge sprechen, die ich, so das Glück es will, erzählen werde. Wo er zu finden ist? Die Richtung ist einfach: entweder irgendwo zwischen dem 53. nördlichen Breitengrad und dem Pol oder in den ergiebigsten Jagdgründen, die zwischen der Ostküste Sibiriens und dem weiten Labrador liegen. Daß er sich irgendwo in diesem genau definierten Territorium aufhält, dafür gebe ich das Wort eines Ehrenmannes, dessen Haltung in jedem Fall aufrichtige Worte und eine rechte Lebensart garantiert.

Thomas Stevens mag in ungewöhnlicher Weise mit der Wahrheit gespielt haben, aber man bedenke, als wir uns das erstemal begegneten (diese Stelle wäre es wert, markiert zu werden), kam er in mein Lager gelaufen, als ich glaubte, um die tausend Meilen vom äußersten Rand der Zivilisation entfernt zu sein. Beim Anblick seines menschlichen Gesichts, des ersten nach beschwerlichen Monaten, hätte ich hochspringen und ihn in meine Arme schließen mögen (und dabei bin ich kein Mann von demonstrativer Art); aber für ihn schien dieser Besuch die gewöhnlichste Sache der Welt zu sein. Er kam einfach in den Lichtkreis meines Lagers spaziert und verbrachte die Zeit nach der Art der Männer, die in der immer gleichen abgedroschenen Weise ihre Tage herunterbrachten, schob meine Schneeschuhe auf die eine Seite und ein paar von den Hunden auf die andere, um so Platz für sich am Feuer zu schaffen. Sagte, er sei nur vorbeigekommen, um sich eine Prise Soda zu borgen und zu sehen, ob ich vernünftigen Tabak habe. Er holte eine altertümliche Pfeife hervor, stopfte sie mit peinlicher Sorgfalt und schüttete, ohne meine Erlaubnis abzuwarten, die Hälfte meines Tabaks in seinen Beutel. Ja, das Zeug war wirklich gut. Er seufzte mit der Zufriedenheit des Gerechten und sog den Rauch der trockenen gelben Blätter förmlich auf; es tat einem alten Raucher gut, ihm zuzusehen.

Jäger? Trapper? Goldsucher? Er zuckte mit den Achseln. Nein, er wolle sich nur mal so ein bißchen umsehen. Sei vor einiger Zeit vom Great Slave gekommen und wolle rüber ins Yukon-Land schlendern. Der Faktor von Koshim habe über die Entdeckungen im Klondike gesprochen, und er denke daran, rüberzugehen und sich die Sache mal anzusehen. Mir war aufgefallen, daß er vom Klondike in der uralten einheimischen Form sprach, indem er ihn den Reindeer River nannte – ein Name, den die alten Hasen in arroganter Weise gegenüber den *Che-cha-quas* und den Neuankömmlingen im allgemeinen gebrauchten. Er aber hatte es ganz naiv und natürlich gesagt, so daß es nicht verletzend war und ich ihm verzieh. Er habe auch daran gedacht, sagte er, bevor er die Wasserscheide nach Yukon überquere, einen kleinen Abstecher in Richtung Fort o'Good Hope zu machen.

Fort o'Good Hope – nun, das bedeutet eine weite Reise in den Norden, über den Polarkreis in ein Gebiet, das nur wenige Männer bisher betreten haben; und wenn da so eine Vogelscheuche aus der Nacht von irgendwoher hereinschneit, sich ans Feuer setzt und von solchen Dingen mit Ausdrükken wie »schlendern« und »einen kleinen Abstecher machen« redet, ist es Zeit, daß man aufwacht und den Traum abschüttelt. Ich schaute mich also um; sah den Zelteingang und darunter die Tannenzweige, die für die Schlafpelze ausgestreut waren, sah die Proviantsäcke, die Kamera, den eisigen Atem der Hunde, die am Rande des Lichtkreises lagen, und über mir den großen Lichtstreifen des Nordlichts, das den Zenit von Südost nach Nordwest umspannte. Mich fröstelte. Es gibt in den nordischen Nächten einen Zauber, der sich wie das Fieber der Malariasümpfe über einen legt. Man wird ergriffen und niedergeworfen, ehe man es gewahr wird. Dann sah ich zu den Schneeschuhen, die umgekehrt und gekreuzt lagen, wie er sie hingeschleudert hatte. Ich prüfte auch meinen Tabakbeutel. Mindestens die Hälfte meines beträchtlichen Vorrats war verschwunden. Damit war es klar. Ich war also nicht irgendwelchen Wahnvorstellungen erlegen.

Verrückt vor Kummer, dachte ich, als ich den Mann unverwandt anblickte – einer von jenen wilden Goldsuchern, die weit von ihrer Richtung abgetrieben waren und wie eine verlorene Seele durch weite Fernen und unbekannte Tiefen wanderten. Nun gut, warum sollte sein Gemüt nicht einmal schwanken, bis er vielleicht seine verwirrten Sinne wieder beisammen hatte. Wer weiß – der bloße Klang der Stimme eines Mitmenschen konnte möglicherweise alles wieder ins Lot bringen.

So ließ ich ihn weitererzählen und wunderte mich bald, denn er sprach über die Jagd und die verschiedenen Arten zu jagen. Er habe den sibirischen Wolf im äußersten Westen Alaskas getötet und die Gemse in den verborgenen Rockies. Er behauptete, er kenne die Gebiete, wo sich der letzte Büffel rumtreibe; daß er an den Flanken des Karibus gehangen habe, als dieses zu Hunderttausenden umhergezogen sei, und daß er auf der Winterspur des Moschusochsen in den Great Barrens geschlafen habe.

Ich änderte nun meine Meinung zum ersten-, aber keinesfalls zum letztenmal und hielt ihn für eine monumentale Verkörperung der Wahrheit. Ich weiß nicht, warum, jedenfalls erzählte nun ich eine Geschichte, die mir wiederum von einem Mann erzählt worden war, der so lange in dem betreffenden Land gelebt hatte, daß er es genau wissen mußte. Es war die Geschichte von dem großen Bären, der sich stets an den steilen Hängen des St. Elias aufhielt und niemals zu den sanfteren Hängen hinabstieg. Gott hatte diese Schöpfung nun so für das Leben am Hang ausgestattet, daß die Beine der einen Seite einen Fuß länger waren als die der anderen. Das ist sehr günstig, wie man ohne weiteres zugeben muß. Ich tat, als hätte ich dieses seltene Tier persönlich gejagt, erzählte in der Gegenwart, malte die örtlichen Gegebenheiten aus, schmückte die Geschichte mit dem nötigen Beiwerk und machte es so wahrscheinlich wie möglich und erwartete, daß der Mann über meine Erzählung erstaunt sein würde.

Aber nicht er. Hätte er Zweifel geäußert, hätte ich ihm verzeihen können. Hätte er Einwände erhoben, hätte er die Gefährlichkeit dieser Jagd geleugnet, da das Tier ja unfähig gewesen wäre, sich umzudrehen und in die andere Richtung zu laufen – hätte er das getan, ich sage Ihnen, ich hätte ihm als echtem Jäger die Wahrheit gesagt. Aber nicht er. Er schnupperte, sah mich an, schnupperte wieder und lobte meinen Tabak, wie es sich gehörte, legte dann einen Fuß auf meinen Schoß und forderte mich auf, das Schuhwerk zu prüfen. Es handelte sich um einen *Mucluc* in der Art der Innuit, ohne Perlen oder Pelzbesatz. Aber das Leder selbst war auffallend. Mit seiner Stärke von einem halben Zoll erinnerte es mich an die Haut eines Walrosses, aber weiter ging die Ähnlichkeit nicht. Denn kein Walroß hatte einen so wunderbaren Haarwuchs. An den Seiten und den Knöcheln war das Haar fast abgewetzt von der Berührung mit dem Strauchwerk und dem Schnee, aber an der Spitze und weiter hinten an den besser geschützten Stellen war es sehr derb, schmutzig-schwarz und mächtig dick. Ich zerteilte das Fell mit Mühe und suchte darunter das feine Haar, das für die Tiere des Nordens so typisch ist, aber in diesem Falle nicht vorhanden war. Dieser Mangel wurde indessen durch die Haarlänge wiedergutgemacht. Die Haarbüschel, die die Abnutzung überstanden hatten, maßen allesamt sieben oder acht Zoll. Ich schaute dem Mann ins Gesicht, dieser nahm seinen Fuß herunter und fragte: »Findet Ihr solch ein Fell an euerm Saint-Elias-Bären?«

Ich schüttelte den Kopf. »Auch an keinem anderen Geschöpf an Land oder auf See«, antwortete ich freimütig. Stärke und Länge des Haares verwirrten mich.

»Das hier«, sagte er, und zwar ohne im mindesten beeindruckt zu sein, »das stammt von einem Mammut.«

»Unsinn!« rief ich aus, denn ich konnte meine Ungläubigkeit nicht verbergen. »Das Mammut, mein Herr, ist seit langem von der Erde verschwunden. Durch fossile Überreste, die wir ausgegraben haben, und durch ein Mammut im Eis, das die sibirische Sonne, die es aus glazialer Tiefe schmolz, völlig unversehrt vorfand, wissen wir, daß das Mammut einstmals auf der Erde existierte; wir wissen aber auch, daß es kein lebendes Exemplar mehr gibt. Unsere Forscher

Bei diesem Wort unterbrach er ungeduldig. »Eure Forscher? Pah! Das sind doch ganz jämmerliche Kerle. Erzählt mir nichts mehr von denen. Aber erzählt mir, Mann, was Ihr über das Mammut und seine Lebensweise wißt.«

Ohne zu übertreiben, entspann sich daraus eine richtige Geschichte, ich fraß mich regelrecht fest, indem ich in meinem Gedächtnis nach allen möglichen Daten über den Gegenstand kramte. Zuerst einmal betonte ich, daß es ein prähistorisches Tier sei, und führte alle Fakten an, die das bestätigten. Ich erwähnte die sibirischen Sandbänke, in denen alte Mammutknochen in Überfülle verborgen waren; ich erzählte von den vielen Elfenbeinfossilien, die die Alaskahandelsgesellschaft den kanadischen Eskimos abkaufte; ich bekannte, daß ich selbst sechs bis acht Fuß lange Stoßzähne aus meinem Pachtgrund in den Klondike-Wasserläufen ausgegraben hatte. »Alles Fossilien« schloß ich, »die im Geröll gefunden wurden, das sich über unzählige Jahrtausende angesammelt hat.«

»Ich erinnere mich«, Thomas Stevens schniefte (er hatte eine äußerst unangenehme Art, durch die Nase zu schniefen), »daß ich als Kind eine versteinerte Wassermelone sah. Daraus folgt also, daß es, auch wenn manche Leute in dem Wahn leben, Wassermelonen anzubauen und sie zu essen, so etwas wie Wassermelonen gar nicht gibt.«

»Aber die Nahrungsfrage«, wandte ich ein, wobei ich sein Argument, das kindisch und ohne Belang war, ignorierte. »Die Erde muß eine überreiche Vegetation hervorbringen, um solche monströsen Geschöpfe zu ernähren. Nirgends hier im Norden ist die Erde so freigebig. Ergo kann das Mammut nicht existieren.«

»Ich verzeihe Euch Eure Unkenntnis, was dieses Nordland betrifft, denn Ihr seid noch ein junger Mann und seid wenig gereist; gleichzeitig möchte ich Euch aber in einem zustimmen. Das Mammut existiert nicht mehr. Woher ich das weiß? Ich habe das letzte selbst mit meinem rechten Arm getötet.«

So sprach Nimrod, der Mächtige Jäger. Ich warf ein Stück Brennholz nach den Hunden und gebot ihnen, ihr scheußliches Geheul einzustellen, und wartete. Ganz sicher würde dieser einzigartige glückselige Lügner seinen Mund öffnen, um mir meinen St.-Elias-Bären heimzuzahlen.

»Es war so«, begann er schließlich, als sich die rechte Ruhe eingestellt hatte. »Eines Tages war ich im Lager –«

»Wo?« unterbrach ich ihn.

Er deutete mit der Hand vage in nordöstliche Richtung, wo sich eine Terra incognita erstreckte, in deren Weiten sich nur wenige Männer verirrt haben und von wo noch weniger wiedergekehrt sind. »Ich war eines Tages mit Klooch im Lager. Klooch war eine so hübsche kleine *Kamooks*-Hündin, wie es noch keine zuvor im Gespann gegeben hatte. Ihr Vater war ein Vollblut-Malemut aus Russisch-Pastilik in der Beringsee; ich habe sie mir mit viel Geschick von einer gutgebauten Hündin aus dem Hudson-Bay-Stamm herangezüchtet. Ich sage Euch, Mann, sie war eine phantastische Kombination. Und nun, an dem Tag, an den ich jetzt denke, sollte sie Junge von einem richtigen wilden Wolf aus dem Wald – grau und langgliedrig, mit großen Lungen und grenzenloser Kraft – werfen. Na! Hatte es so was schon gegeben? Ich hatte eine neue Hunderasse begründet, und große Dinge standen bevor.

Wie schon gesagt, es war alles gut verlaufen, auch das Werfen war glatt gegangen. Ich saß gerade so auf meinen vier Buchstaben bei dem Wurf – sieben kräftige, noch blinde Bürschchen –, als von hinten ein Trompetenstoß und ein Geschmetter wie von Blechmusik zu hören waren. Es war ein Brausen, als treibe ein Windstoß den Regen vor sich her. Ich wollte mich gerade aufrichten, als ich einen Schlag ins Gesicht bekam. In dem Augenblick hörte ich Klooch stöhnen und ächzen, wie jemand, der eine Faust in die Magengegend bekommen hatte. Ihr könnt Gift drauf nehmen, daß ich ganz still lag, aber ich drehte meinen Kopf und sah einen riesigen wogenden Koloß über mir. Dann kam wieder blauer Himmel in Sicht, und ich richtete mich auf. Ein behaarter Fleischberg verschwand soeben im Unterholz am Rande des offenen Geländes. Ich sah ihn nur noch von hinten, den steifen Schwanz, der ganz gerade nach hinten abstand, so dick wie mein Körper. Im nächsten Augenblick war nur noch ein gewaltiges Loch im Dickicht zu sehen, aber den Lärm wie von einem schnell abklingenden Tornado konnte ich noch hören, während das Unterholz zerdrückt und zertrampelt wurde und die Bäume brachen und stürzten.

Ich hielt nach meinem Gewehr Ausschau. Es hatte auf der Erde gelegen, mit dem Abzug gegen einen Holzklotz; aber jetzt war der Gewehrschaft zerschmettert, der Lauf verbogen und die Abzugsvorrichtung in tausend Stücke zerbrochen. Dann sah ich nach der Hündin. Und was glaubt ihr?«

Ich schüttelte den Kopf.

»Man verbrenne mich bei lebendigem Leibe, wenn noch etwas von ihr übrig war! Klooch und die sieben kräftigen blinden Bürschchen – weg, alle weg. Da, wo sie sich hingestreckt hatte, war ein schleimig-blutiger Abdruck in der weichen Erde, alles zusammen ein Yard Durchmesser, und an den Rändern ein paar verstreute Haare.«

Ich maß drei Fuß im Schnee ab, machte einen Kreis darum und schaute Nimrod an.

»Das Biest war dreißig lang und zwanzig hoch«, antwortete er, »und seine Stoßzähne machten mehr als sechs mal drei Fuß aus. Ich konnte es damals selbst nicht glauben, vor allem daß es gerade passiert sein sollte. Aber wenn es eine Sinnestäuschung gewesen wäre, dann waren da immer noch mein zerbrochenes Gewehr und das Loch im Gesträuch. Und da war Klooch – oder besser gesagt, da war sie eben nicht –, Klooch und die Jungen. Mann, es macht mich ganz fertig, wenn ich daran denke, Klooch! Eine neue Eva! Die Mutter einer neuen Rasse! Und ein wütender, tobender alter Mammutbulle fegt sie wie eine zweite Sintflut mit Stumpf und Stiel vom Antlitz der Erde weg. Wundert es Euch, wenn die blutgetränkte Erde zu Gott schrie? Oder daß ich die Axt griff und mich an die Verfolgung machte?«

»Mit der Axt?« rief ich, außer mir bei der Vorstellung. »Eine Axt und ein großer Mammutbulle, dreißig Fuß lang, zwanzig Fuß.

Nimrod stimmte in meine Fröhlichkeit ein und schmunzelte strahlend. »Ist das nicht zum Totlachen?« rief er aus. »War das nicht wie eine Mücke gegen einen Elefanten? Ich habe seitdem oft darüber gelacht, aber damals war mir gar nicht zum Lachen zumute. Ich war fast wahnsinnig wegen des Gewehrs und wegen Klooch. Denkt doch mal, Mann! Eine ganz neue, noch nicht bestimmte, nicht eingetragene Zucht, und dann ausgelöscht, noch bevor sie die Augen öffnen und ihre Papiere kriegen konnte. So war es nun mal. Das Leben ist voller Enttäuschungen, und das ist richtig so. Fleisch schmeckt am besten nach langem Hungern, und ein Bett ist besonders weich nach harter Arbeit.

Wie schon gesagt, ich bin mit der Axt hinter dem Vieh her und war ihm das ganze Tal durch auf den Fersen. Aber als es sich einmal im Kreis drehte und wieder auf das Vorgebirge zustrebte, blieb ich atemlos unten zurück. Da wir vom Futter sprachen, könnte ich vielleicht eine Pause machen, bis ich ein paar Sachen erklärt habe. Da oben mitten in den Bergen gibt es eine sehr seltsam geformte Landschaft: endlose kleine Täler, eins wie das andere, glatt wie Erbsen in einer Hülse, und alle gut versteckt hinter hohen, felsigen Wänden, die sich zu allen Seiten erheben. Am unteren Ende der Felswände sind jeweils kleine Öffnungen, wo sich Abflüsse oder Gletscher einen Weg gebahnt haben müssen. Diese Öffnungen, die sehr klein sind, manche geradezu winzig, sind der einzige Zugang. Was nun das Futter betrifft – Ihr habt doch bestimmt den Sitkaweg auf den regendurchtränkten Inseln der Küste von Alaska durchstreift, denn wie ich sehe, kommt Ihr weit umher. Dann wißt Ihr auch, wie das Zeug dort wächst – hoch, saftig und undurchdringlich. Genauso war es in den besagten Tälern. Fette, reiche Erde mit Farnen und Gräsern, die an manchen Stellen über Euern Kopf hinausragen würden. Während der Sommermonate regnet es an drei von vier Tagen. Nahrung gibt es dort für tausend Mammute, ganz zu schweigen von Kleinwild für den Menschen.

Aber zurück zu meiner Geschichte. Am unteren Talende geriet ich also außer Atem und gab es auf. Ich dachte nach, denn während ich keine Luft mehr hatte, wurde ich immer wütender, und ich wußte, ich könnte nicht eher meinen Seelenfrieden finden, bis ich gebratenes Mainmutbein essen würde. Und ich wußte auch, daß das *Skookum mamook pukapuk* – Verzeihung, ich meine Chinook – einen schweren Kampf mit sich bringen würde. Nun war die Talöffnung sehr eng, und die Bergwände waren sehr steil. Auf der einen Seite lag ganz oben ein riesengroßer Stein locker auf, der so seine paar hundert Tonnen wog. Das war's. Ich machte mich auf den Weg zurück ins Lager, paßte immer auf, daß das Mammut nicht entwischen konnte, und holte mir meine Munition. Sie war ja wegen des kaputten Gewehrs nichts mehr wert. Ich öffnete die Patronen und legte das Pulver unter den Fels, dann wurde der Stein durch die schwache Zündung angestoßen. War ja keine große Ladung, aber der alte Brocken kippte gemächlich und fiel an der richtigen Stelle herunter, so daß gerade noch genug Platz war, daß das Flüßchen abfließen konnte. Jetzt hatte ich ihn.«

»Aber wie habt Ihr ihn erledigt?« fragte ich. »Wer hat

schon mal gehört, daß ein Mann ein Mammut mit der Axt tötet? Ja, kann er es überhaupt töten?«

»O Mann, hab ich Euch nicht erzählt, daß ich wahnsinnig war?« erwiderte Nimrod mit einer gewissen Gereiztheit. »Wahnsinnig durch und durch, denkt an Klooch und das Gewehr. Und war ich denn nicht Jäger? Und war das nicht ein ganz neues und ungewöhnliches Wild? Eine Axt! Pah! Die brauchte ich nicht. Hört zu, und Ihr werdet von einer Jagd hören, wie sie in der Kindheit der Erde hätte passiert sein können, als der Höhlenmensch seine Beute mit Steinäxten einkreiste. So etwas wäre auch für mich gut gewesen. Ist es nicht wahr, daß der Mensch einen Hund oder ein Pferd übertreffen kann? Daß er sie durch Klugheit und Ausdauer überwältigt?«

Ich nickte.

»Nun?«

Es dämmerte mir, und ich forderte ihn auf, weiterzuerzählen.

»Mein Tal hatte vielleicht einen Umfang von fünf Meilen. Und es gab keinen Ausgang. Ein furchtsames Tier war der Mammutbulle, und er war mir ausgeliefert. Ich heftete mich wieder an seine Fersen, brüllte wie der Satan, bewarf ihn mit Steinen und jagte ihn dreimal um das Tal, ehe ich mich zum Abendbrot setzte. Versteht Ihr? Eine Wettlaufstrecke. Ein Mensch und ein Mammut! Ein Hippodrom mit Sonne, Mond und Sternen als Schiedsrichtern!

Zwei Monate brauchte ich. Aber ich hab's geschafft. Und das ist kein Traum. Immer rundherum habe ich ihn getrieben. Dörrfleisch und Lachsbeeren hatte ich als Proviant. Hin und wieder gönnte ich mir auch ein kleines Nickerchen. Natürlich wurde er manchmal verrückt und drehte sich um. Dann begab ich mich auf weichen Boden, wo sich das Flüßchen ausbreitete, und verfluchte ihn und seine Vorfahren. Und wehe ihm, er würde mir folgen. Aber er war zu klug, als daß er sich auf diesen schlammigen Grund begab, wo er versunken wäre. Einmal hatte er mich an der Bergwand festgenagelt. Ich kroch in einen Felsspalt und wartete. Immer wenn er mit seinem Rüssel nach mir langte, schlug ich so lange mit der Axt darauf ein, bis er ihn zurückzog und vor Wut so laut brüllte, daß mein Trommelfell fast platzte. Er wußte, daß er mich hatte und doch nicht an mich herankommen konnte, und das machte ihn rasend. Aber er wollte nicht der Narr eines Menschen sein. Er wußte, er war in Sicherheit, solange ich in dem Felsspalt festsaß, und so hatte er beschlossen, mich dort zu halten. Er hatte ganz recht, nur hatte er nicht an die Verpflegung gedacht. An jener Stelle gab es weder Futter für ihn noch Wasser, er konnte die Belagerung also nicht aufrechterhalten. Er stand stundenlang vor dem Spalt und vertrieb mit seinen riesigen Ohrlappen die Mücken. Dann kam der Durst, er richtete sich drohend auf und brüllte, bis die Erde erbebte, und verfluchte mich mit allen Ausdrücken, deren seine Zunge fähig war. Das sollte mir natürlich angst machen. Und als er überzeugt war, mich ausreichend beeindruckt zu haben, schritt er vorsichtig zurück und versuchte, sich zum Wasser vorzutasten. Manchmal wartete ich, bis er fast dort war – das Wasser war nur ein paar hundert Yard entfernt –, dann sprang ich heraus, und der schwerfällige alte Brummer kam zurückgetrottet. Nachdem ich das ein paarmal gemacht hatte, hatte er es durchschaut und änderte seine Taktik. Hatte das Zeitelement erfaßt, versteht Ihr? Ohne eine Warnung lief er los, wahnsinnig vor Gier nach dem Wasser, allerdings in der Hoffnung, daß er es hin und zurück schaffen würde, bevor ich weglaufen konnte. Schließlich hob er die Belagerung unter fürchterlichstem Fluchen gegen mich auf und ging entschlossen fort zu dem Wasserloch. Das war das einzige Mal, daß er mich eingesperrt hatte, danach gab es keine Pause mehr auf dem Hippodrom. Immer rundherum, wie eine Sechstagetour auf mein Kommando, bitte schön. Meine Sachen gingen in Fetzen, aber ich hielt nicht inne, um sie zu flicken, so daß ich am Ende nackt wie ein Sohn der Erde herumlief, nur mit der Axt in der einen und einem Stein in der anderen Hand. Ich hielt tatsächlich niemals inne, mit Ausnahme kurzer Augenblicke, in denen ich in Felsrissen und -spalten schlief. Der Bulle aber wurde spürbar dünner – er muß mindestens ein paar Tonnen abgenommen haben –, und schließlich war er so nervös wie eine Schullehrerin, die das Heiratsalter längst überschritten hat. Wenn ich auf ihn zukam und brüllte oder ihn von weitem mit Steinen bewarf, sprang er wie ein scheues Fohlen umher und zitterte am ganzen Leibe. Dann rannte er gewöhnlich los, Schwanz und Rüssel steif, den Kopf schräg über die Schulter gelegt und mit böse funkelnden Augen, wobei er mich aufs fürchterlichste verfluchte. Er war ein sehr unanständiges Geschöpf, ein Mörder und Gotteslästerer.

Aber als es dem Ende zuging, gab er dieses Gebaren auf und verfiel aufs Jammern und Schreien, gerade wie ein Säugling. Sein Geist war gebrochen, und er war nur noch ein zitterndes Häufchen Elend. Er litt an Herzattacken und schwankte wie ein Betrunkener, fiel hin und schürfte sich die Schienbeine auf. Dann schrie er, lief aber immer weiter. O Mann, die Götter selbst hätten mit ihm geweint und auch Ihr und jeder andere Mensch. Es war zum Erbarmen. Aber ich verhärtete mein Herz und beschleunigte das Tempo. Schließlich hatte ich ihn glatt erledigt, und er lag atemlos mit gebrochenem Herzen, hungrig und durstig darnieder. Als ich sah, daß er sich nicht mehr bewegte, fesselte ich ihn und befaßte mich die meiste Zeit des Tages damit, mich mit der Axt in ihn hineinzuarbeiten, wobei er schnaufte und ächzte, bis ich so weit vorgedrungen war, daß ich ihn töten konnte. Dreißig Fuß lang und zwanzig Fuß hoch, zwischen seinen Stoßzähnen hätte man bequem eine Hängematte spannen und darin schlafen können. Abgesehen davon, daß ich alle Kraft aus ihm herausgepreßt hatte, konnte man ihn gut essen, seine vier Beine allein, rundum gebraten, hätten einen Mann zwölf Monate ernährt. Ich blieb den Winter über dort.«

»Und wo befindet sich dieses Tal?« fragte ich.

Er winkte in nordöstliche Richtung und sagte: »Euer Tabak ist gut. Ich habe eine gute Portion davon in meinem Beutel; die Erinnerung daran werde ich bis zu meinem Tode bewahren. Als Zeichen meiner Wertschätzung und im Tausch gegen die Mokassins an Euren Füßen möchte ich Euch diese *Muclucs* schenken. Sie sind eine Erinnerung an Klooch und die sieben blinden Kerlchen. Sie sind auch eine Erinnerung an ein geschichtliches Ereignis ohnegleichen, nämlich an die Vernichtung der ältesten und jüngsten Tierart auf Erden. Der größte Vorzug dieses Schuhwerks besteht darin, daß es sich niemals abträgt.«

Nach dem Tausch klopfte er die Asche aus der Pfeife, griff meine Hand zum Gruß und wanderte fort durch den Schnee. Was diese Geschichte betrifft, für die ich bereits jede Garantie abgelehnt habe, kann ich den Zweiflern nur empfehlen, dem Smithsonian Institut einen Besuch abzustatten. Wenn man die erforderlichen Empfehlungsschreiben vorlegt und nicht gerade in der Ferienzeit kommt, wird einem von Professor Dolvidson gewiß eine Audienz gewährt. Die *Muclucs* sind in seinem Besitz, und er wird wenngleich nicht die Art und Weise, in der man zu ihnen gelangte, aber doch das Material, aus dem sie hergestellt sind, bestätigen. Wenn er erklärt, daß sie aus Mammutfell gemacht sind, wird die wissenschaftliche Welt seinem Urteil glauben. Was wollen Sie mehr?

Der Midas Clan

Wade Atsheler ist tot – getötet von eigener Hand. Behaupten zu wollen, daß sein Tod für seinen kleinen Bekanntenkreis völlig unerwartet eintrat, hieße die Unwahrheit sagen; und dennoch – wir, seine engeren Freunde, hatten nicht ein einziges Mal etwas Derartiges auch nur in Erwägung gezogen. Eher waren wir auf eine unbegreifliche, unterbewußte Art und Weise darauf vorbereitet gewesen. Bevor die Tat begangen wurde, kam uns eine solche Möglichkeit überhaupt nicht in den Sinn. Aber als wir wußten, daß er tot war, schien es irgendwie, als hätten wir es die ganze Zeit geahnt und erwartet. Rückblickend betrachtet, war für uns alles leicht erklärbar durch die Tatsache, daß er große Sorgen hatte. Ich sage wohlweislich »große Sorgen«. Denn jung, gutaussehend und als rechte Hand von Eben Hale, dem großen Eisenbahnmagnaten, in gesicherter Stellung, konnte es keinen Grund für ihn geben, sich über die Gunst des Schicksals zu beklagen. Doch wir hatten beobachtet, daß sich seine glatte Stirn runzelte und furchte wie bei quälender Sorge oder nagendem Kummer. Wir hatten gesehen, daß sein volles, schwarzes Haar sich lichtete und silbergrau wurde wie grüne Saat unter sengendem Himmel und bei dörrender Trockenheit. Wer kann vergessen, wie er inmitten einer fröhlichen Runde, die er gegen Ende immer begieriger suchte – wer kann, so frage ich, vergessen, wie er plötzlich in tiefe Geistesabwesenheit und dunkle Schwermut fiel? Zuzeiten, wenn die Stimmung von Höhepunkt zu Höhepunkt schnellte und überschwappte, konnte es geschehen, daß plötzlich – ohne Grund oder Anlaß – seine Augen ihren Glanz verloren, die Brauen sich zusammenzogen und er mit geballten Fäusten sowie einem Gesicht, in dem Krämpfen gleich seelischer Schmerz zuckte, am Rande eines Abgrunds mit einer unbekannten Gefahr rang.

Er sprach nie über seine Sorgen, und wir waren nicht so indiskret, ihn zu fragen. Und es war wirklich besser so; denn hätten wir es getan und hätte er geredet, unsere Hilfe und Macht hätten nichts ausrichten können. Nachdem Eben Hale gestorben war, dessen vertraulicher Sekretär Wade Atsheler war – nein, fast schon Adoptivsohn und gleichberechtigter Geschäftspartner –, ließ dieser sich nicht mehr bei uns sehen. Nicht weil ihm unsere Gesellschaft unangenehm gewesen wäre, wie ich heute weiß, sondern weil sein Kummer so groß war, daß er weder auf unsere Ausgelassenheit eingehen konnte noch Entspannung bei uns gefunden hätte. Warum das so war, konnten wir damals nicht verstehen, denn als Eben Hales Testament verkündet wurde, erfuhr die Welt, daß Wade der alleinige Erbe der vielen Millionen seines Arbeitgebers war, und das Testament enthielt den ausdrücklichen Hinweis, daß ihm diese Erbschaft uneingeschränkt, unverzüglich und ohne jede Bedingung in der üblichen Weise gewährt werden sollte. Weder ein Teil der Aktien noch ein Pfennig Bargeld wurde den Verwandten des Toten vermacht. Was die nächsten Angehörigen betraf, besagte eine höchst erstaunliche Klausel ausdrücklich, daß es ganz im Ermessen von Wade Atsheler stehen sollte, die Ehefrau, Söhne und Töchter Eben Hales mit entsprechenden Geldern zu versorgen, wann immer es ihm ratsam erschien. Hätte es in der Familie des Verstorbenen einen Skandal gegeben oder wären dessen Söhne ungeraten und pflichtvergessen gewesen, dann hätte man für diese höchst ungewöhnliche Tat wenigstens den Schimmer einer Erklärung finden können; aber Eben Hales häusliches Glück war in der Gemeinde schon sprichwörtlich, und man hätte lange suchen müssen, um ordentlichere, gescheitere und vernünftigere Söhne und Töchter, als die seinen es waren, zu finden. Und erst seine Frau – nun ja, diejenigen, die sie am besten kannten, nannten sie liebevoll »Die Urmutter«. Es erübrigt sich zu bemerken, daß dieses unerklärliche Testament die Welt in Staunen und Aufregung versetzte; aber die Erwartungen der Öffentlichkeit wurden enttäuscht; es wurde nicht angefochten.

Es ist noch gar nicht lange her, daß man Eben Hale in einem stattlichen Marmormausoleum beigesetzt hat. Und jetzt ist Wade Atsheler tot. Die Todesanzeige erschien in der heutigen Morgenzeitung. Gerade eben habe ich mit der Post einen Brief von ihm erhalten, der offenbar erst kurze Zeit bevor er sich selbst in die Ewigkeit schickte, aufgegeben wurde. Dieser Brief – er liegt vor mir – ist eine Geschichte in seiner eigenen Handschrift, und er verbindet sie mit zahlreichen Zeitungsausschnitten und Briefabschnitten. Die Originalbriefe, so schreibt er, befinden sich in Händen der Polizei. Um die Gesellschaft vor einer äußerst schrecklichen und teuflischen Gefahr, die ihre bloße Existenz bedroht, zu warnen, bittet er mich auch, die entsetzliche Serie von Tragödien zu veröffentlichen, in die er unschuldig verwickelt wurde. Hiermit füge ich den vollständigen Text an:

Es war im August 1899, kurz nach meiner Rückkehr aus dem Sommerurlaub, als das Unglück über uns hereinstürzte. Wir hatten damals noch nicht gelernt, unser Denken an solch entsetzliche Möglichkeiten zu gewöhnen. Mr. Hale öffnete einen Brief, las ihn und warf ihn lachend auf meinen Schreibtisch. Als ich ihn durchgelesen hatte, sagte ich, ebenfalls lachend: »Irgendein böser Scherz, Mr. Hale, noch dazu ein sehr geschmackloser.« Hier hast Du, mein lieber John, eine genaue Kopie des besagten Briefes:

Mr. Eben Hale
Geldbaron *Kanzlei des M. C. 17. August 1899*

Werter Herr!

Wir ersuchen Sie hiermit, zwanzig Millionen Dollar *in bar* – es sei dahingestellt, welchen Teil Ihres Vermögens das ausmachen mag – bereitzustellen. Wir fordern, daß Sie das Geld direkt an uns oder an unsere Beauftragten überweisen. Sie werden bemerken, daß wir Ihnen keinen bestimmten Termin setzen, denn es ist nicht unser Wunsch, Sie in dieser Angelegenheit zu drängen. Falls es einfacher für Sie sein sollte, können Sie auch in zehn, fünfzehn oder zwanzig Raten zahlen; wir akzeptieren jedoch keinen Teilbetrag unter einer Million.

Glauben Sie uns, werter Mr. Hale, wenn wir Ihnen versichern, daß wir uns zu dieser Handlungsweise ohne jede Feindseligkeit entschlossen haben. Wir sind Vertreter jenes intellektuellen Proletariats, dessen zahlenmäßiges Anwachsen die letzten Tage des neunzehnten Jahrhunderts zu denkwürdigen Tagen werden läßt. Nach gründlichem Studium der Wirtschaft haben wir den Entschluß gefaßt, uns dieses Gebietes anzunehmen. Das hat viele Vorteile, u. a. ist besonders bedeutsam, daß wir unseren Anteil an der Geschäftsführung übernehmen. Bitte zögern Sie nicht zu lange. Wenn Sie mit unseren Bedingungen einverstanden sind, setzen Sie eine entsprechende Anzeige in den »Morning Blazer«, unter der Rubrik Verluste. Wir werden Sie dann mit unserem Plan zur Übergabe der erwähnten Summe vertraut machen. Wir empfehlen Ihnen, das noch vor dem ersten Oktober zu tun. Sollten Sie nicht einverstanden sein, werden wir zu diesem Zeitpunkt einen Mann auf der 39. Straße im Osten töten, um Ihnen zu zeigen, daß es uns ernst ist. Es wird ein Arbeiter sein. Sie kennen den Mann nicht; wir auch nicht. Sie stellen eine Macht in unserer modernen Gesellschaft dar, und wir sind ebenfalls eine Macht – eine neue. Ohne erzürnt oder boshaft sein zu wollen, haben wir uns entschlossen, den Kampf aufzunehmen. Wie Sie sicherlich feststellen werden, treffen wir lediglich ein Geschäftsabkommen. Sie sind der obere, wir der untere Mühlstein; das Leben dieses Mannes wird dazwischen zerrieben. Sie können ihn retten, wenn Sie auf unsere Bedingungen eingehen und rechtzeitig handeln.

Es gab einmal einen König, auf dem der Fluch lag, daß alles, was er berührte, zu Gold wurde. Wir haben seinen Namen gewählt, um unsere Pflicht im Sinne dieses Zeichens zu tun. Eines Tages werden wir, auch um uns vor Konkurrenten abzusichern, diese Bezeichnung urheberrechtlich schützen lassen.

Wir verbleiben, der Midas Clan

Lieber John, ich überlasse es Deinem Urteil, aber hätten wir über eine derartig absurde Mitteilung nicht lachen sollen? Die Idee an sich – das mußten wir zugeben – war nicht übel ersonnen, aber sie war zu grotesk, als daß man sie hätte ernst nehmen können. Mr. Hale sagte, er werde den Brief als eine literarische Kostbarkeit aufbewahren, und legte ihn in ein Schreibtischschubfach. Daraufhin vergaßen wir ihn prompt. Und genauso prompt lasen wir am ersten Oktober beim Durchsehen der Morgenpost folgendes:

Mr. Eben Hale
Geldbaron *Kanzlei des M. C. 1. Oktober 1899*

Werter Herr!

Das Schicksal hat Ihr Opfer ereilt. Vor einer Stunde wurde ein Arbeiter auf der 39. Straße im Osten durch einen Messerstich ins Herz getötet. Wenn Sie diese Nachricht gelesen haben, wird er schon im Leichenschauhaus liegen. Gehen Sie hin und betrachten Sie Ihr Werk.

Als Zeichen unserer Ernsthaftigkeit in dieser Angelegenheit – falls Sie nicht nachgeben – töten wir in zwei Wochen einen Polizisten in der Polk Street oder an der Ecke Polk Street und Clermont Avenue.

Sehr herzlich, der Midas Clan

Wieder lachte Mr. Hale. Er war mit seinen Gedanken ganz und gar bei einer vielversprechenden Unterhandlung mit einem Chicagoer Syndikat, bei der es um den Verkauf all seiner Straßenbahnen in dieser Stadt ging, und deshalb fuhr er fort, seiner Stenotypistin zu diktieren, und verschwendete keinen weiteren Gedanken an diese Sache. Aber irgendwie, ich weiß nicht warum, überkam mich eine schwere Depression. Was, wenn es kein Scherz wäre, fragte ich mich und überflog unwillkürlich die Morgenzeitung. Da stand es, so wie es einer unbedeutenden Person aus den unteren Schichten zukam, in einem halben Dutzend armseliger Zeilen ganz klein in einer Ecke, neben einer medizinischen Werbeanzeige:

Kurz nach fünf Uhr heute morgen wurde ein Arbeiter namens Pete Lascalle auf dem Weg zur Arbeit von einem unbekannten Täter, der entfliehen konnte, auf der 39. Straße im Osten erstochen. Die Polizei hat bisher noch kein Mordmotiv finden können.

»Unglaublich!« lautete Mr. Hales Erwiderung, als ich ihm die Meldung laut vorgelesen hatte; aber offensichtlich belastete ihn das Geschehnis doch, denn am späten Nachmittag bat er mich unter vielen Selbstvorwürfen wegen seiner Dummheit, die Polizei in dieser Angelegenheit einzuschalten. Ich hatte das Vergnügen, mich im Privatbüro des zuständigen Inspektors auslachen zu lassen, obgleich ich mit der Zusicherung fortging, daß man die Sache untersuchen wolle und in der Nähe der Polk Street und Clermont Avenue in der angegebenen Nacht die Streife verdoppeln werde. Dabei blieb es, bis die zwei Wochen vergangen waren und die folgende Nachricht uns per Post erreichte:

Mr. Eben Hale
Geldbaron *Kanzlei des M. C. 15. Oktober 1899*

Werter Herr!

Ihr zweites Opfer ist zum vorgesehenen Zeitpunkt getötet worden. Wir haben es nicht eilig, aber wir werden von nun an den Druck verstärken und wöchentlich töten. Um uns vor polizeilicher Einmischung zu schützen, werden wir Sie künftig erst kurz vor oder während der Tat über das Vorkommnis informieren. Im Vertrauen darauf, Sie in guter Gesundheit zu finden,

verbleiben wir, der Midas Clan

Diesmal griff Mr. Hale zur Zeitung, suchte kurz und las mir diesen Bericht vor:

Ein heimtückisches Verbrechen

Joseph Donahue, erst gestern abend zu einem Sonderstreifeneinsatz im elften Stadtbezirk abkommandiert, wurde um Mitternacht durch Kopfschuß getötet und verstarb sofort. Die Tragödie spielte sich im hellen Licht der Straßenbeleuchtung an der Ecke Polk Street und Clermont Avenue ab. Unsere Gesellschaft kann man in der Tat nicht als sicher bezeichnen, wenn die Hüter ihres Friedens öffentlich und willkürlich erschossen werden. Die Polizei ist bislang unfähig gewesen, den geringsten Anhaltspunkt zu finden. – Kaum hatte er zu Ende gelesen, traf die Polizei ein – der Inspektor persönlich und zwei seiner scharfsinnigen Detektive. Bestürzung stand in ihren Gesichtern, und es war zu sehen, daß sie ernsthaft beunruhigt waren. Obwohl es nur wenige und einfache Anhaltspunkte gab, führten wir ein langes Gespräch und gingen den Fall immer wieder durch. Als der Inspektor uns verließ, versicherte er uns zuversichtlich, daß bald alles vergessen wäre und die Meuchelmörder zur Strekke gebracht sein würden. Er hielt es für besser, zu Mr. Hales und meinem Schutz in der Zwischenzeit Wachen abzustellen und weitere ständig in der Nähe des Hauses und auf dem Gelände zu postieren. Nachdem eine Woche verstrichen war, um ein Uhr nachmittags, erhielten wir dieses Telegramm:

Mr. Eben Hale
Geldbaron *Kanzlei des M. C. 21. Oktober 1899*

Werter Herr!

Mit Bedauern müssen wir feststellen, daß Sie uns völlig mißverstanden haben. Sie haben es für richtig gehalten, sich und Ihren Haushalt mit bewaffneter Bewachung zu umgeben, wahrlich als wären wir gewöhnliche Verbrecher, die vorhaben, bei Ihnen einzubrechen und Ihnen Ihre zwanzig Millionen gewaltsam zu entreißen. Glauben Sie uns, das liegt auch nicht im entferntesten in unserer Absicht.

Wenn Sie die Sache nüchtern betrachten, werden Sie wohl leicht verstehen, daß uns Ihr Leben teuer ist. Seien Sie unbesorgt. Um nichts in der Welt würden wir Ihnen etwas antun. Unsere Absicht ist es, Sie sorgsam zu behüten und vor allem Übel zu beschützen. Ihr Tod bedeutet uns nichts. Wenn es so wäre, seien Sie versichert, wir würden keinen Augenblick zögern, Sie zu vernichten. Denken Sie darüber nach, Mr. Hale. Wenn Sie uns die geforderte Summe ausgezahlt haben, wird es notwendig sein, Sparmaßnahmen einzuleiten. Schicken Sie die Wachen weg, und kürzen Sie Ihre Ausgaben.

Innerhalb von zehn Minuten nach Erhalt dieser Nachricht wird man ein Kindermädchen im Brentwood Park erdrosselt haben. Den Leichnam kann man im Gebüsch seitlich des Weges finden, der links vom Musikpavillon abzweigt.

Herzlich Ihr Midas Clan

In der nächsten Sekunde war Mr. Hale am Telefon und unterrichtete den Inspektor von dem drohenden Mord. Der Inspektor rief die Polizeinebenstelle F an und beorderte einige Männer zum Schauplatz. Fünfzehn Minuten später rief er an und informierte uns, daß man die Leiche, noch warm, am angekündigten Ort gefunden habe. An jenem Abend waren die Zeitungen voll von reißerischen Schlagzeilen über Jack den Würger, und man lamentierte über die Brutalität der Tat und die Unfähigkeit der Polizei. Wir nahmen nochmals Kontakt zum Inspektor auf, der uns bat, die Angelegenheit unter allen Umständen geheimzuhalten. Erfolg, sagte er, hänge von Verschwiegenheit ab.

Wie Du weißt, John, war Mr. Hale ein Mann aus Stahl. Er weigerte sich aufzugeben. Aber ach, John, es war furchtbar – nein, entsetzlich –, dieses schreckliche Etwas, diese blinde Macht in der Dunkelheit! Wir konnten nicht kämpfen, konnten nicht planen, konnten nichts tun, als unsere Hände in den Schoß zu legen und zu warten. Und Woche für Woche, so sicher wie die Sonne aufgeht, erreichte uns die Meldung vom Tode eines Menschen, eines Mannes oder einer Frau, die keinerlei Schuld auf sich geladen hatten, aber durch uns getötet wurden, so als hätten wir es mit eigenen Händen getan. Ein Wort von Mr. Hale, und das Gemetzel hätte ein Ende gehabt. Aber er verhärtete sein Herz und wartete: Die Falten wurden tiefer, Mund und Augen verschlossener und finsterer, und sein Gesicht alterte mit jeder Stunde. Es ist sinnlos, von meinen eigenen Nöten in jener furchtbaren Zeit zu sprechen. Hier findest Du die Briefe und Telegramme des M. C., die Zeitungsberichte usw. über die verschiedenen Morde.

Du wirst auch Briefe darunter finden, die Mr. Hale vor gewissen Machenschaften von Geschäftsfeinden und geheimen Manipulationen an der Börse warnten. Der M. C. schien seine Finger am Puls der Geschäfts- und Finanzwelt zu haben. Er war im Besitz von Informationen, die er uns zuspielte und die unsere Bevollmächtigten nicht hatten erhalten können. Ein rechtzeitiger Hinweis von ihm in einem kritischen Moment bei einem gewissen Geschäftsabschluß, und Mr. Hale hatte fünf Millionen gespart. Ein andermal schickten sie uns ein Telegramm, durch das wir der fixen Idee eines Anarchisten zuvorkamen und einen Anschlag auf das Leben meines Arbeitgebers verhindern konnten. Wir ergriffen den Mann bei seinem Eintreffen und übergaben ihn der Polizei, die soviel Sprengstoff einer neuen und wirkungsvollen Sorte bei ihm fand, daß damit ein Kriegsschiff hätte versenkt werden können.

Wir machten beharrlich weiter. Mr. Hale war zu allem entschlossen. Er zahlte dem Geheimdienst Gelder in Höhe von einhunderttausend je Woche. Die Hilfe der Agentur Pinkerton und zahlloser Privatdetekteien wurde angefordert, und dazu erschienen noch Tausende andere auf unserer Lohnliste. Überall schwirrten unsere Agenten herum, in allen möglichen Verkleidungen, in allen Schichten der Gesellschaft. Sie gingen unzähligen Hinweisen nach; Hunderte von Verdächtigen wurden eingesperrt, und des öfteren standen Tausende verdächtiger Personen unter Beobachtung, aber nicht das geringste kam ans Licht. Der M. C. änderte gelegentlich seine Benachrichtigungsmethode. Und jeder zu uns geschickte Bote wurde unverzüglich festgenommen. Aber zwangsläufig stellte sich heraus, daß es Unschuldige waren, deren Beschreibungen von den Personen, die sie für diesen Auftrag angeworben hatten, nie übereinstimmten. Am letzten Dezembertag erhielten wir diese Mitteilung:

Mr. Eben Hale
Geldbaron *Kanzlei des M. C. 31. Dezember 1899*

Werter Herr!

Entsprechend unserer Taktik – es schmeichelt uns, daß Sie schon so gut damit vertraut sind – dürfen wir Sie darauf verweisen, daß wir Inspektor Bying einen Paß zur Ausreise aus diesem Jammertal zukommen lassen werden, mit dem Sie ja aufgrund unserer freundlichen Aufmerksamkeiten inzwischen sehr gut bekannt sind. Er hat die Angewohnheit, sich zu dieser Tageszeit in seinem Privatbüro aufzuhalten. Schon wenn Sie dies lesen, wird er seinen letzten Atemzug tun.

Herzlich Ihr Midas Clan

Ich ließ den Brief fallen und sprang zum Telefon. Wie groß war meine Erleichterung, als ich die warmherzige Stimme des Inspektors hörte. Aber noch während er sprach, erstarb seine Stimme, nur noch ein gurgelndes Ächzen war zu vernehmen, und ich hörte entfernt den Aufprall eines Körpers. Dann sagte eine fremde Stimme »Hallo«, übermittelte mir die Grüße des M. C. und legte auf. Unverzüglich rief ich das öffentliche Amt des Polizeipräsidiums an und teilte mit, daß man dem Inspektor in seinem Privatbüro sofort zu Hilfe eilen müsse. Währenddessen blieb ich am Apparat, und ein paar Minuten später erhielt ich die Nachricht, daß man ihn in einem Blutbad gefunden hatte, als er gerade seinen letzten Atemzug tat. Augenzeugen gab es nicht, Spuren des Mörders wurden nicht entdeckt.

Woraufhin Mr. Hale sofort seinem Geheimdienst höhere Zuwendungen machte, bis wöchentlich eine Million aus seinen Tresoren floß. Er war entschlossen, sich durchzusetzen. Seine ständigen Ausgaben wuchsen auf über zehn Millionen an. Du hast nun eine klare Vorstellung von seiner Finanzlage und kannst Dir vorstellen, wie er sich verausgabte. Es war das Prinzip, so versicherte er, für das er kämpfte, nicht der Mammon. Und man muß zugeben, daß sein Handeln die Ehrenhaftigkeit seines Motivs unterstrich. Die Polizeiämter aller großen Städte arbeiteten mit uns zusammen, und sogar die Regierung der Vereinigten Staaten trat auf den Plan – dieser Fall wurde zu einer der vorrangigsten Angelegenheiten des Staates. Gewisse Reservefonds der Nation wurden angezapft, um den M. C. zur Strecke zu bringen, und jeder Regierungsbeamte war auf der Hut. Doch alles vergeblich. Der Midas Clan setzte seine verdammenswerte Arbeit ungehindert fort. Er tat das auf seine Weise und schlug unfehlbar zu.

Aber während wir bis zum letzten kämpften, konnte Mr. Hale seine Hände nicht von dem Blut reinwaschen, mit dem sie beschmutzt waren. Obwohl er im eigentlichen Sinne kein Mörder war und obwohl kein Gericht ihn jemals schuldig sprechen würde, waren all diese Menschen dennoch seinetwegen getötet worden. Wie ich vorher schon erwähnt habe, ein Wort von ihm, und das Gemetzel hätte aufgehört. Aber er weigerte sich, dieses Wort auszusprechen. Er beharrte darauf, daß die Integrität der Gesellschaft auf dem Spiel stehe, daß er nicht einfach ein Feigling sei, der seinen Posten verlasse, und daß es doch nur gerecht sei, wenn ein paar – letzten Endes für das Wohlergehen vieler – zu Märtyrern würden. Trotzdem war er mit Blut besudelt, und er versank in eine immer tiefere Schwermut. Als sein Komplice war ich in ähnlicher Weise mit Schuld beladen. Rücksichtslos wurden Babys, Kinder und Alte getötet; und diese Morde beschränkten sich nicht allein auf unser Gebiet, sondern geschahen an den unterschiedlichsten Orten des Landes. Mitte Februar saßen wir eines Abends in der Bibliothek, da klopfte es laut an der Tür. Als ich nachsehen ging, fand ich im Korridor auf dem Teppich folgendes Schreiben:

Mr. Eben Hale
Geldbaron *Kanzlei des M. C. 15. Februar 1900*

Werter Herr!

Peinigt es nicht Ihr Gewissen, daß Sie eine Bluternte reifen lassen? Vielleicht haben wir unsere Aufgabe zu abstrakt gehandhabt. Werden wir jetzt also konkret. Miß Adelaide Laidlaw ist eine hoffnungsvolle junge Frau, und wie wir gehört haben, so tugendhaft wie schön. Sie ist die Tochter Ihres alten Freundes, Richter Laidlaw, und zufällig wissen wir, daß Sie sie schon als Kind auf dem Arm getragen haben. Sie ist die engste Freundin Ihrer Tochter und gegenwärtig bei ihr zu Besuch. Wenn Sie bis hierhin gelesen haben, wird ihr Besuch beendet sein.

Sehr herzlich, der Midas Clan

Mein Gott! – augenblicklich begriffen wir die entsetzliche Bedeutung! Wir rasten durch die Aufenthaltsräume – dort war sie nicht – und weiter zu ihrem Appartement. Die Tür war verschlossen; wir warfen uns dagegen und brachen sie auf. Da lag sie – geradeso, als hätte sie sich für die Oper zurechtgemacht; wie das blühende Leben, der Körper noch warm und geschmeidig. Ich möchte den Rest des Grauens übergehen. Du wirst Dich sicherlich an die Zeitungsberichte erinnern, lieber John.

Spät in jener Nacht ließ Mr. Hale mich zu sich rufen und beschwor mich vor Gott und mit allem Ernst, ihm beizustehen und keine Kompromisse einzugehen, selbst wenn alle – Verwandte und Bekannte eingeschlossen – vernichtet würden.

Am nächsten Tag überraschte mich seine Fröhlichkeit. Ich hatte geglaubt, daß diese letzte Tragödie ihn tief getroffen hätte – wie tief, sollte ich bald erfahren. Den ganzen Tag lang war er unbeschwert und guter Laune, als ob er doch noch einen Ausweg aus dem entsetzlichen Problem gefunden hätte. Am darauffolgenden Morgen fanden wir ihn tot im Bett, ein friedvolles Lächeln im sorgenverzerrten Gesicht – erstickt. In stillschweigendem Einvernehmen mit der Polizei und den Behörden wurde sein Tod der Welt als Herzversagen bekanntgegeben. Es schien uns weiser, die Wahrheit zu verschweigen, aber das hat uns wenig eingebracht, wie alles andere auch.

Kaum hatte ich das Sterbezimmer verlassen, als – aber zu spät – folgender ungewöhnlicher Brief eintraf:

Mr. Eben Hale
Geldbaron *Kanzlei des M. C. 17. Februar 1900*

Werter Herr!

Wir hoffen, Sie werden unsere Aufdringlichkeit so kurz nach dem traurigen Vorfall von vorgestern entschuldigen, aber was wir Ihnen mitzuteilen wünschen, könnte für Sie von größter Wichtigkeit sein. Uns ist eingefallen, daß Sie den Versuch machen könnten, uns zu entfliehen. Es gibt augenscheinlich nur einen einzigen Weg, wie Sie zweifelsohne schon vorher festgestellt haben. Aber wir möchten Ihnen mitteilen, daß auch dieser Weg versperrt ist. Sie möchten sterben, doch Ihr Tod ist ein Versagen, und das wissen Sie. Nehmen Sie zur Kenntnis: *Wir sind untrennbar von Ihren Besitztümern. Zusammen mit Ihren Millionen werden wir für immer in den Besitz Ihrer Erben und Rechtsnachfolger übergehen.*

Wir sind das Unvermeidliche. Wir sind die höchste Form der Verkörperung der industriellen und sozialen Ungerechtigkeit. Wir wenden uns gegen die Gesellschaft, die uns geschaffen hat. Wir sind die erfolgreichen Mißgeburten des Zeitalters, die Geißel einer entarteten Zivilisation.

Wir sind die Geschöpfe einer pervertierten sozialen Auslese. Wir begegnen der Gewalt mit Gewalt. Nur die Starken werden überleben. Wir glauben an das Überleben der Tüchtigsten. Sie haben Ihre Lohnsklaven in den Dreck gestoßen, und so haben Sie überlebt. Die Kriegsführer haben Ihre Arbeitnehmer in unzähligen blutigen Streiks – auf Ihren Befehl hin – niedergeschossen wie Hunde. Mit solchen Mitteln haben Sie überlebt. Wir lamentieren nicht über die Folgen, denn wir erkennen sie an und führen unsere Existenz auf dasselbe Naturgesetz zurück. Und jetzt erhebt sich die Frage: *Wer von uns wird unter den gegenwärtigen sozialen Bedingungen überleben?* Wir glauben, wir sind die Geeignetsten. Sie glauben, daß Sie die Tauglichsten sind. Wir überlassen die Entscheidung der Zeit und dem Gesetz.

Herzlichst Ihr Midas Clan

Wunderst Du Dich jetzt noch, John, daß ich mich von allen Vergnügungen ferngehalten habe und Freunden aus dem Wege gegangen bin? Aber was sollen Erklärungen? Bestimmt wird Dir durch diesen Bericht alles klar. Vor drei Wochen ist Adelaide Laidlaw gestorben. Seitdem habe ich voller Hoffnung und Angst gewartet. Gestern wurde das Testament eröffnet und bekanntgegeben. Heute erhielt ich die Nachricht, daß eine Frau aus dem Mittelstand im Golden Gate Park – weit weg in San Francisco – umgebracht werden würde. Die Meldungen in den heutigen Abendzeitungen bringen Einzelheiten des brutalen Geschehens – Einzelheiten, die mit den vorher von mir beschriebenen übereinstimmen.

Es ist sinnlos. Ich kann nicht gegen das Unvermeidliche kämpfen. Ich war Mr. Hale gegenüber pflichtbewußt und habe hart gearbeitet. Weshalb meine Gewissenhaftigkeit auf diese Weise belohnt werden soll, kann ich nicht begreifen. Doch weder kann ich meinem Konzern untreu werden noch durch einen Kompromiß mein Wort brechen. Ich bin entschlossen, nicht noch mehr Tote auf mein Gewissen zu laden. Ich habe verfügt, daß die mir kürzlich vererbten Millionen an die rechtmäßigen Besitzer übergehen. Mögen

Eben Hales energievolle Söhne ihren eigenen Rettungsplan ausarbeiten.

Wenn Du dies liest, werde ich schon tot sein. Der Midas Clan ist übermächtig. Die Polizei unfähig. Ich erfuhr von ihnen, daß andere Millionäre in ähnlicher Form mit Geldforderungen belästigt oder verfolgt wurden – wie viele, ist nicht bekannt, denn wenn jemand zum M. C. übergelaufen ist, ist sein Mund von Stund an versiegelt. Diejenigen, die das nicht getan haben, fahren jetzt noch blutige Ernte ein. Das erbarmungslose Spiel ist noch nicht zu Ende. Die Bundesregierung kann nichts tun. Soviel ich weiß, sind ähnliche Zweigorganisationen in Europa aufgetaucht. Die Gesellschaft wird in ihren Grundfesten erschüttert. Fürstentümer und Staatsmächte sind wie Fackeln bereit zum Brand. Statt daß die Massen sich gegen die Klassen erheben, ist es eine Klasse gegen alle Klassen. Wir, die Hüter des menschlichen Fortschritts, werden ausgewählt und zerschlagen. Gesetz und Ordnung haben versagt.

Von offizieller Seite wurde ich gebeten, dieses Geheimnis zu wahren. Das habe ich getan, aber ich kann es nicht länger. Es ist zu einer Frage von öffentlicher Bedeutung geworden, belastet mit den schrecklichsten Konsequenzen, und ich erfülle meine Pflicht, bevor ich diese Welt verlasse, indem ich auf ihre Bedrohung hinweise.

Gib Du dies der Öffentlichkeit bekannt, John. Es ist meine letzte Bitte. Hab keine Angst. Das Schicksal der Menschheit liegt in Deinen Händen. Sorg dafür, daß die Presse Millionen Exemplare hiervon verbreitet; daß die Telegrafen es um die ganze Welt gehen lassen; wo immer Menschen zusammenkommen und miteinander sprechen, sorg dafür, daß sie von dieser Sache mit Angst und Zittern reden. Und dann, wenn alle aufgestört sind, möge sich die Gesellschaft in all ihrer Macht erheben und diese Greuel ausmerzen.

Leb wohl für immer!

Dein Wade Atsheler

Der Schatten und der Blitz

Erst im Rückblick wird mir klar, was für eine sonderbare Freundschaft das war. Da war zuerst einmal Lloyd Inwood, groß, schlank, gut gebaut, nervös und dunkelhaarig. Und dann Paul Tichlorne, groß, schlank, gut gebaut, nervös und blond. Jeder war das vollkommene Ebenbild des anderen, mit Ausnahme der Farbe. Lloyds Augen waren schwarz, die von Paul blau. Im Erregungszustand stieg das Blut in Lloyds Gesicht olivgrün empor, in Pauls dunkelrot. Aber abgesehen von der Farbe ähnelten sich die beiden wie ein Ei dem anderen. Beide waren leicht erregbar, neigten zu übertriebener Anspannung und Ausdauer und standen ständig unter Volldampf. Zu dieser bemerkenswerten Freundschaft gehörten allerdings drei. Der dritte im Bunde war klein und dick, kräftig und phlegmatisch, und – so ungern ich's sage – dieser dritte war kein anderer als ich selbst. Paul und Lloyd schienen als Rivalen geboren zu sein und ich als Friedensstifter zwischen ihnen. Wir drei wuchsen zusammen auf, und nur allzuoft bekam ich die wütenden Schläge ab, die sie sich gegenseitig zugedacht hatten. Sie konkurrierten ständig miteinander und versuchten sich gegenseitig auszustechen. Waren sie erst einmal in irgendeinen Kampf verwickelt, so kannten weder ihre Anstrengungen noch ihre Verbissenheit eine Grenze.

Dieser intensive Konkurrenzgeist beherrschte ihr Lernen und ihr Spiel. Wenn Paul einen Gesang des »Marmion« auswendig konnte, dann lernte Lloyd zwei, Paul erschien dann mit drei und Lloyd seinerseits mit vier, bis die beiden das ganze Gedicht im Kopf hatten. Ich erinnere mich an einen Zwischenfall, der sich an der Badestelle ereignete – ein Zwischenfall, der auf tragische Weise für die Neigung der beiden zum Kampf auf Leben und Tod bezeichnend ist. Die Jungen hatten ein Spiel, bei dem sie zum Grund einer zehn

Fuß tiefen Stelle tauchten und sich dort an den Wurzeln festhielten, um zu sehen, wer es am längsten unten aushalten konnte. Paul und Lloyd ließen sich dazu anstacheln, zusammen hinabzutauchen. Als ich ihre starren und entschlossenen Gesichter im Wasser verschwinden und ihre Körper rasch nach unten sinken sah, ahnte ich, daß etwas Schreckliches geschehen würde. Die Zeit raste, die kleinen Wellen legten sich, die Wasseroberfläche wurde ruhig und glatt, doch weder ein schwarzer noch ein blonder Kopf brach durch die Oberfläche, um Luft zu holen. Wir Zuschauer bekamen es mit der Angst. Der Rekord des ausdauerndsten Jungen war längst gebrochen, und es regte sich noch immer nichts. Luftblasen stiegen langsam nach oben und zeigten an, daß die beiden die Luft aus ihren Lungen gepreßt hatten. Dann stiegen keine Blasen mehr auf. Jede Sekunde wurde zur Ewigkeit, und ich, unfähig, die Spannung länger zu ertragen, sprang ins Wasser.

Ich fand die beiden unten auf dem Grund. Sie klammerten sich an die Wurzeln; ihre Gesichter kaum einen Fuß voneinander entfernt, starrte jeder den anderen mit weit aufgerissenen Augen an. Sie litten schreckliche Qualen, krümmten und wanden sich unter den Schmerzen des freiwilligen Erstickens. Keiner von beiden wollte loslassen und sich geschlagen geben. Ich versuchte Pauls Hand von der Wurzel zu lösen, aber er leistete mir erbitterten Widerstand. Ich geriet außer Atem und mußte auftauchen. Ich war ganz verstört. Schnell erklärte ich die Situation, und ein halbes Dutzend von uns tauchte hinunter und riß die zwei mit vereinten Kräften los. Als wir sie an Land gezogen hatten, waren sie bewußtlos, und erst nach längerem Umherwälzen und Abfrottieren kamen sie wieder zu sich. Sie wären unweigerlich ertrunken, hätten wir sie nicht gerettet.

Als Paul Tichlorne seine Collegeausbildung begann, ließ er jedermann wissen, daß er sich den Sozialwissenschaften widmen wollte. Lloyd Inwood, der zur selben Zeit begann, entschied sich für denselben Kurs. Aber Paul hatte die ganze Zeit insgeheim geplant, Naturwissenschaften mit der Spezialrichtung Chemie zu studieren und sattelte im letzten Augenblick um. Obwohl Lloyd schon die Arbeit für das Jahr geplant und die ersten Vorlesungen besucht hatte, folgte er Paul sofort und wandte sich den Naturwissenschaften mit der Spezialrichtung Chemie zu. Ihre Rivalität war bald in der ganzen Universität bekannt. Sie spornten sich gegenseitig derart an, daß sie tiefer als je ein Student vor ihnen in die Geheimnisse der Chemie eindrangen; so tief, daß sie schon vor der Diplomprüfung jeden Chemie- oder anderen Professor der Lehranstalt hätten in Verlegenheit bringen können. Eine Ausnahme war der alte Moss, der Institutsdirektor, und selbst ihn verwirrten und belehrten sie mehr als einmal.

Lloyds Entdeckung des »Todesbazillus« der Froschfische und seine Untersuchungen zur Wirkung von Zyankali auf den Bazillus machten seinen Namen und den seiner Universität weltbekannt. Paul stand ihm jedoch in nichts nach, denn ihm gelang die Herstellung künstlicher Kolloide, die sich wie Amöben verhielten. Außerdem warf er neues Licht auf die Befruchtungsprozesse durch seine erstaunlichen Untersuchungen der Wirkung einfacher Natriumchloride und Magnesiumlösungen auf niedere Wasserlebewesen.

In ihrer Studentenzeit, während sie noch vollauf damit beschäftigt waren, die Geheimnisse der organischen Chemie zu ergründen, geschah es allerdings, daß Doris van Benschoten in ihr Leben trat. Lloyd lernte sie als erster kennen, aber innerhalb von vierundzwanzig Stunden sorgte Paul dafür, daß er ebenfalls ihre Bekanntschaft machte. Natürlich verliebten sie sich in sie, und das Mädchen wurde für beide der einzige Lebensinhalt. Sie umwarben sie mit dem gleichen Eifer und Feuer, und der Kampf um sie wurde so heiß, daß die halbe Studentenschaft hohe Wetten über den Ausgang abschloß. Selbst der alte Moss setzte nach einem erstaunlichen Experiment in seinem Privatlaboratorium, das

Paul demonstriert hatte, einen Monatslohn darauf, daß dieser Doris van Benschotens Bräutigam würde.

Am Ende löste sie das Problem auf ihre Weise, zur Zufriedenheit aller, mit Ausnahme von Paul und Lloyd. Sie lud die beiden ein und eröffnete ihnen, daß sie sich wirklich nicht zwischen ihnen entscheiden könne, denn sie mochte beide gleich gern. Da es jedoch in den Vereinigten Staaten nicht erlaubt sei, polygam zu leben, sehe sie sich gezwungen, auf die Ehre und das Glück der Ehe mit jedem der beiden zu verzichten. Sie gaben sich gegenseitig die Schuld an diesem beklagenswerten Ausgang, und die Feindschaft zwischen ihnen wuchs noch mehr.

Deren Höhepunkt sollte jedoch nur allzuschnell erreicht werden. Das Folgende ereignete sich in meinem Haus, nachdem sie ihren Abschluß gemacht hatten und aus dem Blickfeld der Öffentlichkeit verschwunden waren. Es war der Anfang vom Ende. Beide waren vermögend, so daß bei ihnen nur eine geringe Neigung und überhaupt keine Notwendigkeit zu einer beruflichen Laufbahn bestand. Meine Freundschaft und ihre Feindschaft waren das einzige, was sie überhaupt zusammenhielt. Sie kamen sehr oft zu mir, achteten jedoch peinlich darauf, sich bei einem solchen Besuch nicht zu begegnen. Dennoch war es unter diesen Umständen unvermeidbar, daß sie gelegentlich aufeinanderstießen.

An dem betreffenden Tage hatte Paul Tichlorne den ganzen Morgen in meinem Arbeitszimmer über einer neuen wissenschaftlichen Zeitschrift gebrütet. Dadurch konnte ich mich um meine eigenen Angelegenheiten kümmern, und ich befand mich im Garten bei meinen Rosen, als Lloyd Inwood kam. Ich war gerade dabei, die Kletterrosen zu beschneiden und an der Veranda hochzubinden, den Mund voller Nägel.

Lloyd leistete mir Gesellschaft und ging mir auch gelegentlich zur Hand. Dabei kamen wir auf die sagenumwobenen unsichtbaren Menschen zu sprechen, auf jene fremdartigen, ruhelosen Gestalten, von denen uns in alten Überlieferungen berichtet wird. Lloyd wandte sich dem Gesprächsthema auf seine nervöse, sprunghafte Weise zu und stellte bald Betrachtungen über die physikalischen Voraussetzungen und Möglichkeiten der Unsichtbarkeit an. Ein völlig schwarzes Objekt, so behauptete er, würde sich dem schärfsten Blick entziehen.

»Farbe ist eine Sinneswahrnehmung«, sagte er. »Sie hat keine objektive Existenz. Ohne Licht können wir weder Farben noch die eigentlichen Gegenstände sehen. Alle Gegenstände sind im Dunkeln schwarz, und bei Dunkelheit ist es unmöglich, sie zu sehen. Wenn kein Licht auf sie fällt, dann wird von ihnen auch kein Licht auf das Auge zurückgeworfen, so daß wir keinen sichtbaren Beweis für ihre Existenz haben.«

»Aber wir sehen doch schwarze Gegenstände bei Tageslicht«, warf ich ein.

»Ganz recht«, fuhr er hitzig fort. »Der Grund dafür ist, daß sie nicht völlig schwarz sind. Wären sie völlig schwarz, absolut schwarz sozusagen, könnten wir sie nicht sehen. Nicht einmal im Licht von tausend Sonnen wären sie sichtbar! Ich behaupte, daß mit den richtig zusammengesetzten Farbstoffen ein absolutes Schwarz hergestellt werden könnte, und alles, was man damit bestriche, würde unsichtbar werden.«

»Das wäre eine erstaunliche Entdeckung«, sagte ich zurückhaltend, denn die ganze Sache schien mir zu phantastisch, als daß sie ernst genommen werden könnte.

»Erstaunlich!« Lloyd klopfte mir auf die Schulter. »Das will ich meinen. Wenn ich mich in solch eine Farbe hüllen könnte, alter Junge, dann würde mir die ganze Welt zu Füßen liegen. Ich würde die Geheimnisse von Königen und Kaisern kennen, das Ränkespiel der Diplomaten und Politiker, die Manöver der Börsenspekulanten, die Pläne von Trusts und Unternehmen. Ich käme an die Schalthebel der

Macht heran; ja, ich wäre selbst die wichtigste Macht in der Welt. Und ich ...«

Er unterbrach sich kurz, dann setzte er hinzu: »Nun ja, ich habe mit meinen Experimenten schon begonnen, und ich kann dir sagen, daß ich auf dem richtigen Wege bin.«

Ein Lachen von der Eingangstür her schreckte uns auf. Paul Tichlorne stand dort mit einem spöttischen Lächeln auf den Lippen.

»Du vergißt etwas, mein lieber Lloyd«, sagte er.

»Was soll ich vergessen?«

»Du vergißt«, fuhr Paul fort, »ja, du vergißt den Schatten.«

Ich sah, wie sich Lloyds Gesicht verfinsterte, aber er antwortete spöttisch: »Ich kann ja einen Sonnenschirm tragen.«

Doch dann wandte er sich plötzlich wütend zu ihm hin. »Hör zu, Paul, du hältst dich da gefälligst 'raus. Das rate ich dir.«

Ein Zusammenstoß schien unausweichlich, aber Paul lachte nur gutmütig. »Ich würde niemals deine schmutzigen Farbstoffe anrühren. Auch wenn du noch so viel Erfolg hättest, immer wäre dir der Schatten im Wege. Ihm entkommst du nicht. Ich gehe genau den entgegengesetzten Weg. Bei meiner Lösung wird der Schatten von vornherein eliminiert.«

»Transparenz!« stieß Lloyd sofort hervor. »Aber sie ist nicht zu erreichen.«

»O nein, natürlich nicht.« Paul zuckte die Achseln und schlenderte den Wildrosenpfad hinunter.

Das war der Anfang. Beide Männer gingen das Problem mit der gewaltigen Energie an, für die sie bekannt waren, und mit einer haßerfüllten Verbissenheit, daß ich vor dem Erfolg eines jeden Angst hatte.

Sie vertrauten mir völlig. In den folgenden langen Wochen des Experimentierens wurde ich auf beiden Seiten ein Beteiligter. Ich hörte mir ihre Theorien an und beobachtete ihre Experimente. Niemals machte ich auch nur die geringste Andeutung über die Fortschritte des anderen, und beide respektierten das Siegel, mit dem ich meine Lippen verschloß.

Lloyd Inwood hatte eine sonderbare Art, sich zu entspannen, wenn ihm die geistige und körperliche Anspannung nach längerer, ununterbrochener Arbeit unerträglich wurde. Er ging zu Boxkämpfen. Es geschah bei einer dieser grausamen Darbietungen, zu der er mich mitgeschleppt hatte, um mir seine neuesten Ergebnisse zu erläutern, daß seine Theorie eine augenfällige Bestätigung erfuhr.

»Siehst du den Mann mit dem roten Backenbart?« fragte er, indem er über den Ring hinweg auf die fünfte Sitzreihe deutete. »Und siehst du auch den Mann neben ihm, den mit dem weißen Hut? Zwischen ihnen ist doch eine ziemlich große Lücke, nicht?«

»Sicher«, antwortete ich. »Sie sind einen Platz auseinander. Die Lücke ist ein freier Sitz.«

Er beugte sich zu mir herüber und sprach ernst. »Zwischen dem Mann mit dem roten Backenbart und dem Mann mit dem weißen Hut sitzt Ben Wasson. Du hast gehört, wie ich einmal von ihm gesprochen habe. Er ist der beste Boxer seiner Klasse im Lande. Außerdem ist er Neger und kommt aus der Karibik. Er ist der schwärzeste Neger in den Vereinigten Staaten. Sein schwarzer Überzieher ist bis oben zugeknöpft. Ich sah ihn, als er hereinkam und sich dort hinsetzte. Sobald er saß, war er verschwunden. Sieh genau hin, er lächelt vielleicht.«

Ich war dafür, hinüberzugehen, um Lloyds Behauptung zu überprüfen, aber er hielt mich zurück. »Warte«, sagte er.

Ich wartete und beobachtete schließlich, wie der Mann mit dem roten Backenbart seinen Kopf drehte, als wolle er sich dem freien Platz zuwenden. Dann sah ich in dem leeren Raum das Weiße von einem rollenden Augenpaar und den weißen Doppelhalbmond zweier Zahnreihen, und einen Augenblick lang konnte ich das Gesicht des Negers erkennen. Aber indem das Lächeln verschwand, wurde es wieder unsichtbar, und der Platz schien leer wie zuvor.

»Wenn er völlig schwarz wäre, könntest du neben ihm sitzen und würdest ihn nicht sehen«, sagte Lloyd, und ich muß zugeben, daß die Demonstration mich beinahe überzeugte.

Danach besuchte ich Lloyds Laboratorium noch einige Male und fand ihn immer auf der Suche nach dem absoluten Schwarz. Seine Experimente schlossen alle möglichen Farbstoffe ein, so etwa Lampenruß, Teer, verkohlte Pflanzenteile. Ruß aus der Verbrennung von Ölen und Fetten, die verschiedensten verkohlten tierischen Substanzen.

»Weißes Licht besteht aus den sieben Grundfarben«, setzte er mir auseinander. »Aber selbst ist es unsichtbar. Nur wenn es von Gegenständen reflektiert wird, werden diese sichtbar. Zu sehen ist jedoch nur der Anteil des Lichtes, der reflektiert wird. Beispielsweise haben wir hier eine blaue Tabaksdose. Das weiße Licht trifft darauf, und mit einer Ausnahme werden alle enthaltenen Farben – Violett, Indigo, Grün, Gelb, Orange und Rot – absorbiert. Die einzige Ausnahme ist das *Blau.* Deshalb erscheint uns die Tabaksdose blau. Wir sehen die anderen Farben nicht, weil sie absorbiert werden. Wir sehen nur das Blau. Aus demselben Grund ist Gras *grün.* Die grünen Wellen des weißen Lichtes treffen auf unsere Augen.«

»Wenn wir unsere Häuser anstreichen, dann tragen wir nicht eigentlich Farben auf«, sagte er bei anderer Gelegenheit. »Wir tragen lediglich gewisse Substanzen auf, die die Eigenschaft haben, aus dem weißen Licht alle Farben zu absorbieren bis auf jene, in denen wir unsere Häuser erscheinen lassen wollen. Wenn eine Substanz alle Farben auf unser Auge reflektiert, dann erscheint sie weiß. Wenn sie alle Farben absorbiert, ist sie schwarz. Aber wie ich schon sagte, bis jetzt gibt es noch kein perfektes Schwarz. *Alle* Farben werden nicht absorbiert. Das perfekte Schwarz, da es nicht reflektiert, wird vollkommen und absolut unsichtbar sein. Schau dir beispielsweise das hier an.«

Er deutete auf eine Palette, die auf seinem Schreibtisch lag. Schattierungen verschiedener schwarzer Farbstoffe waren darauf verteilt. Eine davon war kaum sichtbar. Diese Substanz verschwamm vor meinen Augen; ich mußte mir die Augen reiben und noch einmal hinsehen.

»Dies«, sagte er eindringlich, »ist das schwärzeste Schwarz, das du oder irgendein anderer Sterblicher je gesehen hat. Aber warte noch ein wenig, und ich werde ein Schwarz haben, so schwarz, daß kein Sterblicher, der darauf blickt, es sehen kann!«

Auf der anderen Seite fand ich Paul Tichlorne mit gleicher Intensität vertieft in die Untersuchung von Erscheinungen wie Polarisation und Beugung des Lichtes, Interferenz, Einfach- und Doppelbrechung sowie die Analyse aller möglichen organischen Verbindungen.

»Transparenz – ein Zustand oder eine Eigenschaft von Körpern, die von allen Lichtstrahlen durchdrungen werden«, definierte er mir den Begriff.

»Das ist, was ich suche. Lloyd geht in die Irre mit seiner perfekten Undurchsichtigkeit. Er kann dem Schatten nicht entfliehen, aber ich. Ein durchsichtiger Körper wirft keinen Schatten. Er reflektiert auch keine Lichtwellen, allerdings nur, wenn er absolut durchsichtig ist. Wenn man Seitenlicht vermeidet, wird solch ein Körper nicht nur keinen Schatten werfen, sondern auch völlig unsichtbar sein, da er ja kein Licht reflektiert.«

Bei einer anderen Gelegenheit standen wir am Fenster. Paul war damit beschäftigt, einige Linsen zu polieren, die in einer Reihe auf dem Fensterbrett lagen. Plötzlich, in einer Gesprächspause, sagte er: »Oh, ich habe eine Linse fallen lassen. Steck doch mal deinen Kopf hinaus, alter Junge, und sieh nach, wo sie hingefallen ist.« Ich beugte meinen

Kopf vor, aber ein scharfer Schlag gegen meine Stirn ließ mich sofort zurückfahren. Ich rieb meine schmerzende Augenbraue und sah Paul vorwurfsvoll und fragend an. Der lachte nur belustigt und kindisch.

»Nun?« fragte er.

»Nun?« gab ich zurück.

»Weshalb untersuchst du die Sache nicht?« forderte er mich auf.

Und ich untersuchte die Sache. Bevor ich meinen Kopf vorbeugte, hatten mir meine Sinne ganz automatisch gesagt, daß dort nichts war, daß es zwischen mir und draußen nichts gab und die Fensteröffnung völlig leer war. Ich streckte die Hand vor und fühlte einen festen Gegenstand, er war glatt, kühl und flach. Mein Tastsinn sagte mir aus Erfahrung, daß es sich nur um Glas handeln konnte. Ich blickte noch einmal hin, aber ich konnte absolut nichts sehen.

»Weißer Quarzsand«, rasselte Paul herunter, »Natriumkarbonat, gelöschter Kalk, zerstoßenes Glas, Mangansuperoxid – das ist es, das feinste französische Spiegelglas, hergestellt von der berühmten Firma St. Gobain, wo das feinste Spiegelglas der Welt gemacht wird. Und das ist das Beste, was dort je hergestellt wurde. Es hat ein Vermögen gekostet. Schau es nur an! Du kannst es nicht sehen. Du weißt nicht, daß es da ist, bis du mit dem Kopf dagegenstößt.

Na, alter Junge! Das war etwas Anschauungsunterricht – gewisse Elemente, die selbst undurchsichtig sind, werden so verbunden, daß der entstehende Körper durchsichtig wird. Nun wirst du sagen, das gehört in die anorganische Chemie. Und du hast recht. Aber ich wage die Behauptung, daß ich in der organischen Materie alles kopieren kann, was in der anorganischen Materie vorkommt. Hier!«

Er hielt vor mir ein Reagenzglas ans Licht. Ich sah die darin enthaltene wolkige, trübe Flüssigkeit. Er leerte den Inhalt eines zweiten Reagenzglases in das erste, und die Flüssigkeit wurde sofort klar und perlend.

»Oder hier!«

Mit hastigen, nervösen Bewegungen griff er nach dem einen oder anderen Reagenzglas und verwandelte eine weiße Lösung in eine weinfarbene und eine hellgelbe in eine dunkelbraune. Er warf ein Stück Lackmuspapier in eine Säure; es färbte sich sofort rot. Als er es in eine Lauge tauchte, wurde es ebensoschnell blau.

»Das Lackmuspapier ist noch immer Lackmuspapier«, verkündete er dozierend. »Ich habe es nicht in etwas anderes verwandelt. Aber was habe ich gemacht? Ich habe lediglich die Anordnung seiner Moleküle verändert. Zuerst absorbierte es alle Farben außer Rot, dann wurde seine Molekularstruktur so verändert, daß es Rot absorbierte und auch alle anderen Farben, bis auf Blau. Und so geht es weiter, *ad infinitum*. Nun, worauf ich eigentlich hinauswill, ist folgendes.« Er machte eine kurze Pause. »Ich will die geeigneten Stoffe suchen – hm, und auch finden –, die bei der Einwirkung auf den lebenden Organismus Molekularveränderungen hervorrufen, die denen ähnlich sind, die du gerade beobachtet hast. Aber die Reagenzien, nach denen ich auf der Suche bin, werden den lebendigen Körper nicht blau, rot oder schwarz färben, sondern durchsichtig machen. Alles Licht wird hindurchtreten. Er wird unsichtbar sein. Er wird keinen Schatten werfen.«

Ein paar Wochen später ging ich mit Paul zur Jagd. Er hatte mir schon seit langem das Vergnügen versprochen, mit einem wunderbaren Hund zu jagen, mit dem wohl wunderbarsten Hund, der jemals einen Jäger begleitet hat. Das behauptete er jedenfalls immer wieder, bis ich neugierig wurde. Aber an dem betreffenden Morgen war ich enttäuscht, denn es war kein Hund zu sehen.

»Kümmere dich nicht darum«, ließ Paul unbeteiligt fallen. Dann machten wir uns auf den Weg durch die Felder.

Ich wußte zu diesem Zeitpunkt nicht, was mir fehlte, aber in mir war die Ahnung einer drohenden tödlichen Krankheit. Ich war mit den Nerven am Ende, und nach den erstaunlichen Streichen zu urteilen, die meine Sinne mir gespielt hatten, schienen diese völlig durcheinander zu sein. Unerklärliche Geräusche belästigten mich. Manchmal hörte ich das Rascheln von Gras, das auseinandergeschoben wird, und einmal auch Fußtritte auf einem Stück steinigen Bodens.

»Hast du etwas gehört, Paul?« fragte ich einmal. Aber er schüttelte nur den Kopf und schritt ruhig vorwärts.

Während ich über einen Zaun stieg, hörte ich das leise, ungeduldige Winseln eines Hundes, scheinbar nur wenige Fuß von mir entfernt. Aber als ich mich umwandte, konnte ich nichts sehen.

Erschlafft und zitternd sank ich zu Boden. »Paul«, sagte ich, »wir sollten besser zum Haus zurückgehen. Ich glaube, ich werd krank.«

»Unsinn, alter Junge«, antwortete er. »Dir ist nur der Sonnenschein wie Wein zu Kopf gestiegen. Gleich geht's dir wieder besser. Wir haben doch wunderbares Wetter.«

Aber als wir den schmalen Weg durch ein Pappelwäldchen passierten, streifte irgend etwas meine Beine, so daß ich strauchelte und beinahe hinfiel. Mit plötzlicher Angst blickte ich Paul an.

»Was ist denn los?« fragte er. »Bist du über deine eigenen Füße gestolpert?«

Ich biß die Zähne zusammen und schleppte mich weiter, obwohl ich sehr verwirrt und vollkommen überzeugt war, das irgendeine akute und geheimnisvolle Krankheit meine Nerven befallen hatte. Bis jetzt waren meine Augen verschont geblieben, aber als wir wieder auf offenes Gelände kamen, ließen sogar sie mich im Stich.

Buntes Regenbogenlicht begann auf dem Weg vor mir aufzublitzen und wieder zu verschwinden. Noch konnte ich mich beherrschen, aber dann blieb das bunte Licht volle zwanzig Sekunden lang sichtbar. Es tanzte und blitzte fortwährend. Als es endlich vorüber war, mußte ich mich setzen, schwach und zitternd. »Ich bin am Ende«, keuchte ich und bedeckte die Augen mit den Händen.

»Jetzt auch noch die Augen. Paul, schaff mich nach Hause.«

Aber Paul lachte lange und laut. »Was hab ich dir gesagt? Der wunderbarste Hund, nicht wahr? Na, was denkst du?«

Er wandte sich halb von mir ab und begann zu pfeifen. Ich hörte Fußtritte, das Keuchen eines erhitzten Tieres und das unverwechselbare Bellen eines Hundes. Dann bückte sich Paul und machte eine Handbewegung, als würde er ein Tier streicheln.

»Hier! Gib mir deine Hand.« Und er führte sie über die kalte Nase und die Kehle eines Hundes. Es war zweifellos ein Hund. Er hatte die Gestalt und das glatte, kurze Fell eines Pointers.

Ich kann sagen, daß ich meine Sinne sehr schnell wieder unter Kontrolle bekam. Paul legte dem Tier ein Halsband um und band ihm ein Taschentuch an den Schwanz. So genossen wir den erstaunlichen Anblick eines durch das Gelände springenden leeren Halsbandes und eines wedelnden Taschentuches, und es war schon sehenswert, wie Halsband und Taschentuch einen Schwarm Wachteln in einer Gruppe weißer Akazien in Schach hielt, der starr und unbeweglich blieb, bis wir die Vögel geschossen hatten.

Hin und wieder sandte der Hund die vielfarbigen Lichtblitze aus, die ich schon erwähnt habe. Das einzige, wie Paul erklärte, was er nicht vorausgesehen hatte und was wahrscheinlich nicht beseitigt werden konnte.

»Von diesen Erscheinungen gibt es eine ganze Familie«, sagte er. »Nebensonnen, Regenbögen, Heiligenscheine. Sie entstehen, wenn Lichtstrahlen an den Kristallen von Mineralien oder Eis, am Nebel, Regen, Sprühregen und so fort gebrochen werden. Ich glaube, die Blitze sind der Preis, den ich für die Unsichtbarkeit zu zahlen habe. Ich konnte Lloyds Schatten umgehen, traf dafür aber auf den Regenbogenblitz.«

Ein paar Tage später empfing mich vor dem Eingang zu Pauls Laboratorium ein entsetzlicher Gestank. Er war so intensiv, daß man seine Ursache leicht entdecken konnte. Auf den Stufen lag eine faulige Masse, die von der Form her an einen Hund erinnerte. Paul war bestürzt, als er meinen Fund untersuchte. Es war sein unsichtbarer Hund – oder besser das, was einmal sein unsichtbarer Hund gewesen war, denn jetzt konnte man ihn deutlich sehen. Noch vor ein paar Minuten war er gesund und munter umhergetollt. Eine genauere Untersuchung ergab, daß der Schädel durch einen schweren Schlag zertrümmert worden war. Erschien es schon rätselhaft, daß das Tier getötet wurde, unerklärlich war der Fakt, daß es so schnell in Verwesung überging.

»Die Substanzen, die ich ihm injiziert hatte, waren harmlos«, erklärte Paul. »Aber sie waren wirksam, und es scheint, daß sie nach dem Tode praktisch die sofortige Verwesung bewirkten. Bemerkenswert, höchst bemerkenswert! Nun, es kommt halt darauf an, nicht zu sterben. Sie tun einem nichts, solange man lebt. Aber ich möchte wissen, wer dem Hund den Kopf zertrümmert hat.«

Licht kam allerdings in die Sache, als ein verängstigtes Hausmädchen die Nachricht brachte, daß Gaffer Bedshaw an diesem Morgen, vor weniger als einer Stunde, völlig den Verstand verloren habe und zu Hause in der Jagdhütte mit Riemen gefesselt werden mußte, wo er vom Kampf mit einer wilden, riesigen Bestie faselte, mit der er auf Tichlornes Rasen zusammengestoßen war. Er behauptete, daß das Geschöpf, was immer es gewesen sein mochte, unsichtbar war; mit eigenen Augen habe er gesehen, daß es unsichtbar war, woraufhin Frau und Töchter nur unter Tränen die Köpfe schütteln konnten und er um so heftiger tobte, so daß der Gärtner und der Kutscher die Riemen noch ein Loch enger ziehen mußten.

Hatte nun Paul Tichlorne das Problem der Unsichtbarkeit auf seine Weise gelöst, so stand ihm Lloyd Inwood in nichts nach. Er bat mich, seine Fortschritte in Augenschein zu nehmen, und ich ging zu ihm hinüber. Sein Laboratorium lag jetzt inmitten seines riesigen Anwesens versteckt. Es war in einer hübschen kleinen Lichtung errichtet worden, die zu allen Seiten von dichtem Gehölz umgeben war, so daß man nur über einen gewundenen, verwilderten Pfad dorthin gelangen konnte. Ich war allerdings diesen Weg schon so oft gegangen, daß ich dort jeden Stein kannte. Wie groß war meine Überraschung, als ich die Lichtung betrat und kein Laboratorium vorfand. Der malerische Hallenbau mit dem roten Sandsteinkamin war nicht da. Es schien, als sei er nie dort gewesen. Es gab keine Ruine, keine Trümmer, nichts.

Ich ging auf die Stelle zu, wo das Laboratorium gestanden hatte. »Hier«, sagte ich zu mir, »müßten die Stufen zur Tür sein.« Kaum war dieser Satz über meine Lippen, als mein Fuß gegen ein Hindernis stieß. Ich fiel nach vorn und prallte mit dem Kopf gegen etwas, was sich wie eine Tür *anfühlte*. Ich streckte die Hand aus. Es *war* eine Tür. Ich fand den Knauf und drehte ihn. Da plötzlich, als sich die Tür in ihren Angeln nach innen drehte, wurde das ganze Innere des Laboratoriums sichtbar. Nachdem ich Lloyd begrüßt hatte, schloß ich die Tür wieder und ging rückwärts ein paar Schritte den Weg hinunter. Von dem Gebäude war nichts zu sehen. Ich kam zurück und öffnete die Tür, da wurden plötzlich die Möbel und alle Einzelheiten des Innern sichtbar. Das war wirklich atemberaubend – dieser unvermittelte Übergang von einem Nichts zu Licht, Form und Farbe.

»Na, was sagst du dazu?« fragte Lloyd, während er meine Hand heftig drückte. »Gestern nachmittag habe ich das Haus ein paarmal von außen mit dem absoluten Schwarz gestrichen, um zu sehen, wie es wirkt. Was macht dein Kopf? Du mußt ihn dir ganz schön gestoßen haben.«

»Nicht der Rede wert«, unterbrach er meine Glückwünsche. »Ich habe etwas Besseres für dich zu tun.« Während er sprach, begann er sich auszuziehen, und als er nackt vor mir stand, drückte er mir einen Topf und einen Pinsel in die Hand und sagte: »Hier, pinsle mich damit ein.«

Es war eine ölige, schellackähnliche Substanz, die sich schnell und leicht auf der Haut verteilte und sofort trocknete.

»Das war nur die Vorbereitung und zur Vorbeugung«, erklärte er mir, als ich fertig war. »Jetzt geht's richtig los.«

Ich nahm einen anderen Topf, den er mir zeigte, und blickte hinein. Aber ich konnte nichts sehen.

»Der ist ja leer«, sagte ich.

»Steck mal deinen Finger hinein.«

Ich tat es und spürte eine kühle Nässe. Als ich meine Hand zurückzog, warf ich einen Blick auf den Zeigefinger, den ich eingetaucht hatte, aber er war verschwunden. Ich bewegte ihn und spürte durch die abwechselnde Spannung und Entspannung der Muskeln, daß ich ihn bewegte, aber er war unsichtbar. Ich hatte einen Finger verloren; ich konnte ihn mit dem Auge nicht wahrnehmen, bis ich ihn unter das Oberlicht hielt und den Schatten deutlich auf dem Fußboden sah.

Lloyd schmunzelte. »Jetzt streiche mich ein und halte die Augen offen.«

Ich tauchte den Pinsel in den scheinbar leeren Topf und zog einen langen Strich über seine Brust. Während der Pinsel über die Haut strich, verschwand sie darunter. Ich pinselte sein linkes Bein ein, und er wurde zu einem Einbeinigen, der gegen alle Gesetze der Gravitation zu verstoßen schien. Und so pinselte ich Lloyd Inwood Strich für Strich, Körperteil für Körperteil ins Nichts. Mir war unheimlich zumute, und ich war froh, als bis auf seine glühenden Augen, die scheinbar mitten im Raum standen, nichts sichtbar geblieben war.

»Dafür habe ich eine verfeinerte und harmlose Farblösung«, sagte er. »Ein feiner Spritzer aus dem Zerstäuber – und fertig! Es gibt mich nicht mehr.«

Das war schnell gemacht, und er sagte: »So, jetzt werde ich hin und her gehen, und du sagst mir, was du wahrnimmst.«

»Fürs erste kann ich dich nicht sehen«, sagte ich und konnte sein fröhliches Lachen aus dem Nichts heraus hören. »Natürlich«, fuhr ich fort, »kannst du deinem Schatten nicht entfliehen, aber damit war ja zu rechnen. Wenn du zwischen meine Augen und ein Objekt trittst, dann verschwindet das Objekt. Dieses Verschwinden ist so absonderlich und unbegreiflich, daß ich nur glaube, einen trüben Fleck vor meinen Augen zu haben. Wenn du dich schnell bewegst, erscheint eine verwirrende Folge von Flecken. Dabei tun mir die Augen weh und mein Gehirn ermüdet.«

»Hast du irgendeinen Anhaltspunkt für meine Anwesenheit?« fragte er.

»Ja und nein«, antwortete ich. »Wenn du in meine Nähe kommst, dann habe ich das Gefühl, als sei ich in einem naßkalten Speicher, einer düsteren Krypta oder in einem tiefen Bergwerk. Mir scheint, ich spürte die Nähe deines Körpers so, wie ein Seemann die Nähe von Land im Dunkel der Nacht spürt. Aber das ist alles sehr vage und unfaßbar.«

Lange sprachen wir an diesem letzten Morgen in seinem Laboratorium. Als ich mich zum Gehen wandte, faßte seine unsichtbare Hand mit nervösem Griff die meine, und er sagte: »Jetzt werde ich die Welt erobern!« Und ich hatte nicht den Mut, ihm von Pauls ebenso großem Erfolg zu berichten.

Zu Hause fand ich eine Nachricht von Paul, der mich bat, sofort zu ihm zu kommen. Es war Mittag, als ich seine Einfahrt hinaufradelte. Paul rief mich vom Tennisplatz, ich stieg vom Rad und ging zu ihm hinüber. Aber der Platz war leer. Während ich dort mit offenem Mund stand, traf ein Tennisball meinen Arm, und als ich mich umdrehte, pfiff ein zweiter an meinem Ohr vorbei. Da ich von meinem Angreifer absolut nichts sehen konnte, war mir, als ob die Bälle aus dem Weltraum auf mich zuwirbelten. Ich wurde regelrecht bombardiert. Als aber die Bälle, mit denen ich beworfen worden war, ein zweites Mal angeflogen kamen, begriff ich die Situation. Ich nahm mir einen Tennisschläger und hielt die Augen offen. Jetzt sah ich, wie ein Regenbogenblitz auftauchte, verschwand und pfeilschnell über den Boden schoß. Ich nahm ihn aufs Korn, und als ich ein halbes Dutzend Bälle auf ihn abgeschossen hatte, erscholl Pauls Stimme. »Genug, genug! Au! Au! Hör doch auf! Du triffst meine nackte Haut! Au! Oh! Ich höre auch auf! Ich höre auch auf! Ich wollte doch nur, daß du meine Verwandlung siehst«, rief er reumütig, und ich stellte mir vor, wie er seine Wunden rieb.

Ein paar Minuten später spielten wir Tennis. Ich war im Nachteil, denn ich hatte keine Ahnung, wo er sich gerade befand, außer wenn die Winkel zwischen ihm, der Sonne und mir in einem günstigen Verhältnis standen. Dann blitzte es auf, nur dann. Diese Blitze waren leuchtender als ein Regenbogen; reinstes Blau, feinstes Violett, hellstes Gelb und alle Schattierungen dazwischen mit dem funkelnden Glanz eines Diamanten; verwirrend, blendend, schillernd.

Aber mitten im Spiel überkam mich plötzlich ein Gefühl von Kälte, als wäre ich in einem tiefen Bergwerksstollen oder in einer düsteren Krypta. Es war genau das Gefühl von Kälte, das ich an diesem Morgen schon einmal gehabt hatte. Im nächsten Moment sah ich, wie dicht neben dem Netz ein Ball zurückprallte – mitten im Flug, im leeren Raum. Gerade in diesem Augenblick sandte Paul Tichlorne einige Schritt davon entfernt einen Regenbogenblitz aus. Er konnte den Ball nicht zurückgeschlagen haben. Bis ins

Mark erschüttert, erkannte ich, daß Lloyd Inwood die Szene betreten hatte. Um ganz sicherzugehen, hielt ich nach seinem Schatten Ausschau. Und da war er, der formlose Umriß seines Körpers (die Sonne stand genau über uns), der sich über den Boden bewegte. Ich erinnerte mich seiner Drohung und war sicher, daß die jahrelange Rivalität jetzt in einem unheimlichen Kampf ihren Höhepunkt erreichen sollte.

Ich rief Paul, um ihn zu warnen, dann hörte ich ein Knurren, ähnlich dem eines wilden Tieres, und ein Knurren als Antwort. Ich sah, wie der dunkle Fleck schnell über das Spielfeld huschte und ein leuchtender, vielfarbiger Lichtblitz ebensoschnell dahinschoß, um ihn zu treffen. Und dann trafen Schatten und Lichtblitze zusammen, und man hörte unsichtbare Schläge. Vor meinen erschrockenen Augen fiel das Netz zu Boden. Ich sprang auf die Kämpfenden zu und brüllte: »Um Himmels willen!«

Aber die ineinander verkrallten Körper stießen gegen meine Knie, und ich wurde umgeworfen.

»Halt du dich da raus, alter Junge«, hörte ich Lloyd Inwoods Stimme aus dem Nichts.

Dann schrie Paul: »Ja, jetzt ist endlich Schluß mit der Friedenstifterei!«

Durch den Klang ihrer Stimmen erkannte ich, daß sie auseinander waren. Ich konnte Paul nicht ausmachen, deshalb näherte ich mich dem Schatten, der Lloyd repräsentierte. Aber von der anderen Seite kam ein lähmender Schlag genau auf mein Kinn, und ich hörte Paul wütend rufen: »Hau jetzt endlich ab!«

Dann trafen sie erneut aufeinander. Die Wirkung ihrer Schläge, ihr Stöhnen und Keuchen sowie die schnellen Blitze und Schattenbewegungen machten nur zu deutlich, daß die beiden auf Leben und Tod kämpften.

Ich rief um Hilfe, und Gaffer Bedshaw kam aufs Spielfeld gelaufen. Während er auf mich zulief, sah ich, daß er mich mit Befremden anblickte. Aber er stieß mit den Kämpfenden zusammen und wurde der Länge nach zu Boden geschleudert. Mit einem Schrei des Entsetzens und dem Ruf »O Gott, ich werde wahnsinnig!« sprang er auf die Füße und rannte wie besessen vom Spielfeld.

Ich konnte nichts tun, deshalb setzte ich mich nieder. Fasziniert und ohnmächtig verfolgte ich den Kampf. Die Mittagssonne prallte blendend hell auf den leeren Tennisplatz. Und er *war wirklich* leer. Alles, was ich sehen konnte, waren der Schatten und die Regenbogenblitze, der von unsichtbaren Füßen aufgewirbelte Staub, der unter schweren Fußtritten aufreißende Boden und das Drahtgitter, welches sich ein- oder zweimal durchbog, während ihre Körper dagegenprallten. Das war alles, und nach einiger Zeit hörte auch das auf. Es gab keine Blitze mehr; der Schatten war lang geworden und bewegte sich nicht mehr.

Ich mußte an die erstarrten Jungengesichter der beiden denken, damals, als sie sich in der kühlen Tiefe der Badestelle an die Wurzeln geklammert hatten.

Man fand mich eine Stunde später. Einige Andeutungen von dem, was vorgefallen war, drangen auch zu den Dienern durch, und sie quittierten allesamt den Dienst bei Tichlorne. Gaffer Bedshaw konnte sich nie von dem zweiten Schock erholen. Er ist unheilbar und in einer Irrenanstalt. Die Geheimnisse ihrer wunderbaren Entdeckungen nahmen Paul und Lloyd mit ins Grab; die Laboratorien wurden von besorgten Verwandten zerstört.

Was mich angeht, so interessiere ich mich nicht länger für Chemie, Wissenschaft ist in meinem Haus tabu. Ich bin zu meinen Rosen zurückgekehrt. Die Farben der Natur genügen mir völlig.

Der Feind der ganzen Welt

Silas Bannerman war es, dem es schließlich gelang, Emil Gluck, ein wissenschaftliches Genie und einen Erzfeind der Menschheit, zur Strecke zu bringen. Glucks Geständnis, das er kurz vor dem elektrischen Stuhl ablegte, brachte Licht in eine Reihe von rätselhaften, dem Anschein nach unzusammenhängenden Vorkommnissen, die die Welt zwischen 1933 und 1941 in Angst und Schrecken versetzt hatten. Erst als jenes bemerkenswerte Dokument der Öffentlichkeit bekannt wurde, kam der Welt in den Sinn, daß es zwischen der Ermordung des Königs und der Königin von Portugal sowie den Morden an New Yorker Polizeibeamten einen Zusammenhang geben könnte. Obwohl die Taten des Emil Gluck entsetzlich waren, müssen wir in einem gewissen Maß doch Mitleid mit diesem unglücklichen mißgestalteten und mißhandelten Genie empfinden. Diese Seite seiner Geschichte ist noch nie erzählt worden, aber aufgrund seines Geständnisses und des umfangreichen Beweismaterials sowie der Dokumente und Berichte aus jener Zeit sind wir in der Lage, ein ziemlich genaues Bild von ihm zu zeichnen und die Faktoren und Einflüsse zu erkennen, die ihn zu einem solchen Ungeheuer gemacht haben und ihn auf seinem furchtbaren Weg hin und her trieben.

Emil Gluck wurde 1895 in Syracuse, New York, geboren. Sein Vater, Josephus Gluck, war Hilfspolizist und Nachtwächter und starb im Jahre 1900 ganz überraschend an Lungenentzündung. Die Mutter, eine hübsche, zierliche Frau, die vor ihrer Ehe Fabrikarbeiterin gewesen war, grämte sich über den Verlust des Ehemannes selbst zu Tode. Die Empfindsamkeit der Mutter war das Erbteil, das sich in dem Jungen zum Krankhaften und Grauenvollen steigerte.

1901 kam der Sechsjährige zu seiner Tante, Mrs. Ann Bartell. Sie war zwar die Schwester seiner Mutter, in ihrer Brust gab es jedoch keinen Funken Zuneigung für den empfindsamen, scheuen Knaben. Ann Bartell war eine arrogante, dumme und herzlose Frau. Dazu war sie mit Armut und einem nichtsnutzigen, unsteten Ehemann geschlagen. Der kleine Emil war nicht erwünscht, und Ann Bartell ließ ihn das deutlich spüren. Um die Art der Behandlung, die er in dieser frühen prägenden Phase erfuhr, zu illustrieren, sei das folgende Beispiel gegeben.

Als er etwa ein Jahr lang im Hause der Bartells gelebt hatte, brach er sich ein Bein. Er hatte sich die Verletzung beim Spielen auf dem Dach zugezogen, was verboten war, was aber Jungen immer getan haben und bis ans Ende der Zeiten tun werden. Das Bein war an zwei Stellen oberhalb des Knies gebrochen. Es gelang Emil, sich mit Hilfe seiner Spielkameraden auf den Gehweg zu schleppen, wo er ohnmächtig wurde. Die Kinder der Umgebung fürchteten sich vor der grobschlächtigen Xanthippe, die im Hause Bartell herrschte; dennoch nahmen sie allen Mut zusammen, klingelten und erzählten der Frau von dem Unfall. Sie schaute sich den kleinen Burschen, der verwundet auf dem Gehweg lag, nicht einmal an, sondern schlug die Tür zu und ging wieder an ihren Waschtrog. Die Zeit verstrich. Es fing an zu nieseln, und der aus der Ohnmacht erwachte Emil lag schluchzend im Regen. Das Bein hätte sofort gerichtet werden müssen, so aber schritt die Entzündung schnell voran, und es wurde eine böse Sache. Nach zwei Stunden beschwerten sich die empörten Frauen aus der Nachbarschaft bei Ann Bartell. Diesmal kam sie heraus und schaute sich den Jungen an. Sie stieß den hilflos zu ihren Füßen Liegenden in die Seite und lehnte es hysterisch ab, mit ihm etwas zu tun zu haben. Er sei nicht ihr Kind, sagte sie, man solle einen Krankenwagen rufen, der den Jungen ins Städtische Krankenhaus bringen könne. Dann lief sie wieder ins Haus.

Eine Frau namens Elizabeth Shepstone, die gerade vorüberkam und die Situation sofort erfaßte, veranlaßte, daß der Junge auf einen Fensterladen gelegt wurde. Sie ließ den Arzt holen und sorgte dafür, daß der Junge ins Haus getragen wurde, wobei sie Ann Bartell einfach beiseite schob. Als der Arzt kam, warnte die Bartell ihn sogleich, daß sie ihn für seinen Dienst nicht bezahlen werde. Zwei Monate lag der kleine Emil im Bett, den ersten auf dem Rücken, ohne auch nur einmal umgedreht zu werden; er lag allein und ohne jegliche Zuwendung, mit Ausnahme der gelegentlichen Besuche des nicht honorierten und überarbeiteten Arztes. Er hatte kein Spielzeug, nichts, womit er sich die langen und öden Stunden hätte vertreiben können. Kein freundliches Wort wurde zu ihm gesprochen, keine besänftigende Hand auf seine Stirn gelegt, keine einzige Berührung oder liebevolle Zärtlichkeit – nichts als die Vorwürfe und die Strenge der Bartell sowie der ständig wiederholte Satz, daß er nicht erwünscht sei. Man kann sich gut vorstellen, wie sich unter solchen Umständen Bitterkeit und Feindseligkeit gegen alle Welt in dem einsamen, mißachteten Jungen anstauten, die später in seinen furchtbaren, die Welt in Schrecken versetzenden Taten ihren Ausdruck fanden.

Es muß merkwürdig erscheinen, daß Emil Gluck aus der Hand dieser Frau das Geld für eine Collegeausbildung erhalten haben soll; aber die Erklärung ist ganz einfach. Ihr nichtsnutziger Mann hatte sich aus dem Staub gemacht und es in den Goldminen von Nevada zu einem Vermögen gebracht. Er kehrte als mehrfacher Millionär zu ihr zurück. Da die Bartell den Jungen haßte, schickte sie ihn sofort an die hundert Meilen entfernte Farristown Academy. Schüchtern und zurückhaltend, eine einsame und unverstandene Seele, war er in Farristown einsamer denn je. Er fuhr in den Ferien und an den Feiertagen nie nach Hause wie die anderen Jungen. Statt dessen durchstreifte er die verlassenen Gebäude und das Gelände, traf bei den Angestellten und Gärtnern auf Freundlichkeit oder Unverständnis; er las viel, man erinnert sich, daß er seine Tage auf den Feldern oder vor dem Kamin verbrachte, die Nase stets in ein Buch gesteckt. In jener Zeit überanstrengte er auch seine Augen und mußte fortan eine Brille tragen, die auf den 1941 von ihm gemachten Fotos so auffiel.

Er war ein bemerkenswerter Student. Sein Fleiß hätte ihn weit bringen können, aber eigentlich bedurfte er gar nicht eines solchen Fleißes. Er brauchte nur einen kurzen Blick auf einen Text zu werfen, um ihn zu beherrschen. So kam es, daß er sehr viel nebenbei lesen konnte und in einem halben Jahr mehr lernte, als der Durchschnittsstudent in mehreren Jahren schaffte. 1909, knapp vierzehn Jahre alt, war er reif – »mehr als reif« – für Yale oder Harvard. Er war zu jung, als daß er an eine dieser Universitäten gehen konnte, und so findet man ihn 1909 als Studenten an dem historischen Bowdoin College. 1913 erwarb er mit Auszeichnung sein Diplom und folgte kurz danach Professor Bradlough nach Berkeley, Kalifornien. Professor Bradlough war der einzige Freund, den Emil Gluck in seinem ganzen Leben gefunden hatte. Er litt an einer Lungenschwäche, weshalb er von Maine nach Kalifornien ging, was dank einer ihm an der dortigen State University angebotenen Professur möglich geworden war. Das ganze Jahr 1914 verbrachte Emil Gluck in Berkeley und belegte wissenschaftliche Spezialkurse. Gegen Ende dieses Jahres veränderten zwei Todesfälle seine Zukunft und seine Einstellung zum Leben. Der Tod Professor Bradloughs nahm ihm den einzigen Freund, den er je hatte, und Ann Bartells Tod ließ ihn völlig mittellos zurück. Diese hatte ihn in ihrem bis zuletzt währenden Haß mit hundert Dollar abgespeist.

Im folgenden Jahr wurde der zwanzigjährige Emil Gluck Assistent für Chemie an der Universität von Kalifornien. Die Jahre vergingen ruhig; treu und brav erfüllte er die Pflichten, die ihm das Gehalt einbrachten, und eigentlich immer noch Student, erwarb er ein halbes Dutzend akademischer Grade. Er war unter anderem Doktor der Soziologie, der Philosophie und der Naturwissenschaft, obwohl man ihn später nur als Professor Gluck kannte.

Als er siebenundzwanzig war, wurde die Presse das erstemal auf ihn aufmerksam. Es war nach der Veröffentlichung seines Buches »Sex und Fortschritt«. Das Buch ist heute noch ein Meilenstein in der Geschichte und Philosophie der Ehe. Es ist ein dicker Wälzer von über siebenhundert Seiten, äußerst sorgfältig und genau sowie aufsehenerregend und originell. Es war ein Buch für Wissenschaftler, und niemand dachte an einen Skandal. Aber in seinem letzten Kapitel hatte Gluck eine Bemerkung gemacht – nicht mehr als drei Zeilen übrigens –, die den hypothetischen Wunsch nach Versuchsehen andeutete. Sofort griffen die Zeitungen diese drei Zeilen auf, spielten sie hoch und sorgten dafür, daß die ganze Welt über Gluck lachte, den bebrillten jungen Professor von siebenundzwanzig Jahren. Fotografen machten Schnappschüsse von ihm, Reporter belagerten ihn, im ganzen Land verfaßten Frauenvereine Resolutionen, die ihn und seine unmoralischen Theorien verurteilten, und bei der Beratung des Kalifornischen Repräsentantenhauses über die Staatszuwendungen für die Universität kam ein Antrag aus dem Auditorium, in dem die Entlassung Glucks gefordert wurde. Anderenfalls, so drohte man an, werde die Unterstützung zurückgehalten. Natürlich hatte keiner von seinen Anklägern das Buch gelesen; die entstellte Zeitungsversion der drei Zeilen nahmen sie fürs Ganze. Das war der Anfang von Glucks Haß auf die Zeitungsleute. Durch sie war das ernsthafte und wertvolle Werk sechsjähriger Arbeit zu einer berüchtigten Zielscheibe des Spottes geworden. Bis zum Tode hatte er ihnen nicht verziehen, was sie ihrerseits ewig bedauern sollten.

Die Zeitungen waren auch verantwortlich für das nächste Unglück, das über ihn kam. In den fünf Jahren nach Erscheinen seines Buches hatte er geschwiegen, und Schweigen ist nicht gut für einen einsamen Mann. Man kann mitfühlend mutmaßen, welcher Art die Einsamkeit Emil Glucks an der belebten Universität gewesen sein muß; denn er hatte keine Freunde und genoß keine Sympathie. Seine einzige Zuflucht waren Bücher, so las und studierte er weiterhin maßlos viel. Aber im Jahre 1927 nahm er eine Einladung der Gesellschaft für das Interesse am Menschen in Emeryville an. Er hatte kein Vertrauen in seine Vortragsfähigkeit. Während wir an dem vorliegenden Text arbeiten, haben wir eine Abschrift seines gelehrten Vortrages vor uns liegen: Er ist nüchtern, sachlich, wissenschaftlich, und man muß hinzufügen, konservativ. Aber an einer Stelle handelt er von, ich zitiere, »der industriellen und sozialen Revolution, die in der Gesellschaft vor sich geht«. Einer der anwesenden Reporter griff das Wort »Revolution« auf und schrieb einen entstellten Bericht, in dem Gluck zum Anarchisten gestempelt wurde. Mit einemmal jagte »Professor Gluck, der Anarchist« durch alle Telegrafenleitungen und wurde von allen Zeitungen des Landes groß herausgebracht.

Bei der ersten Zeitungsattacke hatte er den Versuch gemacht, eine Erwiderung vorzubringen, aber diesmal schwieg er. Bitterkeit hatte sich bereits in seiner Seele eingenistet. Die Fakultät forderte ihn auf, sich zu verteidigen, aber er lehnte störrisch ab und widersetzte sich sogar, eine Abschrift seiner Arbeit zu seiner Verteidigung einzureichen, um eine Entlassung abzuwenden. Er weigerte sich zurückzutreten und wurde von der Fakultät verwiesen. Es muß hinzugefügt werden, daß auf die Universitätsleitung und ihren Präsidenten politischer Druck ausgeübt worden war.

Verfolgt, verleumdet und mißverstanden, unternahm der unglückliche und einsame Mann keinerlei Versuch der Vergeltung. Sein ganzes Leben hatte man sich gegen ihn vergangen, und sein ganzes Leben hatte er niemandem etwas zuleide getan. Aber noch war das Maß seines Leidens nicht voll. Da er seine Stellung verloren hatte und ohne Einkommen war, mußte er sich Arbeit suchen. Zuerst fand er eine Anstellung bei der Union Iron Works in San Francisco, wo er sich als sehr fähiger Konstruktionszeichner erwies. Hier erwarb er gründliche Kenntnisse über Kriegsschiffe und ihren Aufbau. Aber die Reporter spürten ihn auf und schrieben Artikel über ihn in seinem neuen Beruf. Er kündigte sofort und fand eine neue Arbeit; aber nachdem die Reporter ihn von einem halben Dutzend Stellen vertrieben hatten, wappnete er sich, um dieser Verfolgung durch die Presse die Stirn zu bieten. Er eröffnete eine Galvanisierwerkstatt in Oakland in der Telegraph Avenue. Es handelte sich um eine kleine Werkstatt mit drei Gesellen und zwei Gehilfen. Keine Nacht, so bezeugte Polizist Carew bei der Vernehmung, verließ er die Werkstatt vor ein oder zwei Uhr morgens. Damals entwickelte er eine wesentliche Verbesserung des Zündmechanismus für Gasmotoren und wurde von den Tantiemen schließlich ein wohlhabender Mann.

Er eröffnete sein Galvanisierungsunternehmen im zeitigen Frühjahr des Jahres 1928, im selben Jahr ergriff ihn eine unglückliche Zuneigung zu Irene Tackley. Nun ist es gar nicht anders denkbar, als daß ein so ungewöhnlicher Mensch wie Emil Gluck auch ein ungewöhnlicher Liebhaber sein mußte. Zu seiner Genialität, seiner Einsamkeit und seiner Krankhaftigkeit kam noch – das darf man nicht vergessen –, daß er überhaupt nichts über Frauen wußte. Welche Wellen des Verlangens ihn auch überfluten mochten, er hatte nicht gelernt, wie man dieses Verlangen zum Ausdruck brachte. Seine extreme Schüchternheit mußte zwangsläufig eine ungewöhnliche Art der Liebesbekundung zur Folge haben. Irene Tackley war eine recht hübsche junge Frau, aber oberflächlich und leichtfertig. Sie arbeitete in einem Süßwarenladen gegenüber von Glucks Werkstatt. Er kam häufig rüber, trank Sodawasser mit Eis und Zitronensaft und starrte sie an. Das Mädchen schien sich nichts aus ihm zu machen und nur mit ihm zu spielen. Er sei

»schrullig«, sagte sie, ein andermal nannte sie ihn einen »komischen Kauz«, als sie beschrieb, wie er am Tresen saß und sie durch seine Brille anpeilte, rot wurde und stammelte, wenn sie von ihm Notiz nahm, und häufig in jäher Verwirrung aus dem Laden stürzte. Gluck machte ihr die unglaublichsten Geschenke: ein silbernes Teeservice, einen Diamantring, eine Pelzgarnitur, Operngläser, eine »Weltgeschichte« in vielen Bänden oder ein in seiner Werkstatt vollständig mit Silber überzogenes Motorrad. Da kommt der Freund des Mädchens, spricht ein Machtwort, ist sehr wütend, zwingt sie, Glucks seltsames Geschenksortiment zurückzugeben. William Sherbourne war ein grobschlächtiger, dickfelliger Mann mit starken Backenknochen, er stammte aus der Arbeiterklasse, hatte es aber zu einem erfolgreichen Bauunternehmer kleinen Stils gebracht. Gluck verstand nichts. Er verlangte eine Erklärung, versuchte mit dem Mädchen zu sprechen, als sie am Abend von der Arbeit nach Hause ging. Sie beschwerte sich bei Sherbourne, und eines Nachts verabreichte dieser Gluck eine Tracht Prügel. Es war eine sehr kräftige Tracht, denn in den Berichten der Unfallklinik des Roten Kreuzes stand, daß Gluck in jener Nacht dort behandelt worden war und eine Woche lang das Krankenhaus nicht verlassen konnte.

Gluck verstand immer noch nicht. Er versuchte weiterhin, eine Erklärung von dem Mädchen zu bekommen. Aus Angst vor Sherbourne beantragte er beim Polizeichef die Genehmigung, einen Revolver tragen zu dürfen, was abgelehnt wurde, wobei die Zeitungen die Geschichte wie üblich zu einer Sensation hochspielten. Dann erfolgte der Mord an Irene Tackley, sechs Tage vor ihrer geplanten Hochzeit mit Sherbourne. Es war Sonnabend nacht. Sie hatte lange im Laden gearbeitet und verließ ihn nach dreiundzwanzig Uhr mit ihrem Wochenlohn in der Tasche. Sie fuhr mit der Bahn von der San Pablo Avenue zur 34. Straße, wo sie ausstieg und die drei Blocks nach Hause laufen wollte. Dort hatte man sie das letztemal lebend gesehen. Am nächsten Morgen fand man sie erhängt in einer verlassenen Gegend.

Emil Gluck wurde sofort festgenommen. Es gab nichts, was ihn hätte retten können. Er wurde überführt, nicht nur aufgrund eines Indizienbeweises, sondern eines von der Polizei von Oakland konstruierten Beweises. Es ist gar keine Frage, daß ein großer Teil des Beweismaterials künstlich fabriziert wurde. Die Zeugenaussage von Captain Shehan war der reinste Meineid. Viel später erwies sich, daß Shehan in der fraglichen Nacht nicht nur nicht in der Nähe des Tatortes gewesen war, sondern sich sogar außerhalb der Stadt in einer Siedlung an der San-Leandro-Straße aufgehalten hatte. Der unglückselige Gluck wurde zu lebenslänglicher Haft in San Quentin verurteilt, was Zeitungen und Öffentlichkeit für einen Justizirrtum hielten – die Todesstrafe hätte über ihn verhängt werden sollen.

Gluck trat am 17. April 1929 seine Haft in San Quentin an; er war gerade vierunddreißig Jahre alt. Dreieinhalb Jahre, größtenteils in Einzelhaft, hatte er Zeit, über die Ungerechtigkeit in der Welt nachzudenken, und die Bitterkeit zersetzte sein Vertrauen vollends, alle haßte er. Drei weitere Dinge erledigte er in dieser Zeit: Er schrieb seine berühmte Abhandlung »Moral des Menschen«, sein bemerkenswertes Heftchen »Der gesunde Kriminelle«, und er ersann seinen furchtbaren, ungeheuren Racheplan. Ein Vorfall in seiner Galvanisierwerkstatt hatte ihn auf die Idee dieser einzigartigen Form der Rache gebracht. Wie er später in seinem Geständnis darlegte, hatte er alle Details während seiner Gefängniszeit theoretisch ausgearbeitet, so daß er bei seiner Entlassung in der Lage war, den Akt der Vergeltung sofort in Angriff zu nehmen.

Seine Entlassung war sensationell, aber auch auf gemeine und kriminelle Weise durch den damals herrschenden Amtsschimmel verzögert worden. In der Nacht des 1. Februar 1932 wurde der Gangster Tim Haswell während eines versuchten Raubzuges von einem Bürger in Piedmont Heights angeschossen. Tim Haswell schleppte sich noch drei Tage hin, während deren er nicht nur den Mord an Irene Tackley gestand, sondern auch schlüssige Beweise erbrachte. Bert Danniker, der später im Folsom-Gefängnis an Schwindsucht starb, war als Hehler beteiligt gewesen, und sein Geständnis folgte. Es ist für uns heute unbegreiflich, in welch stümperhafter und schleppender Weise Gerichtsprozesse noch vor einem Menschenalter abliefen. Im Februar war erwiesen, daß Emil Gluck ein unschuldiger Mann war, und doch wurde er erst im darauffolgenden Oktober entlassen. Noch weitere acht Monate mußte sich dieser Mann, dem so großes Unrecht angetan worden war, der unverdienten Strafe unterziehen. Das konnte keine Freundlichkeit und Heiterkeit hinterlassen. Es fällt nicht schwer, sich vorzustellen, wie sich seine Seele während dieser acht Monate mit Bitterkeit vollfraß.

Im Herbst 1932 kam er in die Welt zurück, wie üblich war er in den Schlagzeilen aller Zeitungen. Statt ihr tiefempfundenes Bedauern auszudrücken, setzten sie ihre alte Sensationshetzjagd fort. Eine Zeitung – der »San Francisco Intelligencer« – tat ein Weiteres. Ihr Herausgeber John Hartwell konstruierte eine gemeine Theorie über die Geständnisse der beiden Kriminellen, die zeigen sollte, daß Gluck schließlich doch für den Mord an Irene Tackley verantwortlich war. Hartwell starb. Und Sherbourne starb ebenfalls, während der Polizist Phillips einen Beinschuß erlitt und den Dienst in der Polizei von Oakland quittieren mußte.

Der Mord an Hartwell blieb lange Zeit ein Geheimnis. Hartwell befand sich zu dem Zeitpunkt allein in seinem Redaktionsbüro. Die Revolverschüsse wurden von einem Bürojungen gehört, der sofort herbeistürzte und Hartwell sterbend in seinem Sessel sah. Die Polizei verwirrte, daß er nicht nur mit seinem eigenen Revolver erschossen worden war, sondern daß der Revolver in seinem Schreibtischfach losging. Die Kugeln hatten die Vorderseite des Schubfaches weggerissen und waren in den Körper eingedrungen. Die Polizei hielt die Selbstmordtheorie für abwegig, Mord schied als absurd ebenfalls aus. So gab man der Firma für die Herstellung rauchloser Patronen die Schuld. Spontane Entladung lautete die Erklärung der Polizei, und die Chemiker der Patronenfirma gerieten bei der gerichtlichen Untersuchung in arge Bedrängnis. Aber was die Polizei nicht wußte, war, daß Emil Gluck im gegenüberliegenden Mercer Building das Zimmer 633 gemietet hatte und sich in dem Augenblick, als Hartwells Revolver so geheimnisvoll losfeuerte, auch darin aufhielt.

Damals sah man keinerlei Beziehung zwischen dem Tod Hartwells und dem von William Sherbourne. Sherbourne hatte weiter in dem Haus gelebt, das er für Irene Tackley gebaut hatte, und eines Morgens im Januar 1933 fand man ihn tot auf. Selbstmord lautete das Urteil der gerichtlichen Untersuchung, denn er war mit dem eigenen Revolver erschossen worden. Merkwürdig, daß in jener Nacht auch der Polizist Phillips auf dem Bürgersteig vor Sherbournes Haus angeschossen wurde. Er behauptete, es habe ihm jemand von hinten ins Bein geschossen. Das betroffene Bein war von drei achtunddreißiger Kugeln so zerschmettert worden, daß sich eine Amputation als unumgänglich erwies. Als aber die Polizei entdeckte, daß er sich mit seinem eigenen Revolver verletzt hatte, setzte ein großes Gelächter ein, und er wurde wegen Trunkenheit entlassen. Trotz seiner Versicherung, daß er keinen Tropfen angerührt habe, daß der Revolver in seiner Hüfttasche gewesen sei und daß er ihn mit keinem Finger berührt habe, entließ man ihn aus dem Polizeidienst. Emil Glucks Geständnis acht Jahre später sprach den unglückseligen Polizisten von dieser Schande frei, und er lebt heute noch, erfreut sich guter Gesundheit und bezieht eine ansehnliche Pension von der Stadt.

Nun, da Emil Gluck sich von seinen unmittelbaren Feinden befreit hatte, suchte er ein größeres Betätigungsfeld, obwohl seine Feindseligkeit gegen Zeitungsleute und die Polizei immer noch lebendig war. Die Tantiemen von seinem Zündmechanismus für Gasmotoren hatten sich während seines Gefängnisaufenthaltes angehäuft, und sie nahmen weiterhin Jahr für Jahr zu. Er war unabhängig, konnte reisen, wohin immer er auf dieser Erde wollte, und seinen ungeheuren Rachedurst stillen. Er war zu einem Monomanen und Anarchisten geworden – zu einem Anarchisten nicht nur im philosophischen Sinn, sondern zu einem der Gewalt. Vielleicht ist das nicht das richtige Wort, vielleicht ist Nihilist oder Annihilist treffender. Man weiß, daß er sich keiner Terroristengruppe anschloß. Er arbeitete ganz allein, aber er erzeugte tausendmal mehr Angst, Schrecken und Zerstörung als alle Terroristengruppen zusammen.

Als Zeichen seines Abschieds von Kalifornien jagte er Fort Mason in die Luft. In seinem Geständnis sprach er von einem kleinen Experiment – er habe nur seine Geschicklichkeit getestet. Acht Jahre lang zog er um die Welt, ein geheimnisvoller Schrecken, der Millionenwerte und unzählige Menschenleben vernichtete. Ein Gutes hatten seine unheilvollen Taten – die Verheerung, die er unter den Terroristen selbst anrichtete. Jedesmal, wenn er irgend etwas anstellte, wurden die Terroristen in der Umgebung im Schleppnetz der Polizei aufgefischt, und viele wurden hingerichtet, siebzehn allein in Rom nach der Ermordung des italienischen Königs.

Seine vielleicht erstaunlichste Leistung war die Ermordung des Königs und der Königin von Portugal. Es war der Tag der Hochzeit. Alle möglichen Vorsichtsmaßnahmen gegen Terroristen waren ergriffen worden, und der Weg von der Kathedrale durch die Straßen Lissabons war doppelt von einer bewaffneten Garde gesäumt, während zweihundert Berittene die Kutsche begleiteten. Plötzlich geschah das Unglaubliche. Die automatischen Gewehre der berittenen Polizei wie auch die der Straßenkette gingen los. In der Aufregung zeigten die feuernden Gewehrmündungen in alle Richtungen. Es war ein grauenvolles Morden – Pferde, Reiter, Zuschauer, König und Königin, alle wurden von Kugeln durchlöchert. Um die Angelegenheit noch zu komplizieren, explodierten bei zwei Terroristen an verschiedenen Stellen in der Menge hinter der Polizeikette Bomben, die bei passender Gelegenheit geworfen werden sollten. Aber wer konnte das wissen? Die durch die Bomben angerichtete Verwüstung verschlimmerte die chaotische Lage; man glaubte, das ganze sei Teil eines Großangriffs. Verwirrend und unerklärlich war das Verhalten der berittenen Polizei mit ihren feuernden Waffen. Es schien ausgeschlossen, daß die Polizei mit im Komplott war, andererseits waren da Hunderte, einschließlich König und Königin, die von deren Kugeln ermordet worden waren. Das merkwürdigste war allerdings, daß siebzig Prozent der berittenen Polizei selbst getötet oder verwundet wurden. Einige meinten, daß die loyalen Fußkräfte das Feuer auf die Verräter eröffnet hätten, als sie des Angriffs auf die königliche Kutsche gewahr geworden wären. Aber nicht der geringste Beweis konnte durch die Überlebenden erbracht werden, obwohl viele von ihnen der Tortur einer Befragung unterzogen wurden. Sie behaupteten stur, sie hätten ihre Gewehre überhaupt nicht abgefeuert, sondern diese hätten sich von selbst entladen. Aber sie wurden von den Chemikern ausgelacht, denn wenn es schon sehr unwahrscheinlich wäre, daß auch nur eine einzige mit rauchlosem Pulver geladene Kugel spontan explodierte, würde es jenseits aller Wahrscheinlichkeit liegen, daß dies alle derartigen Geschosse in einem Gebiet spontan täten. So gelangte man am Ende zu keiner Erklärung dieses unwahrscheinlichen Ereignisses. Die allgemeine Meinung in den anderen Ländern der Welt war, daß die ganze Affäre nichts weiter als eine panische Reaktion der aufgeregten Portugiesen gewesen sei, die durch die Explosion der zwei Terroristenbomben ausgelöst wurde. Und in diesem Zusammenhang erinnerte man sich an die groteske Begegnung zwischen der russischen Flotte und englischen Fischkuttern, die viele Jahre zurücklag.

Emil Gluck lachte sich eins und ging seiner Wege. Er wußte Bescheid. Aber wie sollte die Welt es wissen? Er war in seiner alten Galvanisierwerkstatt in der Telegraph Avenue in Oakland zufällig auf das Geheimnis gestoßen. Damals geschah folgendes: Die Thurston Power Company errichtete ganz in der Nähe seiner Werkstatt eine drahtlose Telegrafenstation. Nach kurzer Zeit war sein Galvanisiergefäß defekt. Die Gefäßverdrahtung hatte viele schadhafte Verbindungsstellen, und bei eingehender Überprüfung entdeckte Gluck winzig kleine Schweißstellen an den Kabelverbindungen. Diese hatten durch die Herabsetzung des Widerstandes einen besonders starken Strom durch die Lösung geleitet, der diese zum Kochen brachte und das Gerät verdarb. Aber wodurch waren die Schweißstellen entstanden, fragte sich Gluck. Sein Gedankengang war einfach. Vor der Errichtung der Telegrafenstation hatte das Gerät einwandfrei funktioniert. Erst danach war es ruiniert worden. Also war die Telegrafenstation die Ursache. Aber in welcher Weise? Er beantwortete die Frage schnell. Wenn eine elektrische Entladung in der Lage war, einen Fritter jenseits des Ozeans über eine Entfernung von dreitausend Meilen zu betätigen, dann konnten die elektrischen Entladungen einer Telegrafenstation, die nur vierhundert Fuß entfernt war, Kohärenzeffekte an den Schwachstellen der Gefäßverkabelung erzeugen.

Gluck dachte damals nicht länger daran. Er erneuerte lediglich die Verkabelung in dem Gefäß und setzte seine Arbeit fort. Später im Gefängnis fiel ihm dieser Zwischenfall wieder ein, und blitzartig wurde ihm die Tragweite bewußt. Er erkannte darin die geheime Waffe, mit der er sich an der ganzen Welt rächen könnte. Das Großartige seiner Erfindung, die mit ihm starb, lag in der Beherrschung der Richtung und des Umfangs der elektrischen Entladung. Das war damals – wie auch heute noch – das ungelöste Problem der drahtlosen Telegrafie, aber Emil Gluck hatte es in seiner Gefängniszelle gemeistert. Als er entlassen wurde, wandte er es an. Hatte man erst einmal die Steuerbarkeit im Griff, war es ziemlich einfach, einen Funken in das Pulvermagazin einer Festung, eines Schlachtschiffes oder eines Revolvers zu leiten. So konnte er nicht nur Schießpulver aus der Ferne zünden, sondern ganze Feuersbrünste in Gang setzen. Das große Feuer in Boston war von ihm entzündet worden – allerdings zufällig, wie er in seinem Geständnis erklärte, wobei er hinzufügte, daß es ein erfreulicher Zufall gewesen sei, den zu bereuen er niemals Grund gehabt habe.

Gluck hatte auch den Anlaß zu dem schrecklichen deutsch-amerikanischen Krieg geliefert, in dem achthunderttausend Menschenleben geopfert und unschätzbare Werte zerstört wurden. Man wird sich daran erinnern, daß die Beziehungen zwischen den beiden Ländern 1939 wegen des Pickard-Zwischenfalls gespannt waren. Deutschland war – obgleich der Geschädigte – nicht auf Krieg aus und sandte als Friedenssymbol den Kronprinzen sowie sieben Schlachtschiffe auf einen Freundschaftsbesuch in die Vereinigten Staaten. In der Nacht des 15. Februar lagen die sieben Schlachtschiffe im Hudson vor New York City vor Anker. Und in derselben Nacht war Gluck auf einer Barkasse draußen, allein, aber mit seiner gesamten Apparatur an Bord. Diese Barkasse, so wurde später bewiesen, hatte er bei der Ross Turner Company gekauft, während er einen Großteil der Geräte, die er in jener Nacht benutzte, bei der Columbia Electric Works erworben hatte. Aber das wußte man damals noch nicht. Man wußte nur, daß sieben Schlachtschiffe in die Luft gegangen waren, eins nach dem anderen, in Vier-Minuten-Intervallen. Neunzig Prozent der Mannschaft und Offiziere gingen zusammen mit dem Kronprinzen zugrunde. Viele Jahre zuvor war das amerikanische Schlachtschiff Maine im Hafen von Havanna explodiert – und die sofortige Folge war Krieg mit Spanien, obwohl es berechtigte Zweifel gab, ob es tatsächlich eine Konspiration oder nicht vielmehr ein Zufall gewesen war, der zu der Explosion geführt hatte. Mit Zufall ließ sich allerdings nicht mehr die Explosion von sieben Schlachtschiffen im vierminütigen Intervall auf dem Hudson rechtfertigen. Deutschland hielt es für eine U-Boot-Aktion und erklärte sofort den Krieg. Sechs Monate nach Glucks Geständnis gab es die Philippinen und Haiwaii an die Vereinigten Staaten zurück.

Indessen zog Emil Gluck, der böse Zauberer und Menschenhasser, weiter seine Bahn der Zerstörung. Er hinterließ keine Spuren. Mit wissenschaftlicher Sorgfalt räumte er hinter sich auf. Seine Methode bestand darin, daß er sich ein Zimmer oder ein Haus mietete und im geheimen seine Apparatur aufbaute – eine Apparatur, die er, nebenbei bemerkt, so vervollkommnet und vereinfacht hatte, daß sie nur wenig Platz einnahm. Hatte er sein Ziel erreicht, entfernte er sie wieder. Er hatte durchaus eine Chance, ein langes Leben voll grauenhafter Verbrechen zu führen.

Die Schießepidemie unter den New Yorker Polizisten war eine sensationelle Affäre, die ein Kapitel in der dunklen Schreckensgeschichte jener Zeit wurde. Innerhalb von nur zwei Wochen erlitten über hundert Polizisten durch ihre eigenen Revolver Beinverletzungen. Inspektor Jones konnte das Rätsel nicht lösen, aber er hatte einen Einfall, mit dem er Gluck am Ende doch überlistete. Auf seine Empfehlung hin trugen die Polizisten keine Revolver, und es gab keine zufälligen Schießereien mehr.

Im zeitigen Frühjahr 1940 zerstörte Gluck die Marinewerft Mare Island. Aus einem Zimmer in Vallejo sandte er seine elektrischen Entladungen über die Meerenge von Vallejo zur Mare-Insel. Zuerst richtete er seine Funken auf das Schlachtschiff *Maryland*, das an einem der Minenmagazine festgemacht hatte. Auf dem Vorderdeck lagerten auf einer riesigen improvisierten Bohlenfläche über hundert Minen, die dazu bestimmt waren, das Golden Gate zu verteidigen. Jede einzelne dieser Minen konnte ein Dutzend Schlachtschiffe zerstören. Das Ausmaß der Zerstörung war entsetzlich, und doch war es erst die Einleitung. Er lenkte die Funken zur Küste der Insel, wo sie fünf Torpedoschiffe, die Torpedostation und das große Magazin am Ostende der Insel sprengten. Dann wandte er sich in Richtung Westen, zerstörte vereinzelte Magazine auf hochgelegenen Stellen im Küstenhinterland und sprengte drei Kreuzer sowie die Schlachtschiffe *Oregon, Delaware, New Hampshire* und *Florida* – das letzte war gerade ins Trockendock gekommen, wodurch diese wunderbare Einrichtung ebenfalls vernichtet wurde. Es war eine fürchterliche Katastrophe, und Entsetzensschauer ergriffen das Land. Aber es war noch nichts gegen das, was folgen sollte. Im Spätherbst desselben Jahres räumte Gluck an der Atlantikküste von Maine bis Florida auf. Nichts ließ er verschont. Festungsanlagen, Minen, die Küstenverteidigung jedweder Art, Torpedostationen, Magazine – alles ging in die Luft. Drei Monate später, es war mittlerweile Winter, peinigte er die Nordküste des Mittelmeeres von Gibraltar bis nach Griechenland in der gleichen erschreckenden Weise. Ein Wehklagen erhob sich unter den Völkern. Es war klar, daß all die Zerstörung von Menschenhand verursacht wurde, und es war auch klar, daß es nicht das Werk eines bestimmten Landes war – das hing mit Emil Glucks Unvoreingenommenheit zusammen. Eins wurde offenkundig, nämlich daß derjenige, der hinter alldem stand, eine Gefahr für die Welt war. Kein Land war sicher. Es gab keinerlei Verteidigung gegen diesen unbekannten und allmächtigen Feind. Einen Krieg zu führen war sinnlos, ja, nicht nur sinnlos, sondern der eigentliche Kern der Gefahr. Ein Jahr lang wurde die Herstellung von Schießpulver eingestellt, und alle Soldaten und Matrosen wurden von sämtlichen Festungsanlagen und Kriegsschiffen abgezogen. Sogar eine Weltabrüstung wurde auf der damaligen Zusammenkunft der Mächte in Den Haag ernsthaft erwogen.

Und dann kam Silas Bannerman, ein Geheimagent der Vereinigten Staaten, mit einem Schlag zu Weltruhm, indem er Emil Gluck verhaftete. Zuerst lachte man über Bannerman, aber er hatte seinen Fall gut vorbereitet, und in wenigen Wochen waren die größten Skeptiker von Glucks Schuld überzeugt. Eins konnte Silas Bannerman zu seiner eigenen Unzufriedenheit nicht genau erklären, nämlich, wie er darauf gekommen war, Gluck mit den scheußlichen Verbrechen in Verbindung zu bringen. Bannerman war zwar in geheimer Regierungsmission zur Zeit des Anschlages auf der Insel Mare in Vallejo gewesen, und man hatte ihn auf Emil Gluck als einen komischen Kauz hingewiesen, aber ohne daß das damals Eindruck auf ihn gemacht hätte. Erst später, er verbrachte gerade seinen Urlaub in den Rocky Mountains und las die ersten veröffentlichten Berichte über die Verwüstungen an der Atlantikküste, dachte Bannerman plötzlich an Emil Gluck. Und in dem Augenblick kam ihm blitzartig eine Verbindung zwischen Gluck und dem Zerstörungswerk in den Sinn. Es war zunächst nur eine Hypothese, die aber Früchte trug. Diese Hypothese – ein Akt unbewußter Gehirntätigkeit – war genial, so unerklärlich wie zum Beispiel das Auftauchen der Idee vom Prinzip der Schwerkraft in Newtons Kopf. Der Rest war ein Kinderspiel. Wo hatte sich Gluck während der Verwüstungen an der Atlantikküste aufgehalten, fragte sich Bannerman. Auf eigenes Ersuchen wurde er mit dem Fall betraut. In kürzester Zeit hatte er die Gewißheit, daß Gluck im Spätherbst 1940 an verschiedenen Stellen der Atlantikküste aufgekreuzt war. Er ermittelte gleichfalls, daß Gluck während jener epidemieartigen Schießerei auf Polizeibeamte in New York war. Wo befand sich Gluck zur Zeit, war Bannermans nächste Frage. Und wie eine Antwort darauf kam die Großaktion am Mittelmeer. Gluck war – das wußte Bannerman – einen Monat zuvor nach Europa gereist. Bannerman brauchte nicht selbst nach Europa zu fahren. Mit Hilfe von telegrafischen Mitteilungen und der Mitarbeit des europäischen Geheimdienstes verfolgte er Glucks Reiseroute entlang dem Mittelmeer und konnte feststellen, daß sie in jedem Fall mit der Sprengung von Küstenverteidigungsanlagen und Schiffen zusammenfiel. Er erfuhr außerdem, daß Gluck gerade auf dem Green-Star-Linienschiff *Plutonic* in die Vereinigten Staaten fuhr.

Bannerman hatte den kompletten Plan im Kopf, und er nutzte die Wartepausen, um die Details zu entwickeln. Dabei wurde er tüchtig von George Brown, einem Mitarbeiter von Wood's System of Wireless Telegraphy, unterstützt. Als die *Plutonic* vor Sandy Hook ankam, ging Bannerman von einem Regierungsschiff aus an Bord, und Emil Gluck wurde verhaftet. Der Prozeß und das Geständnis folgten. Emil Gluck bekannte lediglich Reue darüber, daß er sich zu viel Zeit gelassen habe. Wenn er, wie er sagte, nur im Traum daran gedacht hätte, daß er je entdeckt würde, hätte er schneller gearbeitet und tausendmal mehr zerstört. Sein Geheimnis starb mit ihm, obwohl sich die französische Regierung bekannterweise Zugang zu Emil Gluck verschafft und ihm eine Milliarde Francs für seine Erfindung angeboten hatte, mit deren Hilfe er elektrische Entladungen auslösen und genau steuern konnte. »Was?« erwiderte Gluck, »an Sie verkaufen, so daß Sie die leidende Menschheit versklaven und mißhandeln können?« Und obwohl die Kriegsministerien aller Länder in ihren Geheimlabors weiter experimentierten, haben sie bisher noch nicht die leiseste Spur des Geheimnisses lüften können. Emil Gluck wurde am 4. Dezember 1941 hingerichtet, und damit starb im Alter von sechsundvierzig Jahren eins der unglücklichsten Genies auf dieser Welt, ein Mann mit einem enormen Verstand, dessen gewaltige Potenzen jedoch so verzerrt und entstellt waren, daß er, statt dem Guten zu dienen, der erstaunlichste Verbrecher wurde, den es je gab.

Goliah

Im Jahre 1914, genauer am Morgen des 3. Januar, fand die Stadt San Francisco in einer ihrer Morgenzeitungen einen merkwürdigen Brief abgedruckt, den Walter Bassett erhalten hatte und der eindeutig von einem Verrückten geschrieben worden war. Walter Bassett war der bedeutendste Großindustrielle westlich der Rocky Mountains und gehörte zu der kleinen Gruppe, die das Land in jeder Hinsicht beherrschte, jedoch der Öffentlichkeit nicht namentlich bekannt war. Als einer dieser Männer war er der Empfänger gelehrter Abhandlungen vieler Verrückter; aber dieses spezielle Schreiben unterschied sich so sehr von ähnlichen Briefen, daß er es nicht in den Papierkorb warf, sondern an einen Reporter weiterleitete. Der Brief war mit »Goliah« unterzeichnet, der Briefkopf gab die Anschrift »Palgrave-Insel« an. Das Schreiben lautete:

»Mr. Walter Bassett, Sehr geehrter Herr!

Ich lade Sie und neun weitere Großindustrielle zu mir auf meine Insel ein in der Absicht, mit Ihnen Pläne zur Umgestaltung der Gesellschaft auf einer rationaleren Basis zu diskutieren. Bis jetzt war die gesellschaftliche Entwicklung ein blinder, zielloser, verpfuschter Prozeß. Die Zeit für eine Veränderung ist gekommen. Der Mensch hat sich aus dem mit Leben angereicherten Schlamm des urzeitlichen Meeres zum Beherrscher der Natur entwickelt, aber die Gesellschaft beherrscht er noch nicht. Der Mensch ist heute in dem Maße Sklave kollektiver Dummheit, wie er vor hunderttausend Jahren Sklave der Natur war.

Es gibt theoretisch zwei Methoden, wodurch der Mensch Herr über die Gesellschaft werden und aus ihr ein intelligentes und leistungsfähiges Instrument zur Erlangung von Glück und Frohsinn machen kann. Die erste geht von der

Annahme aus, daß keine Regierung weiser oder besser sein kann als die Leute, die über die Zusammensetzung dieser Regierung befinden, daß Reformen und Entwicklung vom einzelnen kommen müssen; daß die Regierung in dem Maße weiser und besser wird, wie der einzelne weise und besser wird, kurz, daß die Mehrzahl der Individuen weiser und besser werden muß, ehe die Regierung weise und besser wird. Aber der Pöbel und die herrschende politische Meinung, die abgrundtiefe Brutalität und die dumme Unwissenheit, wie man sie auf allen Zusammenkünften der Massen antrifft, strafen diese Theorie Lügen. Beim Pöbel orientieren sich kollektive Intelligenz und Barmherzigkeit an den am wenigsten intelligenten und brutalsten Vertretern dieses Pöbels. Andererseits werden sich tausend Passagiere eines in Seenot geratenen Schiffes freiwillig der Weisheit und Besonnenheit des Kapitäns unterordnen. Denn in diesem Falle ist er der weiseste und erfahrenste von allen.

Die zweite Theorie geht von der Annahme aus, daß die meisten Menschen keine Bahnbrecher sind, daß die Untätigkeit der Etablierten sie wie ein Gewicht herabzieht; daß die sie vertretende Regierung nur die Schwachheit, Nichtigkeit und Roheit repräsentiert, daß diese blinde, als Regierung bezeichnete Einrichtung nicht Diener ihres Willens ist, sondern sie die Diener dieser Regierung sind; kurz, nicht die berühmte große Masse formt die Regierung, sondern die Regierung formt sie. Die Regierung wiederum ist immer schon ein dummes und furchtbares Mißgebilde gewesen, durch einen Schimmer von Intelligenz seitens dieser mit Trägheit geschlagenen Masse gezeugt.

Ich neige zur zweiten Theorie. Und ich bin ungeduldig. Seit hunderttausend Generationen, von den ersten sozialen Gruppierungen unserer wilden Vorfahren angefangen bis jetzt, ist jede Regierung immer nur ein Ungeheuer gewesen. Heutzutage hat die träge Masse weniger zu lachen als je zuvor. Trotz all der Macht des Menschen über die Natur machen sein Leid, sein Elend und seine Erniedrigung noch immer eine gerechte Welt unmöglich.

Aus diesem Grunde habe ich beschlossen, einzuschreiten und für eine bestimmte Zeit Kapitän des Weltenschiffes zu werden. Ich habe den Verstand und die Weitsicht des erfahrenen Experten. Außerdem habe ich auch die Macht. Man wird mir gehorchen. Die Menschen der ganzen Welt sollen meinen Geboten folgen und Regierungen bilden, die Schöpfer von Frohsinn werden. Diese vorbildlichen Regierungen, die ich im Sinn habe, sollen die Menschen nicht per Dekret glücklich, weise und edel machen, sondern sie sollen ihnen die Gelegenheit schaffen, sich zu glücklichen, weisen und edlen Menschen zu entwickeln.

Ich habe gesprochen. Ich habe Sie und neun weitere Großindustrielle eingeladen, um mit Ihnen zu verhandeln. Am 3. März wird die Jacht *Energon* von San Francisco lossegeln. Sie sind aufgefordert, sich einen Abend zuvor an Bord einzufinden. Das ist ernst gemeint. Die Angelegenheiten dieser Welt müssen für eine bestimmte Zeit von starker Hand gelenkt werden. Diese starke Hand bin ich. Sollten Sie meinem Ruf nicht folgen, werden Sie sterben. Um ehrlich zu sein, ich glaube nicht, daß Sie Folge leisten werden. Aber Ihr Tod als Strafe für den Ungehorsam wird die anderen, die ich danach rufen werde, gefügig machen. Und vergessen Sie bitte nicht, daß ich keinerlei unwissenschaftliche Sentimentalität bezüglich des Wertes menschlichen Lebens hege. Ich sehe stets die Millionen und aber Millionen Menschen vor meinem geistigen Auge, die in künftigen Zeitaltern auf der Erde fröhlich und glücklich leben sollen.

Der Ihre für die Umgestaltung der Gesellschaft. Goliah«

Die Veröffentlichung dieses Briefes löste in der Stadt nicht einmal Heiterkeit aus. Man hat vielleicht beim Lesen vor sich hin geschmunzelt, aber er war so offensichtlich das Machwerk eines Verrückten, daß er keiner Diskussion wert war. Erst am folgenden Morgen stellte sich ein gewisses Interesse ein. Eine Depesche von Associated Press an die Staaten im Osten und nachfolgende Interviews von übereifrigen Reportern hatten die Namen der anderen neun Großindustriellen ans Licht gebracht, die ähnliche Briefe erhalten, die Angelegenheit aber für zu unbedeutend erachtet hatten, als daß sie sie in die Öffentlichkeit getragen hätten. Das so geweckte Interesse war mäßig und wäre schnell erloschen, hätte nicht Gabberton einen Dauerpräsidentschaftskandidaten als »Goliah« karikiert. Hinzu kam ein zwischen Ost- und Westküste ausgelassen gesungenes Lied mit seinem Refrain: »Seid auf der Hut, daß euch der Goliah nichts tut.«

Nach weiteren drei Wochen war der Zwischenfall vergessen. Auch Walter Bassett dachte nicht mehr daran; aber am Abend des 22. Februar wurde er vom Hafenmeister ans Telefon gerufen. »Ich wollte Ihnen nur mitteilen«, sagte dieser, »daß die Jacht *Energon* eingetroffen ist und am Pier sieben vor Anker liegt.«

Walter Bassett hat niemals etwas darüber verlauten lassen, was in jener Nacht geschah. Aber man weiß, daß er mit dem Auto zum Hafen fuhr, eine von Crowleys Barkassen nahm und an Bord der seltsamen Jacht abgesetzt wurde. Es ist weiterhin bekannt, daß er drei Stunden später, wieder an Land, sofort einen Stoß Telegramme an die neun anderen schickte, die von Goliah einen Brief erhalten hatten. Diese Telegramme hatten alle den gleichen Wortlaut: »Die *Energon* ist eingetroffen. Es ist von Bedeutung. Ich rate Ihnen zu kommen.«

Bassett wurde ausgelacht, daß er sich dieser Mühe unterzogen hatte. Es setzte sogar ein gewaltiges Gelächter ein (denn seine Telegramme waren veröffentlicht worden), und das populäre Lied über Goliah lebte wieder auf und wurde populärer denn je. Goliah und Bassett wurden karikiert und gnadenlos verspottet, ersterer als der Alte Mann des Meeres, auf dem Rücken des letzteren reitend. Durch Klubs und gesellige Kreise wogte das Lachen, war in den Leitartikeln etwas abgeschwächt, schallte aber laut in den satirischen Wochenzeitungen. Diese Angelegenheit hatte jedoch auch eine ernste Seite, denn viele, besonders Bassetts Geschäftskollegen, stellten seinen Geisteszustand in Frage.

Bassett war stets ein aufbrausender Mann gewesen, als er jedoch den zweiten Stoß Telegramme an seine Kollegen verschickt hatte und wieder ausgelacht wurde, blieb er still. In diesen Telegrammen schrieb er: »Kommen Sie, ich flehe Sie an. Wenn Ihnen Ihr Leben wert ist, kommen Sie.« Er ordnete seine Geschäftsangelegenheiten für eine längere Abwesenheit und ging in der Nacht des 2. März an Bord der *Energon*. Selbige wurde klargemacht und segelte am nächsten Morgen aus. Die Zeitungsjungen in jeder Stadt und in jedem Städtchen schrien: »Extrablatt!«

Im Klartext gesprochen: Goliah hatte die versprochene Ware geliefert – die neun Großindustriellen, die seine Einladung nicht angenommen hatten, waren tot. Eine Art gewaltsamer Auflösung des Gewebes, lauteten mehrere Autopsiebefunde über die Körper der getöteten Millionäre; dennoch wagten die Chirurgen und Ärzte (die erfahrensten des ganzen Landes hatten sich beteiligt) nicht, die Ansicht zu äußern, daß die Männer ermordet worden seien. Es war allzu mysteriös. Sie waren wie gelähmt. Ihre wissenschaftliche Überzeugung war erschüttert. Es gab in der ganzen Wissenschaft keinen Anhaltspunkt, der sie zu der Annahme berechtigt hätte, eine anonyme Person auf der Palgrave-Insel habe die armen Gentlemen umgebracht.

Eins begriff man jedoch schnell; nämlich daß die Palgrave-Insel kein Mythos war. Sie war auf den Karten verzeichnet und allen Seefahrern wohlbekannt, sie lag auf dem 160. westlichen Längengrad, wo dieser den 10. Grad nördlicher Breite schneidet, und nur wenige Meilen von der Diana-

Sandbank entfernt. Gleich den Midway- und Fanning-Inseln war die Palgrave eine einsame vulkanische Insel mit Korallenriffen. Außerdem war sie unbewohnt. Ein Erkundungsschiff hatte die Insel 1887 angesteuert und von mehreren Quellen sowie einem guten Ankerplatz, den man nur unter Gefahren erreichen konnte, berichtet. Mehr wußte man nicht über dieses winzige Fleckchen Land, das bald im Mittelpunkt der ängstlichen Aufmerksamkeit der ganzen Welt stehen sollte.

Goliah schwieg bis zum 14. März. Am Morgen jenes Tages veröffentlichten die Zeitungen seinen zweiten Brief, von dem die zehn wichtigsten Politiker der Vereinigten Staaten – die zehn führenden Männer in der politischen Welt, allgemein als Staatsmänner bezeichnet – je eine Abschrift erhielten. Der Brief trug die gleiche Überschrift wie der erste und lautete:

»Sehr geehrter Herr!

Ich habe wohl klar und deutlich gesprochen. Man hat mir zu gehorchen. Sie können das als Einladung oder als Aufforderung auffassen; aber wenn Sie den Wunsch hegen, weiterhin auf dieser Erde zu wandeln und zu lachen, müssen Sie spätestens am Abend des 5. April an Bord der Jacht *Energon* im Hafen von San Francisco sein. Es ist mein Wunsch und Wille, daß Sie mit mir auf der Palgrave-Insel über die Umgestaltung der Gesellschaft auf einer rationalen Basis verhandeln. Mißverstehen Sie mich nicht, wenn ich sage, daß ich mich mit einer Theorie identifiziere. Ich will, daß diese Theorie in die Praxis umgesetzt wird, und deshalb fordere ich Sie zur Mitarbeit auf. In meiner Theorie sind Menschen nur Schachfiguren; ich habe mit Unmengen von Menschen zu tun. Was ich will, das ist das Lachen, und diejenigen, die dem Lachen im Wege stehen, müssen zugrunde gehen. Es ist ein großes Unternehmen. Zur Zeit gibt es anderthalb Milliarden Menschen auf der Erde. Was gilt Ihr einzelnes Leben dagegen? Eine Null in meiner Theorie. Und vergessen Sie nicht, daß ich die Macht habe. Bedenken Sie, daß ich Wissenschaftler bin und daß ein Leben oder eine Million Leben für mich ein Nichts sind gegen die Milliarden und aber Milliarden der kommenden Generationen. Um das Lachen derer möchte ich die Gesellschaft heute umgestalten, und gemessen an dem zählt Ihr armseliges kleines Leben wahrlich nicht.

Wer die Macht hat, kann anderen seine Befehle aufzwingen. Kraft der militärischen Idee, die als Phalanx bekannt ist, eroberte Alexander seinen Teil dieser Welt. Kraft der chemischen Erfindung des Schießpulvers eroberte Cortés mit seinen Scharen von Halsabschneidern das Reich Montezumas. Jetzt bin ich im Besitz eines Instruments, das mir ganz allein gehört. Im Laufe eines Jahrhunderts wird nicht mehr als ein halbes Dutzend grundlegender Entdeckungen und Erfindungen gemacht. Mir ist eine solche gelungen. Ihr Besitz verschafft mir die Herrschaft über die Welt. Ich werde diese Erfindung nicht für kommerzielle Ziele nutzen, sondern zum Wohle der Menschheit. Dazu brauche ich Hilfe – bereitwillige Hilfe, gehorsame Hände, und ich bin stark genug, den Dienst zu erzwingen. Ich wähle den kürzesten Weg, obwohl ich keine Eile habe. Ich werde auch keine Hast aufkommen lassen.

Der Anreiz durch materiellen Gewinn ließ den Menschen vom Wilden zu dem Halbbarbaren werden, der er heute ist. Dieser materielle Anreiz war ein nützliches Werkzeug für die menschliche Entwicklung; aber er hat seine Aufgabe erfüllt und kann auf den Abfallhaufen geworfen werden wie rudimentäre Organe – die Kiemen in der Kehle etwa –, wie der Glaube an das göttliche Recht von Königen. Natürlich denken Sie anders darüber; dennoch nehme ich nicht an, daß Sie mir deshalb nicht helfen wollten, den Anachronismus auf den Abfallhaufen zu werfen. Denn ich sage Ihnen, die Zeit ist gekommen, da Essen, Wohnung und ähnliche triviale Dinge automatisch vorhanden und so einfach und selbstverständlich zu haben sind wie die Luft. Ich werde mit Hilfe meiner Entdeckung und der Macht, die sie mir verleiht, dafür sorgen. Wenn Essen und Wohnung selbstverständlich sind, wird der Reiz des materiellen Gewinns für immer von dieser Welt verschwunden sein. Wenn Essen und Wohnung selbstverständlich sind, werden die höheren Ziele allumfassend siegen – die geistigen, ästhetischen und intellektuellen Ziele, die sich entwickeln und Körper, Geist und Seele schön und edel machen werden. Dann wird die gesamte Welt von Glück und Fröhlichkeit beherrscht werden. Es wird die Herrschaft des weltweiten Frohsinns sein.

Der Ihre im Namen jener Zukunft. Goliah«

Die Welt wollte es immer noch nicht glauben. Die zehn Politiker waren in Washington, und so hatten sie keine Möglichkeit, sich wie Bassett überzeugen zu lassen. Nicht einer von ihnen nahm die Mühen einer Reise nach San Francisco auf sich, um die Gelegenheit wahrzunehmen. Was Goliah betraf, so wurde er von Zeitungen als neuer Tom Lawson mit dem Wunderheilmittel bezeichnet; Spezialisten für Geisteskrankheiten bewiesen anhand der Analyse seiner Briefe schlüssig, daß er wahnsinnig war.

Die *Energon* traf am Nachmittag des 5. April im Hafen von San Francisco ein, und Bassett ging an Land. Aber die Jacht segelte am nächsten Tag nicht ab, denn keiner der zehn aufgeforderten Politiker hatte sich für eine Reise zur Palgrave-Insel entschieden. In allen Städten schrien die Zeitungsjungen an jenem Tag: »Extrablatt!« Die zehn Politiker waren tot. Die friedlich im Hafen liegende Jacht wurde zum Mittelpunkt aufgeregten Interesses. Sie war von einer Flottille von Barkassen und Ruderbooten umgeben, zahlreiche Schlepper und Dampfschiffe machten ebenfalls eine Tour zu ihr. Während die lärmenden Menschengruppen standhaft abgewehrt wurden, ließ man die zuständigen Verantwortlichen und sogar Reporter an Bord. Der Bürgermeister von San Francisco sowie der Polizeichef berichteten, daß nichts Verdächtiges auf der Jacht zu sehen gewesen sei, auch die Hafenbehörde bestätigte die Korrektheit der Papiere in jedem einzelnen Punkt. Viele Fotos und Schilderungen erschienen in den Zeitungen. Die Mannschaft bestehe hauptsächlich aus Skandinaviern – blonden, blauäugigen Schweden, melancholischen Norwegern, gleichmütigen Russo-Finnen – und ein paar vereinzelten Amerikanern sowie Engländern. Es wurde berichtet, daß sie nichts Geschäftiges und Unruhiges an sich hätten. Sie schienen gewichtige Männer zu sein, von einer traurigen und stumpfträgen Zusammengehörigkeit niedergedrückt. Nüchterner Ernst und große innere Gewißheit würden sie allesamt charakterisieren. Sie schienen Männer ohne Nerven und Angst zu sein, so als würden sie von einer übergroßen Macht aufrechtgehalten und von der Hand eines Übermenschen getragen. Der Kapitän, ein Amerikaner mit kräftigen Zügen und traurigen Augen, wurde in der Zeitung als »Gloomy Gus« (der pessimistische Held der Humorseite) karikiert.

Ein Kapitän erkannte die *Energon* als die Jacht *Scud*, die früher Merrivale vom New Yorker Jachtklub gehört habe. Nach diesem Hinweis konnte man leicht feststellen, daß die *Scud* einige Jahre zuvor verschwunden war. Der Agent, der sie verkauft hatte, berichtete, daß der Käufer auch nur ein Agent gewesen sei, der ihm niemals zuvor begegnet war und den er auch danach nie wiedergesehen hatte. Die Jacht sei auf Duffeys Werft in New Jersey umgebaut worden. Die Namens- und Registeränderungen seien damals vorgenommen worden und entsprächen ganz den Vorschriften. Dann war die *Energon* auf geheimnisvolle Weise verschwunden.

In der Zwischenzeit war Bassett auf dem besten Wege, verrückt zu werden – jedenfalls sagten das seine Freunde. Er hielt sich von seinen Geschäften fern und sagte, er müsse jetzt abwarten, bis die anderen Beherrscher dieser Welt sich ihm zur Umgestaltung der Gesellschaft anschließen würden – eindeutiger Beweis dafür, daß Goliah ihm einen Floh ins Ohr gesetzt hatte. Reportern gegenüber sagte er wenig. Er habe nicht die Freiheit, sagte er, zu erzählen, was er auf der Palgrave-Insel gesehen habe; er könne ihnen aber versichern, daß die Angelegenheit ernst sei, eine ernstere Sache habe es nie gegeben. Sein letztes Wort in der Angelegenheit war, daß die Welt vor einer Wende stehe, ob zum Guten oder Bösen, das wisse er nicht, aber so oder so, die Wende werde kommen, dessen sei er sich ganz sicher. Was das Geschäft anbelange, so solle es der Teufel holen. Er habe allerlei gesehen, ja, das habe er, und das war alles dazu.

Es wurde während dieser Zeit häufig zwischen den lokalen Bundesbehörden, dem Innen- und dem Kriegsministerium in Washington telegrafiert. Eines Nachmittags wurde eine geheime Aktion gestartet, um an Bord der *Energon* zu gelangen und den Kapitän zu verhaften – der Generalstaatsanwalt war der Meinung, daß der Kapitän unter dem Verdacht des Mordes an den zehn Staatsmännern festgenommen werden könne. Man sah die Regierungsbarkasse Meiggs Kai verlassen und Kurs auf die *Energon* nehmen, und das war das letzte, was man je von der Barkasse und den Männern, die sich an Bord befanden, gesehen hatte. Die Regierung versuchte die Affäre zu vertuschen, jedoch kam alles durch die Familien der verschwundenen Männer ans Licht. Die Zeitungen waren voll mit den ungeheuerlichsten Versionen über den Vorfall.

Die Regierung ging nun zu äußersten Maßnahmen über. Das Schlachtschiff *Alaska* bekam den Auftrag, die seltsame Jacht in ihre Gewalt zu bringen oder, sollte das mißlingen, sie zu versenken. Das waren geheime Instruktionen, aber Tausende von Augen verfolgten vom Küstenrand und von Schiffen im Hafen aus, was an jenem Nachmittag geschah. Das Schlachtschiff begab sich auf Fahrt und hielt langsam

Kurs auf die *Energon.* Eine halbe Meile vor der *Energon* ging das Schlachtschiff in die Luft – explodierte ganz einfach; das war alles, der zerschmetterte Schiffsrumpf sank auf den Grund der Bucht, ein gewöhnliches Wrack und ein paar Überlebende hier und da auf dem Wasser. Unter den Überlebenden war ein junger Leutnant, der für die Funkverbindungen der *Alaska* zuständig war. Die Reporter bekamen ihn als ersten zu fassen, und er berichtete. Kaum sei die *Alaska* in Fahrt gewesen, sei eine Nachricht von der *Energon* gekommen. Eine Warnung in international üblicher Kodierung an die *Alaska,* sich nicht auf mehr als eine halbe Meile zu nähern. Er habe die Nachricht durch das Sprachrohr sofort an den Kapitän weitergegeben. Mehr wisse er nicht, außer daß die *Energon* die Nachricht zweimal wiederholt und sich fünf Minuten später die Explosion ereignet habe. Der Kapitän der *Alaska* war mit seinem Schiff untergegangen, und so konnte man nichts weiter in Erfahrung bringen.

Die *Energon* lichtete allerdings sofort die Anker und stach in See. Die Zeitungen veranstalteten ein großes Geschrei; die Regierung wurde der Feigheit und des Wankelmuts in ihren Aktionen gegen eine einfache Vergnügungsjacht und einen Wahnsinnigen, der sich Goliah nannte, bezichtigt, und sofortiges entschiedenes Handeln wurde gefordert. Es wurde auch laut wegen des Verlusts an Menschenleben lamentiert, vor allem wegen des böswilligen Mordes an den zehn Staatsmännern. Goliah reagierte unverzüglich. Seine Erwiderung kam so prompt, daß die Fachleute für drahtlose Telegrafie äußerten, Goliah müsse mitten unter ihnen weilen und nicht auf der Palgrave-Insel, denn es sei unmöglich, drahtlose Nachrichten über so große Entfernungen zu übermitteln. Goliahs Brief wurde von einem Botenjungen, der auf der Straße angeheuert worden war, bei Associated Press abgeliefert. Der Brief hatte folgenden Wortlaut:

»Was bedeuten ein paar armselige Menschenleben? In euren wahnwitzigen Kriegen vernichtet ihr Millionen Menschenleben und denkt euch nichts dabei. In eurem brudermörderischen Handelskrieg tötet ihr kleine Kinder, Frauen und Männer und nennt dieses Schlachtfeld triumphierend ›Individualismus‹. Ich nenne es Anarchie. Ich werde eurer totalen Vernichtung der Menschen Einhalt gebieten. Ich möchte den Frohsinn und nicht das Gemetzel.

Eure Regierung versucht euch glauben zu machen, daß die Zerstörung der *Alaska* ein Unglücksfall war. Ihr sollt hier und jetzt erfahren, daß sie auf meinen Befehl vernichtet wurde. In ein paar Monaten werden alle Schlachtschiffe auf See zerstört sein oder auf dem Schrotthaufen landen; und alle Völker sollen abrüsten; Festungen sollen abgebaut, Armeen aufgelöst werden, der Krieg soll von der Erde verschwinden. Mein ist die Macht. Ich bin der Wille Gottes. Die ganze Welt soll von mir abhängig sein; aber es wird eine Abhängigkeit des Friedens sein.

Ich bin Goliah«

»Die Palgrave-Insel in die Luft jagen«, lautete die Antwort der Zeitungen. Die Regierung war gleichen Sinnes, und die Aufstellung der Flotte wurde in Angriff genommen. Walter Bassett äußerte Protest, der ohne Wirkung blieb, und er wurde eilends mit der Drohung, vor eine psychiatrische Kommission geladen zu werden, zum Schweigen gebracht. Goliah blieb stumm. Fünf große Flottenverbände wurden in das Unternehmen gegen die Palgrave-Insel geworfen – das Asiatische Geschwader, das Südpazifische Geschwader, das Nordpazifische Geschwader, das Karibische Geschwader und die Hälfte des Nordatlantischen Geschwaders, die beiden letztgenannten kamen durch den Panamakanal.

»Ich habe die Ehre zu melden, daß wir die Palgrave-Insel am Morgen des 29. April gesichtet haben«, lautete der Bericht von Kapitän Johnson vom Schlachtschiff *North Dakota* an den Sekretär der Seestreitkräfte. »Das Asiatische Geschwader hatte sich verspätet und traf erst am Morgen des 30. April ein. Eine Sitzung der Admirale wurde abgehalten, und es wurde entschieden, in der Frühe des folgenden Morgens anzugreifen. Der Zerstörer *Swift* näherte sich unbehelligt der Insel und berichtete, daß es dort keinerlei Kriegsvorbereitungen gebe. Er habe mehrere kleine Handelsschiffe im Hafen gesichtet sowie ein kleines Dorf in hoffnungslos exponierter Lage, das durch unser Feuer ausgelöscht werden könnte.

Es war entschieden worden, daß die Schiffe sich in schneller Fahrt von verschiedenen Seiten der Insel nähern und auf drei Meilen das Feuer eröffnen sollten, dann war vorgesehen, die Fahrt bis zum Rand des Riffes fortzusetzen, wieder Formation einzunehmen und anzugreifen. Die Palgrave-Insel warnte uns wiederholt, in die Zehnmeilenzone einzudringen; aber diese Warnungen wurden nicht beachtet.

Die *North Dakota* nahm an der Aktion des 1. Mai nicht teil. Dies war auf einen kleinen Unfall in der vorangegangenen Nacht zurückzuführen, wodurch unsere Steueranlage zeitweilig außer Betrieb gesetzt war. Der Morgen des 1. Mai brach klar und ruhig an. Von Südwest kam eine leichte Brise, die sich aber bald legte. Die *North Dakota* lag zwölf Meilen vor der Insel. Auf ein Signal stürmten die Geschwader mit Volldampf von allen Seiten auf die Insel zu. Unser Funkapparat sandte weiterhin die von der Insel kommenden Warnungen aus. Die Zehnmeilenzone war überschritten, nichts geschah. Ich beobachtete alles durchs Fernrohr. Auf fünf Meilen geschah nichts, auf vier Meilen geschah nichts, auf drei Meilen eröffnete die *New York,* die auf unserer Seite die Führung hatte, das Feuer. Sie gab nur einen Schuß ab, dann explodierte sie. Die restlichen Schiffe haben überhaupt keinen Schuß abgefeuert. Sie gingen alle in die Luft, vor unseren Augen. Verschiedene brachen aus und fuhren zurück, aber es gelang ihnen nicht zu entkommen. Der Zerstörer *Dart XXX* hatte fast die Zehnmeilenlinie erreicht, als er hochging. Nur die *North Dakota* war unbeschadet geblieben, und in der Nacht, als die Steuervorrichtung wieder in Ordnung war, gab ich Befehl, nach San Francisco aufzubrechen.«

Zu sagen, die Vereinigten Staaten seien gelähmt gewesen, demonstriert lediglich die Unzulänglichkeit der Sprache. Die ganze Welt schien gelähmt zu sein. Sie war einem vernichtenden menschlichen Geist ohnegleichen begegnet. Menschliches Mühen wurde zu einem Narrenstreich, zu einer monströsen Nichtigkeit angesichts eines Wahnsinnigen auf einer einsamen Insel, der eine Jacht und ein ungeschütztes Dorf in seiner Gewalt hatte und fünf der stolzesten Flottenverbände der Christenwelt zerstören konnte. Aber wie hatte er das bewerkstelligt? Niemand wußte es. Die Wissenschaftler warfen sich in den Staub, jammerten und redeten wirres Zeug. Sie wußten es nicht. Militärexperten begingen zu Dutzenden Selbstmord. Das mächtige Gewebe der Kriegführung, das sie geschaffen hatten, war nur ein hauchdünner Schleier, der von einem elenden Verrückten zerrissen worden war. Das war zuviel für ihren Verstand. Der normale Menschenverstand konnte einen solchen Schock nicht überwinden. Wie der Primitive durch einen Trick des Medizinmannes vernichtet werden kann, so wurde die Welt durch den Zauberer Goliah vernichtet. Wie machte er das? Die Welt starrte auf das schreckliche Gesicht des Unbekannten, vor dem sie sich so sehr fürchtete, daß sie ihre stolzesten Errungenschaften vergaß.

Aber nicht die ganze Welt war in diesen Zustand der Lähmung gefallen. Es gab die ewige Ausnahme – das Inselreich Japan. Trunken vom in tiefen Zügen genossenen Wein des Erfolges, ohne Aberglauben und ohne Glauben an irgend etwas außer seinem eigenen aufgehenden Stern, mit einem Lachen angesichts des Bankrotts der Wissenschaft und im Wahn des Rassenstolzes, schritt es weiter voran auf dem Kriegspfad. Amerikas Flotte war vernichtet. Von den Schlachtfeldern des Himmels neigten sich die vielen Schatten der Ahnen Japans nieder. Eine von Gott gegebene Gelegenheit war gekommen. Der Mikado war wahrhaftig ein Bruder der Götter.

Die Kriegsungeheuer Japans wurden in riesigen Flottenverbänden losgelassen. Die Philippinen wurden im Vorbeigehen genommen, etwa wie ein Kind einen Blumenstrauß pflückt. Die Kriegsschiffe nach Hawaii, Panama und zur Pazifikküste brauchten etwas länger. Die Vereinigten Staaten gerieten in Panik, und es bildete sich eine mächtige Partei, die für einen unehrenhaften Frieden eintrat. Inmitten des Geschreis traf die *Energon* in der San-Francisco-Bucht ein, und Goliah sprach noch einmal. Die Ankunft war mit einem kleinen Scharmützel verbunden, es explodierten einige Magazine entlang der militärisch untertunnelten Hügel, womit die Küstenverteidigung erledigt war. Auch die Explosionen der unterseeischen Minen im Golden Gate lieferten ein schönes Schauspiel. Goliahs Botschaft an die Bürger von San Francisco, wie gewöhnlich von der Palgrave-Insel abgeschickt, wurde in den Zeitungen veröffentlicht. Sie lautete:

»Frieden? Friede sei mit euch. Ihr werdet Frieden haben. Ich habe schon früher in diesem Sinne gesprochen. Aber gebt auch mir Frieden. Laßt meine Jacht *Energon* in Ruhe. Unternehmt ihr einen offenen Angriff auf sie, bleibt in San Francisco kein Stein auf dem anderen.

Laßt morgen alle braven Bürger hinaus auf die Hügel gehen, die zum Meer hin abfallen. Macht Musik, lacht und schmückt euch mit Girlanden. Bereitet ein Fest für das neue Zeitalter, das heraufdämmert. Seid wie Kinder auf euren Hügeln und werdet Zeugen, wenn sich der Krieg verabschiedet. Versäumt diese Gelegenheit nicht. Es ist die letzte Chance, etwas zu sehen, was ihr danach nur noch im Museum für altertümliche Gegenstände finden könnt.

Ich verspreche euch einen fröhlichen Tag. Goliah«

Der Wahnwitz der Magie lag in der Luft. Den Menschen war es, als seien all ihre Götter zerschmettert, und doch gab es den Himmel noch. Ordnung und Gesetz hatten das Universum verlassen; aber die Sonne schien noch, der Wind blies noch, die Blumen blühten noch – das war das Verwirrende daran. Daß das Wasser immer noch den Berg hinunterlief, war ein Wunder. Alle festen Bezugspunkte des menschlichen Geistes und alle Errungenschaften waren in Auflösung begriffen. Das einzig Sichere war Goliah, ein Verrückter auf einer Insel. Am nächsten Tag zog die gesamte Bevölkerung von San Francisco in größter Ausgelassenheit auf die Hügel, von wo man eine weite Aussicht über das Meer hatte. Blaskapellen gingen voran, und Fahnen wurden getragen. Bierwagen und Picknickkörbe wurden mitgeführt – all die seltsamen unterschiedlichen Menschengruppen, wie man sie in einer Großstadt findet, waren auf den Beinen.

Am Horizont stieg der Rauch aus den Schornsteinen von Hunderten feindlicher Kriegsschiffe auf, alle steuerten auf das hilflose unverteidigte Golden Gate zu. Aber ganz unverteidigt war es doch nicht, denn durch das Golden Gate bewegte sich die *Energon,* ein kleines weißes Spielzeug, das wie ein Strohhalm auf der bewegten See vor der Sandbank schaukelte, wo sich eine starke Ebbe unter dem Sommerseewind ausbreitete. Doch die Japaner waren vorsichtig. Ihre dreißig- und vierzigtausend Tonnen großen Schlachtschiffe wurden sechs Meilen vor der Küste langsamer und manövrierten in schwerfälligen Drehungen, während kleine Erkundungsschiffe (schlanke sechsschornsteinige Zerstörer) herbeieilten, die die See wie Haie peitschten. Aber im Vergleich zur *Energon* waren sie Ungetüme. Im Vergleich mit ihnen schien die *Energon* das Schwert des Erzengels Michael zu sein, sie dagegen die Vorboten der Bewohner der Hölle.

Aber nie sahen die guten Leute von San Francisco, die sich auf den Hügeln versammelt hatten, das Schwert aufblitzen. Geheimnisvoll und unsichtbar spaltete es die Luft und holte zu den mächtigsten Schlägen aus, die die Welt je gesehen hatte. Die guten Leute von San Francisco sahen wenig davon, und verstehen konnten sie noch weniger. Sie sahen nur, wie anderthalb Millionen Tonnen Salzwasser auseinanderklafften, unter Krachen berstende Gegenstände gen Himmel wirbelten und zerschmettert wieder zurück ins Meer sanken. Innerhalb von fünf Minuten war alles vorüber. Auf der weiten See blieb nur die *Energon* übrig, die weiß und spielzeuggleich in der Nähe der Sandbank schlingerte.

Goliah sprach zum Mikado und den höheren Staatsmännern. Es handelte sich nur um eine gewöhnliche Kabeldepesche, die vom Kapitän der *Energon* in San Francisco aufgegeben war, aber sie war bedeutsam genug, um den sofortigen Rückzug Japans von den Philippinen und seiner übriggebliebenen Flottenteile von der See zu veranlassen. Das ungläubige Japan war bekehrt. Es hatte die Kraft von Goliahs Arm zu spüren bekommen. Demütig gehorchte es, als dieser ihm befahl, alle Kriegsschiffe abzurüsten und das Metall in nützliche Geräte für die Gewerbe des Friedens umzuwandeln. In allen Häfen, Seewerften, Maschinenhallen und Gießereien Japans schmolzen Zehntausende von braunhäutigen Handwerkern die Kriegsungeheuer in tausend nützliche Dinge um, wie Pflugschare (Goliah bestand auf Pflugscharen), Benzinmotoren, Brückenträger, Telefon- und Telegrafendrähte, Stahlschienen, Lokomotiven und anderes rollendes Material für die Eisenbahn. Es war eine Welt-Buße, die die Welt auch sehen sollte, und sie ließ jene frühere Buße wahrlich als unbedeutend erscheinen, als sich ein Herrscher barfüßig durch den Schnee zum Papst aufmachte und um die weltliche Macht zu streiten wagte.

Als nächstes wandte sich Goliah an die zehn führenden Wissenschaftler der Vereinigten Staaten. Diesmal gehorchte man sofort. Die Gelehrten reagierten lächerlich schnell, einige von ihnen warteten wochenlang in San Francisco, um ja nicht den festgesetzten Segeltermin zu verpassen. Sie fuhren am 15. Juni auf der *Energon* ab, und während sie auf dem Weg zur Palgrave-Insel waren, führte Goliah eine andere Großtat aus. Deutschland und Frankreich waren im Begriff, sich gegenseitig an die Gurgel zu gehen. Goliah befahl Frieden. Sie ignorierten den Befehl und waren im stillen übereingekommen, den Kampf auf dem Lande zu führen, wo es den Kriegslüsternen sicherer schien. Goliah setzte die Beendigung der feindseligen Vorbereitungen auf den 19. Juni fest. Beide Länder mobilisierten ihre Armeen am 18. Juni und setzten sie zur gemeinsamen Grenze in Bewegung. Am 19. Juni schlug Goliah zu. Alle Generäle, Kriegssekretäre und Säbelrassler beider Länder starben an jenem Tag; am selben Tag liefen zwei riesige Armeen ohne Führung wie verirrte Schafe über die Grenze und verbrüderten sich. Allein der große deutsche Kriegsherr war entkommen – wie man später erfuhr, indem er sich in dem gewaltigen Safe, in dem die Geheimdokumente des Reiches aufbewahrt wurden, versteckt gehalten hatte. Als er wieder auftauchte, war er ein sehr bußfertiger Kriegsherr, und wie der Mikado von Japan mußte auch er seine Schwerter zu Pflugscharen und Gartensicheln umschmieden.

Dennoch maß man der Tatsache, daß der deutsche Kaiser entkommen war, große Bedeutung bei. Die Wissenschaftler der Welt schöpften neuen Mut und fanden ihren Verstand wieder. Eins war eindeutig klargeworden – Goliah besaß keine Zauberkräfte. Noch beherrschte das Gesetz das Universum. Goliahs Macht hatte Grenzen, sonst hätte der deutsche Kaiser in seinem Stahlsafe nicht entkommen können. Viele gelehrte Abhandlungen erschienen über dieses Thema.

Die zehn Wissenschaftler kehrten am 6. Juli von der Palgrave-Insel zurück. Schwere Polizeieinheiten schirmten sie vor den Reportern ab. Nein, sie hätten Goliah nicht gesehen, sagten sie in dem einen offiziellen Interview, das gnädig gewährt worden war, aber sie hätten mit ihm gesprochen, und sie hätten viel gesehen. Sie seien nicht berechtigt, Endgültiges über all das zu sagen, was sie gesehen und gehört hätten, was sie jedoch sagen könnten, wäre, daß die Welt im Begriff sei, von Grund auf verändert zu werden. Goliah besitze eine enorme Erfindung, die die ganze Welt von seiner Gnade abhängig mache, und es sei gut für die Welt, daß Goliah barmherzig sei. Die zehn Wissenschaftler fuhren in einem Sonderzug direkt nach Washington, wo sie tagelang mit den Regierungsoberhäuptern im geheimen tagten, während die Nation atemlos auf das Ergebnis wartete.

Aber das Ergebnis ließ lange auf sich warten. Von Washington schickte der Präsident Befehle an die führenden Persönlichkeiten des Landes. Alles war geheim. Jeden Tag trafen Abordnungen der Bankiers, Eisenbahnchefs, Großindustriellen sowie Richter vom Obersten Gericht ein; und einmal angekommen, blieben sie dort. Die Wochen zogen sich hin, und dann, am 15. August, begann die berühmte Verkündigung der Proklamationen. Der Kongreß und der Senat arbeiteten mit dem Präsidenten zusammen, während die Richter des Obersten Gerichts alles sanktionierten und die Geldherren und Großindustriellen ihre Zustimmung gaben. Den kapitalistischen Eigentümern des Landes wurde der Krieg angesagt. Überall in den Vereinigten Staaten wurde das Kriegsrecht verkündet. Der Präsident wurde mit den höchsten Vollmachten ausgestattet.

Innerhalb eines Tages wurde die Kinderarbeit im ganzen Lande abgeschafft. Das wurde per Dekret verfügt, und die

Vereinigten Staaten waren bereit, ihre Dekrete mit Hilfe der Armee durchzusetzen. Am selben Tag wurden alle Fabrikarbeiterinnen nach Hause geschickt, alle Schinderfabriken geschlossen. »Aber wir können nichts verdienen«, jammerten die kleinen Kapitalisten. »Dummköpfe!« antwortete Goliah. »Als ob der Sinn des Lebens darin bestünde, Profit zu machen. Gebt eure Geschäfte und die Profitjagd auf.« – »Aber keiner will unsere Unternehmen kaufen«, klagten sie. »Kaufen und verkaufen – ist das der ganze Sinn, den das Leben für euch hat?« erwiderte Goliah. »Ihr habt nichts zu verkaufen. Überschreibt eure kleinen halsabschneiderischen, anarchistischen Geschäfte der Regierung, so daß sie rationell organisiert und betrieben werden können.« Und am folgenden Tag übernahm die Regierung per Dekret alle Betriebe, Werkstätten, Gruben, Schiffe, Eisenbahnen sowie das Ackerland.

Die Nationalisierung der Produktionsmittel schritt rasch voran. Hier und da gab es skeptische Kapitalisten von Rang. Sie wurden gefangengenommen und auf die Palgrave-Insel deportiert. Wenn sie zurückkamen, fügten sie sich stets dem, was die Regierung unternahm. Etwas später war die Reise zur Insel unnötig geworden. Wenn Einwände erhoben wurden, entgegneten die Beamten: »Goliah hat gesprochen« – was soviel bedeutete wie »Man muß ihm gehorchen«.

Die Großindustriellen wurden die Chefs der Abteilungen. Bauingenieure, so fand man, arbeiteten in Regierungsunternehmen genausogut wie vorher in Privatunternehmen. Es stellte sich heraus, daß Männer mit Geschäftssinn diese ihre Natur nicht verleugnen konnten. Sie mußten ihre Führungsqualitäten ausüben, ebenso wie ein Krebs kriechen und ein Vogel singen muß. Und so geschah es, daß die phantastische Kraft jener Männer, die zuvor für sich selbst gearbeitet hatten, nun zum Wohle der Gesellschaft eingesetzt wurde. Die Handvoll Eisenbahnbosse arbeitete zusammen, um ein nationales Eisenbahnsystem zu schaffen, das erstaunlich leistungsfähig war. Diese Chefs waren nicht die Wall-Street-Eisenbahnmagnaten, sondern diejenigen, die früher wirklich die Arbeit erledigt hatten.

Die Wall Street war tot. Es wurde nicht mehr gekauft, verkauft, spekuliert. Es gab nichts mehr zu spekulieren. »Laßt die Aktienspekulanten selbst arbeiten«, sagte Goliah. »Gebt den Jungen, die willig sind, eine Chance, nützliche Berufe zu erlernen. Sollen die Handelsvertreter und Kaufleute, die Werbeagenten und Grundstücksmakler richtig arbeiten.« Und zu Hunderttausenden gingen die ehemals faulen Zwischenhändler und Parasiten nützlichen Beschäftigungen nach. Die vierhunderttausend faulenzenden Landbesitzer, die von ihren Einkommen gelebt hatten, wurden gleichermaßen zur Arbeit angehalten. Dann existierte da noch die Masse hilfloser Männer in hohen Positionen, mit denen aufgeräumt wurde, wobei das Bemerkenswerte darin bestand, daß dies durch die eigenen Kollegen geschah. Zu dieser Schicht gehörten die professionellen Lobbyisten, deren Weisheit und Macht darin bestanden, Manipulationen und die Bestechungsmaschinerie zu betreiben. Es gab keine Bestechung mehr. Da kein Interesse mehr bestand, besondere Privilegien kaufen zu wollen, wurden den Gesetzgebern keine Bestechungsgelder mehr geboten, und so machten diese zum erstenmal Gesetze für die Menschen. Das Ergebnis war, daß solche Männer, die sich verdient gemacht hatten – aber nicht auf dem Gebiet der Korruption, sondern durch Führungsqualitäten –, in die gesetzgebenden Körperschaften kamen.

Durch diese rationelle Organisation der Gesellschaft wurden erstaunliche Resultate erzielt. Im ganzen Land herrschte der Achtstundenarbeitstag, und dennoch wurde die Produktion gesteigert. Trotz der ständigen Verbesserungen und der enormen Menge an Energie, die benötigt wurde, um das Chaos zu ordnen, verdoppelte und verdreifachte sich die Produktion von selbst. Der Lebensstandard erhöhte sich, und noch immer konnte der Verbrauch nicht mit der Produktion Schritt halten. Das Rentenalter wurde auf fünfzig, neunundvierzig, achtundvierzig Jahre herabgesetzt. Das Mindestarbeitsalter wurde von sechzehn auf achtzehn Jahre erhöht. Der Achtstundenarbeitstag wurde ein Siebenstundenarbeitstag, und nach wenigen Monaten wurde der allgemeine Arbeitstag auf fünf Stunden reduziert.

Mittlerweile kam den Menschen eine Ahnung – zwar nicht von der Identität Goliahs, aber von der Methode, wie er gearbeitet und sich auf die Übernahme der Weltherrschaft vorbereitet hatte. Gewisse Informationen sickerten durch, Hinweisen wurde nachgegangen, scheinbar unzusammenhängende Dinge wurden zusammengesetzt. Man erinnerte sich an seltsame Geschichten über den Raub von Schwarzen aus Afrika, das geheimnisvolle Verschwinden von chinesischen und japanischen Arbeitskulis, von Überfällen auf einsame Südseeinseln, deren Bewohner verschleppt worden waren. Geschichten über den mysteriösen Kauf von Jachten und Handelsschiffen, die dann verschwanden und deren Beschreibungen entfernt mit den Schiffen übereinstimmten, auf denen die Orientalen, Afrikaner und Insulaner entführt worden waren. Woher, so lautete die Frage, hatte Goliah die Mittel für seine Unternehmungen? Man vermutete, durch die Ausbeutung dieser Arbeitskräfte. Sie lebten in jenem exponierten Dorf auf der Palgrave-Insel. Ihre Arbeit hatte den Kauf der Jachten und Handelsschiffe ermöglicht und Goliahs Agenten in die Lage versetzt, die Gesellschaft zu unterwandern und seinen Willen auszuführen. Und was für ein Arbeitsprodukt war es, das Goliah den Reichtum verschaffte, womit er seine Pläne realisierte? Kommerziell nutzbares Radium, verkündeten die Zeitungen; sowie Radiyte, Radiosole, Argatium, Argyte und das geheimnisvolle Golyte (das sich als besonders wertvoll in der Metallurgie erwiesen hatte). Das waren die im ersten Jahrzehnt des zwanzigsten Jahrhunderts entdeckten neuen Verbindungen, deren kommerzielle und wissenschaftliche Verwendung im zweiten Jahrzehnt dann so wichtig wurde.

Die Obstfrachter auf der Linie Hawaii–San Francisco wurden als Goliahs Eigentum angesehen. Das war eine Vermutung, denn man fand keinen anderen Eigentümer, und die mit der Beladung der Schiffe Beauftragten waren nur Agenten. Da niemand anders die Obstfrachter besaß, mußten sie Goliah gehören. Die Sache war die: Es sickerte durch, daß der größte Teil des Weltangebots jener wertvollen Produkte auf diesen Obstfrachtern nach San Francisco gebracht wurde. Daß die ganze Kette von Vermutungen stimmte, konnte Jahre später bewiesen werden, als Goliahs Sklaven befreit und von der internationalen Weltregierung mit Ehrenpensionen bedacht wurden. Das geschah zu der Zeit, da das Siegel der Geheimhaltung von seinen Agenten und höheren Beauftragten gelöst wurde, und jene, die sich dazu entschlossen hatten, gaben vieles über das Geheimnis der Organisation und die Methoden Goliahs preis. Bis ans Ende der Zeiten werden jedoch die unentdeckt bleiben, die weiterhin auf sein Geheiß töteten – denn zu töten war ihr Auftrag, zu töten mit Hilfe jener raffinierten und damals noch geheimnisvollen Kraft, die Goliah entdeckt und »Energon« genannt hatte.

Aber zu jener Zeit war Energon, der kleine Riese, der dazu ausersehen war, das Werk dieser Welt zu vollbringen, noch unbekannt und konnte nicht einmal im Traum gesehen werden. Nur Goliah kannte diese Kraft, und er hütete sein Geheimnis gut. Selbst seine Agenten, die mit dieser Erfindung ausgestattet waren und von der Jacht *Energon* aus eine mächtige Flotte von Kriegsschiffen zerstört hatten, indem sie deren Magazine zur Explosion brachten, wußten nicht, welche besondere und mächtige Kraft das war und wie sie erzeugt wurde. Sie kannten nur eine ihrer zahlreichen Anwendungsmöglichkeiten, denn in dieser einen waren sie von Goliah unterwiesen worden. Es ist heute bekannt, daß Radium, Radiyte, Radiosole und all die anderen Verbindungen Nebenprodukte der Erzeugung von Energon aus dem Sonnenlicht waren; zu jener Zeit wußte jedoch niemand, was Energon war, und Goliah fuhr fort, der Welt Furcht einzuflößen und sie zu beherrschen.

Eine der Verwendungsweisen des Energons lag in der drahtlosen Telegrafie. Dadurch konnte Goliah mit seinen Agenten in der ganzen Welt kommunizieren. Damals war ein Apparat, den ein Agent zu diesem Zweck bei sich haben mußte, so riesig, daß er nur in einem ziemlich großen Schiffsleib verstaut werden konnte. Heute kann der vervollkommnete Apparat dank der von Hendsoll vorgenommenen Verbesserungen in einer Manteltasche getragen werden.

Im Dezember 1924 schickte Goliah seinen berühmten »Weihnachtsbrief« an die Welt, aus dem hier ein Ausschnitt zitiert werden soll:

»Bisher habe ich mich besonders um die Vereinigten Staaten gekümmert, wenn ich auch gleichzeitig dafür sorgte, daß sich die anderen Nationen nicht an die Kehle gingen. Ich habe dem Volk der Vereinigten Staaten die rationelle Gesellschaftsorganisation nicht geschenkt, sondern es gezwungen, sich diese Organisationsform selbst zu schaffen. Heute gibt es in den Vereinigten Staaten mehr Frohsinn und Vernunft als früher. Zu Essen und Unterkunft kommt man nicht mehr mit den anarchistischen Methoden des sogenannten Individualismus, sondern es geht fast von selbst. Und das Schöne daran ist, daß die Menschen der Vereinigten Staaten dies alles allein geschafft haben. Nicht ich habe es für sie durchgesetzt. Ich wiederhole, sie haben es selbst erreicht. Alles was ich getan habe, war, Angst in die Herzen der wenigen zu säen, die die hohen Positionen einnahmen und die den Einzug der Vernunft und des Frohsinns verhindern wollten. Die Angst vor dem Tod ließ diejenigen in den hohen Positionen ihren Platz räumen, so daß der Verstand des Menschen eine Chance bekam, sich gesellschaftlich zu verwirklichen.

Im kommenden Jahr werde ich mich der übrigen Welt widmen. Ich werde die Todesfurcht in die Herzen derjenigen säen, die in den betreffenden Ländern die hohen Positionen einnehmen. Und sie werden das gleiche tun wie in den Vereinigten Staaten – von ihren hohen Positionen abtreten und dem Verstand des Menschen eine Chance zu seiner Verwirklichung geben. Alle Nationen sollen den Weg der Vereinigten Staaten gehen. Wenn sie sich alle auf diesem Weg befinden, habe ich noch etwas für sie. Aber erst müssen sie den Weg selbst gehen. Sie müssen zeigen, daß die Intelligenz der heutigen Menschheit mit der ihr zur Verfügung stehenden mechanischen Energie in der Lage ist, die Gesellschaft so zu organisieren, daß Essen und Wohnung eine Selbstverständlichkeit sind, die Arbeit auf den Dreistundentag reduziert werden kann, Freude und Frohsinn universell sind. Und wenn das erreicht sein wird, nicht durch mich, sondern durch die menschliche Intelligenz, dann werde ich der Welt eine neue mechanische Energie schenken. Meine Entdekkung. Dieses Energon ist nicht mehr und nicht weniger als die in den Sonnenstrahlen wohnende kosmische Energie. Wenn sie vom Menschen beherrscht wird, erledigt sie die Arbeit für ihn. Es wird kein Heer von Bergarbeitern mehr geben, die ihr Leben im Erdinnern verausgaben, keine rußigen Heizer oder ölverschmierten Maschinisten. Alle können sich weiß kleiden, wenn sie es wollen. Das Lebenswerk wird ein Spiel sein, jung und alt werden Kinder der Freude sein, das Leben selbst wird Freude sein; sie werden miteinander um ethische Ideale und geistige Höhen wetteifern, auch in der Kreation von Bildern und Liedern, in der Staatskunst wie auch in der Kunst des Schönen, im Kampfschweiß des Ringers, des Läufers, des Spielers – sie werden nicht um schnödes Geld und materiellen Gewinn wetteifern, sondern um der Freude willen, die sie an der Ausbildung und der Kraft des Körpers sowie der Ausbildung und Wachheit des Geistes haben werden. Alle werden ihres Glückes Schmied sein; und ihre Bestimmung ist es, aus dem klingenden Amboß des Lebens das Lachen herauszuschlagen.

Nun ein Wort zur unmittelbaren Zukunft. Am Neujahrstag sollen alle Nationen abrüsten, alle Festungen und Kriegsschiffe sollen demontiert, alle Armeen aufgelöst werden.

Goliah«

Am Neujahrstag rüstete die ganze Welt ab. Millionen von Soldaten und Seeleuten sowie Arbeitern aus den stehenden Heeren, den Flotten, den zahllosen Arsenalen, Werkstätten und Fabriken zur Herstellung der Kriegsmaschinerie wurden nach Hause entlassen. Diese Millionen von Menschen sowie die teure Kriegsmaschinerie waren bisher auf Kosten der Arbeiter unterhalten worden. Diese Menschen gingen nun nützlichen Beschäftigungen nach, und dieser befreite Arbeitsriese stieß einen Seufzer der Erleichterung aus. Die Weltpolitik war nun Sache von Friedensoffizieren, und sie war sozial, wohingegen der Krieg eindeutig antisozial gewesen war.

Neunzig Prozent der Verbrechen waren Verbrechen gegen Privateigentum gewesen. Mit der Abschaffung des Privateigentums, zumindest was die Produktionsmittel anbelangte, und mit einer Wirtschaftsform, die jedem eine Chance gab, hörten die Verbrechen gegen das Privateigentum praktisch auf. Überall wurden die Polizeikräfte stetig reduziert. Fast alle gelegentlichen und gewohnheitsmäßigen Kriminellen ließen freiwillig von ihren Raubzügen ab. Es gab keine Notwendigkeit mehr für sie, Verbrechen zu begehen. Sie änderten sich einfach mit den sich ändernden Verhältnissen. Eine kleinere Gruppe von Kriminellen wurde durch Krankenhausbehandlung geheilt. Und der Rest der hoffnungslos Kriminellen und Verkommenen wurde isoliert. Die Zahl der Gerichtshöfe wurde ebenfalls in allen Ländern ständig verringert. Fünfundneunzig Prozent aller Zivilfälle waren Streitigkeiten um Eigentum, Konflikte im Eigentumsrecht, Klagen und Streitigkeiten um Testamente, Vertragsbrüche, Bankrotte und anderes mehr gewesen. Mit der Beseitigung des Privateigentums verschwanden auch diese Fälle, die die Gerichte überlastet hatten. Die Gerichte führten nur noch ein Schattendasein, waren geschwächte Gespenster, Rudimente aus den anarchistischen Zeiten vor Goliah.

Das Jahr 1925 war ein besonderes Jahr in der Weltgeschichte, Goliah regierte die Welt mit strenger Hand. Könige und Kaiser begaben sich zur Palgrave-Insel und betrachteten die Wunder des Energons. Sie verließen die Insel mit Todesangst im Herzen, um am Ende Thronen, Kronen und Erbrechten zu entsagen. Sprach Goliah mit Politikern, gehorchten diese, oder sie starben. Er diktierte universelle Reformen, löste aufsässige Parlamente auf, er schickte seine Todesengel, als es zur großen Konspiration von rebellischen Geldherren und Großindustriellen kam. »Die Zeit, den Narren zu spielen, ist vorbei«, sagte er ihnen. »Ihr seid ein Anachronismus. Ihr steht der Menschheit im Wege. Auf den Müllhaufen mit euch.« Denen, die widersprachen, und es waren viele, sagte er: »Das ist nicht die Zeit für Wortgefechte. Ihr könnt jahrhundertelang argumentieren. Das habt ihr in der Vergangenheit immer getan. Ich habe keine Zeit für Dispute. Geht mir aus dem Wege.«

Außer daß er Kriege unterbrach und den allgemeinen großen Plan darlegte, tat Goliah nichts. Indem er Todesfurcht in die Herzen derer säte, die die hohen Positionen einnahmen und den Fortschritt hemmten, schuf Goliah die Möglichkeit für die Freisetzung der Intelligenz der besten sozialen Denker der Welt. Goliah überließ all die vielfältigen Details der Umgestaltung diesen sozialen Denkern. Sie sollten beweisen, daß sie in der Lage dazu waren, und sie bewiesen es. Es war ihrer Initiative zu verdanken, daß die weiße Pest von der Welt verschwand. Es ging auf sie zurück, daß trotz starker Proteste der Sentimentalisten alle Träger schlimmster Erbkrankheiten isoliert und mit Heiratsverbot belegt wurden.

Goliah hatte auch absolut nichts mit der Gründung der Schulen für Erfinder zu tun. Diese Idee war praktisch gleichzeitig in den Köpfen Tausender von sozialen Denkern entstanden. Zum ersten Mal diente die Genialität des Menschen dazu, das Leben zu vereinfachen, anstatt irgendwelche Erfindungen zu ersinnen, mit denen man Geld verdienen konnte. Die Dinge des täglichen Lebens wie Saubermachen, Geschirrspülen, Fensterputzen, Staubwischen, Schrubben, Wäschewaschen und all die endlosen primitiven und notwendigen Kleinigkeiten wurden durch Erfindungen leichter gemacht, bis sie sich ganz und gar automatisch erledigten. Wir können uns heute das elende schmutzige und sklavische Leben vor 1925 gar nicht mehr vorstellen.

Die internationale Weltregierung war auch ein Gedanke, den Tausende gleichzeitig hatten. Die erfolgreiche Realisierung dieser Idee war für viele eine Überraschung, aber das war nichts gegen die Überraschung der protestantisch angehauchten Soziologen und Biologen, als unabweisbare Tatsachen die Malthussche Lehre sprengten. Angesichts der Muße und Freude in der Welt, eines sehr viel höheren Lebensstandards, des üppigen Angebots an Erholungs- und Entwicklungsmöglichkeiten, des Strebens nach Schönheit und edlem Geist sowie all den anderen höheren Eigenschaften sank die Geburtenrate, und zwar erstaunlich. Die Menschen hörten auf, sich unüberlegt zu vermehren. Ja, es war sogar unmittelbar spürbar, daß das Niveau der geborenen Kinder höher war. Die Lehre des Malthus löste sich in ein Nichts auf – oder, um mit Goliahs Worten zu sprechen, flog auf den Abfallhaufen.

Alles was Goliah vorausgesagt hatte, hatte die Intelligenz des Menschen mit Hilfe der ihr zur Verfügung stehenden mechanischen Energie erreicht. Menschliche Unzufriedenheit verschwand praktisch. Die Älteren waren die großen Nörgler; aber als sie von der Gesellschaft in dem Augenblick, da sie das Höchstarbeitsalter erreicht hatten, in Ehren pensioniert wurden, hörten die meisten auf, Unzufriedenheit zu äußern. Sie fanden, daß es ihnen besser ging, nun, da sie unter dem neuen Regime ihre alten Tage in Muße verbringen konnten, sie viel mehr Vergnügungen und Bequemlichkeiten genossen als je zuvor während ihrer arbeitsreichen und mühevollen Jugendzeit unter dem alten Regime. Die jüngere Generation hatte sich problemlos an die veränderte Ordnung gewöhnt. Die Summe menschlichen Glücks war gewaltig angewachsen. Die Welt war fröhlich und gesund geworden. Selbst die alten Professorenkäuze der Soziologie, die dem neuen Regime mit Macht entgegengetreten waren, beklagten sich nicht länger. Sie wurden viel besser honoriert als in der alten Zeit und waren dennoch nicht so abgearbeitet. Zudem waren sie mit der Revision der Soziologie und dem Schreiben neuer Lehrbücher zu diesem Gegenstand befaßt. Ja, es ist wahr, hin und wieder gab es atavistische Züge, Menschen, die sich nach den Fleischtöpfen und den kannibalischen Festen des alten vorgeblichen »Individualismus« sehnten, Geschöpfe mit langen Zähnen und wilden Klauen, die ihre Mitmenschen zur Beute machen wollten; aber solche Wesen wurden als krank betrachtet und in Krankenhäusern behandelt. Ein kleiner Rest erwies sich jedoch als unheilbar und wurde deshalb in Heimen untergebracht, außerdem verwehrte man ihm das Recht, zu heiraten. Auf diese Weise verhinderte man, daß es Nachkommen gab, die deren atavistische Züge hätten erben können.

Im Laufe der Jahre zog sich Goliah aus dem Geschäft der Weltleitung zurück. Es gab nichts mehr, das er hätte leiten können. Die Welt leitete sich selbst, und sie tat dies auf milde und schöne Weise. Im Jahre 1937 machte Goliah der Welt sein lange versprochenes Geschenk des Energons. Er hatte selbst Tausende von Möglichkeiten vorgesehen, wie dieser kleine Gigant die Arbeit der Welt leisten sollte, und er machte sie alle zur selben Zeit der Öffentlichkeit zugänglich. Sofort griffen die Schulen für Erfinder nach dem Energon und ersonnen hunderttausend weitere Möglichkeiten für seine Verwendung. Wie Goliah in einem Brief vom März 1938 bekannte, haben diese Schulen eine Reihe verwirrender Eigenschaften des Energons klären können, die ihm in den vergangenen Jahren Rätsel aufgegeben hatten. Mit der Einführung des Energons wurde der Zweistundenarbeitstag fast auf ein Nichts reduziert. Wie Goliah vorausgesehen hatte, war Arbeit wirklich zum Spiel geworden. So gewaltig war die Produktivität des Menschen dank des Energons und seiner vernünftigen sozialen Verwendungsweise, daß der bescheidenste Bürger in viel reicherem Maße Muße, Zeit und Lebensüberfluß genoß als der Privilegierteste unter dem alten anarchistischen System.

Niemand hatte Goliah je gesehen, und alle Menschen stimmten in den Ruf ein, daß sich ihr Heilsbringer zeigen möge. Ohne die Bedeutung der Entdeckung des Energons schmälern zu wollen, war man doch der Meinung, daß Goliahs große soziale Vision noch bedeutender war. Er war ein Übermensch, ein wissenschaftlicher Übermensch, und das Bedürfnis, ihn zu sehen, war fast unerträglich geworden. Im Jahre 1941 schließlich verließ er nach langem Zögern die Palgrave-Insel. Er kam am 6. Juni in San Francisco an, und zum erstenmal seit seinem Rückzug auf die Insel sah die Welt sein Gesicht. Und die Welt war enttäuscht. Ihre

Phantasie hatte eine Heldengestalt aus Goliah gemacht. Er war der Mensch, ja, der Halbgott, der den Planeten umgewälzt hatte. Die Taten Alexanders, Cäsars, Dschingis Khans und Napoleons waren ein Kinderspiel gegen seine kolossalen Errungenschaften.

Durch die Straßen von San Francisco schritt oder fuhr ein kleiner alter Herr von fünfundsechzig, gepflegt, mit rosaweißlichem Teint und einer kahlen Stelle auf dem Kopf von der Größe eines Apfels. Er war kurzsichtig und trug eine Brille. Ohne Brille zeigten sich fragende blaue Kinderaugen, die sanftes Staunen über die Welt ausdrückten. Seine Augen hatten eine Art zu zwinkern – wobei sich das ganze Gesicht verzog –, daß man den Eindruck gewann, er lache sich eins über den Riesenspaß, den er sich mit der Welt geleistet hatte, als er sie wider ihren Willen zu Glück und Frohsinn gezwungen hatte.

Für einen wissenschaftlichen Übermenschen und Welttyrannen zeigte er bemerkenswerte Schwächen. Er aß gern Süßes und war ganz verrückt nach gesalzenen Mandeln und Nüssen, besonders nach letzteren. Er trug immer eine Tüte davon in der Tasche und sagte häufig, daß die chemische Beschaffenheit seiner Natur dies verlange. Seine erstaunlichste Schwäche war wohl seine tiefverwurzelte Abneigung gegen Katzen. Man wird nie vergessen, wie er vor Angst plötzlich in Ohnmacht fiel, als während seiner Rede im Palast der Brüderschaft die Katze des Hausmeisters über die Bühne lief und an seinen Beinen vorbeistrich.

Kaum hatte er sich der Welt entdeckt, da hatte man ihn auch schon identifiziert. Freunde aus der alten Zeit erkannten in ihm unschwer Percival Stultz wieder, den Deutschamerikaner, der 1898 in der Gewerkschaft der Metallarbeiter gearbeitet hatte und zwei Jahre lang Sekretär der Gruppe 369 der Internationalen Bruderschaft der Maschinenarbeiter gewesen war. 1901, fünfundzwanzigjährig, hatte er wissenschaftliche Kurse an der Universität von Kalifornien belegt und sich etwas Geld verdient, indem er Kunden für eine Sache warb, die damals als Lebensversicherung bekannt war. Seine Zeugnisse aus der Studentenzeit sind im Universitätsmuseum aufbewahrt, und sie sind durchaus nicht von beneidenswerter Qualität. Die Professoren, bei denen er Vorlesungen hörte, erinnerten sich an ihn als einen ständig geistesabwesenden Studenten. Zweifellos existierten schon damals Bruchstücke jener grandiosen Vision, die ihn später einmal ganz erfüllen sollte.

Daß er sich Goliah genannt und in geheimnisvolles Dunkel gehüllt habe, sei ein kleiner Spaß gewesen, erklärte er später. Als Goliah oder etwas ähnliches sei er in der Lage gewesen, die Vorstellungskraft der Welt anzuregen und umzuwandeln; als Percival Stultz jedoch, der einen Backenbart und eine Brille trug und mit einem Gewicht von hundertachtzehn Pfund, hätte er keine Nuß umwenden können, »nicht einmal eine gesalzene«.

Aber die Welt überwand ihre Enttäuschung über seine persönliche Erscheinung und sein Vorleben bald. Sie kannte und verehrte ihn als das größte Genie aller Zeiten, sie liebte ihn um seiner selbst willen, wegen seiner forschenden Augen und der unnachahmlichen Art, in der er sein Gesicht verzog, wenn er lachte, sie liebte ihn wegen seiner Einfachheit und Kameradschaftlichkeit wie auch Warmherzigkeit, wegen seiner Liebe zu gesalzenen Nüssen und seiner Abneigung gegen Katzen. Heute erhebt sich in der Wunderstadt von Asgard in eindrucksvoller Schönheit sein Denkmal, das alle Pyramiden sowie monströsen blutbefleckten Monumente der Antike in den Schatten stellt. Und auf dem Denkmal stehen, wie alle wissen, in unvergänglicher Bronze die Prophezeiung und die Erfüllung: »Alle werden ihres Glückes Schmied sein, und ihre Bestimmung ist es, aus dem klingenden Amboß des Lebens das Lachen zu schlagen.«

Anmerkung des Herausgebers: Diese bemerkenswerte Arbeit ist das Werk von Harry Beckwith, einem Studenten an der Lowell High School in San Francisco. Sie wird hier vor allem wegen des jugendlichen Alters des Autors abgedruckt. Wenngleich es ganz und gar nicht unsere Art ist, unsere Leser mit alter Geschichte zu belasten, so wird man doch unseren Beweggrund verstehen, wenn man erfährt, daß Harry Beckwith erst fünfzehn Jahre alt war, als er die vorliegende Geschichte schrieb. »Goliah« gewann den ersten Preis im High School-Wettbewerb im Jahre 2254. Im vergangenen Jahr genoß Harry Beckwith das Vorrecht, zu einem sechsmonatigen Aufenthalt in Asgard auserwählt worden zu sein. Der Reichtum an historischem Detail, die Atmosphäre jener Zeit sowie der reife Stil sind besonders bemerkenswert für einen so jungen Menschen.

Ein seltsames Fragment

Nachforschungen ergaben, daß der in diesem Bericht erwähnte Kapitalist oder Industrieoligarch, Roger Vanderwater, der neunte aus dem Geschlecht der Vanderwaters war, das seit Hunderten von Jahren die Baumwollfabriken des Südens kontrollierte. Roger Vanderwater stand während der letzten Jahrzehnte des sechsundzwanzigsten Jahrhunderts nach Christus auf dem Gipfel seiner Macht – das war das fünfte Jahrhundert der entsetzlichen Industrieoligarchie, die auf den Ruinen der ersten Republik errichtet worden war.

Inneren Beweisen zufolge sind wir der Überzeugung, daß der nachfolgende Bericht nicht vor dem neunundzwanzigsten Jahrhundert schriftlich niedergelegt wurde. Nicht allein deswegen, weil es in jener Zeit gegen die herrschenden Gesetze verstieß, etwas Derartiges aufzuschreiben oder zu drucken, sondern weil die Arbeiterklasse in solchem Maße analphabetisch war, daß ihre Vertreter nur in den seltensten Fällen lesen oder schreiben konnten. Es war die düstere Herrschaft des Großen Aufsehers, in dessen Rede die Masse des Volkes als »Herdentier« charakterisiert wurde. Jegliches Schrifttum war verpönt und wurde ausgemerzt. Aus den damaligen Gesetzbüchern kann zum Beispiel das Schwarze Gesetz angeführt werden, das jeden Mann zum Kapitalverbrecher erklärte, der – egal welcher Klasse er angehörte – einem Vertreter der Arbeiterklasse nur das Alphabet beibrachte. Solche strengen Bildungsbeschränkungen von seiten der herrschenden Klasse waren notwendig, wenn diese Klasse weiter an der Macht bleiben wollte.

Ein Ergebnis dieses Vorgehens war die Entwicklung berufsmäßiger Geschichtenerzähler. Diese Geschichtenerzähler wurden von der Oligarchie bezahlt, und die erzähl-

ten Geschichten waren legendenhaft, mythisch, romantisch und harmlos. Aber der Freiheitsgeist erstarb nie ganz, und getarnt als Geschichtenerzähler predigten seine Verkünder der Sklavenklasse den Aufstand. Daß die nachfolgende Geschichte von den Oligarchen verboten wurde, beweisen Akten des Kriminalgerichtshofes von Ashbury, denen zufolge am 27. Januar 2734 ein gewisser John Tourney für schuldig befunden wurde, diese Geschichte in einer Arbeiterkneipe erzählt zu haben, und der daraufhin zu fünfjähriger Strafarbeit in den Boraxminen der Arizona-Wüste verurteilt wurde. – Anmerkung des Herausgebers.

Ein seltsames Fragment

Höret, meine Brüder, ich will euch die Geschichte eines Armes erzählen. Es war der Arm von Tom Dixon, und Tom Dixon war ein erstklassiger Weber in einer Fabrik jenes Höllenhundes und Herrn, Roger Vanderwater. Die dort schuftenden Sklaven hatten diese Fabrik »Höllenarsch« getauft ... Vermutlich wußten sie, weshalb, und sie befand sich in Kingsbury, am anderen Ende der Stadt, von Vanderwaters Sommerschloß aus gesehen. Ihr wißt nicht, wo Kingsbury liegt? Es gibt vieles, was ihr nicht wißt, meine Brüder, und das ist traurig. Das kommt daher, weil ihr nicht wißt, daß ihr Sklaven seid. Wenn ich euch diese Geschichte erzählt habe, möchte ich gern eine Schulklasse bilden, damit ihr geschriebene und gedruckte Rede kennenlernt. Unsere Herren lesen, schreiben und besitzen viele Bücher, und nur deshalb sind sie unsere Herren, leben in Schlössern und arbeiten nicht. Wenn die Zwangsarbeiter lesen und schreiben lernen – alle –, werden sie mächtig; dann werden sie ihre Macht gebrauchen, um die Ketten zu zerbrechen, und es wird nicht länger Herren und Sklaven geben.

Kingsbury, meine Brüder, liegt im alten Staat Alabama. Seit dreihundert Jahren gehört Kingsbury mit all seinen

Sklavenbaracken und Fabriken den Vanderwaters, dazu noch weitere Sklavenbaracken und Fabriken in vielen anderen Orten und Staaten. Ihr kennt die Vanderwaters – wer kennt sie nicht –, aber laßt mich erzählen, was ihr nicht von ihnen wißt. Der erste Vanderwater war ein Sklave, einer wie du und ich. Versteht ihr? Er war Sklave, und das ist dreihundert Jahre her. Sein Vater war Maschinist in Alexander Burrells Sklavenbaracken – und seine Mutter war dort Waschfrau. Darüber besteht kein Zweifel. Ich erzähl euch die Wahrheit. Das ist Geschichte. Es steht gedruckt – jedes Wort – in den Geschichtsbüchern unserer Herren; in den Büchern, die ihr nicht lesen könnt, weil es euch eure Herren nicht erlauben, lesen zu lernen. Ihr werdet begreifen, weshalb man euch nicht erlaubt, das Lesen zu erlernen, wenn derartiges in den Büchern steht. Sie wissen es, und sie sind sehr klug. Wenn ihr solche Sachen lesen würdet, könntet ihr es euren Herren gegenüber an Achtung fehlen lassen, und das wäre gefährlich ... für eure Herren. Aber ich weiß es, denn ich kann lesen, und ich erzähle euch, was ich mit eigenen Augen in den Geschichtsbüchern unserer Herren gelesen habe.

Der Name des ersten Vanderwater lautete nicht Vanderwater, sondern Vange – Bill Vange, Sohn des Yergis Vange, Maschinist, und der Waschfrau Laura Carnly. Der junge Bill Vange war stark. Er hätte bei den Sklaven bleiben und sie in die Freiheit führen können, statt dessen jedoch diente er den Herren und wurde gut belohnt. Schon als Kind begann er seinen Dienst als Spion in der Sklavenbaracke, wo er zu Hause war. Es ist bekannt, daß er seinen eigenen Vater wegen einer staatsgefährdenden Äußerung angeschwärzt hat. Das ist Tatsache. Ich hab es mit eigenen Augen in den Akten gelesen. Er war ein zu guter Sklave, als daß er in den Sklavenbaracken arbeiten konnte. Alexander Burrell nahm ihn dort schon als Kind heraus, und ihm wurden Lesen und Schreiben beigebracht. Vieles lehrte man ihn, und er wurde in den Geheimdienst der Regierung aufgenommen. Selbstverständlich trug er nun nicht länger Sklavenkleidung, außer zur Tarnung, wenn er hinter die Geheimnisse und Verschwörungen der Sklaven zu kommen versuchte. Er war es, der – damals nicht älter als achtzehn Jahre – den großen Helden und Kameraden Ralph Jacobus vor Gericht und auf den elektrischen Stuhl brachte. Selbstverständlich kennt ihr alle den verehrten Namen von Ralph Jacobus, aber neu für euch ist, daß er durch den ersten Vanderwater, dessen wirklicher Name Vange war, zu Tode kam. Ich weiß es. Ich habe es in den Büchern gelesen. Es stehen viele andere, ähnlich interessante Dinge in den Büchern.

Und nachdem Ralph Jacobus eines so schändlichen Todes gestorben war, begannen die vielen Namenswandlungen des Bill Vange. Weit und breit war er als »Vange der Fuchs« bekannt. Im Geheimdienst machte er eine großartige Karriere und wurde großzügig belohnt, aber dennoch war er kein Angehöriger der Herrenklasse. Die Männer waren damit schon einverstanden, doch es waren die Frauen dieser Klasse, die sich weigerten, Vange den Fuchs als einen der ihren anzuerkennen. Vange der Fuchs leistete seinen Herren gute Dienste. Er war selbst Sklave gewesen und kannte sich mit ihnen aus. Man konnte ihn nicht hinters Licht führen. In jenen Tagen waren die Sklaven tapferer als heute, und sie strebten ständig nach ihrer Freiheit. Vange der Fuchs tauchte überall auf – bei allen geheimen Verschwörungen und Plänen –, und er brachte ihre Verschwörungen und Pläne zum Scheitern, ihre Anführer auf den elektrischen Stuhl. Man schrieb das Jahr 2255, als sich sein Name abermals änderte. Es war jenes Jahr, in dem der Große Aufstand stattfand. Im Gebiet westlich der Rocky Mountains schlugen sich siebzehn Millionen Sklaven tapfer, um ihre Herren zu stürzen. Wer weiß, hätte Vange der Fuchs nicht gelebt, vielleicht wäre es ihnen gelungen. Aber Vange der Fuchs war nur zu lebendig. Die Herren erteilten ihm in dieser Angelegenheit das Oberkommando. In den acht Monaten des Kampfes wurden eine Million dreihundertfünfzigtausend Sklaven getötet. Vange, Bill Vange, Vange der Fuchs tötete sie und zerschlug den Großen Aufstand. Er wurde großartig belohnt, und an seinen Händen klebte das rote Blut der Sklaven, so daß man ihn danach nur den »blutigen Vange« nannte. Versteht ihr, meine Brüder, was für interessante Dinge in den Büchern zu finden sind, wenn man sie lesen kann? Und ich gebe euch mein Wort darauf, es gibt viel mehr und noch Interessanteres in den Büchern. Und wenn ihr erst bei mir gelernt haben werdet, dann können in einem Jahr – ach, was sag ich –, in sechs Monaten schon einige von euch diese Bücher selbst lesen.

Der blutige Vange erreichte ein hohes Alter, und noch bis zuletzt empfing man ihn auf den Ratssitzungen der Herren; er selbst wurde aber niemals ein Herr. Er hatte das Licht der Welt in einer Sklavenbaracke erblickt, versteht ihr. O ja, gut belohnt wurde er! Er besaß ein Dutzend Schlösser. Er, der kein Herr war, nannte Tausende Sklaven sein eigen, hatte eine großartige Luxusjacht am Meer, eigentlich mehr ein schwimmendes Schloß – und eine ganze Insel gehörte ihm, wo zehntausend Sklaven auf seinen Kaffeeplantagen schufteten. Aber auf seine alten Tage war er einsam, lebte abgeschieden und von seinen Brüdern, den Sklaven, gehaßt. Diejenigen, denen er gedient hatte, blickten verächtlich auf ihn herab und weigerten sich, seine Brüder zu sein. Die Herren schauten von oben auf ihn herunter, weil er ein geborener Sklave war. Unermeßlich reich starb er, aber er starb grauenvoll; gefoltert von Gewissensqualen, bereute er sein Tun und den blutigen Schandfleck auf seinem Namen.

Aber seinen Kindern erging es anders. Sie wurden nicht in einer Sklavenbaracke geboren, und aufgrund einer Sonderverfügung des damaligen Oberoligarchen, John Morrison, stiegen sie in die Herrenklasse auf. Und zu der Zeit verschwindet der Name Vange aus den Geschichtsaufzeichnungen. Er wird zu Vanderwater, und Jason Vanderwater, der Sohn des blutigen Vange, hieß nun Jason Vanderwater und begründete das Geschlecht der Vanderwaters. Alles das ereignete sich vor dreihundert Jahren. Die heutigen Vanderwaters haben ihre Herkunft vergessen; glauben, sie wären aus einem anderen Stoff gemacht als ihr oder ich und alle übrigen Sklaven. Und ich frage euch, weshalb sollte ein Sklave Herr eines anderen Sklaven werden? Warum sollte der Sohn eines Sklaven Herr über viele Sklaven sein? Die Beantwortung dieser Fragen überlasse ich euch; vergeßt aber nicht, daß die Vanderwaters ursprünglich Sklaven waren.

Und jetzt, meine Brüder, komme ich zum Anfang meiner Geschichte zurück und erzähle euch von Tom Dixons Arm. Roger Vanderwaters Fabrik in Kingsbury wurde mit Recht »Höllenarsch« genannt, aber die Menschen, die sich dort totschufteten, waren doch Menschen, wie ihr erfahren werdet. Auch Frauen schufteten dort und Kinder – kleine Kinder. Ihnen allen standen die geltenden gesetzlichen Sklavenrechte zu, doch nur auf dem Papier, denn um viele ihrer Rechte wurden sie von den beiden Oberaufsehern im »Höllenarsch« – Joseph Clancy und Adolph Munster – betrogen.

Es ist eine lange Geschichte, aber ich werde euch nicht alles erzählen. Nur von jenem Arm werde ich berichten. Es war so, daß einem Gesetz zufolge ein Teil des Hungerlohnes der Sklaven jeden Monat einbehalten und einem Sonderfonds zugeführt wurde. Es war vorgesehen, aus diesem Fonds jenen unglücklichen Arbeitskollegen zu helfen, die Unfälle erlitten hatten oder von Krankheit heimgesucht wurden. Ihr kennt das ja von euch, diese Fonds werden von den Aufsehern kontrolliert. So will es das Gesetz, und so kam es, daß dieser Fonds im Höllenarsch von den zwei Aufsehern – verflucht seien ihre Namen – kontrolliert wurde.

Nun ja, Clancy und Munster verwendeten diesen Fonds zu eigenen Zwecken. Stießen den Arbeitern Unfälle zu, dann war es üblich, daß die Kollegen aus diesem Fonds Spenden gaben. Aber die Oberaufseher verweigerten die Auszahlung der Spenden. Was konnten die Sklaven tun? Laut Gesetz hatten sie ihre Rechte, aber Zugang zum Gesetz hatten sie nicht. Wer sich bei den Oberaufsehern beschwerte, wurde bestraft. Ihr wißt ja, wie solche Bestrafungen aussehen – Abzüge für schlechte Arbeit, die gar nicht schlecht ist, Extraaufschläge für Kredite im Laden der Company, schikanöse Behandlung der Frauen und Kinder und Zuweisung von schlechten Arbeitsplätzen, an denen man verhungern kann, so viel man auch arbeitet.

Einmal legten die Sklaven im Höllenarsch bei Vanderwater Protest ein. Es war die Jahreszeit, in der er mehrere Monate in Kingsbury zubrachte. Einer der Sklaven konnte schreiben, heimlich hatte seine Mutter es ihm beigebracht, so wie sie es von ihrer Mutter gelernt hatte. Deshalb verfaßte dieser Sklave eine Klageschrift, in der er ihre Leiden aufführte, und alle anderen Sklaven unterzeichneten mit einem Kreuz. Und, versehen mit entsprechenden Briefmarken auf dem Umschlag, wurde die Klageschrift an Roger Vanderwater geschickt. Und Roger Vanderwater unternahm nichts weiter, als daß er das Schreiben den beiden Oberaufsehern übergab. Clancy und Munster waren wutentbrannt. Nachts ließen sie die Wachmannschaften auf die Sklavenbaracken los. Die Wachen waren mit Spitzhakkenstielen bewaffnet. Man sagt, nur die Hälfte der Sklaven konnte am darauffolgenden Tag im Höllenarsch arbeiten. Man hatte sie gründlich verprügelt. Der Sklave, der schreiben konnte, war so furchtbar geschlagen worden, daß er nur noch drei Monate lebte. Aber bevor er starb, schrieb er noch einmal. Warum, werdet ihr hören.

Vier oder fünf Wochen später riß ein Treibriemen dem Sklaven Tom Dixon den Arm ab. Wie immer setzten seine

Arbeitskollegen aus dem Fonds eine Spende für ihn aus, und wie immer verweigerten Clancy und Munster die Auszahlung. Der schreibkundige Sklave, der bereits im Sterben lag, verfaßte erneut eine Schilderung ihrer Leiden. Dieses Dokument steckte man in die Hand von Tom Dixons abgerissenem Arm.

Der Zufall wollte es, daß am anderen Ende von Kingsbury Roger Vanderwater in seinem Schloß krank darniederlag – keine so schlimme Krankheit, wie sie euch oder mich niederstreckt, Brüder, eher leichte Gallenbeschwerden oder vielleicht auch nur schlimmes Kopfweh, weil er beim Essen und Trinken des Guten zuviel getan hatte. So etwas reichte schon aus, denn ständiges Wohlleben hatte ihn verzärtelt und verweichlicht. Männer, die ihr Leben lang in Watte gepackt werden, sind ungewöhnlich empfindlich und anfällig. Glaubt mir, Brüder, Roger Vanderwater fühlte sich mit seinen Kopfschmerzen nicht minder elend – zumindest empfand er es so – als Tom Dixon, dessen Arm mit allen Fasern ausgerissen worden war.

Nun war es so, daß Roger Vanderwaters Leidenschaft der wissenschaftlichen Pflanzenzucht galt, und auf seiner Farm, drei Meilen außerhalb von Kingsbury, war es ihm gelungen, eine neue Erdbeersorte zu züchten. Er war sehr stolz darauf und wäre gern hinausgefahren, um die ersten reifen Beeren zu sehen und zu pflücken, wenn nicht seine Krankheit dazwischengekommen wäre. Deshalb hatte er dem alten Farmsklaven befohlen, die erste Erdbeerkiste persönlich bei ihm abzuliefern. Durch die Geschwätzigkeit eines Küchenjungen im Schloß, der jede Nacht in den Sklavenbaracken schlief, erfuhr man davon. Eigentlich hätte der Plantagenaufseher die Beeren hinbringen sollen, aber beim Versuch, ein junges Pferd zuzureiten, hatte er sich ein Bein gebrochen und mußte das Bett hüten. Am Abend brachte der Küchenjunge die Neuigkeit mit, und man wußte, daß am darauffolgenden Tag die Beeren geliefert werden sollten. Und die

Männer aus den Sklavenbaracken im Höllenarsch, die wirkliche Männer waren und keine Feiglinge, hielten Rat.

Der schreibkundige Sklave, der seit der Strafaktion dahinsiechte, erklärte sich bereit, Tom Dixons Arm hinzutragen; schon deshalb, so sagte er, weil er ohnehin zum Sterben verurteilt sei, und so mache es ihm nichts aus, ein wenig früher zu sterben. Daraufhin schlichen sich in jener Nacht fünf Sklaven aus den Sklavenbaracken, nachdem die Wachen ihre letzte Runde gemacht hatten. Einer der Sklaven war der Mann, der schreiben konnte. Sie hielten sich im Gebüsch am Straßenrand bis zum hellen Morgen versteckt, bis der alte Farmsklave mit den kostbaren Früchten für den Herrn in die Stadt fuhr. Und da der Farmsklave alt und rheumatisch war, der schreibkundige Sklave von den Prügeln steif und verletzt, bewegten sich beide beim Laufen in ziemlich gleicher Art. Der Sklave, der schreiben konnte, schlüpfte in die Sachen des anderen, zog den breitkrempigen Hut tief ins Gesicht, kletterte auf den Wagensitz und fuhr weiter in die Stadt. Den alten Farmsklaven hielt man im Gebüsch gefesselt – den ganzen Tag lang bis zum Abend, dann erst ließen ihn die anderen laufen und kehrten in die Sklavenbaracken zurück, um ihre Bestrafung wegen Pflichtverletzung entgegenzunehmen.

In der Zwischenzeit ruhte Roger Vanderwater in seinem wunderschönen Schlafzimmer und wartete auf die Beeren – so wunderbare Dinge und solchen Komfort gab es dort, daß es euch und mir, die wir derartiges nie gesehen haben, die Augen geblendet hätte. Der schreibkundige Sklave erzählte später, es wäre ein Blick ins Paradies gewesen. Warum auch nicht? Die Arbeit und das Leben von zehntausend Sklaven steckten in diesem Schlafgemach, sie selbst aber schliefen auf schmutzigen Lagern wie wilde Tiere. Der schreibkundige Sklave trug die Erdbeeren auf einem Silbertablett oder einer Platte hinein – versteht ihr, Roger Vanderwater wollte sich mit ihm persönlich über die Beeren unterhalten.

Mit letzter Kraft wankte der sterbenskranke Sklave quer durch das wundervolle Zimmer, fiel vor der Couch Vanderwaters auf die Knie und streckte ihm das Tablett entgegen. Große grüne Blätter bedeckten das Tablett, die der danebenstehende Leibdiener rasch entfernte, damit Vanderwater die Früchte sehen konnte. Und Roger Vanderwater, auf seinen Ellenbogen gestützt, sah. Sah die frischen köstlichen Beeren, ausgebreitet wie kostbare Juwelen, und mitten darin Tom Dixons Arm, so wie er von dessen Körper gerissen worden war – natürlich ordentlich gewaschen, meine Brüder –, kreideweiß im Gegensatz zu den blutroten Erdbeeren. Und zwischen den steifen toten Fingern sah er auch die Petition seiner Sklaven, die im Höllenarsch schufteten.

»Nehmen Sie, lesen Sie«, sagte der Sklave. Und noch während der Herr nach der Petition griff, schlug der Leibdiener, der bis dahin vor Überraschung wie angewurzelt gestanden hatte, dem knienden Sklaven mit der Faust ins Gesicht. Der Sklave war ohnehin auf dem Weg ins Jenseits, er war sehr schwach, und es kümmerte ihn nicht. Keinen Ton gab er von sich, fiel zur Seite, lag stumm da, und Blut floß aus seinem Mund. Der Arzt, nach dem man die Palastwachen geschickt hatte, kam, und man zerrte den Sklaven auf die Füße. Während sie ihn hochzogen, ergriff er Tom Dixons Arm, der auf den Fußboden gefallen war.

»Der Kerl hier soll lebendig den Hunden vorgeworfen werden!« schrie der Leibdiener wutschnaubend. »Lebendig, den Hunden zum Fraß!«

Roger Vanderwater jedoch, der seine Kopfschmerzen vergessen hatte, bat sich Ruhe aus und fuhr fort, die Petition zu lesen. Während er las, herrschte Stille, alle standen herum: der vor Wut kochende Leibdiener, der Arzt, die Palastwache und mitten unter ihnen der Sklave, dem das Blut aus dem Munde rann und der immer noch Tom Dixons Arm festhielt. Als Roger Vanderwater fertig war, wandte er sich dem Sklaven zu und sagte:

»Wenn auf diesem Papier auch nur eine einzige Lüge steht, wird es dir leid tun, jemals geboren worden zu sein.«

Und der Sklave entgegnete: »Mein Leben lang habe ich das bedauert.«

Roger Vanderwater blickte ihn fest an, und der Sklave fuhr fort:

»Das Schlimmste haben Sie mir bereits angetan. Jetzt sterbe ich. In einer Woche bin ich tot, deshalb ist es mir egal, ob Sie mich jetzt umbringen.«

»Was machst du damit?« fragte der Herr und zeigte auf den Arm, und der Sklave gab zur Antwort:

»Ich bring ihn zurück zu den Baracken und beerdige ihn. Tom Dixon war mein Freund. Wir haben nebeneinander am Webstuhl gearbeitet.«

Viel mehr gibt es nicht zu erzählen, Brüder. Man schickte den Sklaven mit dem Arm auf einem Karren zurück. Keiner der anderen Sklaven wurde für das, was geschehen war, bestraft. Und tatsächlich ließ Roger Vanderwater die Angelegenheit untersuchen und bestrafte die beiden Oberaufseher, Joseph Clancy und Adolph Munster. Ihr Grundbesitz wurde enteignet. Sie wurden auf der Stirn gebrandmarkt, man hackte ihnen die rechte Hand ab und setzte sie auf die Straße, so daß sie bis ans Lebensende bettelnd herumziehen mußten. Danach wurde der Fonds eine Zeitlang ordnungsgemäß verwaltet – nur für kurze Zeit, meine Brüder, denn nach Roger Vanderwater kam sein Sohn, Albert, ein grausamer und halbverrückter Herr.

Brüder, jener Sklave, der dem Herrn den Arm brachte, war mein Vater. Er war ein tapferer Mann. Und so heimlich wie seine Mutter ihn, lehrte er mich das Lesen. Da er bald darauf an den Folgen der Prügelstrafe verstarb, nahm Roger Vanderwater mich aus den Sklavenbaracken und versuchte etwas Besseres aus mir zu machen. Ich hätte Oberaufseher im Höllenarsch werden können, zog es aber vor, als Geschichtenerzähler durch das Land zu ziehen, um so meinen

Brüdern, den Sklaven, nahe zu sein – wo immer sie auch leben. Und ich erzähle euch Geschichten wie diese – heimlich – und weiß, ihr werdet mich nicht verraten; tätet ihr das, wißt ihr so gut wie ich, daß man mir die Zunge herausreißen würde und ich euch keine Geschichten mehr erzählen könnte. Brüder, meine Botschaft lautet, daß eine bessere Zeit kommen wird, in der alles auf der Welt seine Ordnung hat, es weder Herren noch Sklaven gibt. Doch bis dahin müßt ihr euch auf diese Zeit vorbereiten und lesen lernen. Das gedruckte Wort ist eine Macht. Und ich bin hier, um euch das Lesen zu lehren. Außerdem werden andere dafür sorgen, daß ihr Bücher erhaltet, wenn ich auf meinem Weg weitergezogen bin – die Geschichtsbücher, in denen ihr alles über eure Herren erfahrt und lernt, so stark und mächtig zu werden wie sie.

Anmerkung des Herausgebers: aus »Historische Fragmente und Skizzen«, erstmals veröffentlicht im Jahre 4427 in fünfzig Bänden, und heute, nach nunmehr 200 Jahren, vom Nationalkomitee für Historische Forschungen wegen seines historischen Wertes und der genauen Darstellung der Verhältnisse herausgegeben und wiederveröffentlicht.

Debs' Traum

Ich erwachte eine ganze Stunde früher als sonst. Das allein war schon ungewöhnlich. Hellwach lag ich da und grübelte. Irgendwas war im Gange, irgendwas nicht in Ordnung – was, das wußte ich nicht. Eine Vorahnung von etwas Schrecklichem bedrückte mich. Etwas war geschehen oder würde geschehen. Aber was? Ich gab mir Mühe, meine Gedanken zu sammeln. Erinnerte mich, daß 1906, zur Zeit des großen Erdbebens, viele Leute behauptet hatten, sie seien kurz vor dem ersten Erdstoß erwacht und hätten während dieser Augenblicke seltsame Angstgefühle durchlebt. Sollte San Francisco wieder von einem Erdbeben heimgesucht werden?

Eine Minute lang lag ich so da, starr vor Erwartung. Aber weder wackelten die Wände, noch krachte irgendwo zusammenbrechendes Mauerwerk. Alles war still. Das war es! Die Stille! Kein Wunder, daß ich durcheinander war. Das Dröhnen der großen betriebsamen Stadt fehlte merkwürdigerweise. Zu dieser Tageszeit fuhren sonst Straßenbahnen durch meine Straße – durchschnittlich alle drei Minuten eine –, aber in den folgenden zehn Minuten kam nicht eine einzige Bahn vorbei. Vielleicht ein Straßenbahnerstreik, war mein erster Gedanke; vielleicht hatte es einen Unfall gegeben, und der Strom war abgeschaltet. Doch nein, die Stille war zu tief. Ich hörte weder das Rasseln und Rattern von Wagenrädern noch das Stampfen von eisenbeschlagenen Pferdehufen, die sich die steilansteigende Pflastersteinstraße hochmühten.

Als ich den Klingelknopf neben meinem Bett drückte, lauschte ich auf den Klang der Glocke, obgleich ich genau wußte, es war unmöglich, daß das Läuten drei Stockwerke tiefer bis zu mir heraufdringen konnte, selbst wenn die Klingel funktionierte. Alles war in Ordnung, denn ein paar Minuten später trat Brown mit dem Tablett und der Morgenzeitung herein. Obwohl sein Gesicht so unbeteiligt aussah wie immer, bemerkte ich einen verstörten, besorgten Ausdruck in seinen Augen. Ich bemerkte auch, daß auf dem Tablett keine Sahne stand.

»Die Milchhandlung hat heute morgen nicht geliefert«, erklärte er, »die Bäckerei auch nicht.«

Ich ließ meinen Blick nochmals über das Tablett gleiten. Es gab keine frischen französischen Brötchen – nur ein paar Scheiben altbackenes Grahambrot von gestern; das abscheulichste Brot überhaupt, soweit es meinen Geschmack betrifft.

»Heute morgen wurde überhaupt nichts geliefert, Sir«, wollte Brown entschuldigend erklären, aber ich fiel ihm ins Wort.

»Die Zeitung?«

»Ja, Sir, die ist gekommen, aber sie war das einzige, und es ist auch das letztemal. Morgen gibt es keine Zeitung. So steht es in der Zeitung. Darf ich jemanden schicken, der Ihnen Kondensmilch besorgt?«

Ich schüttelte den Kopf, trank den Kaffee schwarz und schlug die Zeitung auf. Die Schlagzeilen erklärten alles – erklärten zuviel, denn in der Tat, das Ausmaß an Pessimismus, den das Journal verbreitete, war unsinnig. Ein Generalstreik, meldete es, sei überall in den Vereinigten Staaten ausgerufen worden, und im Hinblick auf die Versorgung der Großstädte erging man sich in den schlimmsten Prophezeiungen.

Ich las rasch weiter, überflog vieles und erinnerte mich deutlich an die Arbeiterunruhen der Vergangenheit. Eine Generation lang war der Generalstreik ein Traum der organisierten Arbeiterschaft gewesen. Ein Traum, der ursprünglich dem Geist von Debs entsprungen war – einem der großen Arbeiterführer vor dreißig Jahren. Ich rief mir ins Gedächtnis zurück, daß ich während meiner ersten Jahre am College sogar einen Artikel zu diesem Thema für eins der Magazine verfaßt hatte unter der Überschrift »Debs' Traum«. Ich muß gestehen, daß ich dessen Idee sehr herablassend und akademisch als einen Traum und weiter nichts abgetan hatte. Die Zeiten und die Welt hatten sich verändert. Gompers war verschwunden, die Amerikanische Arbeitervereinigung war verschwunden, und verschwunden war Debs mit all seinen stürmischen revolutionären Ideen; aber der Traum hatte überlebt, und jetzt wurde er schließlich doch noch Wirklichkeit. Als ich indessen weiterlas, lachte ich über die düstere Prognose der Zeitung. Ich wußte es besser. Ich hatte die organisierten Arbeiter erlebt, die in zu viele Konflikte verstrickt waren. Es würde nur eine Sache von Tagen sein, bis die Angelegenheit beigelegt wäre. Dies war ein nationaler Streik, und die Regierung würde nicht lange brauchen, ihn zu brechen.

Ich warf die Zeitung zur Seite und begann mich anzukleiden. Bestimmt würde es interessant werden, die Straßen von San Francisco zu erleben, wenn kein einziges Rad sich drehte und die ganze Stadt gezwungenermaßen Urlaub machen mußte.

»Verzeihen Sie, Sir«, sagte Brown, als er mir mein Zigarrenetui reichte, »aber Mr. Harmmed hat darum gebeten, Sie sprechen zu dürfen, bevor Sie ausgehen.«

»Schicken Sie ihn gleich zu mir«, antwortete ich.

Harmmed war der Butler. Als er eintrat, konnte ich sehen, wie er sich anstrengte, seine Erregung unter Kontrolle zu halten. Er kam sofort zur Sache.

»Was soll ich unternehmen, Sir? Lebensmittelvorräte müssen beschafft werden, aber die Lieferanten streiken. Der Strom ist abgeschaltet – ich vermute, man streikt auch.«

»Sind die Geschäfte geöffnet?« fragte ich.

»Nur die kleinen, Sir. Die Verkäufer streiken auch, deshalb können die großen Geschäfte nicht aufmachen, aber die kleinen Händler führen ihre Läden gemeinsam mit ihren Familien selbst.

»Dann nehmen Sie das Auto«, sagte ich, »klappern Sie die Läden ab und machen Ihre Besorgungen. Kaufen Sie ausreichend von allem, was Sie brauchen oder brauchen können. Besorgen Sie eine Schachtel Kerzen – nein, nehmen Sie ein halbes Dutzend Schachteln. Und wenn Sie das erledigt haben, sagen Sie Harrison, er soll den Wagen für mich zum Klub fahren – nicht später als elf Uhr.«

Voller Ernst schüttelte Harmmed den Kopf. »Mister Harrison hat sich der Chauffeurgewerkschaft angeschlossen, und ich weiß nicht, wie man Auto fährt.«

»Aha, so, hat er, hat sich angeschlossen«, bemerkte ich. »Na gut, wenn *Mister* Harrison demnächst zufällig bei Ihnen auftauchen sollte, sagen Sie ihm, er könne sich woanders eine Stelle suchen.«

»Ja, Sir.«

»Sie gehören nicht zufällig einer Gewerkschaft der Butler an, oder doch, Harmmed?«

»Nein, Sir«, lautete die Antwort. »Und selbst wenn es so wäre, würde ich meinen Arbeitgeber nicht in einer Krise wie dieser verlassen. Nein, Sir, ich würde ...«

»Schon gut, ich danke Ihnen«, sagte ich. »Machen Sie sich jetzt fertig und begleiten Sie mich. Ich fahre selbst, und wir werden ein Vorratslager anlegen, um der Belagerung standzuhalten.«

Es war ein wunderschöner erster Mai, gradeso, wie Maitage zu sein haben. Der Himmel war wolkenlos, es war windstill, und die Luft war warm – beinahe mild. Viele Autos waren unterwegs, aber deren Besitzer fuhren selbst. Die Straßen waren voller Leute, aber es war still. Die Arbeiterklasse, in den schönsten Sonntagsstaat gekleidet, war unterwegs, um Luft zu schnappen und die Auswirkungen des Streiks zu beobachten. Alles war so ungewöhnlich und obendrein so friedlich, daß ich mich dabei ertappte, es schön zu finden. Vor leichter Erregung zitterte ich. Es war irgendwie ein kleines Abenteuer. Ich fuhr an Miß Chickering vorbei. Sie saß am Steuer ihres leichten Kleinwagens. Sie wendete, fuhr hinter mir her und holte mich an der Ecke ein.

»Oh, Mister Corf!« begrüßte sie mich. »Wissen Sie, wo ich Kerzen kaufen kann? In einem Dutzend Geschäften bin ich schon gewesen, und alle sind leer gekauft. Das ist doch ganz entsetzlich, nicht wahr?«

Aber ihre sprühenden Augen straften ihre Worte Lügen. Wie wir anderen auch, amüsierte sie sich großartig. Kerzen zu ergattern war doch ein schönes Abenteuer. Wir mußten erst durch die Stadt bis in die Arbeiterviertel südlich der Market Street fahren, ehe wir kleine Eckläden fanden, die noch nicht leer gekauft waren. Miß Chickering hielt eine Schachtel für ausreichend, aber ich überredete sie, vier zu nehmen. Mein Auto war groß, und ich lud ein Dutzend Schachteln ein. Unnötig zu erwähnen, welche Versorgungsschwierigkeiten bei Fortdauer des Streiks auftreten konnten. Und ich packte das Auto außerdem voll mit Mehlsäcken, Backpulver, Konserven und all den üblichen lebensnotwendigen Sachen, die Harmmed vorschlug, der währenddessen herumrannte und über den Einkäufen gluckte wie eine verängstigte alte Henne.

Bemerkenswert an diesem ersten Streiktag war, daß niemand das Ganze wirklich ernst nahm. Über die Meldung der Morgenzeitungen, daß die organisierte Arbeiterschaft einen Monat oder auch drei durchhalten wollte, lachte man. Doch schon am allerersten Tag hätten wir diese Möglichkeit in Betracht ziehen müssen, allein aufgrund der Tatsache, daß sich die Arbeiter praktisch überhaupt nicht an der großen Jagd auf Vorräte beteiligten. Natürlich nicht. Wochen- und monatelang hatten sich alle Arbeiter heimlich private Vorratslager angelegt. Deshalb erlaubte man uns, bis in die Arbeiterviertel vorzudringen und dort die kleinen Kramläden leerzukaufen.

Erst als ich nachmittags in den Klub kam, spürte ich zum erstenmal die Bedrohung. Es war ein einziges Durcheinander. Da gab es keine Oliven zum Cocktail, die Bedienung ging stoßweise und mit großen Verzögerungen vor sich. Die meisten Männer waren verärgert, besorgt aber waren alle. Ein Stimmengewirr schlug mir entgegen, als ich eintrat. General Folsom, der seinen Fettwanst auf einem Fensterplatz im Rauchsalon hätschelte, verteidigte sich gerade gegen ein halbes Dutzend erregter Gentlemen, die von ihm forderten, etwas zu unternehmen.

»Was soll ich denn noch tun, ich hab doch alles versucht«, sagte er gerade. »Anweisungen aus Washington gibt es nicht. Wenn Sie, meine Herren, eine freie Telefonleitung bekommen, tue ich alles, was mir befohlen wird. Aber ich weiß nicht, was man tun könnte. Sofort als ich heute morgen vom Streik hörte, habe ich als erstes Truppen aus der Predidio-Kaserne angefordert – dreitausend Mann. Sie bewachen die Banken, die Münze, das Postamt und alle öffentlichen Gebäude. Es gibt keinerlei Aufruhr. Die Streikenden verhalten sich völlig friedfertig. Sie können doch von mir nicht erwarten, daß ich sie zusammenschieße, wenn sie mit ihren Frauen und Kindern in bester sonntäglicher Aufmachung herumspazieren.«

»Zu gern würde ich wissen, was in der Wall Street los ist«, hörte ich im Vorbeigehen Jimmy Wombold sagen. Ich konnte mir seine Besorgnis vorstellen, denn ich wußte, wie tief er in dem großen Consolidated-Western-Geschäft drinsteckte.

»Sagen Sie mal, Corf«, sprach mich Atkinson gehetzt an, »fährt Ihr Auto noch?«

»Ja«, antwortete ich, »aber was ist mit Ihrem los?«

»Eine Panne, und alle Autowerkstätten sind geschlossen. Und meine Frau ist irgendwo in der Nähe von Truckee. Ich glaube, unterwegs steckengeblieben. Nicht für Geld und gute Worte kann ich ihr eine Nachricht zukommen lassen.

Sie hätte heute abend eintreffen sollen. Vielleicht ist sie am Verhungern. Leihen Sie mir Ihr Auto.«

»Man kommt nicht über die Bucht«, sagte Halstead laut. »Die Fähren gehen nicht. Aber ich sag Ihnen, was Sie machen können. Dort ist Rollinson – ach, Rollinson, kommen Sie doch einen Augenblick herüber. Atkinson möchte mit dem Auto über die Bucht. Seine Frau ist unterwegs bei Trukkee steckengeblieben. Können Sie nicht die *Lurlett* aus Tiburon rüberbringen und sein Auto übersetzen?«

Die *Lurlett* war eine zweihundert Tonnen schwere seetüchtige Schonerjacht.

Rollinson schüttelte den Kopf. »Nicht einen Hafenarbeiter wird man dazu bewegen können, das Auto an Bord zu befördern. Selbst wenn ich die *Lurlett* rüberbringen könnte, was ich aber nicht kann, weil die ganze Mannschaft in der Seemannsgewerkschaft organisiert ist und wie alle anderen auch streikt.«

»Aber meine Frau verhungert vielleicht«, konnte ich Atkinson klagen hören, als ich weiterging.

Am anderen Ende des Rauchsalons stieß ich auf eine Gruppe von Männern, die aufgeregt und ärgerlich Bertie Messener umdrängte. Bertie hetzte sie auf, stachelte sie in seiner eiskalten zynischen Art an. Der Streik interessierte Bertie nicht. Eigentlich interessierte ihn gar nichts. Er war blasiert – jedenfalls allen normalen Dingen des Lebens gegenüber; Alltäglichkeiten besaßen keinen Reiz für ihn. Er war zwanzig Millionen Dollar schwer, sein ganzes Vermögen war in sicheren Investitionen angelegt, und noch nie im Leben hatte er einen Handschlag an praktische Arbeit verschwendet – alles war ererbt von seinem Vater und zwei Onkeln. Überall war er schon gewesen, alles hatte er gesehen, alles gemacht bis aufs Heiraten, und das trotz der heftigen und entschlossenen Attacken einiger hundert ehrgeiziger Mütter. Seit Jahren war er die beste Partie, und dennoch hatte er es bis jetzt vermeiden können, eingefangen zu werden. Er war in schändlicher Weise begehrenswert. Abgesehen von seinem Reichtum war er auch noch jung, gutaussehend und, wie gesagt, fast ohne Makel. Er war ein großartiger Sportler, ein junger blonder Gott, beherrschte alles perfekt und bewundernswert, mit der einzigen Ausnahme – den Ehestand. Er kümmerte sich um nichts, verfolgte keine ehrgeizigen Ziele, hatte keine Leidenschaften, kein Verlangen, gerade die Dinge zu tun, die er ohnehin viel besser konnte als andere Männer.

»Das ist Aufruhr!« rief einer der Männer aus der Gruppe. Ein anderer nannte es Revolte und Revolution, ein weiterer Anarchie.

»Ich sehe das nicht so«, meinte Bertie. »Den ganzen Morgen war ich in der Stadt. Es herrscht völlige Ordnung. Noch nie habe ich eine gesetzestreuere Bevölkerung erlebt. Ist doch sinnlos, darüber zu schimpfen. Es ist schlichtweg das, was es ist – ein Generalstreik. Und jetzt sind Sie am Zug, Gentlemen.«

»Und wir werden das Spiel schon machen!« rief Garfield, einer der Eisenbahnmillionäre. »Wir werden dem Pöbel zeigen, wo er hingehört – dieses Gesindel! Wartet nur, bis die Regierung die Sache in die Hand nimmt.«

»Aber wo ist die Regierung?« warf Bertie ein. »Sie könnte genausogut auf dem Meeresgrund stecken, zumindest was Sie hier betrifft. Sie wissen nicht, was in Washington los ist. Sie wissen noch nicht einmal, ob Sie eine Regierung haben oder nicht.«

»Darüber machen Sie sich nur keine Sorgen!« platzte Garfield heraus.

»Ich versichere Ihnen, besorgt bin ich nicht.« Bertie lächelte gleichgültig. »Aber mir scheint, genau das ist es, was Sie, meine Freunde, augenblicklich bewegt. Sehen Sie in den Spiegel, Garfield.«

Das tat Garfield nicht, hätte er aber in den Spiegel geschaut, einen sehr erregten Herrn mit zerwühltem, stahlgrauem Haar, einem rot angelaufenen Gesicht, griesgrämlich verkniffenen Mund und wildglühenden Augen würde er erblickt haben.

»Es ist nicht recht, sag ich euch«, meinte der kleine Hanover, und seinem Tonfall nach zu schließen, hatte er dies bereits mehrmals gesagt.

»Also das geht jetzt zu weit, Hanover«, erwiderte Bertie. »Freunde, Sie langweilen mich, Sie sind alle freie Geschäftsleute. Sie liegen mir ständig mit Ihrem endlosen Gerede für eine freie Marktwirtschaft und für das Recht der Menschen auf Arbeit in den Ohren. Seit Jahren schwingen Sie große Reden in dieser Richtung. Die Arbeiter begehen doch kein Verbrechen, wenn sie in den Generalstreik treten. Sie verletzen weder ein Gebot Gottes noch eins der Menschen. Erzähl mir nichts, Hanover. Zu lange schon predigst du Veränderungen des gottgegebenen Rechts, zu arbeiten ... oder auch nicht zu arbeiten. Jetzt kannst du den Konsequenzen nicht ausweichen. Ein schmutziger, kleiner schäbiger Streit ist das – darum geht's bei der ganzen Geschichte. Ihr habt die Arbeiter in die Knie gezwungen, sie unterdrückt, und jetzt haben sie euch am Kragen und drücken zu. Das ist alles, und ihr lamentiert.«

Alle Umstehenden widersprachen empört und leugneten, die Arbeiter jemals unterdrückt zu haben.

»Nein, Sir!« rief Garfield. »Wir haben das beste für die Arbeiter getan. Statt sie zu unterdrücken, haben wir ihnen eine Chance zum Leben gegeben. Wir haben ihnen Arbeitsplätze geschaffen. Wo wären denn die Arbeiter, wenn es uns nicht gegeben hätte?«

»Na, wesentlich besser dran«, knurrte Bertie. »Sie haben die Arbeiter kurzgehalten und, wann immer es Ihnen möglich war, übers Ohr gehauen. Und Sie hatten Ihre eigenen Methoden, solche Möglichkeiten zu schaffen.«

»Nein! Nein!« schrie man laut.

»Da gab es den Streik der Lastwagenfahrer, direkt hier in

San Francisco«, fuhr Bertie unerschütterlich fort. »Der Unternehmerverband hat diesen Streik heraufbeschworen. Sie wissen das. Und Sie wissen, daß ich es auch weiß, denn hier, in diesen Räumen, hab ich gesessen und die geheimen Absprachen und Meldungen über die Auseinandersetzungen gehört. Zuerst haben Sie den Streik provoziert, dann den Bürgermeister und den Polizeipräsidenten gekauft und schließlich den Streik niedergeschlagen. Ein entzückendes Schaustück, wie Sie Philanthropen die Lastwagenfahrer in die Knie gezwungen und ihnen das Fell über die Ohren gezogen haben.

Warten Sie, ich bin noch nicht fertig mit Ihnen. Erst letztes Jahr war es, daß die Arbeitervertreter in Colorado einen Gouverneur wählten. Er wurde nie in sein Amt eingesetzt. Sie wissen ja, warum. Sie wissen, wie Ihre feinen Brüder, die Philanthropen und Kapitalisten von Colorado, das Ding gedreht haben. Das war ein Beispiel dafür, wie man Arbeiter unterdrückt und betrügt. Sie haben den Vorsitzenden des Südwestlichen Vereinigten Bergarbeiterverbands drei Jahre lang auf eine gefälschte Mordanklage hin im Gefängnis festgesetzt, und als er Ihnen nicht mehr im Wege stand, haben Sie den Verband zerschlagen. Das war Betrug an den Arbeitern, geben Sie es zu. Zum dritten war es ein Betrug, die gestaffelte Einkommensteuer als nichtverfassungsgemäß zu erklären. So auch den Gesetzentwurf über den Achtstundentag, den Sie auf der letzten Kongreßsitzung niedergeschlagen haben.

Und der Gipfel all dieser ausgesprochen unmoralischen Machenschaften war die Zerschlagung des Gewerkschaftsprinzips. Sie wissen, wie das gelaufen ist. Sie haben sich Farburg, den letzten Vorsitzenden der alten Amerikanischen Arbeiterföderation, gekauft. Er war Ihr Strohmann – oder der Strohmann aller Unternehmer- und Monopolverbände, was aufs gleiche hinausläuft. Sie haben den großen Gewerkschaftsstreik zu Fall gebracht. Farburg verriet den Streik.

Sie haben gewonnen, und die Amerikanische Arbeiterföderation brach völlig in sich zusammen. Zerstört haben Sie sie, Freunde, und somit sich selbst ruiniert, denn auf dem Höhepunkt der Ereignisse begann sich die I. L. W. als Organisation zu formieren – die größte und stabilste Arbeiterorganisation, die es jemals in den Vereinigten Staaten gegeben hat. Für ihr Bestehen sind Sie verantwortlich, wie für den gegenwärtigen Generalstreik auch. Alle alten Vereinigungen haben Sie zerschlagen und so die Arbeiter in die I. L. W. getrieben, und die I. L. W. hat den Generalstreik ausgerufen – kämpft noch immer um Gewerkschaftsrechte. Und da haben Sie die Unverfrorenheit, sich hinzustellen und mir geradewegs ins Gesicht zu sagen, daß Sie die Arbeiter niemals unterdrückt und betrogen haben? Pah!«

Diesmal gab es kein Ableugnen. Garfield setzte zur Verteidigung an:

»Wir haben nichts getan, was wir nicht tun mußten, wenn wir gewinnen wollten.«

»Dagegen sage ich ja gar nichts«, antwortete Bertie. »Worüber ich mich beklage, ist Ihr Gejammer, jetzt wo Sie Ihre eigene Medizin zu schmecken bekommen. Wie viele Streiks haben Sie gewonnen, indem Sie die Arbeiter bis zur Unterwerfung ausgehungert haben? Nun, die Arbeiter haben jetzt ein Komplott geschmiedet, mit dem sie Sie bis zur Unterwerfung aushungern wollen. Sie fordern das Gewerkschaftsrecht, und wenn sie es bekommen können, indem Sie verhungern – na gut, dann werden Sie verhungern.«

»Ich stelle fest, daß Sie in der Vergangenheit ganz gut gelebt haben, und zwar durch genau die von Ihnen erwähnten Betrugsmanöver an den Arbeitern«, gab Brentwood zu verstehen, der einer der verschlagensten und scharfsinnigsten Rechtsanwälte unseres Verbandes war. »Mitgefangen, mitgehangen«, höhnte er. »Sie hatten zwar Ihre Hände nicht in dem dreckigen Spiel, aber Sie haben Ihren Anteil bekommen.«

»Das steht ganz außer Frage, Brentwood«, sagte Bertie betont langsam. »Sie sind genauso schlimm wie Hanover, indem Sie den moralischen Aspekt mit ins Spiel bringen. Ich habe keineswegs etwas von Schuld oder Nichtschuld gesagt. Das Ganze ist ein niederträchtiges Spiel, das weiß ich. Ich nehme einzig Anstoß daran, daß Sie, liebe Freunde, jetzt herumjammern, weil die Arbeiter Sie in die Knie zwingen wollen und unter Druck setzen. Natürlich habe ich dadurch meine Vorteile gehabt und – dank Ihnen, Gentlemen – mußte ich selbst nicht die Dreckarbeit machen. Das haben Sie für mich erledigt – und glauben Sie mir, nicht weil ich rechtschaffener wäre als Sie, sondern weil mein guter Vater und mehrere seiner Brüder mir eine Menge Geld hinterlassen haben, mit dem ich für diese Dreckarbeit bezahlen kann.«

»Wenn Sie damit sagen wollen ...«, fing Brentwood erbost an.

»Hören Sie auf, lassen Sie sich doch nicht alle aus der Fassung bringen«, unterbrach Bertie anmaßend. »Es hat doch keinen Sinn, in dieser Diebeshöhle den Heuchler zu spielen. Das Erhabene und Edle sind etwas für Zeitungen, Pfadfinder und Sonntagsschulen – das gehört nun mal zum Spiel dazu. Aber, um Himmels willen, wir müssen einander doch nichts vormachen. Sie wissen genau und wissen, daß ich es auch weiß, welche Korruption beim Bauarbeiterstreik im letzten Herbst gelaufen ist, wer das Geld dafür gab, wer das erledigt hat und davon profitierte.« (Brentwood schoß das Blut ins Gesicht.) »Aber wir sind alle aus demselben Holz geschnitzt, und das beste, was wir tun können, ist, die Moral aus dem Spiel zu lassen. Ich wiederhole, spielen Sie das Spiel, spielen Sie es bis zum letzten Stich, aber, um Gottes willen, jammern Sie nicht, wenn Sie getroffen werden.«

Als ich die Gruppe verließ, war Bertie schon wieder bei einem anderen Thema und quälte die Männer mit den ernsthafteren Aspekten der Situation, verwies auf die Lebensmittelknappheit, die bereits zu spüren war, und fragte, was sie dagegen unternehmen wollten. Kurze Zeit später traf ich ihn in der Garderobe, er wollte gehen, und ich nahm ihn in meinem Auto nach Hause mit.

»Das ist schon ein großartiger Schachzug, dieser Generalstreik«, sagte er, als wir durch die überfüllten, aber friedlichen Straßen dahinrollten. »Das ist ein niederschmetternder Tiefschlag. Die Arbeiter haben uns im Schlaf erwischt und an unserer empfindlichsten Stelle getroffen, dem Magen. Ich habe vor, aus San Francisco zu verschwinden, Corf. Folgen Sie meinem Rat, und machen Sie auch, daß Sie davonkommen. Gehen Sie aufs Land, irgendwohin. Da haben Sie mehr Chancen. Kaufen Sie sich einen Lebensmittelvorrat und besorgen Sie sich ein Zelt oder irgendwo eine Hütte. Bald wird es in dieser Stadt für uns nichts als Hunger geben.«

Wie recht Bertie Messener haben sollte, hätte ich mir nie träumen lassen. Ich hielt ihn für einen Schwarzseher. Und was mich betraf, so war ich ganz zufrieden damit, hierzubleiben, um mir den Spaß anzusehen. Nachdem ich ihn abgesetzt hatte, fuhr ich nicht geradewegs nach Hause, sondern machte mich erneut auf die Jagd nach Lebensmitteln. Zu meiner Überraschung mußte ich feststellen, daß die kleinen Geschäfte, in denen ich morgens eingekauft hatte, inzwischen leer waren. Ich dehnte meine Suche bis nach Potrero aus und hatte Glück, eine weitere Schachtel Kerzen, zwei Säcke Weizenmehl, zehn Pfund Schrotmehl (für die Diener würde das reichen), eine Kiste Büchsenmais und zwei Kisten Tomatenkonserven zu ergattern. Es sah ganz so aus, als ob es zumindest eine zeitweise Lebensmittelknappheit geben würde, aber angesichts des reichlichen Vorratslagers, das ich angelegt hatte, tröstete ich mich.

Am nächsten Morgen nahm ich wie gewöhnlich meinen Kaffee im Bett ein, und mehr noch als die Sahne vermißte ich die Tageszeitung. Ich empfand den Informationsverlust – nicht zu wissen, was in der Welt passierte – als gravierendes Übel. Unten im Klub gab es wenig Neues. Rider hatte von Oakland aus die Bucht in seiner Barkasse überquert, und Halstead war in seinem Auto bis runter nach San José und zurück gefahren. Sie berichteten, daß es dort genauso aussah wie in San Francisco. Alles war durch den Streik lahmgelegt. Alle Lebensmittellager waren von der Oberschicht leer gekauft worden. Und eine friedvolle Ordnung herrschte. Aber was geschah in den restlichen Teilen des Landes – in Chicago, New York, Washington? Höchstwahrscheinlich das gleiche wie hier auch, schlußfolgerten wir. Doch die Tatsache, daß wir es nicht mit absoluter Bestimmtheit wußten, beunruhigte schon.

General Folsom wußte etwas mehr. Man hatte versucht, Armeetelegrafisten in den Telegrafenämtern einzusetzen, aber die Leitungen in alle Richtungen waren gekappt. Dies war bislang das einzige ungesetzliche Vorgehen der Arbeiter, und der General war der vollen Überzeugung, daß dies ein geplanter Anschlag war. Über Funk hatte er Verbindung mit einem Armeeposten in Benicia aufgenommen; an den Telegrafenlinien – sogar bis runter nach Sacramento – patrouillierten Soldaten. Einmal bekamen sie das Rufzeichen von Sacramento, aber nur einen kurzen Moment, dann wurden die Leitungen irgendwo wieder getrennt. General Folsom war der Meinung, daß alle offiziellen Behörden im ganzen Land ähnliche Versuche unternahmen, um eine Verständigung herzustellen, aber er war keineswegs überzeugt, ob diese Versuche auch erfolgreich sein würden. Sorge machte ihm das Kappen der Telegrafenleitungen; er mußte annehmen, daß es eine entscheidende Taktik im finsteren Verschwörungsplan der Arbeiter war. Er bedauerte auch, daß die Regierung das seit langem von ihr geplante Projekt einer Funkstationenkette noch nicht realisiert hatte.

Die Tage kamen und gingen, und eine Zeitlang war es geradezu langweilig. Nichts passierte. Die heftige Erregung war abgeflaut. Die Straßen waren nicht mehr so belebt. Die Arbeiter kamen nicht in unsere Wohnviertel, um zu sehen, wie wir den Streik hinnahmen. Und es fuhren nicht mehr so viele Autos. Reparaturgeschäfte und Autowerkstätten waren geschlossen, und immer wenn ein Auto nicht mehr funktionierte, wurde es verschrottet. Bei meinem brach die Kupplung, und weder für Geld noch für gute Worte konnte ich sie reparieren lassen. Wie die anderen ging ich nunmehr zu Fuß. San Francisco war tot, und was anderswo im Lande vor sich ging, wußten wir nicht. Aber allein aus der Tatsache, daß wir nichts wußten, schlußfolgerten wir, daß der Rest des Landes so tot wie San Francisco sein müsse. Von Zeit zu Zeit wurde die Stadt mit Proklamationen der organisierten Arbeiter bepflastert – Monate vorher gedruckt, bewiesen sie, wie gründlich sich die I. L. W. auf den Streik vorbereitet hatte. Jede Kleinigkeit war lange im voraus bedacht. Gewalttätigkeit gab es noch nicht, außer daß einige Telegrafenzerschneider von Soldaten erschossen wurden. Aber die Leute aus den Slums hungerten und wurden bedrohlich unruhig.

Geschäftsleute, Millionäre und die höheren Angestellten hielten Versammlungen ab, verfaßten Resolutionen, aber es gab keine Möglichkeit, diese Erklärungen zu veröffentlichen. Man konnte sie nicht einmal drucken lassen. Jedoch bei einer dieser Versammlungen wurde General Folsom überredet, die militärische Verwaltung der Großhandelshäuser sowie aller Mehl-, Getreide- und Lebensmittellagerhäuser zu übernehmen. Das wurde höchste Zeit, denn in den Häusern der Reichen breitete sich die Not immer mehr und schärfer aus. Brotrationierungen waren erforderlich. Ich wußte, daß meine Diener anfingen, lange Gesichter zu ziehen, und verblüffend war, was für ein Loch sie in mein Vorratslager rissen. Tatsächlich bestahl mich jeder meiner Diener – mutmaßte ich später – und legte sich heimlich ein privates Vorratslager an.

Aber mit der Einführung der Brotzuteilung traten neue Ärgernisse auf. In San Francisco gab es nur begrenzt Lebensmittelreserven, und selbst im besten Falle konnten sie nicht lange reichen. Wir wußten, die organisierten Arbeiter besaßen ihre eigenen Vorräte; trotzdem reihte sich die gesamte Arbeiterklasse in die Brotzuteilungsschlangen ein. Demzufolge nahmen die von General Folsom verwalteten Bestände mit rasender Geschwindigkeit bedrohlich ab. Wie sollten die Soldaten zwischen einem armselig gekleideten Mann aus der Mittelklasse, einem Mitglied der I. L. W. oder einem Slumbewohner unterscheiden? Vom ersten bis zum letzten mußten alle versorgt werden, aber die Soldaten kannten nicht alle Männer in der Stadt, die zur I. L. W. gehörten, viel weniger deren Frauen, Söhne und Töchter. Da die Arbeitgeber mithalfen, wurden ein paar der bekannten Gewerkschaftsleute von der Brotzuteilung ausgeschlossen, aber das änderte so gut wie nichts. Die Lage spitzte sich zu, als die staatseigenen Schlepper, die bislang Nahrungsmittel aus Armeebeständen von Mare Island nach Angel Island befördert hatten, keine Nahrungsmittel mehr zum Befördern fanden. Jetzt erhielten auch die Soldaten ihre Rationen aus den konfiszierten Beständen, und zwar als erste.

Der Anfang des Endes war in Sicht. Die Gewalt begann ihr Gesicht zu enthüllen. Gesetz und Ordnung wurden mißachtet – mißachtet, so muß ich zugeben, von den Slumbewohnern und ebenso von den Leuten der Oberschicht. Die organisierten Arbeiter hielten immer noch eine disziplinierte Ordnung aufrecht. Sie konnten es sich leisten – sie hatten ausreichend zu essen. Ich erinnere mich an einen Nachmittag im Klub, als ich Halstead und Brentwood tuschelnd in einer Ecke antraf. Sie zogen mich in ihr waghalsiges Unternehmen hinein. Brentwoods Auto fuhr immer noch, und sie hatten vor, eine Kuh zu stehlen. Halstead besaß ein langes Fleischermesser und ein Hackbeil. Wir fuhren hinaus zum Stadtrand. Hier und da grasten Kühe, aber sie wurden von ihren Besitzern bewacht. Wir setzten unsere Suche fort, immer entlang der Stadtgrenze in Richtung Osten, und in den Bergen bei Hunter's Point trafen wir auf eine Kuh und ein kleines Mädchen. Ein Kälbchen gab es auch. Wir verschwendeten keine Minute mit überflüssigen Erklärungen. Das kleine Mädchen rannte schreiend davon, indessen schlachteten wir die Kuh. Auf Einzelheiten gehe ich nicht ein, denn sie sind unerfreulich – für uns war solche Arbeit ungewohnt, und wir stümperten.

Aber mittendrin – wir arbeiteten in angstvoller Eile – hörten wir Schreie und sahen ein paar Männer auf uns zulaufen. Wir verzichteten auf die Beute und nahmen die Beine in die Hand. Zu unserer Überraschung wurden wir nicht verfolgt. Als wir uns umblickten, sahen wir die Männer eilig die Kuh zerlegen. Sie waren auf das gleiche ausgewesen wie wir. Es war genug für alle da, meinten wir, und rannten zurück. Was nun kam, spottet jeder Beschreibung. Wir kämpften und stritten um die Verteilung wie die Wilden. Ich erinnere mich, daß Brentwood zur echten Bestie wurde, die Zähne fletschte, um sich biß und mit Mord drohte, falls wir nicht einen angemessenen Anteil bekämen.

Und wir erhielten gerade unseren Anteil, als auf dem Schauplatz ein neuerliches Ärgernis eintrat. Diesmal waren es die gefürchteten Ordnungshüter der I. L. W. Das kleine Mädchen hatte sie geholt. Mit Peitschen und Knüppeln waren sie bewaffnet, und es waren viele. Das kleine Mädchen sprang vor Wut auf und ab, Tränen liefen über seine Wangen, und es schrie: »Gebt's ihnen! Gebt's ihnen! Der Kerl mit der Brille – der war's! Schlagt ihm das Gesicht zu Brei! Zerschlagt ihm's Gesicht!« Der mit der Brille war ich, und das Gesicht wurde mir auch übel zugerichtet, doch ich war vorher noch so geistesgegenwärtig, die Brille abzunehmen. Mann, wir erhielten eine solche Tracht Prügel, daß wir in alle Winde davonstoben. Brentwood, Halstead und ich flohen zum Auto. Brentwoods Nase blutete, und Halsteads

Wange war aufgeplatzt und vom Hieb einer Schwarzschlangenpeitsche mit einem dunkelroten Striemen gezeichnet.

Und siehe da, als die Hatz vorbei war und wir das Auto erreichten, stand dahinter versteckt – das erschreckte Kalb. Brentwood ermahnte uns, vorsichtig zu sein, und sprang wie ein Wolf auf das Tier. Messer und Hackbeil hatten wir zurücklassen müssen, aber noch hatte Brentwood seine Hände, und zusammen mit dem armen kleinen Kalb wälzte er sich auf der Erde hin und her, als er es erwürgte. Den Kadaver warfen wir ins Auto, bedeckten ihn mit einem Mantel und machten uns auf den Heimweg. Aber ein Unglück kommt selten allein. Ein Reifen platzte. Eine Möglichkeit, ihn zu reparieren, gab es nicht, und dunkel wurde es auch schon. Wir ließen das Auto zurück. Brentwood stolperte keuchend voran. Das Kalb, mit dem Mantel bedeckt, hing quer über seine Schultern. Wir wechselten uns mit dem Tragen ab und waren fast am Ende unserer Kräfte. Außerdem verirrten wir uns. Und dann, nach stundenlangem Umherlaufen und all der Plackerei, stießen wir auf eine Rowdybande. Das waren keine I. L. W.-Männer, und ich vermute, sie waren so ausgehungert wie wir. Auf jeden Fall kriegten sie das Kalb und wir die Prügel. Brentwood tobte wie ein Verrückter auf dem Rest des Heimwegs. Und er sah auch so aus mit seinen zerrissenen Sachen, der geschwollenen Nase und den Veilchen auf den Augen.

Kuhdiebstähle gab es danach nicht mehr. General Folsom schickte seine Kavallerie aus und konfiszierte alle Kühe, und seine Kavalleristen, unterstützt von der Bürgerwehr, aßen das meiste Fleisch. General Folsom traf keine Schuld. Es war seine Pflicht, Gesetz und Ordnung aufrechtzuerhalten, und er tat das mit Hilfe seiner Soldaten, demzufolge war er verpflichtet, sie zunächst einmal zu versorgen.

Um diese Zeit herum setzte die große Panik ein. Die Reichen suchten ihr Heil in der Flucht, dann wurden die Slumbewohner davon angesteckt, und die Massen stürmten wild aus der Stadt. General Folsom freute sich. Schätzungsweise hatten wenigstens zweihunderttausend Leute San Francisco verlassen, und auf diese Weise war sein Ernährungsproblem gelöst. Und wie gut ich mich an diesen Tag erinnere: Morgens hatte ich ein Stück hartes Brot gegessen, den halben Nachmittag nach Brot angestanden. Nach Einbruch der Dunkelheit war ich müde und elend mit einem Kilo Reis und einer Scheibe Schinkenspeck nach Hause gekommen. An der Tür empfing mich Brown. Sein Gesicht sah erschöpft und verstört aus. Alle Diener seien geflohen, informierte er mich. Er allein war übriggeblieben. Seine Anhänglichkeit rührte mich, und als ich hörte, daß er den ganzen Tag lang nichts gegessen hatte, teilte ich mein Essen mit ihm. Wir kochten die Hälfte des Reises, brieten die Hälfte des Specks und teilten gerecht. Die andere Hälfte hoben wir für den nächsten Morgen auf. Hungrig ging ich zu Bett und warf mich die ganze Nacht ruhelos herum. Am Morgen stellte ich fest, daß Brown mich verlassen hatte, und, was ein noch größeres Unglück war, er hatte den übriggebliebenen Reis und Speck gestohlen.

An jenem Morgen versammelte sich eine trübselige Handvoll Männer im Klub. Bedienung gab es überhaupt nicht mehr. Der letzte Bedienstete war fort. Ich stellte auch fest, daß das Silber verschwunden war, und erfuhr wohin. Die Bediensteten hatten es nicht genommen, vermutlich aus dem einfachen Grund, weil die Klubmitglieder schneller gewesen waren. Die Sachen wieder loszuwerden war einfach. Weiter unten, südlich der Market Street, in den Wohnvierteln der I. L. W., hatten ihnen die Hausfrauen eine ordentliche Mahlzeit zum Tausch angeboten. Ich ging wieder nach Hause zurück. Ja, mein Silber war verschwunden – alles bis auf einen massiven Krug. Den wickelte ich ein und trug ihn bis südlich der Market Street.

Nach dem Essen fühlte ich mich besser und kehrte in den Klub zurück, um zu erfahren, ob sich etwas Neues ergeben hatte. Hanover, Collins und Dakon waren gerade im Gehen begriffen. Drinnen sei niemand, erzählten sie mir und luden mich ein, sie zu begleiten. Sie seien dabei, die Stadt zu verlassen, sagten sie, mit Dakons Pferden – und eins sei noch frei für mich. Dakon besaß vier prächtige Droschkenpferde, die wollte er retten, und General Folsom hatte ihm rechtzeitig einen Tip gegeben, daß alle noch in der Stadt befindlichen Pferde als Nahrungsmittel am nächsten Morgen beschlagnahmt werden sollten. Viele Pferde gab es nicht mehr, denn Zehntausende hatte man freigelassen, als während der ersten Tage Heu und Korn knapp geworden waren. Ich denke an Birdall, den großen Fuhrunternehmer, der dreihundert Lastpferde laufen ließ. Bei einem durchschnittlichen Wert von fünfhundert Dollar je Pferd belief sich das auf eine Summe von hundertfünfzigtausend Dollar. Anfangs hatte er gehofft, nach dem Ende des Streiks die meisten Pferde wieder einfangen zu können, doch zu guter Letzt bekam er nicht eins. Sie waren alle von den Flüchtlingen aus San Francisco aufgegessen worden. Schließlich hatte man auch damit begonnen, die Maultiere und Pferde der Armee zu töten, um etwas zu essen zu haben.

Glücklicherweise hatte Dakon ausreichende Mengen Heu und Korn in seinem Stall eingelagert. Es gelang uns, vier Sättel aufzutreiben; wir fanden die Tiere in gutem Zustand und obendrein feurig, obwohl sie nicht daran gewöhnt waren, geritten zu werden. Ich erinnere mich an San Francisco nach dem großen Erdbeben, als wir auch durch die Straßen ritten, aber das jetzige San Francisco war in einem weit bedauernswerteren Zustand. Und den hatte keine Naturkatastrophe verursacht, sondern die Tyrannei der Gewerkschaften. Wir ritten zum Union Square hinunter und durch die Theater-, Hotel- und Geschäftsviertel. Die Straßen waren verlassen. Hier und da standen Autos, dort zurückgelassen, wo sie zusammengebrochen waren oder das Benzin ausgegangen war. Kein Lebenszeichen war zu finden, außer daß gelegentlich Polizisten und Soldaten auftauchten, die die Banken und öffentlichen Gebäude bewachten. Einmal stießen wir auf einen I. L. W.-Mann, der die neuesten Proklamationen anklebte. Wir hielten an, um zu lesen. »Wir haben einen disziplinierten Streik geführt«, hieß es, »und wir werden die Ordnung bis zum Ende aufrechterhalten. Das Ende wird die Erfüllung unserer Forderungen sein, wenn wir unsere Arbeitgeber bis zur Unterwerfung ausgehungert haben, so wie sie uns in der Vergangenheit oft bis zur Unterwerfung ausgehungert haben.«

»Genau Messeners Worte«, sagte Collins. »Und was mich betrifft, so bin ich bereit, mich zu unterwerfen, aber leider gibt man mir keine Chance dazu. Eine Ewigkeit habe ich keine ordentliche Mahlzeit gehabt. Ich möcht wissen, wie Pferdefleisch schmeckt.«

Wir hielten abermals an, um eine weitere Proklamation zu lesen. »Wenn wir der Meinung sind, daß unsere Arbeitgeber bereit sind, sich zu unterwerfen, werden wir die Telegrafenverbindungen wiederherstellen, damit sich die Unternehmerverbände der Vereinigten Staaten verständigen können. Es werden aber nur Botschaften über eine friedliche Einigung zugelassen.«

Wir ritten weiter, überquerten die Market Street, und kurz darauf passierten wir das Viertel der Arbeiterklasse. Hier waren die Straßen nicht verwaist. Die I. L. W.-Männer lehnten an den Haustüren oder standen in Gruppen herum. Fröhliche, wohlgenährte Kinder spielten auf der Straße, und beleibte Hausfrauen saßen schwatzend auf den Haustreppen. Der eine oder andere warf uns einen belustigten Blick zu. Kleine Kinder rannten schreiend hinter uns her: »He, Mister, haben Sie keinen Hunger?« Und eine Frau – ein Kind an der Brust – rief Dakon zu: »Wie wär's, Dickerchen, ich geb dir 'ne Mahlzeit für dein Schaukelpferd – Kartoffeln und Schinken, Johannisbeergelee, Weißbrot, eingeweckte Butter und zwei Tassen Kaffee?«

»Ist dir aufgefallen«, bemerkte Hanover zu mir, »daß in den letzten Tagen nicht ein einziger streunender Hund mehr auf der Straße herumlief?«

Das war mir aufgefallen, aber bis jetzt hatte ich nicht darüber nachgedacht. Es war höchste Zeit, die unglückselige Stadt zu verlassen. Schließlich erreichten wir die Verbindungsstraße nach San Bruno, auf der wir in Richtung Süden entlangritten. In der Nähe von Menlo besaß ich ein Landgut, und das war unser Ziel. Aber bald fiel uns auf, daß es auf dem Lande schlimmer und weit gefährlicher als in der Stadt war. Dort sorgten die Soldaten und die I. L. W.-Männer für Ordnung, aber das Land war von Anarchie überrollt worden. Zweihunderttausend Menschen waren aus San Francisco geflohen, und wir fanden zahllose Beweise dafür, daß diese Flucht wie der Flug eines Heuschreckenschwarms gewesen sein mußte. Alles war ratzekahl weggefressen. Raub und Kampf hatte es gegeben. Hin und wieder kamen wir an Leichen vorbei, die am Straßenrand lagen, oder sahen ausgebrannte Ruinen von Bauernhöfen. Die Zäune waren niedergewalzt, die Ernte war von den Menschenmassen zertrampelt. Sämtliche Gemüsebeete hatten die ausgehungerten Horden verwüstet. Alle Hühner und Tiere geschlachtet. Und so sah es überall an allen Hauptstraßen aus, die aus San Francisco hinausführten. Hier und da – abseits der Straßen – hatten die Bauern ihren Besitz mit Flinten und Pistolen schützen können und verteidigten ihn noch immer. Sie jagten uns drohend fort und weigerten sich, mit uns zu sprechen. Und all die Zerstörung und Gewalt waren von den Slumbewohnern und der Oberschicht verübt worden. Die I. L. W.-Männer, ausreichend mit Nahrung versorgt, verhielten sich ruhig in ihren Stadthäusern.

Zu Beginn der Flucht erhielten wir ein anschauliches Beispiel, wie verzweifelt die Lage war. Rechts von uns hörten wir Schreie und Gewehrschüsse. Kugeln pfiffen gefährlich nah vorbei. Im Gebüsch knackte es, dann stürzte ein mächtiges schwarzes Wagenpferd vor uns quer über die Straße und verschwand wieder. Wir hatten kaum Zeit gehabt, zu bemerken, daß es blutete und lahmte. Drei Soldaten stürzten hinterher. Die Jagd ging links zwischen den Bäumen weiter. Wir konnten die Soldaten hören, die sich durch Rufe verständigten. Ein vierter Soldat humpelte von rechts auf die Straße, setzte sich auf einen Feldstein und wischte sich den Schweiß vom Gesicht.

»Bürgerwehr«, flüsterte Dakon. »Deserteure.«

Der Mann grinste uns an und bat um ein Streichholz. Als Antwort auf Dakons Frage »Wie lautet die Parole?« teilte er uns mit, daß die Männer der Bürgerwehr desertierten. »Nichts zu beißen«, erklärte er. »Alles kriegen die regulären Truppen zu futtern.« Wir erfuhren auch, daß man die Gefängnisinsassen von der Insel Alcatraz freigelassen hatte, weil man sie nicht länger ernähren konnte.

Nie werde ich den nächstfolgenden Anblick vergessen, der sich uns plötzlich bot. Ganz unerwartet stießen wir darauf, hinter der Straßenkurve. Über uns ein Blätterdach. Durch die Zweige flimmerte Sonnenschein. Schmetterlinge flatterten vorbei, und aus den Feldern stieg Lerchengesang auf. Und da stand er – ein starker Tourenwagen. Um ihn herum und innendrin lagen zahlreiche Leichen. Sie erzählten eine eigene Geschichte. Die Insassen, auf der Flucht aus der Stadt, waren von einer Bande Slumbewohner – Rowdys – angegriffen und herausgezerrt worden. Das Ganze war innerhalb der letzten vierundzwanzig Stunden geschehen. Frisch geöffnete Fleisch- und Obstkonserven belegten den Grund des Angriffs. Dakon untersuchte die Toten.

»Das hab ich mir gedacht«, stellte er fest. »Ich bin schon mit diesem Auto gefahren. Es ist Perriton – seine ganze Familie. Wir müssen von jetzt an besser auf uns aufpassen.«

»Aber wir haben nichts zu essen; womit könnten wir einen Angriff heraufbeschwören?« widersprach ich.

Dakon wies auf das Pferd, das ich ritt – und ich begriff.

Früh am Morgen hatte Dakons Pferd ein Hufeisen verloren. Der empfindliche Huf war gesplittert, und mittags hinkte das Tier. Dakon weigerte sich, weiterzureiten, wollte das Tier aber auch nicht verlassen. Deshalb ritten wir, auf seine Bitte hin, allein weiter. Er würde zu Fuß mit dem Pferd nachkommen und uns auf meinem Gut wiedertreffen. Das war das letzte, was wir von ihm sahen – wir haben niemals etwas über sein Ende erfahren.

Gegen ein Uhr erreichten wir die Stadt Menlo, oder besser gesagt, den Ort, wo Menlo gestanden hatte, denn alles lag in Trümmern. Überall verstreut – Leichen. Das Geschäftsviertel der Stadt wie auch die Wohnviertel waren ausgebrannt. Hin und wieder ein vereinzeltes Wohnhaus, aber näher kommen konnte man nicht. Wenn wir zu dicht herangingen, wurde auf uns geschossen. Wir trafen eine Frau, die in den rauchenden Trümmern ihrer Hütte stocherte. Sie erzählte uns, der erste Angriff galt den Geschäften, und während sie erzählte, konnten wir uns das Bild ausmalen, wie der rasende, tobende, hungrige Mob über die Handvoll Stadtbewohner hergefallen war. Millionäre und Arme hatten Seite an Seite um die Lebensmittel gekämpft; und dann, nachdem sie die Beute hatten, gegeneinander. Auf gleiche Weise waren die Stadt Palo Alto und die Stanford-Universität ausgeplündert worden, erfuhren wir. Vor uns lag ein trostloses, verwüstetes Land, und wir hielten es für klug, auf mein Gut auszuweichen. Es lag drei Meilen westlich, versteckt zwischen den Hügeln der ersten Ausläufer des Vorgebirges.

Aber als wir weiterritten, sahen wir, daß die Verwüstung nicht allein auf die Hauptstraßen beschränkt war. Die Vorhut der Fliehenden hatte sich an die Straßen gehalten und die kleinen Städte im Vorbeiziehen geplündert; die Nachfolgenden aber waren ausgeschwärmt und hatten das ganze Land wie mit einem großen Besen leergefegt. Mein Landhaus war aus Zement, Mauerwerk und festen Ziegeln erbaut und dadurch dem Feuer entgangen, aber es war völlig ausgeraubt. Den Leichnam des Gärtners fanden wir in der Windmühle, um ihn herum leere Patronenhülsen. Er hatte sich tapfer verteidigt. Aber weder von den beiden italienischen Arbeitern noch von der Haushälterin und ihrem Mann fanden wir eine Spur. Kein Lebewesen war mehr da. Die Kälber, die Fohlen, das ganze Zuchtgeflügel und das reinrassige Zuchtvieh – alles war verschwunden. Die Küche und die Herdstätten, wo der Mob gekocht hatte, waren in einem grauenvollen Zustand, und draußen vor dem Haus bezeugten viele Lagerfeuer, wie viele sich hierher durchgeschlagen und genächtigt hatten. Was sie nicht hatten essen können, war fortgeschleppt worden. Nicht ein Happen war für uns übriggeblieben.

Den Rest der Nacht warteten wir vergeblich auf Dakon, und am Morgen schlugen wir ein Dutzend Plünderer mit unseren Revolvern in die Flucht. Dann töteten wir eins von Dakons Pferden und versteckten für später das Fleisch, das wir nicht sofort verzehren konnten. Am Nachmittag ging Collins auf einen Spaziergang hinaus und kam nicht wieder zurück. Das brachte für Hanover das Faß zum Überlaufen. Er bestand auf sofortiger Flucht, und ich hatte große Schwierigkeiten, ihn zu überreden, bis zum Tagesanbruch zu warten. Was mich betraf, so war ich überzeugt, daß das Ende des Generalstreiks nahe war, und ich entschied, nach San Francisco zurückzukehren. Also lösten wir unsere Gemeinschaft auf; Hanover machte sich nach Süden auf den Weg – fünfzig Pfund Pferdefleisch am Sattel festgeschnallt –, während ich mich, ähnlich beladen, nach Norden aufmachte. Der kleine Hanover kämpfte sich wacker durch, und ich weiß, bis ans Ende seiner Tage wird er jeden mit den Geschichten seiner Abenteuer langweilen.

Ich kam auf der Hauptstraße zurück bis Belmont, als mir mein Pferdefleisch von drei Bürgerwehrleuten geraubt wurde. Die Lage sei unverändert, sagten sie, es würde sogar noch schlimmer werden. Die I. L.W. hatte genügend Vorräte versteckt und konnte noch Monate aushalten. Es gelang mir, bis nach Baden zu kommen, dann nahm mir ein Dutzend Männer mein Pferd. Zwei davon waren Polizisten aus San Francisco und der Rest reguläre Soldaten. Das war unheilvoll. Ganz gewiß war die Lage äußerst bedrohlich, wenn ordentliche Soldaten anfingen zu desertieren. Als ich meinen Weg zu Fuß fortsetzte, hatten sie bereits ein Feuer angefacht, und die Reste von Dakons Pferd lagen zerteilt am Boden.

Wie das Glück so spielt, verrenkte ich mir den Knöchel und konnte nicht weiter als bis in den südlichen Teil San Franciscos kommen. Zitternd vor Kälte und gleichzeitig fieberglühend lag ich in jener Nacht in einem Schuppen. Zwei Tage lag ich so; zu krank, als daß ich mich hätte fortbewegen können. Und am dritten Tag – taumelnd, schwindlig und auf eine selbstgebastelte Krücke gestützt – torkelte ich weiter nach San Francisco hinein. Geschwächt war ich auch, denn es war drei Tage her, daß mir etwas Eßbares zwischen die Lippen geraten war. Der Tag war ein Alptraum und eine Qual. Wie im Traum lief ich an Hunderten von Soldaten vorbei, die in entgegengesetzter Richtung dahinzogen, und viele Polizisten mit ihren Familien bildeten große Gruppen, um sich gegenseitig zu schützen.

Als ich in die Stadt kam, erinnerte ich mich an das Haus des Arbeiters, bei dem ich meinen Silberkrug versetzt hatte – in diese Richtung trieb mich mein Hunger. Die Dämmerung brach herein, als ich dort ankam. Ich ging hinten herum durch einen Durchgang und kroch die Hintertreppe hoch, auf der ich schweißnaß zusammenbrach. Es gelang mir noch, mit der Krücke an die Tür zu klopfen. Dann muß ich bewußtlos geworden sein, denn in der Küche kam ich wieder zu mir. Das Gesicht naß von Wasser und Whisky, den man mir in den Hals geschüttet hatte. Ich hustete und spuckte und versuchte zu reden. Ich fing an, etwas zu sagen wie – ich hätte keine Silberkrüge mehr, werde es ihnen aber später vergelten, wenn man mir nur etwas zu essen gäbe. Aber die Hausfrau unterbrach mich.

»Ach, Sie armer Mann!« meinte sie. »Haben Sie nicht gehört? Der Streik wurde heute nachmittag beendet. Natürlich geben wir Ihnen etwas zu essen.«

Sie fuhrwerkte geschäftig umher, öffnete eine Dose Frühstücksschinken und wollte ihn braten.

»Geben Sie mir jetzt gleich etwas – bitte«, bettelte ich; und dann aß ich den rohen Schinken auf einer Scheibe Brot, während ihr Mann mir erklärte, daß die Forderungen der I. L. W. erfüllt worden waren. Am frühen Nachmittag hatte man die Telegrafenverbindungen wiederhergestellt, und überall hatten die Unternehmerverbände ihre Niederlage erklärt. In San Francisco gab es keine Unternehmer mehr, aber General Folsom sprach an ihrer Stelle. Züge und Dampfschiffe würden am nächsten Morgen wieder die Fahrt aufnehmen und alles andere auch, sobald das System wiederhergestellt war.

Und das war das Ende des Generalstreiks. Ich will nie wieder einen erleben. Er war schlimmer als Krieg. Ein Generalstreik ist eine grausame und unmoralische Sache, und der Verstand des Menschen sollte imstande sein, die Industrie in vernünftiger Weise zu leiten. Harrison ist immer noch mein Chauffeur. Es gehörte zu den Bedingungen der I. L. W., daß alle ihre Mitglieder in die früheren Positionen wiedereingesetzt würden. Brown kehrte nie zurück, doch die restlichen Diener sind bei mir. Ich hatte nicht das Herz, sie fortzuschicken – die Ärmsten hatten ein ziemlich schlechtes Gewissen, als sie sich mit den Lebensmitteln und dem Silber davonmachten. Und jetzt kann ich sie nicht entlassen. Alle sind sie Mitglieder der I. L. W. geworden. Die Tyrannei der organisierten Arbeiter übersteigt die menschliche Geduld. Etwas muß getan werden.

Als die Welt jung war

I

Sehr ruhig und gefaßt, wie es seinem Wesen entsprach, saß er einen Augenblick lang auf der Mauer, um die feuchte Dunkelheit nach verborgenen Warnzeichen zu durchforschen. Doch sein Gehör sondierte nichts weiter als das Klagen des Windes in unsichtbaren Bäumen und das Rascheln der Blätter in sich wiegenden Zweigen. Der Wind trieb einen dichten Nebel vor sich her, und obwohl er den Nebel nicht sehen konnte, blies dieser ihm die Feuchtigkeit ins Gesicht, und die Mauer, auf der er saß, war naß.

Geräuschlos war er von außen auf die Mauer geklettert, und ohne einen Laut ließ er sich auf der anderen Seite zur Erde fallen. Er zog eine Taschenlampe aus der Tasche, machte sie aber nicht an. Es war zwar dunkel auf dem Weg, doch er wollte kein Licht. Die Taschenlampe in der Hand und den Finger am Schaltknopf, schritt er vorwärts durch die Dunkelheit. Der Boden unter seinen Füßen war weich und federnd, bedeckt mit abgestorbenen Tannennadeln, Blättern und einer lockeren Humusschicht, über die offensichtlich seit Jahren niemand gegangen war. Blätter und Zweige schlugen ihm entgegen, aber es war so finster, daß er ihnen nicht ausweichen konnte. Bald darauf lief er mit ausgestreckter Hand tastend vorwärts. Und mehr als einmal stieß er mit der Hand an feste, dicke Baumstämme. Das einzige, was er um sich herum ausmachen konnte, waren diese Bäume. Überall spürte er sie vor sich auftauchen, und er lernte das seltsame Gefühl mikroskopischer Kleinheit kennen inmitten gewaltiger Massen, die sich ihm entgegenstellten, um ihn zu erdrücken. Er wußte, dahinter stand das Haus, und er hoffte, auf einen Trampelpfad oder einen schmalen Weg zu stoßen, der ihn mühelos dorthin führen würde.

Einmal hatte er das Gefühl, in eine Falle geraten zu sein. Auf allen Seiten stieß er gegen Bäume und Zweige oder stolperte in das Dickicht des Unterholzes, und es schien keinen Ausweg zu geben. Da erst machte er seine Lampe an, und vorsichtig richtete er den Strahl auf den Boden zu seinen Füßen. Langsam und umsichtig ließ er ihn um sich herumwandern, und jedes Hindernis auf dem Weg zeichnete sich scharf und deutlich in der weißen Helligkeit ab. Zwischen zwei riesigen Baumstämmen sah er eine Öffnung, glitt hindurch, machte das Licht aus und betrat trockenen Boden, der vor der Nebelfeuchtigkeit durch ein dichtes Laubdach abgeschirmt war. Sein Orientierungssinn war gut, und er wußte, daß er sich auf dem Weg zum Haus befand.

Und dann geschah es – das Unvorstellbare und Unerwartete. Sein Fuß trat auf etwas Weiches und Lebendiges, das sich unter dem Gewicht seines Körpers mit einem Knurren erhob. Er sprang zur Seite, duckte sich sprungbereit und lauschte angespannt und erwartungsvoll auf den Angriff des Unbekannten. Er wartete eine Weile und hätte gern gewußt, was für ein Tier er aufgestört hatte, das jetzt weder einen Laut von sich gab noch eine Bewegung machte und angespannt und erwartungsvoll wie er sprungbereit lauern mußte. Die Spannung wurde unerträglich. Als er die Taschenlampe nach vorn richtete, den Knopf drückte, sah er es. Und vor Entsetzen schrie er laut auf. Auf alles war er vorbereitet gewesen, auf ein erschrecktes Kalb oder ein Rehkitz, selbst auf einen angriffslustigen Löwen, aber nicht auf das, was er jetzt sah. Der winzige Lichtkegel hatte ihm in jenem Augenblick scharf und deutlich etwas gezeigt, was tausend Jahre ihn nicht vergessen lassen würden – einen Menschen, riesig und hellhäutig, mit strohgelbem Haar und Bart, nackt bis auf ein Ziegenfell um die Lenden und Mokassins. Arme, Beine sowie Schultern und der größte Teil des Brustkorbes waren bloß. Die Haut war glatt und unbehaart, aber von Sonne und Wind gebräunt, und die darunterliegenden starken Muskeln waren wie fette Schlangen ineinander verknotet.

Doch das allein, so unerwartet es wohl war, war nicht der Grund, weshalb der Mann aufgeschrien hatte. Was sein Entsetzen ausgelöst hatte, war die unaussprechliche Grausamkeit des Gesichtes, der tierisch wilde Blick in den vom Licht kaum geblendeten blauen Augen, waren die im verfilzten Bart und Haar hängenden Tannennadeln und der Anblick des schreckenerregenden Körpers, geduckt lauernd und zum Sprung auf ihn bereit. Alles das nahm er in dem einen Augenblick wahr, und während noch sein Schrei in der Luft hing, sprang dieses Etwas. Er schleuderte ihm seine Taschenlampe entgegen und warf sich zu Boden. Er spürte dessen Füße und Schienbeine gegen seine Rippen prallen, bäumte sich auf und rollte zur Seite, und das Wesen landete mit einem laut krachenden Aufprall im Unterholz.

Als das Geräusch des Sturzes verklungen war, hielt der Mann, auf Händen und Knien wartend, inne. Er konnte das Wesen hören, wie es herumlief und nach ihm suchte, und er hatte Angst, mit einem Fluchtversuch sein Versteck zu verraten. Er wußte, daß er ein Knacken im Unterholz nicht vermeiden konnte und dann verfolgt werden würde. Einmal zog er seinen Revolver hervor, änderte seinen Entschluß aber wieder. Er hatte seine Fassung wiedergewonnen und hoffte, sich geräuschlos davonmachen zu können. Mehrere Male hörte er, wie das Wesen auf der Suche nach ihm das Dickicht durchstöberte, und es gab Momente, in denen es ebenfalls innehielt und lauschte. Dadurch kam der Mann auf einen Einfall. Seine rechte Hand lag auf einem abgebrochenen Holzstück. Vorsichtig, die Dunkelheit um sich herum abtastend, um sicherzugehen, daß sich in Reichweite seines Armes kein Hindernis befand, ergriff er das Holzstück und schleuderte es weit von sich. Es war kein großes Stück, und es flog weit und landete geräuschvoll in einem Gebüsch. Er hörte, daß das Wesen einen Satz auf das Gebüsch zumachte, und zur selben Zeit kroch er zielstrebig davon. Langsam und vorsichtig bewegte er sich auf Händen und Knien vorwärts, bis seine Knie von dem Morast naß waren. Als er um sich horchte, hörte er nichts, nur den klagenden Wind und das Tröpfeln der Nebelfeuchtigkeit von den Zweigen. Die Vorsicht nicht außer acht lassend, erhob er sich und lief weiter bis zur Steinmauer, kletterte hinauf und ließ sich auf der anderen Seite zur Straße hinunterfallen.

Tastend suchte er einen Weg durch ein Gestrüpp von Büschen, zog ein Fahrrad heraus und wollte aufsteigen. Gerade als er dabei war, das gegenüberliegende Pedal in die richtige Stellung zu bringen, hörte er den dumpfen Aufprall eines schweren Körpers, der offensichtlich leicht auf den Füßen landete. Er wartete nicht länger, sondern rannte los, die Hände an der Lenkstange, bis er in den Sattel springen, die Pedale erfassen und losrasen konnte. Hinter sich im Staub der Straße hörte er das schnelle Tapsen von Füßen, doch er ließ es immer weiter hinter sich zurück, und es verlor sich.

Dummerweise war er in die Richtung losgestürzt, die ihn von der Stadt wegführte, und fuhr nun aufwärts, den Bergen zu. Er wußte, daß es auf dieser abgelegenen Straße keine Abzweigung gab. Der einzige Rückweg führte vorbei an jenem Schreckensding, und soviel Mut, dem ins Auge zu sehen, brachte er nicht auf. Nach einer halben Stunde auf einem ständig ansteigenden Hang stieg er ab. Der größeren Sicherheit wegen ließ er das Rad am Straßenrand zurück und kletterte durch einen Zaun auf eine Bergwiese, breitete eine Zeitung auf dem Boden aus und setzte sich. »Mein Gott!« sagte er laut und wischte sich den Schweiß vom Gesicht.

Und »Mein Gott!« sagte er noch einmal, als er sich eine Zigarette drehte und dabei grübelte, wie er zurückkommen sollte.

Aber er versuchte es überhaupt nicht erst. Fest entschlossen, in der Dunkelheit diese Straße nicht wieder zu betreten, legte er den Kopf auf die Knie, schlummerte ein und wartete auf den Anbruch des Tages.

Wie lange er so gesessen hatte, wußte er nicht. Vom kläffenden Gebell eines jungen Kojoten wurde er geweckt. Als er sich suchend umschaute, entdeckte er ihn auf dem Kamm eines Hügels hinter sich. Er bemerkte die Veränderung, die sich im Antlitz der Nacht vollzogen hatte: der Nebel hatte sich aufgelöst, Mond und Sterne waren zu sehen, sogar der Wind hatte sich gelegt. Eine Verwandlung in eine milde kalifornische Sommernacht. Er versuchte wieder einzuschlafen, doch das Kläffen des Kojoten störte ihn dabei. Im Halbschlaf vernahm er einen wilden und unheimlichen Gesang. Während er suchend um sich sah, fiel ihm auf, daß der Kojote sein Jaulen eingestellt hatte und nun den Hügelrücken entlang davonlief, dicht auf seinen Fersen jagte jene nackte Kreatur hinter ihm her, der er im Garten begegnet war und die jetzt nicht mehr sang. Der Kojote war jung, und er wurde eingeholt, als die Jagd dem Blick des Mannes entschwand. Am ganzen Körper wie vor Kälte zitternd, raffte er sich auf, kletterte über den Zaun und stieg auf das Rad. Denn dies war seine Chance, und das wußte er. Das Grauen lag nicht länger zwischen ihm und Mill Valley.

Er raste in halsbrecherischer Fahrt den Berg hinunter, aber in den dunklen Schatten einer Kurve am Fuße des Berges übersah er ein Schlagloch und sauste mit dem Kopf voran über die Lenkstange.

»Das hat mir heute nacht gerade noch gefehlt«, knurrte er vor sich hin, während er die gebrochene Gabel seines Fahrrades untersuchte.

Das nutzlose Rad auf der Schulter, stapfte er mühsam weiter. Als er die Steinmauer erreichte, suchte er die Straße nach Spuren ab, weil er kaum glauben konnte, was er erlebt hatte. Und er fand sie – Mokassinabdrücke, groß, vorn bei den Zehen tief in den Staub eingedrückt. Während er sich noch forschend darüber beugte, hörte er abermals jenen furchteinflößenden Gesang. Er hatte gesehen, wie diese Kreatur den Kojoten gejagt hatte, und er wußte, daß ihm keine Chance blieb, wenn er einfach davonlief. Er versuchte es nicht, sondern begnügte sich mit einem Versteck im Schatten des Straßenrandes.

Und noch einmal sah er das Wesen, leichtfüßig und schnell kam es angelaufen und sang dabei. Direkt ihm gegenüber hielt es inne, und der Herzschlag des Mannes setzte aus. Aber anstatt auf sein Versteck zuzugehen, sprang das Wesen in die Luft, ergriff den Zweig eines am Straßenrand stehenden Baumes, schwang sich mühelos hoch und dann weiter von Ast zu Ast wie ein Affe. Es hangelte sich über die Mauer und, ein Dutzend Fuß hoch darüber, in das Geäst eines anderen Baumes, dann ließ es sich fallen und war nicht mehr zu sehen. Der Mann wartete gebannt noch eine Weile, dann brach er auf.

II

Herausfordernd lehnte Dave Slotter am Schreibtisch, der ihm den Weg ins Privatbüro von James Ward, dem Seniorpartner der Firma Ward, Knowles & Co., versperrte. Dave war verärgert. Jeder im Vorzimmer hatte ihn mißtrauisch gemustert, und der Mann ihm gegenüber sah besonders mißtrauisch drein.

»Sie sollen Mr. Ward melden, es sei wichtig«, drängte er.

»Ich sage Ihnen doch, er diktiert gerade und darf nicht gestört werden«, war die Antwort. »Kommen Sie morgen wieder.«

»Morgen ist es zu spät. Setzen Sie sich schon in Bewegung und sagen Sie Mr. Ward, es gehe bei der Angelegenheit um Leben und Tod.«

Der Sekretär zögerte, und Dave nutzte seinen Vorteil.

»Sagen Sie ihm nur, ich sei gestern nacht gegenüber der

Bucht in Mill Valley gewesen und wolle ihn über etwas aufklären.«

»Wie ist der Name?« war die Rückfrage.

»Der tut nichts zur Sache. Mr. Ward kennt mich nicht.«

Als Dave ins Privatbüro geführt wurde, war er immer noch in herausfordernder Geistesverfassung, doch als er den großen blonden Mann sah, der einer Stenotypistin diktiert hatte und sich nun im Drehstuhl zu ihm herumschwang, änderte sich Daves Haltung schlagartig. Er wußte nicht, warum das so war, und insgeheim ärgerte er sich darüber.

»Sie sind Mr. Ward?« fragte Dave mit einer Einfältigkeit, die ihn noch mehr verwirrte. Das war ganz und gar nicht seine Absicht gewesen.

»Ja«, kam die Antwort. »Und wer sind Sie?«

»Harry Bancroft«, log Dave. »Sie kennen mich nicht, und mein Name spielt keine Rolle.«

»Sie haben sagen lassen, Sie seien gestern nacht in Mill Valley gewesen?«

»Sie wohnen doch dort, oder?« konterte Dave und blickte dabei die Stenotypistin mißtrauisch an.

»Ja. Weshalb wollen Sie mich eigentlich sprechen? Ich bin sehr beschäftigt.«

»Darüber würde ich gern allein mit Ihnen reden, Sir.«

Mr. Ward warf ihm einen kurzen, durchdringenden Blick zu, zögerte eine Sekunde und hatte sich dann entschieden.

»Das reicht im Augenblick, Miß Potter.«

Das Mädchen erhob sich, sammelte seine Aufzeichnungen zusammen und ging hinaus. Dave sah Mr. James Ward verwundert an, bis dieser seine soeben begonnenen Gedankengänge unterbrach.

»Nun?«

»Ich war gestern nacht drüben in Mill Valley«, fing Dave verstört an.

»Das habe ich vorhin schon gehört. Was wollen Sie?«

Und Dave fuhr trotz eines wachsenden, aber unglaublichen Verdachts fort:

»Ich war in Ihrem Haus, auf Ihrem Grundstück, wollte ich sagen.«

»Was haben Sie da gemacht?«

»Ich wollte einbrechen«, antwortete Dave in aller Offenheit. »Ich habe gehört, daß Sie dort allein mit einem chinesischen Koch wohnen, und das erschien mir günstig. Nur, ich bin nicht eingebrochen. Es geschah etwas, das mich davon abbrachte. Deshalb bin ich hier. Ich komme, um Sie zu warnen. Ich traf auf einen wilden Mann, der frei auf Ihrem Grundstück herumlief – einen regelrechten Teufel. Der könnte einen Burschen wie mich glatt in Stücke reißen. Seinetwegen bin ich um mein Leben gerannt. Er hat sozusagen nichts weiter an, klettert wie ein Affe auf Bäume und rennt wie ein Reh. Ich hab gesehen, wie er einen Kojoten gejagt hat, und das letzte, was ich davon mitgekriegt habe, bei Gott, er hat ihn erwischt.«

Dave unterbrach sich und wartete auf die Wirkung seiner Worte. Aber nichts geschah. James Ward war voll verhaltener Neugier, das war alles.

»Sehr merkwürdig, sehr merkwürdig«, murmelte er. »Ein Wilder, sagen Sie. Warum erzählen Sie mir das?«

»Um Sie vor einer Gefahr zu warnen. Ich bin selbst ein ziemlich hartgesottener Kerl, aber ich halte nichts davon, Leute umzubringen ..., na ja, wenn's nicht nötig ist. Ich hab gemeint, daß Sie in Gefahr wären. Da hab ich gedacht, ich sollte Sie warnen. Ehrlich, das ist alles. Selbstverständlich, wenn Sie mir etwas für meine Mühe geben wollen, sag ich nicht nein. Daran hab ich auch gedacht. Aber es ist mir egal, ob Sie mir etwas geben oder nicht. Ich hab Sie jedenfalls gewarnt und meine Pflicht getan.«

Mr. Ward grübelte und trommelte mit den Fingern auf die Schreibtischplatte. Dave fielen die großen, kräftigen Hände auf, die alles in allem trotz der dunklen Sonnenbräune sehr gepflegt waren. Er registrierte auch, was ihm schon vorher ins Auge gefallen war – ein winziges fleischfarbenes Pflaster auf der Stirn oberhalb des rechten Auges. Und immer noch hielt er den Gedanken, der sich ihm aufdrängte, für unglaublich.

Mr. Ward zog seine Brieftasche aus der Jackentasche, nahm eine grüne Banknote heraus und reichte sie Dave, der beim Einstecken feststellte, daß es zwanzig Dollar waren.

»Ich danke Ihnen«, sagte Mr. Ward und deutete damit an, daß das Gespräch beendet war. »Ich werde die Angelegenheit untersuchen lassen. Ein Wilder, der frei herumläuft, *ist* gefährlich.«

Aber dadurch, daß Mr. Ward so gelassen war, kehrte Daves Mut zurück. Außerdem hatte eine neue Theorie von ihm Besitz ergriffen. Offenbar war der Wilde ein Bruder dieses Mr. Ward, ein Geisteskranker in privater Verwahrung. Dave hatte schon solche Geschichten gehört. Vielleicht wollte Mr. Ward nicht, daß die Sache an die Öffentlichkeit drang. Deshalb hatte er ihm die zwanzig Dollar gegeben.

»Sagen Sie«, fing Dave an, »wenn ich jetzt so darüber nachdenke, sah der Wilde Ihnen doch sehr ähnlich ...«

So weit kam Dave noch, denn im selben Augenblick wurde er Zeuge einer Verwandlung und sah sich denselben unaussprechlich wilden blauen Augen der vergangenen Nacht gegenüber, denselben fest zupackenden, klauenähnlichen Händen und derselben furchterregenden Massigkeit, bereit, ihn anzuspringen. Doch diesmal hatte Dave keine Taschenlampe bei sich, die er werfen konnte, und zwei starke Arme packten ihn mit einem derartig harten, entsetzlichen Griff, daß er vor Schmerz aufstöhnen mußte. Er sah große weiße, gefletschte Zähne, geradeso wie bei einem Hund, der zubeißen will. Mr. Wards Bart streifte sein Gesicht, als die Zähne sich zum Biß seinem Hals näherten. Doch zum Biß kam es nicht. Statt dessen spürte Dave, wie der Körper seines Gegenübers in eiserner Beherrschung erstarrte, und dann wurde er zur Seite geschleudert, mühelos, aber mit derartiger Gewalt, daß sein Flug nur durch die Wand gebremst wurde und er nach Luft schnappend zu Boden fiel.

»Sie haben wohl geglaubt, Sie könnten hierherkommen und versuchen, mich zu erpressen?« stieß Mr. Ward wütend hervor. »Los, geben Sie mir das Geld zurück!«

Ohne ein Wort gab Dave die Banknote zurück.

»Ich hatte angenommen, Sie wären in guter Absicht gekommen. Jetzt weiß ich, was ich von Ihnen zu halten habe. Ich will nie wieder etwas von Ihnen sehen oder hören, oder ich bringe Sie ins Gefängnis, wo Sie hingehören. Haben Sie mich verstanden?«

»Ja, Sir«, keuchte Dave.

»Dann verschwinden Sie.«

Und Dave ging, ohne ein weiteres Wort zu verlieren. Seine beiden Oberarme schmerzten unerträglich. Von dem brutalen Griff hatte er Blutergüsse. Als er die Hand an der Türklinke hatte, wurde er zurückgehalten.

»Sie haben Glück gehabt«, sagte Mr. Ward, und Dave entdeckte in Gesicht und Augen des anderen Grausamkeit, Boshaftigkeit und Stolz. »Sie haben Glück gehabt. Hätte ich gewollt, hätte ich Ihnen die Muskeln ausreißen und sie dort in den Papierkorb werfen können.«

»Ja, Sir«, sagte Dave, völlig davon überzeugt und mit zitternder Stimme.

Er öffnete die Tür und ging hinaus. Der Sekretär blickte ihn fragend an.

»Mein Gott!« war alles, was Dave herausbrachte, und mit dieser Bemerkung verließ er das Büro und die Geschichte.

III

James J. Ward war vierzig Jahre alt, ein erfolgreicher Geschäftsmann und sehr unglücklich. Vierzig Jahre lang hatte er vergeblich versucht, ein Problem zu lösen, das eigentlich er selbst war und das sich im Lauf der Jahre zu einem immer schmerzhafteren Leiden ausgewachsen hatte. Er bestand aus zwei Persönlichkeiten, und in historischen Zeiträumen betrachtet, waren diese beiden durch mehrere tausend Jahre voneinander getrennt. Er hatte die Frage der gespaltenen Persönlichkeit wahrscheinlich gründlicher studiert als das halbe Dutzend führender Spezialisten auf diesem komplizierten, rätselhaften Gebiet der Psychologie. Sein Fall unterschied sich von jedem anderen bisher bekanntgewordenen. Selbst die kühnsten Gedankenflüge von Romanschriftstellern erfaßten sein Problem nicht ganz. Er war weder ein Dr. Jekyll oder Mr. Hyde, noch war er so wie der unglückselige junge Mann in Kiplings größtem Roman. Seine beiden Ichs waren so miteinander verwoben, daß sie sich ständig ihrer selbst und des anderen bewußt waren.

Sein eines Ich war das eines Mannes, der eine moderne Erziehung und Bildung genossen und der in der zweiten Hälfte des neunzehnten Jahrhunderts wiewohl auch in der ersten Dekade des zwanzigsten gelebt hatte. Sein anderes Ich hatte er als das eines Wilden und Barbaren erkannt, der wie vor mehreren tausend Jahren unter primitiven Bedingungen lebte. Doch welches Ich nun er war und welches das andere, konnte er nie sagen. Denn er war beides, und beides zur selben Zeit. In der Tat kam es nur sehr selten vor, daß das eine Ich nicht wußte, was das andere gerade tat. Hinzu kam, daß er weder Vorstellungen noch Erinnerungen an jene Vergangenheit besaß, in der das Ich der Vorzeit gelebt hatte. Jenes Ich lebte nun in der Gegenwart, aber stand dabei doch unter dem Zwang, eine Lebensweise zu führen, die einer entfernten Vergangenheit angemessen war.

In seiner Kindheit war er ein Problem für seine Mutter und seinen Vater gewesen, auch für die Hausärzte, doch nie hatten sie auch nur im entferntesten eine Ahnung von der Ursache seines unberechenbaren Verhaltens. Folglich konnten sie weder sein übermäßiges Schlafbedürfnis am Vormittag noch seine außergewöhnliche Aktivität in der Nacht verstehen. Als man beobachtete, wie er nachts in den Korridoren herumwanderte, über schwindelerregende Dächer kletterte oder in den Bergen herumlief, entschied man, er sei ein Schlafwandler. In Wirklichkeit war er hellwach und lediglich dem nachtwandlerischen Drang seines Ur-Ichs ausgeliefert. Von einem einfältigen Medikus befragt, sagte er einmal die Wahrheit und mußte seine Offenheit mit der Schmach bezahlen, gebrandmarkt zu sein und verächtlich als »Träumer« abgetan zu werden.

Die Sache war so, daß er bei Anbruch der Dämmerung und des Abends munter wurde. Die vier Wände seines Zimmers beengten und bedrückten ihn. Er hörte tausend Stimmen, die ihm in der Dunkelheit zuflüsterten. Die Nacht rief ihn, denn in diesen Stunden des Tages war er in erster Linie ein streunendes Wesen der Nacht. Aber niemand verstand das, und nie wieder versuchte er etwas zu erklären. Man stempelte ihn zum Schlafwandler und traf dementsprechende Vorsichtsmaßnahmen – Maßnahmen, die sehr oft nutzlos waren. Je größer er wurde, desto findiger wurde er auch, so daß er den größten Teil seiner Nächte im Freien verbrachte und sein anderes Ich ausleben konnte. Die Folge davon war, daß er vormittags schlief. Morgendliches Lernen und Schulbesuche waren nicht möglich, und man stellte fest, daß ihm nur nachmittags etwas beigebracht werden konnte, unter Anleitung von Privatlehrern. Auf diese Weise wurde sein modernes Ich gebildet und entwickelt.

Dennoch blieb er stets ein Problemkind. Er war als kleiner Teufel von gefühlloser Grausamkeit und Gemeinheit bekannt. Die Hausärzte bescheinigten ihm insgeheim geistige

Abnormität und Entartung. Die an sich wenigen Spielgefährten, die er hatte, bestaunten ihn wie ein Wunder, obwohl alle sich vor ihm fürchteten. Er übertraf jeden von ihnen beim Klettern, Schwimmen, Laufen und bei Teufeleien, und niemand wagte es, den Kampf mit ihm aufzunehmen. Seine Stärke war einfach zu ungeheuerlich, seine Wildheit zu unberechenbar.

Als Neunjähriger riß er von zu Hause aus und lief in die Berge, wo er es sich gutgehen ließ, des Nachts herumstreunte, bis er nach sieben Wochen entdeckt und nach Hause gebracht wurde. Man wunderte sich, wie er es fertiggebracht hatte, sich in dieser Zeit zu ernähren und am Leben zu erhalten. Man wußte es nicht, und er sprach nie davon. Niemand ahnte etwas von den Kaninchen, die er getötet hatte, von den Wachteln, jungen und alten, die er gefangen und verzehrt, von den Hähnen der Farmer, die er erbeutet hatte, noch wußte man von jenem Höhlenlager, das er sich gebaut und mit trockenem Laub und Gräsern ausgepolstert und wo er warm und angenehm die Vormittage vieler Tage verbracht hatte.

Am College war er wegen seiner Schläfrigkeit und Einfältigkeit während der morgendlichen Vorlesungen und für seinen Scharfsinn am Nachmittag bekannt. Mit zusätzlichem Lesen und indem er sich die Mitschriften seiner Kommilitonen auslieh, brachte er mit Mühe und Not die verhaßten Morgenkurse hinter sich, seine Nachmittagskurse aber waren triumphale Erfolge. Beim Football erwies er sich als Riese und Schrecken zugleich, so auch in fast allen Disziplinen der Leichtathletik. Wenn er nicht gerade einen seiner merkwürdigen berserkerhaften Wutanfälle, in die er manchmal ausbrach, hatte, konnte man gewiß sein, daß er gewann. Aber seine Kameraden hatten Angst, mit ihm zu boxen, denn sein letzter Ringkampf erregte dadurch Aufsehen, daß er die Zähne in die Schulter seines Gegners schlug.

Nach dem College brachte ihn sein verzweifelter Vater bei Cowboys auf einer Ranch in Wyoming unter. Drei Monate später mußten diese beherzten Männer gestehen, daß sie ihm nicht gewachsen waren, und telegrafierten seinem Vater, den Wilden wieder abzuholen. Als der Vater eintraf, um ihn mitzunehmen, erklärten die Cowboys, daß sie viel lieber mit heulenden Kannibalen, Kauderwelsch plappernden Irren, unbändigen Gorillas, Grizzlybären und menschenfressenden Tigern zusammenhausen würden als mit diesem ganz besonderen jungen Collegefrüchtchen, das einen Mittelscheitel trug.

Es gab eine Ausnahme, was das geringe Erinnerungsvermögen an das Leben seines Ur-Ichs betraf, und das war die Sprache. Durch irgendeinen atavistischen Zufall war dem Ur-Ich ein gewisser Teil der Sprache seines früheren Daseins vererbt worden. In Augenblicken des Glücks, der Erregung oder des Kampfes neigte er dazu, in wilde barbarische Lieder oder Gesänge auszubrechen. Dadurch war es ihm möglich, jene heimatlose Hälfte seines Ichs, die schon seit Tausenden von Jahren tot und zu Staub zerfallen sein sollte, zeitlich und räumlich festzulegen. Einmal sang er einige dieser vorzeitlichen Gesänge absichtlich in Gegenwart von Professor Wertz, der Seminare in Altsächsisch hielt und ein anerkannter und leidenschaftlicher Philologe war. Schon beim ersten Lied spitzte der Professor die Ohren und wollte unbedingt wissen, um was für einen abartigen Dialekt oder um welche Art von verballhorntem Germanisch es sich dabei handele. Als der zweite Gesang ertönte, geriet der Professor in höchste Erregung. James Ward beendete seinen Vortrag mit einem Lied, das jedesmal unwiderstehlich seinen Lippen entschlüpfte, wenn er in einen wilden Kampf oder in eine Auseinandersetzung verwickelt war. Daraufhin erklärte besagter Professor Wertz, das sei kein verballhorntes Germanisch, sondern Altgermanisch oder ein frühes Teutonisch aus einer Zeit, die weit vor alldem lag, was jemals von Gelehrten entdeckt und überliefert worden war. Es liege so weit zurück, daß es selbst sein Wissen überstieg, aber dennoch sei diese Sprache voller Wortformen, deren Klänge ihm bekannt vorkämen und von denen seine geschulte Intuition ihm sage, daß sie originalgetreu und echt seien. Er verlangte die Quelle der Lieder zu erfahren und bat darum, ihm jenes kostbare Buch, in dem sie verzeichnet seien, zu leihen. Er wollte auch unbedingt wissen, weshalb der junge Ward immer so getan habe, als sei er der germanischen Sprachen völlig unkundig. Und Ward konnte weder seine vorgegebene Unwissenheit erklären noch ein derartiges Buch verleihen. Woraufhin Professor Wertz nach wochenlangem Bitten und Betteln dem jungen Mann gegenüber eine Abneigung entwickelte und glaubte, er sei ein Lügner, und ihn als einen außerordentlich selbstsüchtigen Menschen bezeichnete, weil jener ihm nicht einen einzigen Blick in diese wundervolle Aufzeichnung gewährte, die doch älter sein mußte als alles, wovon Philologen je gewußt oder geträumt hätten.

Wenig Gutes hatte es dem völlig verwirrten jungen Mann eingebracht, daß er nun wußte, seine eine Hälfte war spätes Amerikanisch und die andere Hälfte frühes Teutonisch. Trotz alledem, der späte Amerikaner in ihm war kein Schwächling, und deshalb (wenn er ein Mann sein wollte und ein Teil seines Daseins außerhalb dieser beiden Ichs lag) zwang er sich zu einer Übereinkunft oder einem Kompromiß zwischen dem einen Ich, das ein nächtlich herumstreunender Wilder war und sein anderes Ich jeden Morgen schläfrig sein ließ, und jenem kultivierten, geistig höherstehenden Ich, das normal sein wollte, leben, lieben und Geschäften nachzugehen wünschte wie andere Leute auch. Die Nachmittage und frühen Abende teilte er dem einen zu, die Nächte dem anderen. Die Vormittage und Teile der Nacht waren dem Schlaf beider Ichs vorbehalten. Morgens jedoch schlief er wie ein zivilisierter Mensch im Bett, während der Nachtstunden aber wie ein wildes Tier, so wie in jener Nacht, als Dave Slotter im Wald über ihn gestolpert war.

Nachdem er seinen Vater überredet hatte, ihm etwas Kapital vorzuschießen, trat er ins Geschäftsleben ein und baute ein stabiles und erfolgreiches Unternehmen auf. Nachmittags widmete er sich mit vollem Einsatz seiner Arbeit, während morgens sein Partner die Geschäfte leitete. Die frühen Abendstunden verbrachte er in Gesellschaft, aber wenn die Zeit auf neun oder zehn Uhr vorrückte, überfiel ihn eine unwiderstehliche Unruhe, und er verließ die bei den Männern beliebten Aufenthaltsorte bis zum nächsten Nachmittag. Seine Freunde und Bekannten glaubten, er würde einen großen Teil seiner Zeit mit Sport verbringen. Und sie hatten ja auch recht, obwohl sie es sich niemals hätten träumen lassen, welcher Art Sport er nachging, selbst wenn sie ihn bei nächtlichen Verfolgungsjagden auf Kojoten in den Bergen von Mill Valley gesehen hätten. Man schenkte auch den Schonerkapitänen keinen Glauben, die in den Gezeitenströmungen der Raccoon Straits und in den wirbelnden Strudeln zwischen Goat Island und Angel Island, meilenweit vom Strand entfernt, einen Mann an kalten Wintermorgenden beim Schwimmen beobachtet hatten.

Er lebte allein in dem kleinen Haus in Mill Valley, und nur Li Sing, der chinesische Koch und das Faktotum, wußte eine ganze Menge über die Eigenheiten seines Herrn. Er wurde gut für seine Verschwiegenheit bezahlt und ließ nie etwas verlauten. Nach Nächten, die er seinem Bedürfnis entsprechend genossen hatte, einem morgendlichen Schlaf und einem von Li Sing zubereiteten Frühstück überquerte James Ward mit der Mittagsfähre die Bucht nach San Francisco, ging in den Klub und von dort in sein Büro, wie jeder andere normale, konventionell lebende Geschäftsmann in der Stadt. Aber zu fortgeschrittener Zeit am Abend rief ihn die Nacht. All seine Wahrnehmungen beschleunigten sich, und Rastlosigkeit überfiel ihn. Ganz plötzlich verfeinerte sich sein Gehör, Myriaden von Nachtgeräuschen erzählten ihm eine verlockende und vertraute Geschichte, und wenn er allein war, begann er im engen Zimmer auf und ab zu schreiten wie ein gefangenes, wildes Tier im Käfig.

Einmal wagte er es, sich zu verlieben. Diese Art von Zeitvertreib erlaubte er sich nie wieder. Er hatte Angst. Und die junge Dame, die unter Schrecken zumindest einen Teil ihrer jugendlichen Unerfahrenheit eingebüßt hatte, hatte mehrere Tage lang an Armen, Schultern und Handgelenken blaue Flecke – Zeichen der Zärtlichkeit, die er ihr in aller wohlwollenden Zuneigung erwiesen hatte, nur leider zu spät in der Nacht. Das war der Fehler. Hätte er die Liebkosungen am Nachmittag gewagt, wäre alles gut gewesen, denn dann hätte er ihr seine Liebe als ruhiger Gentleman gezeigt – nachts jedoch war er der ungehobelte, Frauen raubende Wilde aus den dunklen germanischen Wäldern. Aus dieser Einsicht heraus entschied er, daß eine nachmittägliche Liebesbeziehung erfolgversprechend sein konnte, aber aufgrund derselben klugen Einsicht war er davon überzeugt, daß eine Ehe sich als ein furchtbarer Fehlschlag erweisen würde. Allein die Vorstellung, verheiratet zu sein und nach Einbruch der Dunkelheit seiner Frau zu begegnen, war erschreckend für ihn.

Deshalb war er allen Liebesaffären aus dem Weg gegangen, hatte sein Doppelleben geordnet, eine Million im Geschäft gemacht, kuppelnde Mütter und junge Damen unterschiedlichsten Alters sanft abgewehrt, selbst wenn sie strahlende und vielversprechende Augen machten, war Lilian Gersdale begegnet und hatte es sich zur strengen Regel gemacht, sie nie später als acht Uhr abends aufzusuchen, jagte nachts seine Kojoten und schlief in Waldlagern – und nur so hatte er sein Geheimnis wahren können, außer vor Li Sing ... und nun auch Dave Slotter. Die Entdeckung seiner beiden Ichs durch den letzteren flößte ihm Furcht ein.

Trotz der Angst, die er dem Einbrecher eingejagt hatte, war zu befürchten, daß dieser redete. Und selbst wenn er das nicht täte, früher oder später würde ein anderer ihn entlarven.

So stand die Sache, als James Ward einen erneuten und heldenhaften Versuch unternahm, den teutonischen Barbaren, der eine Hälfte seines Ichs ausmachte, unter Kontrolle zu bekommen. Er legte so sehr Wert darauf, Lilian nachmittags und an den frühen Abenden zu besuchen, daß bald die Zeit kam, wo sie ihn gern sah in Freude und Leid und er heimlich und inbrünstig betete, daß kein Unglück geschehen möge. Kein Preisboxer hat sich in dieser Zeit härter und gewissenhafter auf einen Wettkampf vorbereitet als er in dem Bemühen, den wilden Barbaren in sich zu zähmen. Bei allem, was er tat, war er bemüht, sich am Tage völlig zu verausgaben, so daß der Schlaf ihn für den Ruf der Nacht taub machte. Er nahm Urlaub vom Büro, ging auf lange Jagdausflüge und verfolgte das Wild durch die unwegsamsten und ödesten Gegenden, die er finden konnte – und das immer während des Tages. Die Nacht traf ihn ermüdet im Hause an. Dort baute er eine Vielzahl von Trainingsapparaturen auf, und wo andere Menschen eine bestimmte Übung zehnmal ausführen, machte er sie hundertmal. Gewissermaßen als Kompromiß baute er im zweiten Stock eine Schlafveranda. Hier konnte er wenigstens die geliebte Nachtluft ahnen. Doppelgitter verhinderten sein Entfliehen in die Wälder, und jede Nacht sperrte Li Sing ihn dort ein und ließ ihn am Morgen wieder heraus.

Es kam die Zeit, man schrieb August, da stellte er weitere Bedienstete ein, damit sie Li Sing zur Hand gehen konnten, und er wagte es, in seinem Haus in Mill Valley eine Party zu geben. Lilian, ihre Mutter und ihr Bruder sowie ein halbes Dutzend gemeinsamer Freunde waren die Gäste. Zwei Tage und Nächte lang ging alles gut. Und in der dritten Nacht, bis elf Uhr wurde Bridge gespielt, hatte er allen Grund, stolz auf sich zu sein. Erfolgreich verbarg er seine Ruhelosigkeit, aber wie das Schicksal es wollte, war seine Gegenspielerin zur Rechten Lilian Gersdale. Wie eine zarte, zerbrechliche Blume war diese Frau, und in seiner nächtlichen Stimmung reizte ihn ihre Schwäche. Nicht etwa, daß er sie weniger liebte, aber er verspürte den unwiderstehlichen Drang, nach ihr zu greifen, sie grob anzufassen und zu mißhandeln. Ganz besonders dann, als sie dabei war, gegen ihn zu gewinnen.

Er hatte einen der Jagdhunde mit hereingebracht, und immer wenn er das Gefühl hatte, vor innerer Spannung in tausend Stücke zu zerspringen, verschaffte es ihm Erleichterung, mit einer Hand das Tier zu tätscheln. Die Berührung des haarigen Fells beruhigte ihn sofort, und so konnte er den Abend beim Spiel durchstehen. Keiner der Anwesenden ahnte etwas von dem schrecklichen Kampf des Gastgebers, zumal er sorglos lachte und eifrig und besonnen spielte.

Als man sich zur Schlafenszeit trennte, achtete er darauf, sich in Gegenwart der anderen von Lilian zu verabschieden. Auf seiner Schlafveranda und sicher eingeschlossen, verdoppelte, verdreifachte, ja vervierfachte er sofort seine körperlichen Übungen, bis er sich erschöpft aufs Bett fallen ließ, um Schlaf zu suchen und um über zwei Probleme nachzugrübeln, die ihn besonders beunruhigten. Das eine betraf die Übungen. Es war paradox. Je mehr er in dieser exzessiven Art und Weise Leibesübungen machte, um so kräftiger wurde er. Und es stimmte auch, daß er so sein nachtstreunendes teutonisches Ich völlig erschöpfte, doch andererseits schien er nur jenen verhängnisvollen Tag weiter hinauszuschieben, an dem seine Kraft für ihn zu stark sein und ihn überwältigen würde, eine Kraft, die gewaltiger wäre als alles, was er je gekannt hatte. Das andere Problem betraf seine Heirat und die Kunstgriffe, die er würde anwenden müssen, um seiner Frau nach Einbruch der Dunkelheit aus dem Wege zu gehen. Und derart ergebnislos vor sich hin grübelnd, schlief er ein.

Lange noch blieb es ein Rätsel, woher in jener Nacht der riesige Grizzlybär auftauchte, während die Leute vom Springs-Brothers-Zirkus, der in Sausalito gastierte, lange und vergeblich nach »Big Ben, dem größten Grizzly in Gefangenschaft«, suchten. Doch Big Ben war entwischt, und in einem Irrgarten von einem halben Tausend Bungalows und Landsitzen suchte er sich das Anwesen von James Ward für einen Besuch aus. Das erste, was James Ward bewußt wahrnahm, als er zitternd vor Erregung und Spannung auf den Beinen stand, war ein Gefühl von Kampfeslust, und der alte Kriegsgesang kam von seinen Lippen. Von draußen drang das wilde Kläffen und Bellen der Hunde herauf. Und scharf war das tödliche Schmerzgeheul eines getroffenen Hundes inmitten des Höllenlärms zu hören – seines Hundes, das wußte er.

Er hielt sich nicht mit den Schuhen auf, durchbrach im Schlafanzug die Tür, die Li Sing so sorgfältig verschlossen hatte, raste die Treppen hinunter und hinaus in die Nacht. Als seine nackten Füße den Kiesboden der Auffahrt berührten, hielt er plötzlich inne, griff unter die Treppe, ein ihm vertrautes Versteck, und zog einen gewaltigen Holzknüppel hervor – seinen alten Begleiter bei vielen verrückten nächtlichen Abenteuern in den Bergen. Der rasende Tumult der Hunde kam immer näher, und den Knüppel schwingend sprang er geradewegs hinein in das Dickicht, aus dem der Lärm kam.

Die aus dem Schlaf aufgeschreckten Bewohner des Hauses versammelten sich auf der breiten Veranda. Jemand schaltete die elektrische Beleuchtung an, aber außer ihren eigenen entsetzten Gesichtern konnten sie nichts sehen. Hinter der hell erleuchteten Auffahrt bildeten die Bäume eine Mauer von undurchdringlicher Finsternis. Doch irgendwo in dieser Dunkelheit tobte ein entsetzlicher Kampf.

Da waren ein infernalisches Gebrüll von Tieren, ein gewaltiges Knurren und Belfern, der Klang von ausgeteilten Schlägen und das Krachen und Niederschmettern schwerer Körper im Gestrüpp.

Die Kampfeswoge rollte unter den Bäumen hervor auf die Auffahrt zu, gerade unter den Standort der Zuschauer. Dann sahen sie es. Mrs. Gersdale schrie auf und klammerte sich, das Bewußtsein verlierend, an ihren Sohn. Lilian, die sich so krampfhaft am Gitter festhielt, daß die schmerzhaften Druckstellen an ihren Fingerspitzen noch tagelang danach zu erkennen waren, erblickte mit Entsetzen einen gelbhaarigen, wildäugigen Riesen, in dem sie den Mann erkannte, der ihr Gemahl werden sollte. Er schwang einen riesigen Knüppel und kämpfte in heftiger Wut, doch mit aller Entschlossenheit gegen ein zottiges Ungetüm, das größer war als jeder Bär, den sie jemals vorher gesehen hatte. Ein Schlag von den Pranken der Bestie hatte Wards Pyjamajakke zerrissen, und seine Haut war blutverschmiert.

Lilian Gersdales größte Angst galt dem geliebten Mann, aber andererseits hatte sie auch Furcht vor diesem Mann. Nie hätte sie sich träumen lassen, daß unter dem gestärkten Hemd und der konventionellen Kleidung ihres Bräutigams sich ein solch außergewöhnlicher und prächtiger Wilder verbarg. Und niemals hatte sie eine Vorstellung davon gehabt, wie ein Mann kämpft. Ein derartiger Kampf war sicherlich nicht zeitgemäß, und sie hatte ja auch keinen Mann ihrer Zeit vor sich, obwohl sie das nicht wußte. Denn dies war nicht Mr. James J. Ward, der Geschäftsmann aus San Francisco, sondern ein namenloses, unbekanntes, rohes und gewalttätiges wildes Wesen, das einer zufälligen Laune der Natur zufolge nach dreimal tausend Jahren wieder zum Leben erwacht war.

Die Hunde umkreisten unaufhörlich bellend den Kampf, sprangen immer wieder den Bären an und lenkten ihn so ab. Wenn das Tier sich umdrehte, um solchen Flankenangriffen zu begegnen, sprang der Mann hinzu und ließ seinen Knüppel niedersausen. Durch jeden dieser Schläge erneut gereizt, stürzte sich der Bär auf den Mann, der hin und her tänzelte, um den Hunden auszuweichen, und mal rückwärts sprang oder sich zur einen oder anderen Seite drehte. Diesen Platzvorteil ausnutzend, sprangen die Hunde wiederum herbei und zogen so die Angriffslust des Tieres auf sich.

Das Ende kam plötzlich. Um sich wirbelnd, erwischte der Grizzly einen Hund mit einem weit ausholenden Schlag, der dem Tier die Rippen eindrückte, den Rücken brach und es zwanzig Fuß weit zu Boden schmetterte. Daraufhin geriet das menschliche Untier außer sich. Vor Wut schäumend, öffnete es den Mund in einem wilden, unartikulierten Schrei, sprang, den Knüppel wild mit beiden Händen schwingend, drauflos und ließ ihn mit aller Wucht auf den Kopf des sich aufrichtenden Grizzlys niedersausen. Nicht einmal der Schädel eines Grizzlys konnte der zerschmetternden Gewalt eines solchen Schlages widerstehen, und das Tier sank zu Boden – nun den Bissen der Hunde ausgesetzt. Aus diesem Knäuel sprang der Mann mit aufgerichtetem Körper ins helle elektrische Licht, und auf seinen Knüppel gestützt, ließ er einen Triumphgesang in einer unbekannten Sprache ertönen – einen Gesang, der so alt war, daß Professor Wertz zehn Jahre seines Lebens dafür gegeben hätte.

Jubelnd eilten seine Gäste ihm entgegen, doch James Ward, der plötzlich mit den Augen des vorzeitlichen Teutonen das liebliche, zarte Mädchen aus dem zwanzigsten Jahrhundert erblickte, das er liebte, spürte etwas in seinem Kopf knacken. Wankend taumelte er auf sie zu, ließ den Knüppel fallen und wäre fast gestürzt. Irgend etwas war mit ihm passiert. In seinem Kopf herrschte eine unerträgliche Agonie. Seine Seele schien auseinanderzufliegen. Den vor Aufregung erstarrten Blicken folgend, blickte er sich um und sah den Kadaver des Bären. Dieser Anblick erfüllte ihn mit Schrecken. Er stieß einen Schrei aus und wäre fortgelaufen, hätte man ihn nicht zurückgehalten und ins Haus geführt.

James J. Ward ist heute noch im Vorstand der Firma Ward, Knowles & Co. Aber er wohnt nicht mehr auf dem Lande und verfolgt nachts im Mondlicht auch keine Kojoten mehr. In jener Nacht beim Kampf mit dem Bären in Mill Valley starb der urzeitliche Teutone in ihm. James J. Ward ist heute nur noch James J. Ward, und er teilt seine Persönlichkeit nicht mehr mit einem anachronistischen Vagabunden aus der grauen Vorzeit. Und James J. Ward ist ein so vollkommener Vertreter seiner Zeit, daß er das bittere Ausmaß des Fluchs unserer zivilisierten Furcht kennt. Jetzt fürchtet er sich vor der Dunkelheit, und eine Nacht im Wald ist etwas, das ihm grenzenloses Grauen einjagt. Sein Stadthaus zeichnet sich durch blitzblanke Ordnung aus, und er bekundet starkes Interesse an einbruchssicheren Schutzvorrichtungen. Sein Heim ist von einem Gewirr elektrischer Drähte durchzogen, und wenn Schlafenszeit ist, kann ein Gast kaum tief atmen, ohne einen Alarm auszulösen. Er ist auch der Erfinder eines schlüssellosen Türschlosses, das Reisende in der Westentasche aufbewahren können und das man sofort problemlos überall einbauen kann. Seine Frau jedoch hält ihn nicht etwa für einen Feigling. Sie weiß es besser. Und wie jeder Held ist er es zufrieden, auf seinen Lorbeeren auszuruhen. Und nie wird sein Mut von denjenigen seiner Freunde in Frage gestellt, die von den Ereignissen in Mill Valley wissen.

Die Kraft der Starken

Gleichnisse lügen nicht,
aber Lügner sprechen in Gleichnissen
Lip-King

Der alte Langbart hielt mit dem Erzählen inne, leckte an seinen fettigen Fingern und wischte sie an den bloßen Körperteilen ab, die zu bedecken sein einziges Stück zerfetzter Bärenhaut nicht ausreichte. Um ihn herum hockten drei junge Männer, seine Enkelsöhne Hirschfänger, Gelbkopf und Fürchtesam. Äußerlich sahen alle drei gleich aus. Sie waren teilweise mit den Fellen wilder Tiere bedeckt. Sie waren mager und von schmächtiger Gestalt, schmalhüftig und krummbeinig, hatten aber einen gewölbten Brustkorb sowie mächtige Arme und gewaltige Hände. Schulter, Brust und die Außenseite der Arme und Beine waren stark behaart. Ihr ungeschnittenes Haar bildete einen Filz auf dem Kopf, wobei vor ihren kleinen runden Augen, die wie Vogelaugen glänzten, lange Strähnen hingen. Ihre Augen standen dicht beieinander, ihre Backenknochen hingegen weit auseinander, und ihr massiger Unterkiefer ragte vor.

Die Nacht war sternenklar, und unter dem Himmel erstreckten sich weithin zahllose waldbedeckte Hügel. In der Ferne war der Himmel vom Widerschein eines Vulkans rot erleuchtet. Hinter den vier Männern gähnte das schwarze Loch einer Höhle, aus der von Zeit zu Zeit Windböen kamen. Unmittelbar vor ihnen loderte ein Feuer. Auf der einen Seite lagen der halbverzehrte Leib eines Bären und – in gebührender Entfernung – mehrere große struppige wolfsähnliche Hunde. Jeder der Männer hatte neben sich seinen Bogen und Pfeile und einen riesigen Stock. In der Höhlenöffnung lehnten mehrere unbearbeitete Speere gegen den Felsen.

»So zogen wir also von der Höhle in den Baum«, sprach der alte Langbart laut und deutlich.

Bei der Erinnerung an eine frühere Geschichte, die seine Worte geweckt hatten, brachen die drei wie ein paar große Kinder in ungestümes Gelächter aus. Auch Langbart lachte, wobei die fünf Zoll lange Nadel aus Knochen, die mitten durch seinen Nasenknorpel gezogen war, auf und ab hüpfte und tanzte, so daß das Wilde seines Aussehens noch verstärkt wurde. Er benutzte nicht genau die Worte, die hier aufgezeichnet sind, aber er drückte mit seinen tierartigen Lauten sinngemäß das gleiche aus.

»Und wenn ich an Sea Valley denke«, fuhr er fort, »denke ich zuerst daran, wie dumm wir waren. Wir kannten das Geheimnis der Stärke nicht. Denn, bedenkt, jede Familie lebte und sorgte für sich allein. Wir waren dreißig Familien, aber wir gaben uns gegenseitig keine Kraft. Wir fürchteten uns die ganze Zeit voreinander. Wir besuchten uns nie. In der Krone eines Baumes bauten wir uns ein Grashaus, und auf der Plattform davor hatten wir große Steine gestapelt, die für die Köpfe derjenigen gedacht waren, die eventuell versuchen würden, zu uns zu kommen. Und wir hatten unsere Speere und Pfeile. Wir gingen auch nie unter den Bäumen der anderen Familien lang. Mein Bruder hatte es einmal gewagt, unter den Baum vom alten Boo-oogh zu gehen, dabei schlug man ihm den Kopf ein, und aus war's mit ihm.

Der alte Boo-oogh war sehr stark. Man sagte von ihm, er konnte einem ausgewachsenen Mann den Kopf abreißen. Ich habe nie gehört, daß er es getan hat, wohl weil ihm niemand die Gelegenheit dazu bot. Vater jedenfalls nicht. Als Vater einmal unten an der Küste war, setzte Boo-oogh Mutter nach. Sie konnte nicht schnell laufen, seit dem Tage, da ein Bär ihr Bein zu fassen bekommen hatte, als sie oben auf dem Berg Beeren sammeln war. Boo-oogh fing sie und trug sie auf seinen Baum. Vater bekam sie nie zurück. Er fürchtete sich. Boo-oogh schnitt ihm Grimassen.

Aber Vater machte sich nichts draus. Auch Starker Arm war ein starker Mann. Er war einer der besten Fischer. Aber eines Tages stürzte er auf der Suche nach Möweneiern vom Felsen. Danach war er nicht mehr stark. Er hustete viel, und seine Schultern krümmten sich. Also nahm sich Vater dessen Frau. Als Starker Arm zu uns kam und unter unserem Baum hustete, lachte Vater ihn aus und warf Steine nach ihm. So waren wir damals. Wir wußten nicht, wie wir unsere Kraft zusammentun und wirklich stark werden konnten.«

»War es auch üblich, daß ein Bruder die Frau seines Bruders wegnahm?« wollte Hirschfänger wissen.

»Ja, wenn er fortgegangen war, um auf einem anderen Baum allein zu wohnen.«

»Aber wir tun so etwas nicht mehr«, wandte Fürchtesam ein.

»Weil ich eure Väter eines Besseren belehrt habe.« Langbart griff mit seiner behaarten Tatze nach dem Bärenfleisch und holte eine Handvoll Talg hervor, an dem er mit nachdenklichem Ausdruck lutschte. Wieder wischte er sich die Hände an den nackten Körperstellen ab und fuhr fort:

»Was ich hier erzähle, geschah vor langer, langer Zeit, als wir es noch nicht besser wußten.«

»Ihr müßt aber Dummköpfe gewesen sein, wenn ihr es nicht besser wußtet«, kommentierte Hirschfänger, und Gelbkopf stimmte dem grunzend zu.

»So waren wir eben, und später waren wir noch viel größere Dummköpfe, wie ihr sehen werdet. Aber wir haben dennoch gelernt, und das geschah so: Wir Fischesser hatten noch nicht gelernt, unsere Kräfte zu vereinen, bis daß unsere Kraft die Kraft aller war. Aber die Fleischesser, die jenseits der Wasserscheide im Big Valley wohnten, hielten zusammen, jagten gemeinsam, fischten gemeinsam und kämpften gemeinsam. Eines Tages kamen sie in unser Tal. Bei uns ging jede Familie in ihre eigene Höhle oder auf ihren

Baum. Die Fleischesser waren nur zu zehnt, aber sie kämpften gemeinsam, und bei uns kämpfte jede Familie für sich allein.« Langbart zählte lange und umständlich an seinen Fingern.

»Wir waren sechzig Männer«, brachte er schließlich mit Hilfe der Finger und Lippen hervor. »Und wir waren sehr stark, wußten es nur nicht. Wir schauten also zu, wie die zehn Männer Boo-ooghs Baum angriffen. Wir guckten einfach zu. Als einige der Fleischesser den Baum hochzuklettern versuchten, mußte sich Boo-oogh zeigen, um ihnen Steine auf ihre Köpfe zu werfen, worauf ihn die anderen Fleischesser, die nur darauf gewartet hatten, mit Pfeilen spickten. Und das war das Ende von Boo-oogh.

Als nächstes nahmen sich die Fleischesser Einauge und seine Familie in seiner Höhle vor. Sie machten in der Höhlenöffnung ein Feuer und räucherten ihn aus, so wie wir den Bären heute ausgeräuchert haben. Dann kam Sechsfinger auf seinem Baum an die Reihe, und während sie ihn und seine erwachsenen Söhne töteten, rannten wir anderen weg. Sie fingen einige von unseren Frauen und töteten zwei alte Männer, die nicht schnell genug laufen konnten, sowie mehrere Kinder. Die Frauen schleppten sie zu sich ins Big Valley. Danach krochen wir Übriggebliebenen zurück, und irgendwie, vielleicht, weil wir Angst und das Gefühl hatten, aufeinander angewiesen zu sein, kam es dazu, daß wir die Angelegenheit besprachen. Es war unsere erste Beratung – unsere erste richtige Beratung. Und während dieser Beratung bildeten wir den ersten Stamm. Denn wir hatten die Lehre begriffen. Von den zehn Fleischessern hatte jeder einzelne die Kraft von zehn, denn die zehn hatten wie ein Mann gekämpft. Sie hatten ihre Kraft zusammengelegt. Aber die dreißig Familien und sechzig Männer von uns hatten nur die Kraft von einem Mann, denn jeder kämpfte für sich allein.

Es war ein bedeutendes Gespräch, und es war schwer,

denn wir besaßen noch nicht wie jetzt die Worte zum Sprechen. Später erfand Wanze ein paar von diesen Wörtern, und auch andere von uns machten von Zeit zu Zeit Wörter. Aber wir einigten uns schließlich, unsere Kräfte zusammenzutun und wie ein Mann zu sein, wenn die Fleischesser über die Wasserscheide kämen, um uns unsere Frauen zu rauben. Das war also der Stamm.

Zwei Männer wurden an die Wasserscheide gesetzt, um zu beobachten, ob die Fleischesser kamen. Sie waren die Augen des Stammes. Außerdem mußten zehn Männer Tag und Nacht wachen, kampfbereit ihre Stöcke, Speere und Pfeile in der Hand. Früher trug ein Mann seine Waffe mit sich, wenn er nach Fischen, Muscheln oder Möweneiern auf die Suche ging; die Hälfte der Zeit beschaffte er Nahrung, und die andere Zeit hielt er Ausschau, aus Furcht, ein anderer Mann könnte ihn überwältigen. Jetzt war das alles anders. Die Männer zogen ohne Waffen hinaus und waren die ganze Zeit auf Nahrungssuche. Auch wenn die Frauen in die Berge Wurzeln und Beeren suchen gingen, wurden sie von fünf der zehn Männer begleitet. Und die ganze Zeit, Tag und Nacht, hielten die Augen des Stammes Ausschau vom oberen Ende der Wasserscheide aus.

Aber es gab Ärger. Wie üblich ging es um die Frauen. Männer ohne Frauen wollten die Frauen der anderen Männer, und es gab viele Kämpfe unter den Männern, wobei es vorkam, daß einem der Kopf zertrümmert oder ein Speer durch den Leib gejagt wurde. Während einer der Beobachter oben an der Wasserscheide war, raubte ein anderer dessen Frau, und er kam runter, um zu kämpfen. Daraufhin packte den anderen Beobachter die Angst, jemand könnte auch seine Frau rauben, und so kam er gleichfalls runter. Und auch unter den zehn Männern, die immer ihre Waffen trugen, gab es Ärger, und es kämpften fünf gegen fünf, bis einige die Küste entlang fortliefen und die anderen hinterherrannten.

So kam es, daß der Stamm ohne Augen oder Beschützer war. Wir hatten nicht die Kraft von sechzig. Wir hatten überhaupt keine Kraft. Also hielten wir Rat und machten unsere ersten Gesetze. Ich war damals noch ein ganz junger Dachs, aber ich erinnere mich. Wir sagten, daß wir, um stark zu sein, nicht gegeneinander kämpfen dürften, und wir machten ein Gesetz, nach dem der Mann, der einen anderen tötete, vom Stamm getötet würde. Wir machten noch ein Gesetz, nach dem auch derjenige, der die Frau eines anderen Mannes raubte, vom Stamm getötet würde. Wir sagten, daß ein Mann, der zuviel Kraft habe und mit dieser Kraft seine Brüder im Stamm verletze, vom Stamm getötet werden müsse, damit seine Kraft niemandem mehr schaden könne. Denn wenn wir erlaubt hätten, daß seine Kraft jemanden verletzte, würden die Brüder Angst bekommen, und der Stamm würde zerfallen, und wir wären so schwach wie zuvor, als die Fleischesser das erstemal gekommen waren und Boo-oogh getötet hatten.

Knöchelbein war ein starker Mann, ein sehr starker Mann, und er kannte kein Gesetz. Er kannte nur seine eigene Stärke, und im Vollbesitz seiner Kraft schritt er zur Tat und nahm sich die Frau von Dreimuschel. Dreimuschel versuchte zu kämpfen, aber Knöchelbein zertrümmerte ihm den Schädel. Knöchelbein hatte also vergessen, daß alle unsere Männer ihre Kraft zusammengetan hatten, um das Gesetz unter uns zu hüten, und wir töteten ihn unter seinem Baum und hängten seinen Körper an einen Ast zur Warnung, daß das Gesetz stärker war als irgendein Mann. Denn wir waren das Gesetz, alle, und niemand war größer als das Gesetz.

Dann gab es anderen Ärger, denn laßt euch sagen, Hirschfänger, Gelbkopf und du, Fürchtesam, daß es nicht leicht ist, einen Stamm zu bilden. Es gab viele Dinge, Kleinigkeiten, und es war schwer, alle Männer zusammenzurufen, um darüber zu beraten. Wir hatten morgens, mittags und abends

Beratungen, manchmal auch mitten in der Nacht. Wir fanden wenig Zeit, auf Nahrungssuche zu gehen, was sollte sonst mit den Beratungen werden, gab es doch immer irgendeine Kleinigkeit zu regeln, zum Beispiel zwei neue Beobachter zu benennen, die den Posten der alten auf dem Hügel einnehmen konnten, oder festzulegen, welcher Anteil an Nahrung den Männern, die stets und ständig die Waffe in der Hand trugen und nicht selbst auf Nahrungssuche gehen konnten, zukommen sollte. Wir waren soweit, daß wir einen Anführer brauchten, der alle diese Dinge erledigte, der die Stimme des Rates war und der gegenüber dem Rat Rechenschaft ablegen mußte für das, was er tat. So ernannten wir Fis-Fis zum Anführer. Er war gleichfalls ein starker Mann und sehr schlau, und wenn er wütend war, gab er Laute von sich wie fis-fis, in der Art einer Wildkatze.

Die zehn Männer, die den Stamm beschützten, bekamen den Auftrag, um den Kern des Tals eine Mauer aus Steinen zu errichten. Die Frauen und großen Kinder halfen dabei wie auch andere Männer, bis die Mauer mächtig genug war. Danach kamen alle Familien aus ihren Höhlen und von den Bäumen und bauten sich im Schutz der Mauer Grashäuser. Die Häuser waren groß und viel besser als die Höhlen und Bäume, und jedermann hatte es jetzt besser, weil die Männer ihre Kraft vereinigt hatten und wir ein Stamm geworden waren. Durch die Mauer, die Wachen und die Beobachter hatten wir viel Zeit zum Jagen und Fischen und zum Sammeln von Wurzeln und Beeren; es gab mehr und bessere Nahrung, niemand blieb hungrig. Dreibein, der so genannt wurde, weil er sich als Junge die Beine kaputtgemacht hatte und deshalb mit einem Stock lief – Dreibein nahm den Samen von wildem Korn und steckte ihn in den Boden in der Nähe seines Hauses. Außerdem pflanzte er dicke Wurzeln ein und was er sonst noch in den Bergtälern fand.

Wegen der Sicherheit im Sea Valley, weil wir die Mauer und die Beobachter und Wachposten hatten und weil Nahrung in Hülle und Fülle vorhanden war, ohne daß darum gekämpft werden mußte, kamen viele Familien zu uns aus den Küstentälern zu beiden Seiten sowie von der anderen Seite der hohen Berge, wo sie mehr wie wilde Tiere denn als Menschen gelebt hatten. Und es dauerte nicht lange, bis sich das Sea Valley gefüllt hatte und zahlreiche Familien hier wohnten. Aber bevor das geschah, wurde das Land, das frei für alle gewesen war und allen gehört hatte, aufgeteilt. Dreibein fing damit an, als er Korn säte. Die meisten von uns kümmerten sich nicht weiter um das Land. Wir hielten die Markierung der Grenzlinien mit Steinen für unsinnig. Wir hatten genug zu essen, und was wollten wir mehr? Ich erinnere mich, daß mein Vater und ich für Dreibein Steinumhegungen bauten und dafür Korn bekamen.

Es bekamen also einige wenige das ganze Land, und Dreibein bekam das meiste. Andere, die sich Land genommen hatten, gaben es den wenigen, die danach verlangten, wofür sie mit Korn, dicken Wurzeln, Bärenhäuten und Fisch, den die Farmer im Austausch gegen Korn von den Fischern bekommen hatten, bezahlt wurden. Und ehe wir uns versahen, war alles Land vergeben.

Etwa zu der Zeit starb Fis-Fis, und sein Sohn, Hundezahn, wurde Häuptling. Er hatte verlangt, Häuptling zu werden, da sein Vater vor ihm Häuptling gewesen war. Er hielt sich außerdem für einen größeren Häuptling, als sein Vater gewesen war. Anfangs war er auch ein guter Häuptling, und er arbeitete viel, so daß der Rat immer weniger zu tun hatte. Dann erhob sich eine neue Stimme im Sea Valley: Schiefe Lippe. Wir hatten nie viel von ihm gehalten, bis er mit den Geistern der Toten zu sprechen begann. Später nannten wir ihn Großer Dicker, weil er zuviel aß und nicht arbeitete, so daß er dick und rund wurde. Eines Tages erzählte uns Großer Dicker, daß er die Geheimnisse der Toten besäße und daß er die Stimme Gottes wäre. Er wurde ein enger Freund von Hundezahn, der befahl, dem Großen Dicken eine Grashütte zu bauen. Und Großer Dicker versah sein Haus ringsherum mit Tabus, und drinnen beherbergte er Gott.

Nach und nach wurde Hundezahn mächtiger als der Rat, und als der Rat murrte und sagte, er werde einen neuen Häuptling benennen, sprach Großer Dicker mit der Stimme Gottes und sagte nein. Auch Dreibein und die anderen Landbesitzer standen hinter Hundezahn. Außerdem war der stärkste Mann im Rat Seelöwe, und ihm gaben die Landbesitzer heimlich Land und viele Bärenhäute sowie Körbe voll Korn. So sagte Seelöwe, daß die Stimme des Großen Dicken tatsächlich die Stimme Gottes wäre und daß man ihr gehorchen müsse. Bald danach wurde Seelöwe zur Stimme von Hundezahn ernannt und erledigte meistens das Sprechen für diesen. Dann gab es da Dünnbauch, einen kleinen Mann, er war um den Bauch herum so dünn, daß er aussah, als habe er nie genug zu essen gehabt. Er baute diesseits der Flußmündung hinter den Sandbänken, die die Brandung abfingen, eine Fischfalle. Er arbeitete Wochen daran, mit Sohn und Frau, während wir anderen über seine Anstrengungen lachten. Aber als alles fertig war, fing er damit am ersten Tag mehr Fische als der ganze Stamm in einer Woche, worüber große Freude herrschte. Es gab nur noch eine andere Stelle im Fluß, die für eine Fischfalle geeignet war, aber als mein Vater und ich mit einem Dutzend anderer Männer anfingen, dort eine sehr große Falle zu bauen, kamen die Wachen vom großen Grashaus, das wir für den großen Dikken gebaut hatten. Die Wachen stießen mit Speeren nach uns und sagten, daß wir uns davonmachen sollten, weil Dünnbauch auf Anweisung von Seelöwe, der Stimme von Hundezahn, dort selbst eine Falle bauen werde.

Es gab ein großes Murren, und mein Vater berief den Rat ein. Aber als er sich zum Sprechen erhob, stieß Seelöwe ihm einen Speer durch die Kehle, und mein Vater starb. Hundezahn, Dünnbauch und Dreibein sowie alle, die Land hatten, sagten, daß es so in Ordnung sei. Großer Dicker sagte, das sei der Wille Gottes. Danach hatten alle Männer Angst, im Rat aufzustehen, und so gab es keinen Rat mehr.

Ein anderer Mann, Schweinebacke, fing an, sich Ziegen zu halten. Er hatte davon gehört, als er unter den Fleischessern war, es dauerte nicht lange, und er hatte viele Herden. Andere Männer, die kein Land und keine Fischfallen hatten und die sonst hätten hungern müssen, waren froh, für Schweinebacke arbeiten zu können, seine Ziegen zu hüten, sie vor wilden Hunden und Tigern zu bewachen und die Herden auf die Weideflächen in den Bergen zu treiben. Als Gegenleistung gab ihnen Schweinebacke Ziegenfleisch und Ziegenhäute, und manchmal tauschten sie das Ziegenfleisch gegen Fisch und eßbare Wurzeln ein.

Zu der Zeit kam das Geld auf. Seelöwe dachte als erster daran und besprach es mit Hundezahn und dem Großen Dicken. Ihr müßt wissen, diese drei hatten an allem im Sea-Valley ihren Anteil. Ihnen gehörte ein Korb Korn von dreien, ein Fisch von dreien, eine Ziege von dreien. Sie gaben davon den Wachen und Beobachtern zu essen und behielten den Rest für sich. Wenn ein großer Fischfang gemacht wurde, wußten sie nicht, was sie mit ihrem Anteil tun sollten. Seelöwe ließ die Frauen Geld aus Muscheln machen – kleine runde Stücke, die ein Loch hatten und alle glatt und schön poliert waren. Sie wurden auf Schnüre gezogen, und diese Schnüre wurden Geld genannt.

Jede Schnur hatte den Wert von dreißig oder vierzig Fischen, aber die Frauen, die eine Schnur je Tag fertigten, erhielten dafür zwei Fische. Die Fische kamen aus dem besagten Anteil, den Hundezahn, der Große Dicke und Seelöwe nicht aufessen konnten. Das ganze Geld gehörte also ihnen. Dann vereinbarten sie mit Dreibein und den anderen Landbesitzern, daß sie ihren Anteil an Korn und Wurzeln in Geld nehmen würden, desgleichen mit Dünnbauch und Schweinebacke, daß sie ihre Anteile an deren Fisch beziehungsweise Ziegenfleisch und Käse in Geld nehmen würden. So arbeitete ein Mann, der nichts hatte, für einen, der etwas besaß, und wurde in Geld bezahlt. Mit diesem Geld kaufte er Korn, Fisch, Fleisch und Käse. Dreibein und alle, die Eigentümer waren, bezahlten Hundezahn, Seelöwe und dem Großen Dicken ihren Anteil in Geld. Sie bezahlten auch die Wachen und Beobachter in Geld, und die Wachen und Beobachter bezahlten ihre Nahrung mit diesem Geld. Und da Geld billig war, machte Hundezahn noch mehr Männer zu Wachen. Da Geld einfach herzustellen war, machten sich einige Männer selber Geld aus Muschelschalen. Aber die Wachen durchbohrten sie mit Speeren und erschossen sie mit Pfeilen, weil sie versuchten, den Stamm zu zerstören. Es war schlecht, den Stamm zu zerstören, denn dann würden die Fleischesser über die Wasserscheide kommen und sie alle töten.

Großer Dicker war die Stimme Gottes, aber er nahm Gebrochene Rippe und machte ihn zum Priester, so daß dieser die Stimme des Großen Dicken wurde und meistens an dessen Stelle sprach. Und beide hatten wiederum andere Männer als ihre Diener. Und so hielten sich auch Dünnbauch, Dreibein und Schweinebacke andere Männer, die vor ihren Grashäusern in der Sonne lagen und Botendienste für sie erledigten oder Befehle gaben. Immer mehr Männer wurden von der Arbeit abgezogen, so daß die, die übrigblieben, härter arbeiteten als je zuvor. Es schien, daß die Männer gar nicht mehr arbeiten wollten und nur noch nach Möglichkeiten suchten, wie sie andere für sich arbeiten lassen konnten. Schielauge fand eine solche Möglichkeit. Er brannte als erster ein Getränk aus Korn. Danach arbeitete er nicht mehr, denn er sprach im geheimen mit Hundezahn und dem Großen Dicken und den anderen Herren, und sie kamen überein, daß nur er das Feuergebräu herstellen sollte. Aber auch Schielauge arbeitete nicht selbst. Andere machten das Gebräu für ihn, und er entlohnte sie mit Geld. Dann verkaufte er das Feuergetränk für Geld, und alle Männer kauften es. Viele Geldschnüre gab er Hundezahn, Seelöwe und all den anderen.

Großer Dicker und Gebrochene Rippe waren dabei, als Hundezahn seine zweite und dritte Frau nahm. Sie sagten, Hundezahn sei anders als andere Männer und komme gleich nach Gott, den Großer Dicker in seinem Tabuhaus aufbewahrte. Auch Hundezahn sprach so, und überhaupt wollte er wissen, wer sie seien, daß sie darüber murrten, wie viele Frauen er sich nehme. Hundezahn ließ sich ein Boot bauen und zog noch mehr Männer von der Arbeit ab, die nichts weiter taten, als in der Sonne zu liegen und Hundezahn in seinem Boot herumzufahren. Und er ernannte Tigergesicht zum Obersten über alle Wachen, so daß Tigergesicht seine rechte Hand wurde, und wenn Hundezahn ein Mann nicht gefiel, dann tötete Tigergesicht diesen für ihn. Tigergesicht ernannte wiederum einen anderen zu seiner rechten Hand, der die Befehle für ihn erteilte und für ihn tötete.

Aber es war eine ganz eigenartige Sache: Die Zeit ging dahin, und wir, die übriggeblieben waren, arbeiteten immer härter, und dennoch bekamen wir immer weniger zu essen.«

»Aber was war mit den Ziegen und dem Korn und den eßbaren Wurzeln und der Fischfalle?« sprach Fürchtesam. »Was geschah mit alldem? Hatte man denn nicht viel mehr Nahrungsmittel gewonnen durch die Arbeit der Menschen?«

»So ist es«, pflichtete Langbart bei. »Drei Männer an der Fischfalle fingen mehr Fisch als der ganze Stamm, bevor es die Fischfalle gegeben hatte. Aber sagte ich nicht, daß wir Dummköpfe waren? Je mehr Nahrungsmittel wir gewinnen konnten, desto weniger hatten wir zu essen.«

»Aber war es denn nicht klar, daß die vielen Männer, die nicht arbeiteten, alles aufaßen?« fragte Gelbkopf.

Langbart nickte traurig mit dem Kopf. »Die Hunde von Hundezahn wurden mit Fleisch vollgestopft, und die Männer, die in der Sonne lagen und nicht arbeiteten, wälzten sich im Fett, während sich kleine Kinder, von Hunger geplagt, in den Schlaf weinten.«

Hirschfänger wurde durch die Erwähnung von Hunger angeregt, sich einen Batzen Bärenfleisch abzureißen und es an einem Stock über dem Kohlefeuer zu garen. Er verzehrte es schmatzend, während Langbart fortfuhr:

»Wenn wir unzufrieden murrten, erhob sich Großer Dikker und sagte mit der Stimme Gottes, daß Gott all die weisen Männer erwählt hätte, das Land wie auch die Ziegen, die Fischfalle und das Feuergetränk zu besitzen, und daß wir ohne diese weisen Männer alle Tiere wären wie in den Tagen, als wir noch auf Bäumen gelebt hätten.

Und es stand einer auf, der der Sänger des Königs wurde. Man nannte ihn Wanze, weil er klein war und sowohl ein unförmiges Gesicht als auch einen unförmigen Körper hatte und sich nicht in der Arbeit noch durch Heldentaten auszeichnete. Er wollte den fettesten Markknochen, den erlesensten Fisch, die Milch noch warm von der Ziege, das erste Korn, das reif war, und den gemütlichsten Platz am Feuer. Und indem er Sänger des Königs wurde, hatte er einen Weg gefunden, nichts zu tun und dick zu werden. Und als die Menschen immer unzufriedener wurden und Steine gegen das Grashaus des Königs warfen, sang Wanze ein Lied darüber, wie schön es war, ein Fischesser zu sein. In seinem Lied sang er, daß die Fischesser die Auserwählten Gottes und die besten Menschen wären, die Gott erschaffen hätte. Er sang von den Fleischessern als Schweinen und Krähen, und er sang, wie gut es für die Fischesser sei, zu kämpfen und Gottes Werk zu tun, welches darin bestünde, die Fleischesser zu töten. Die Worte seines Liedes glühten wie Feuer in uns, und wir forderten tobend, gegen die Fleischesser geführt zu werden. Wir vergaßen, daß wir hungrig waren und warum wir gemeutert hatten, und wir waren glücklich, von Tigergesicht über die Wasserscheide geführt zu werden, wo wir viele Fleischesser töteten und zufrieden waren.

Aber es wurde nicht besser im Sea Valley. Essen konnten wir nur bekommen, indem wir für Dreibein, Dünnbauch oder Schweinebacke arbeiteten; denn es gab kein Land mehr, auf das einer noch Korn hätte aussäen können. Und oft hatten Dreibein und die anderen nicht genug Arbeit für alle Männer, die da waren. Diese mußten dann Hunger leiden, wie auch deren Frauen, Kinder und alte Mütter. Tigergesicht bot ihnen an, Wächter zu werden, und viele von ihnen taten das auch, wobei sie nichts anderes zu tun hatten, als denen, die arbeiteten und darüber murrten, daß sie so viele Faulpelze ernähren mußten, Speere in die Leiber zu stoßen.

Und wenn wir meuterten, sang Wanze immer neue Lieder. Er sagte, Dreibein, Schweinebacke und die übrigen seien starke Männer und besäßen deshalb soviel. Er sagte, daß wir froh sein sollten, so starke Männer unter uns zu haben, denn sonst würden wir an unserer eigenen Nichtswürdigkeit und an den Fleischessern zugrunde gehen. Deshalb sollten wir diesen starken Männern frohen Herzens lassen, worauf sie ihre Hand legten. Großer Dicker, Schweinebacke, Tigergesicht und all die anderen sagten, daß dies wahr sei.

›Gut‹, sagte Langer Hauer, ›dann will ich auch ein starker Mann sein.‹ Und er beschaffte sich Korn, um das Feuergetränk daraus zu machen und es für Geldschnüre zu verkaufen. Und als Schielauge sich beschwerte, sagte Langer Hauer, daß er auch ein starker Mann sei und Schielauge den Kopf einschlagen wolle, wenn dieser noch länger Geschrei mache. Worauf Schielauge Angst bekam und mit Dreibein und Schweinebacke sprach. Alle drei gingen zu Hundezahn. Hundezahn sprach mit Seelöwe, der seinerseits einen Boten zu Tigergesicht schickte. Tigergesicht beorderte seine Wachen, die das Haus von Langer Hauer mit dem Feuergetränk niederbrannten und ihn samt seiner Familie töteten. Großer Dicker hieß das gut, und Wanze sang wieder ein Lied darüber, wie gut es sei, das Gesetz einzuhalten, und was für ein schönes Land Sea Valley sei und wie ein jeder, der Sea Valley liebte, vorwärts marschieren solle, um die schlechten Fleischesser zu töten. Und wieder brannte sein Lied wie Feuer in uns, und wieder vergaßen wir unsere Unzufriedenheit.

Es war sehr merkwürdig. Wenn Dünnbauch zu viele Fische fing, so daß er sie für wenig Geld hätte verkaufen müssen, warf er eine große Menge wieder ins Meer, so daß mehr Geld für die restlichen Fische bezahlt wurde. Dreibein ließ oft große Felder brach liegen, um mehr Geld für sein Korn zu bekommen. Und als die Frauen so viel Geld aus Muscheln machten, daß zuviel Geld zum Kaufen vorhanden war, ließ Hundezahn die Herstellung von Geld stoppen. Die Frauen hatten also keine Arbeit mehr und nahmen die Plätze der Männer ein. Ich arbeitete an der Fischfalle und erhielt alle fünf Tage eine Geldschnur. Aber nun machte meine Schwester meine Arbeit für nur eine Geldschnur alle zehn Tage. Die Frauen arbeiteten billiger, und es gab noch weniger zu essen. Tigergesicht bot uns an, Wächter zu werden. Nur, ich konnte keiner werden, weil ich ein lahmes Bein habe und Tigergesicht mich nicht haben wollte. Und solche wie mich gab es viele. Wir waren gebrochene Männer und nur noch geeignet, um Arbeit zu betteln oder die Aufsicht über die kleinen Kinder zu übernehmen, während die Frauen arbeiteten.«

Jetzt war auch Gelbkopf von der Erzählung ganz hungrig geworden und röstete sich ein Stück Bärenfleisch über dem Feuer.

»Aber warum habt ihr euch nicht erhoben, ihr alle zusammen, und habt Dreibein, Schweinebacke und den Großen Dicken und all die anderen getötet, um genug zu essen zu bekommen?« fragte Fürchtesam.

»Weil wir nichts verstanden hatten«, antwortete Langbart. »Es mußte über so vieles nachgedacht werden, und außerdem gab es die Wächter, die ihre Speere in uns jagten, und den Großen Dicken, der immer von Gott sprach, und Wanze, der immer neue Lieder sang. Wenn jemand richtig dachte und es auch sagte, packten ihn Tigergesicht und seine Wächter und fesselten ihn bei Ebbe an die Felsen, so daß das steigende Wasser ihn schließlich ertränkte.

Es war eine merkwürdige Sache mit dem Geld. Es war wie mit den Liedern von Wanze. Es hatte den Anschein, als sei alles in Ordnung, aber in Wirklichkeit war es nicht so. Wir begriffen das nur langsam. Hundezahn fing damit an, das Geld zu sammeln. Er hortete es in einem der Grashäuser und bestellte Wachen, die es Tag und Nacht hüteten. Je mehr Geld er in dem Haus anhäufte, um so teurer wurde es, so daß ein Mensch jetzt länger für eine Geldkette arbeiten mußte als je zuvor. Außerdem redete man damals ständig von einem Krieg mit den Fleischessern. Hundezahn und Tigergesicht füllten viele Häuser mit Korn und Trockenfisch, mit geräuchertem Ziegenfleisch und Käse. Trotz dieser Berge von Nahrungsmitteln hatten die Menschen nicht genug zu essen. Aber was machte es schon? Immer wenn die Leute zu laut murrten, sang Wanze ein neues Lied, und Großer Dicker sagte, daß es Gottes Wille wäre, daß wir die Fleischesser töteten, und Tigergesicht führte uns über die Wasserscheide, um zu töten und getötet zu werden. Ich war nicht gut genug, um Wächter zu werden und faul in der Sonne zu liegen, aber wenn wir Krieg hatten, war Tigergesicht froh, daß er mich mitnehmen konnte. Wenn wir alles aufgegessen hatten, was in den Häusern lagerte, hörten wir auf zu kämpfen und gingen wieder an die Arbeit, um abermals Lebensmittel zu horten.«

»Ihr wart damals alle verrückt«, war Hirschfängers Kommentar.

»Wir waren damals wirklich alle verrückt«, stimmte

Langbart zu. »Es war seltsam, das Ganze. Zum Beispiel Spaltnase. Er sagte, es sei alles verkehrt. Er sagte, wir würden stark werden, wenn wir unsere Kräfte vereinten. Damals, als wir den Stamm gegründet hatten, sei es richtig gewesen, die Kraft der Männer, die dem Stamm mit ihrer Stärke schadeten, zu brechen – jener Männer nämlich, die ihren Brüdern die Köpfe einschlugen und ihnen die Frauen stahlen. Aber jetzt, so sagte er, würde der Stamm nicht stärker, sondern schwächer, weil es Männer gebe, die dem Stamm aufgrund einer ganz anderen Kraft schadeten – Männer, die die Kraft des Landes besäßen wie Dreibein, die die Kraft der Fischfallen besäßen wie Dünnbauch, die die Kraft des gesamten Ziegenfleisches besäßen wie Schweinebacke. Was zu tun sei, sagte Spaltnase, sei, diesen Männern ihre böse Kraft zu nehmen, dafür zu sorgen, daß sie arbeiten gingen, allesamt, und daß niemand essen könne, der nicht arbeite.

Und Wanze sang wieder ein Lied über Leute wie Spaltnase, die zurück in die Vergangenheit und wieder auf den Bäumen leben wollten. Aber Spaltnase sagte, nein, er wolle nicht zurück, sondern vorwärts gehen. Sie würden nur stark werden, wenn sie ihre Kräfte zusammenlegten, die Fischesser sollten ihre Kraft mit der der Fleischesser vereinen, dann werde es keine Kämpfe mehr geben, keine Beobachter und keine Wachposten. Wenn nur alle arbeiteten, würden sie genug zu essen haben, und sie würden nicht mehr als zwei Stunden am Tag zu arbeiten brauchen.

Dann sang Wanze wieder, er sang, daß Spaltnase faul sei, und er sang das ›Lied von den Bienen‹. Das war ein seltsames Lied, und diejenigen, die zuhörten, erfaßte eine Raserei, so als hätten sie vom starken Feuergebräu getrunken. Das Lied handelte von einem Bienenschwarm und einer räuberischen Wespe, die bei den Bienen leben wollte und die ihnen all ihren Honig stahl. Die Wespe war faul und erzählte den Bienen, daß es nicht nötig sei, zu arbeiten; sie erzählte ihnen auch, daß sie gut Freund mit den Bären sein sollten, die ja keine Honigräuber, sondern sehr gute Freunde wären. Das Lied von Wanze war sehr hinterlistig, und die Zuhörer erkannten genau, daß der Bienenschwarm der Sea-Valley-Stamm war, daß die Bären die Fleischesser waren und daß die faule Wespe kein anderer als Spaltnase war. Und als Wanze sang, daß die Bienen der Wespe so lange zuhörten, bis der Schwarm fast zugrunde ging, erhob sich wütendes Gemurre. Als Wanze sang, daß sich schließlich die guten Bienen erhoben und die Wespe zu Tode stachen, griffen die Männer zu Steinen und warfen sie auf Spaltnase, bis dieser tot und von ihm nichts mehr zu sehen war – nur ein Haufen Steine, die sie auf ihn geworfen hatten. Und viele der armen Leute, die lange und schwer arbeiten mußten und dennoch nicht genug zu essen hatten, halfen mit, Spaltnase zu steinigen.

Nach dem Tod von Spaltnase hatte nur noch einer gewagt, aufzustehen und seine Meinung zu sagen, und das war Haariges Gesicht. ›Wo ist die Kraft der Starken?‹ fragte er. ›Wir sind die Starken, wir alle zusammen, und wir sind stärker als Hundezahn und Tigergesicht oder Dreibein und Schweinebacke und die anderen, die nichts tun, aber viel essen und uns schwächen, da uns ihre Stärke, die eine schlechte Stärke ist, schadet. Männer, die Sklaven sind, können nicht stark sein. Wenn der Mann, der als erster die Kraft und den Nutzen des Feuers erkannt hatte, seine Stärke eingesetzt hätte, wären wir seine Sklaven, wie wir jetzt die Sklaven von Dünnbauch sind, der die Kraft und den Nutzen von Fischfallen erkannt hat, und der Männer, die die Kraft und den Nutzen des Bodens, der Ziegen und des Feuergetränks erkannt haben. Früher lebten wir auf den Bäumen, meine Brüder, niemand war sicher. Jetzt kämpfen wir nicht mehr gegeneinander. Wir haben unsere Kräfte vereint. Dann wollen wir auch nicht mehr gegen die Fleischesser kämpfen. Laßt uns unsere Kraft und ihre Kraft zusammenlegen. Dann werden wir wirklich stark sein. Dann werden wir gemeinsam ausziehen, die Fischesser und die Fleischesser, und wir werden die Tiger und Löwen, die Wölfe und wilden Hunde töten, und wir werden unsere Ziegen auf allen Hügeln weiden und unser Korn sowie die eßbaren Wurzeln in allen Bergtälern anbauen. Dann werden wir so stark sein, daß alle wilden Tiere vor uns fliehen und zugrunde gehen werden. Nichts wird uns widerstehen, denn jeder einzelne wird so stark sein wie alle Männer der Welt zusammen.‹

So sprach Haariges Gesicht, und sie töteten ihn, weil er, so sagten sie, ein wilder Mann sei und wieder auf den Bäumen leben wolle. Es war sehr merkwürdig. Immer wenn sich ein Mann erhob und vorwärts gehen wollte, sagten alle, die stillstanden, er wolle zurück und müsse getötet werden. Und die armen Menschen halfen, ihn zu steinigen, und sie waren Dummköpfe. Wir waren alle Dummköpfe, mit Ausnahme derer, die dick waren und nicht arbeiteten. Dummköpfe wurden weise genannt, und die Weisen wurden gesteinigt. Die Männer, die arbeiteten, bekamen nicht genug zu essen, und die Männer, die nicht arbeiteten, aßen zuviel.

Der Stamm verlor immer mehr an Stärke. Die Kinder waren schwach und kränklich. Und da wir nicht genug zu essen hatten, befielen uns seltsame Krankheiten, und die Menschen starben wie die Fliegen. Dann kamen die Fleischesser und überwältigten uns. Wir waren Tigergesicht zu oft über die Wasserscheide gefolgt und hatten die Ihren getötet. Jetzt kamen sie, um es uns mit Blut heimzuzahlen. Wir waren zu schwach und krank, als daß wir die große Mauer hätten besetzen können. Sie töteten alle Stammesangehörigen bis auf einige Frauen, die sie mitnahmen. Wanze und ich entkamen. Ich habe mich an den wildesten Stellen versteckt und wurde ein Fleischjäger, und ich habe seither nicht mehr gehungert.

Ich habe mir eine Frau von den Fleischessern gestohlen und lebte fortan in den Höhlen der hohen Berge, wo man mich nicht finden konnte. Wir hatten drei Söhne, die sich alle eine Frau von den Fleischessern stahlen. Den Rest kennt ihr, denn seid ihr nicht die Söhne meiner Söhne?«

»Und Wanze?« wollte Hirschfänger wissen. »Was wurde aus dem?«

»Er ging zu den Fleischessern und wurde Sänger des Königs. Er ist jetzt ein alter Mann, aber er singt dieselben alten Lieder; wenn sich jemand erhebt, um vorwärts zu gehen, singt er, daß der Mann zurück und wieder auf den Bäumen leben wolle.«

Langbart griff in den Leib des Bären und lutschte mit zahnlosem Gaumen an seiner Faust voller Fett.

»Eines Tages«, sagte er, wobei er sich die Hände an den Seiten abwischte, »werden alle Dummköpfe gestorben sein, und dann werden alle noch lebenden Männer vorwärts gehen. Sie werden die Kraft der Starken besitzen, sie werden ihre Kräfte vereinigen, so daß auf der ganzen Welt keiner mehr gegen den anderen kämpfen wird. Es wird keine Wachposten oder Beobachter auf den Mauern geben. Alle Raubtiere werden getötet, und wie Haariges Gesicht gesagt hat, werden auf allen Hügeln Ziegen weiden, und in allen Tälern der hohen Berge werden Korn und eßbare Wurzeln angebaut. Alle Menschen werden Brüder sein, und niemand wird faul in der Sonne liegen und von den anderen durchgefüttert werden. Und all das wird geschehen, wenn die Dummköpfe gestorben sind und es keine Sänger mehr geben wird, die den Stillstand wollen und das ›Lied von den Bienen‹ singen. Bienen sind keine Menschen.«

Tausend Tode

Ich war schon etwa eine Stunde im Wasser. Durchfroren, erschöpft und einen schrecklichen Krampf in der rechten Wade, glaubte ich, meine letzte Stunde hätte geschlagen. Ich hatte erfolglos gegen den Sog der Ebbe angekämpft und war fast wahnsinnig geworden beim Anblick der vorüberziehenden Lichterprozessionen am Hafen. Aber jetzt versuchte ich nicht mehr, gegen den Strom anzuschwimmen, sondern gab mich bitteren Gedanken an ein verpfuschtes Leben hin, das nun bald zu Ende sein sollte.

Ich hatte das Glück, einem ehrbaren englischen Geschlecht zu entstammen. Meine Eltern hatten jedoch viel mehr Geld auf der Bank als Verständnis für das kindliche Wesen und für Erziehung. Wohl war ich mit einem goldenen Löffel im Mund geboren worden, aber die glückliche Geborgenheit in einer Familie kannte ich nicht. Mein Vater, ein sehr gelehrter und berühmter Altertumsforscher, verschwendete keinen Gedanken an seine Familie; er war stets in seine Studien vertieft. Währenddessen genoß meine Mutter, die mehr ihrer Schönheit als ihres Verstandes wegen bekannt war, die Schmeicheleien der Gesellschaft, in die sie sich ununterbrochen stürzte. Ich absolvierte die für einen Jungen aus dem englischen Bürgertum typische Schul- und Universitätsausbildung, und als mit den Jahren Kraft und Leidenschaft in mir wuchsen, wurden auch meine Eltern plötzlich gewahr, daß ich eine unsterbliche Seele besaß, und sie versuchten die Zügel fester anzuziehen. Aber es war schon zu spät. Ich beging die tollsten und unverschämtesten Torheiten, woraufhin mich meine Eltern enterbten und die Gesellschaft, die ich so lange schockiert hatte, mich ausstieß. Mein Vater händigte mir tausend Pfund aus und gab mir zu verstehen, daß er mich weder noch einmal sehen noch mir weiteres Geld geben wolle. So trat ich als Passagier der ersten Klasse eine Reise nach Australien an. Seit dieser Zeit führte ich ein ausgesprochenes Wanderleben zwischen Orient und Okzident, zwischen Arktis und Antarktis. Nun fand ich mich, ein tüchtiger Seemann von dreißig Jahren und im vollen Besitz meiner Manneskraft, dem Ertrinken nahe in der San Francisco Bay wieder, denn ich hatte mit unheilvollem Erfolg versucht, von meinem Schiff zu flüchten.

Mein rechtes Bein war völlig verkrampft, und ich litt schreckliche Qualen. Eine von dem leichten Wind bewegte, unruhige Welle spülte mir in den Mund, und ich schluckte Wasser, ohne daß ich etwas dagegen tun konnte. Ich brachte es noch immer fertig weiterzuschwimmen, aber das geschah rein mechanisch, denn ich verlor allmählich das Bewußtsein. Ich erinnere mich noch schwach, wie ich an der Mole vorbeitrieb und ganz kurz das Steuerbordlicht eines Flußdampfers wahrnahm. Dann wurde alles still.

Ich hörte das leise Summen von Insekten und fühlte, wie die milde Luft eines Frühlingsmorgens wie Balsam über meine Wangen strich. Allmählich strömte sie rhythmisch, und mein Körper schien auf dieses leichte Pulsieren zu reagieren. Ich schwamm auf einem sanften Sommersee, stieg und fiel mit traumhaftem Behagen auf jeder summenden Welle. Aber das Pulsieren verstärkte sich, das Summen schwoll an, die Wellen wurden größer und grimmiger. Ich wurde in einem stürmischen Meer umhergeworfen. Ein heftiger Schmerz erfaßte mich. Grelle Lichtblitze schossen immer wieder durch meinen Kopf. Der Lärm großer Wassermassen betäubte meine Ohren, dann ein plötzlicher, undefinierbarer Schlag – und ich erwachte.

Die Szene, auf der ich als Hauptakteur erschien, war absonderlich. Ein Blick genügte, um mir klarzumachen, daß ich mich auf dem Kajütenboden der Jacht eines Gentlemans befand, in einer überaus mißlichen Lage. Zu beiden Seiten befanden sich zwei seltsam gekleidete, dunkelhäutige Kreaturen, die meine Arme ergriffen hatten und wie Pumpenschwengel auf und ab bewegten. Obwohl mit den meisten Eingeborenenrassen vertraut, konnte ich ihre Nationalität nicht erraten. An meinem Kopf hatte man einige Schläuche befestigt, die meine Atmungsorgane mit der Maschine verbanden, welche ich sogleich beschreiben will. Die Nasenlöcher waren allerdings verschlossen, so daß ich durch den Mund atmen mußte. Ich sah zwei Röhrchen, durch den schiefen Blickwinkel verkürzt; sie ähnelten kleinen Gummischläuchen, bestanden jedoch aus einem anderen Material. Sie traten aus meinem Mund hervor und teilten sich in spitzem Winkel. Der eine Schlauch endete abrupt auf dem Fußboden neben mir; der andere führte in vielen Windungen über den Boden zu dem Apparat, den zu beschreiben ich versprochen habe.

In den Tagen, als mein Leben noch nicht von Nebensächlichkeiten bestimmt wurde, hatte ich mich ziemlich gründlich in den Naturwissenschaften umgetan, und da ich mit den Apparaten und der allgemeinen Ausrüstung eines Laboratoriums vertraut war, bewunderte ich die Maschine, die ich jetzt erblickte. Sie bestand größtenteils aus Glas; ihre Konstruktion war von der für das Experimentalstadium typischen ungeschlachten Art. An einem von einer Luftkammer umgebenen Wassergefäß war ein vertikales Rohr befestigt, das von einer Kugel überragt wurde. In der Mitte befand sich ein Vakuummeter. In dem Rohr stieg und fiel eine Wassersäule, Ein- und Ausatmungsvorgänge simulierend, die durch den Schlauch auf meinen Körper übertragen wurden. Damit und mit Hilfe der Männer, die meine Arme so energisch bewegten, war meine Atmung künstlich aufrechterhalten worden, wobei sich mein Brustkorb hob und senkte und meine Lungenflügel so lange expandiert und kontrahiert wurden, bis die Natur endlich nachgab und ihre gewohnte Arbeit wiederaufnahm.

Als ich nun die Augen öffnete, waren die Schläuche von

meinem Kopf, aus den Nasenlöchern und dem Mund entfernt worden. Nachdem ich einen dreifachen Kognak hinuntergekippt hatte, rappelte ich mich auf, um meinem Retter zu danken und erblickte – meinen Vater. Aber die langen Jahre, in denen ich mit der Gefahr auf du und du stand, hatten mich Selbstbeherrschung gelehrt. So wartete ich ab, ob er mich erkennen würde. Er tat es nicht. Er sah in mir nur einen geflüchteten Seemann und behandelte mich entsprechend.

Er überließ mich der Fürsorge der Schwarzen und begann die Aufzeichnungen durchzusehen, die er über meine Wiederbelebung angefertigt hatte. Während ich mich über die kräftige Mahlzeit hermachte, die man mir vorgesetzt hatte, wurde es auf Deck lebendig. Der Gesang der Seeleute und das Rattern von Flaschenzügen ließen mich vermuten, daß wir uns in Bewegung setzten. Was für ein Streich! Auf und davon zu einer Kreuzfahrt mit meinem eigenbrötlerischen Vater in die Weiten des Pazifiks. Wie wenig ahnte ich damals, als ich in mich hineinlachte, wer zuletzt lachen würde. Ach, hätte ich es gewußt, ich wäre über Bord gesprungen, zurück zu dem schmutzigen Vordeck, von wo ich gerade geflüchtet war.

Man ließ mich nicht an Deck, bis wir die Farallones und das letzte Lotsenboot hinter uns gelassen hatten. Ich schätzte die Klugheit meines Vaters und nahm mir vor, ihm auf meine rauhe Seemannsart herzlich zu danken. Ich konnte ja nicht ahnen, daß er seine eigenen Ziele verfolgte, als er meine Anwesenheit vor jedermann, abgesehen von der Mannschaft, geheimhielt. Er berichtete mir kurz von meiner Rettung durch seine Seeleute, wobei er versicherte, daß eigentlich er mir zu Dank verpflichtet sei, denn mein Erscheinen sei ihm höchst willkommen gewesen. Er habe nämlich den Apparat konstruiert, um eine Theorie zu beweisen, die gewisse biologische Phänomene betreffe, und nur auf eine Gelegenheit gewartet, ihn zu erproben.

»Sie haben meine Theorie zweifelsfrei bestätigt«, sagte er, fügte jedoch mit einem Seufzer hinzu: »Allerdings nur für den besonderen Fall des Ertrinkens.«

Um meine Erzählung hier kurz zu unterbrechen, er bot mir einen Vorschuß von zwei Pfund auf den Lohn, den ich für meinen Verbleib an Bord erhalten sollte. Das erschien mir großzügig, denn eigentlich brauchte er mich nicht. Entgegen meinen Erwartungen wurde mir nicht die vordere Mannschaftsmesse zugewiesen, sondern eine bequeme Kajüte und ein Platz am Tisch des Kapitäns. Er hatte bemerkt, daß ich kein gewöhnlicher Seemann war, und ich beschloß, diese Gelegenheit zu nutzen, um mir wieder sein Wohlwollen zu verdienen. Ich erfand mir eine Vergangenheit, die meine Bildung und gegenwärtige Situation erklärte, und tat mein Bestes, meinem Vater näherzukommen. Ich beeilte mich, ihm meine Vorliebe für wissenschaftliche Forschungen zu enthüllen, er sich, mir seine Zufriedenheit über meine Fähigkeiten mitzuteilen. Ich wurde sein Assistent mit einer entsprechenden Gehaltsaufbesserung. Nach kurzer Zeit, in der er zu mir Vertrauen faßte und mir seine Theorien darlegte, war ich ebenso enthusiastisch wie er selbst.

Die Tage vergingen wie im Fluge, denn ich war an meinen neuen Studien außerordentlich interessiert, verbrachte meine wachen Stunden in seiner wohlausgestatteten Bibliothek, lauschte seinen Plänen oder half ihm bei seiner Arbeit im Laboratorium. Allerdings waren wir gezwungen, auf viele verlockende Experimente zu verzichten, denn ein schlingerndes Schiff ist nicht unbedingt der passende Ort für feine und komplizierte Arbeiten. Er versprach mir jedoch viele herrliche Stunden in dem ausgezeichneten Laboratorium, zu dem wir unterwegs waren. Er hatte sich, wie er sagte, in den Besitz einer auf keiner Karte verzeichneten Südseeinsel gebracht und sie in ein wissenschaftliches Paradies verwandelt.

Wir waren noch nicht lange auf der Insel, als ich den

schrecklichen Betrug entdeckte, auf den ich hereingefallen war. Aber bevor ich die sonderbaren Dinge beschreibe, die mir noch widerfahren sollten, muß ich kurz die Ursachen darlegen, die zu einer Erfahrung führten, wie sie schrecklicher wohl noch kein Mensch vor mir gemacht hat.

Mein Vater war nicht mehr jung, als er dem muffigen Zauber der Altertumsforschung entsagte und der Faszination dessen erlag, was man gemeinhin mit dem Begriff Biologie faßt. Da er sich schon früh deren Grundlagen vollständig erarbeitet hatte, drang er schnell zu den höheren Zweigen vor, soweit sie der Wissenschaft zugänglich waren, und fand sich plötzlich im Niemandsland des Unerforschten. Es war sein Bestreben, einen Anspruch auf einen Teil dieses noch nicht abgesteckten Terrains zu erwerben. In dieser Etappe seiner Forschungen waren wir uns wiederbegegnet. Da ich, auch wenn ich mich selbst loben muß, ein heller Kopf bin, hatte ich mir seine Spekulationen und Denkmethoden soweit zu eigen gemacht, daß ich schon fast so verrückt war wie er. Aber so sollte ich nicht reden. Die wunderbaren Ergebnisse, die wir später erzielten, waren eher ein Beweis für seinen Verstand. Dennoch sage ich, er war die abnormste Verkörperung kaltblütiger Grausamkeit, die mir je begegnet ist.

Nachdem er die Geheimnisse der Physiologie und der Psychologie ergründet hatte, führte ihn seine Überlegung an die Grenzen eines großen Feldes, für dessen genauere Erforschung er Studien der höheren organischen Chemie, der Pathologie, der Toxikologie sowie anderer Gebiete und Untergebiete begann, die sich als seinen spekulativen Hypothesen verwandt und zugehörig erwiesen. Ausgehend von der Annahme, daß die unmittelbare Ursache für die zeitweilige und permanente Unterbrechung der Lebenstätigkeit in der Koagulation gewisser Elemente und Verbindungen des Protoplasmas gesucht werden müsse, hatte er diese verschiedenen Substanzen isoliert und unzähligen Experimenten unterzogen. Eine zeitweilige Unterbrechung der Lebensfunktionen führt zum Koma, eine permanente Unterbrechung zum Tode. Er ging davon aus, daß die Koagulation des Protoplasmas durch künstliche Mittel aufgehalten, verhindert und selbst in einem extremen Stadium der Gerinnung überwunden werden könne. Oder, einfacher gesagt, er behauptete, daß der Tod, wenn nicht gewaltsam herbeigeführt oder von Organzerstörungen begleitet, lediglich eine unterbrochene Lebenstätigkeit sei und daß unter diesen Umständen das Leben durch die Anwendung geeigneter Methoden wieder zur Aufnahme seiner Funktionen veranlaßt werden könne. Und das war sein Plan: Er wollte die Methode entdecken und praktisch erproben, mit der die Lebensfunktionen in einem Organismus reaktiviert werden konnten, aus dem das Leben scheinbar entwichen war. Natürlich erkannte er die Nutzlosigkeit eines solchen Unterfangens, nachdem die Verwesung bereits eingesetzt hat. Er benötigte Organismen, die noch vor einem Moment, vor einer Stunde oder einem Tag quicklebendig waren. An mir hatte er seine noch nicht völlig ausgereifte Theorie bewiesen. Ich war wirklich ertrunken, wirklich tot, als man mich aus der San Francisco Bay fischte, aber mein Lebensfunke wurde mit dem aerotherapeutischen Apparat, wie er ihn nannte, wieder angefacht.

Jetzt aber zu seinen dunklen Zielen, bei denen ich eine Rolle spielen sollte. Erst einmal machte er mir klar, wie vollkommen ich ihm ausgeliefert war. Er hatte die Jacht für ein Jahr weggeschickt und nur die beiden Schwarzen bei sich behalten, die ihm blind ergeben waren. Dann legte er mir seine Theorie dar und umriß die von ihm entwickelte Beweismethode. Er schloß mit der furchteinflößenden Ankündigung, daß ich sein Versuchsobjekt sein sollte.

In vielen verzweifelten Situationen hatte ich dem Tod schon ins Auge geblickt und meine Chancen abwägen müssen, aber nie in dieser Art. Ich schwöre, ich bin kein Feigling, aber die Aussicht, im Grenzland des Todes hin- und herzureisen, flößte mir das kalte Grauen ein. Ich bat um Bedenkzeit, die er mir gewährte, allerdings nicht ohne die Versicherung, daß ich nur die eine Wahl hätte: mich zu unterwerfen. Eine Flucht von der Insel war unmöglich, Flucht durch Selbstmord kam auch nicht in Frage, obwohl sie dem vorzuziehen war, was mich erwartete. Die einzige Hoffnung bestand darin, meine Peiniger zu vernichten. Aber auch diese letzte Möglichkeit wurde durch die Vorsichtsmaßregeln vereitelt, die mein Vater getroffen hatte. Ich stand unter ständiger Beobachtung; selbst wenn ich schlief, bewachte mich einer der beiden Schwarzen.

Nachdem ich ihn vergeblich gebeten hatte, mich zu verschonen, enthüllte und bewies ich ihm, daß ich sein Sohn war. In diesen meinen letzten Trumpf hatte ich all meine Hoffnungen gesetzt. Er war jedoch unerbittlich; er war kein Vater, sondern eine Forschungsmaschine. Es ist mir unverständlich, wie es jemals geschehen konnte, daß er meine Mutter heiratete und mich zeugte, denn es gab in seinem Wesen nicht das kleinste Körnchen Gefühl. Verstand war für ihn das A und O, und Dinge wie Liebe oder Sympathie für andere konnte er nicht verstehen, es sei denn als Schwäche, die man bekämpfen muß. So setzte er mir auseinander, daß er, der mir ja am Anfang das Leben gegeben habe, nun das größte Recht beanspruchen könne, dieses Leben wieder zu nehmen. Das jedoch sei nicht sein Wunsch; er wolle es sich nur gelegentlich ausleihen und pünktlich zur festgesetzten Stunde wieder zurückgeben. Natürlich sei eine Panne nicht ganz auszuschließen, aber ich hätte keine Wahl, als auf mein Glück zu hoffen. Das sei aber ganz normal.

Um den Erfolg weitgehend abzusichern, sollte ich nach seinem Willen bei bestmöglicher Gesundheit sein. So bekam ich eine spezielle Diät und wurde wie ein berühmter Athlet vor dem entscheidenden Wettkampf trainiert. Was konnte ich tun? Wenn ich das Risiko auf mich nehmen mußte, war es das beste, in guter Verfassung zu sein. In meinen Ruhepausen erlaubte er mir, bei der Einrichtung des Apparates und bei verschiedenen Hilfsexperimenten zu assistieren. Das Interesse, das ich all diesen Operationen entgegenbrachte, kann man sich vorstellen. Ich beherrschte die Arbeit ebenso vollkommen wie er, und oft hatte ich das Vergnügen, einige meiner Vorschläge und Neuerungen realisiert zu sehen. Danach lächelte ich grimmig, denn ich wurde mir bewußt, daß ich bei meiner eigenen Beerdigung mitwirkte.

Er begann mit einer Serie von toxikologischen Experimenten. Als alles bereit war, wurde ich durch eine kräftige Dosis Strychnin getötet und etwa zwanzig Stunden liegengelassen. In dieser Zeit war mein Körper tot, absolut tot. Atmung und Blutzirkulation hatten aufgehört. Das Schlimme jedoch war, daß ich, während die Koagulation des Protoplasmas voranschritt, bei vollem Bewußtsein und somit in der Lage war, sie in allen ihren gräßlichen Einzelheiten zu verfolgen.

Der Wiederbelebungsapparat war eine luftdichte Kammer, groß genug, meinen Körper aufzunehmen. Der Mechanismus war einfach – ein paar Ventile, eine drehbare Welle mit Kurbel und ein Elektromotor. War der Apparat in Aktion, wurde der Innendruck abwechselnd erhöht und verringert, so daß meine Lungen ohne die früher notwendigen Schläuche künstlich beatmet wurden. Obwohl mein Körper funktionslos und nach allem, was ich wußte, im ersten Stadium der Zersetzung war, konnte ich alle Vorgänge wahrnehmen. Ich wußte, wann sie mich in die Kammer legten, und obwohl alle meine Sinne stillgelegt waren, spürte ich, wie man mir ein Präparat unter die Haut spritzte, das auf den Koagulationsprozeß einwirken sollte. Dann wurde die Kammer geschlossen und der Mechanismus in Gang gesetzt. Meine Furcht war unbeschreiblich; aber der Kreislauf wurde allmählich reaktiviert, die verschiedenen Organe nahmen ihre jeweilige Funktion wieder auf, und nach einer Stunde aß ich eine herzhafte Mahlzeit.

Man kann nicht sagen, daß ich mich an dieser Testserie oder den folgenden mit besonderer Begeisterung beteiligt hätte, aber nach zwei erfolglosen Fluchtversuchen erwachte doch mein Interesse. Dazu kam die Gewöhnung. Mein Vater war außer sich über den Erfolg, und im Laufe der folgenden Monate wurden seine Spekulationen immer wahnwitziger. Wir gingen die drei großen Klassen der Gifte durch: die Nervengifte, die gasförmigen Betäubungsmittel und die Reizstoffe. Wir vermieden jedoch sorgfältig einige der mineralischen Reizstoffe und übergingen die Gruppe der Ätzmittel ganz. Während der Giftexperimente gewöhnte ich mich beinahe ans Sterben, und es gab nur eine Panne, die mein gewachsenes Vertrauen erschütterte. Beim Schröpfen einer Anzahl kleiner Blutgefäße in meinem Arm spritzte mein Vater mir eine winzige Menge des schrecklichsten aller Gifte, jenes Pfeilgiftes, das man auch Kurare nennt. Augenblicklich verlor ich das Bewußtsein, schnell folgten Atem- und Herzstillstand. Die Gerinnung des Protoplasmas schritt so weit fort, daß mein Vater jede Hoffnung fahrenließ. Aber buchstäblich in letzter Sekunde nutzte er eine Erfindung, an der er gerade gearbeitet hatte, jetzt allerdings mit doppelter Energie.

In einem Glasvakuum, ähnlich, aber nicht genau wie eine Crookessche Röhre aufgebaut, wurde ein Magnetfeld erzeugt. Wenn hier polarisiertes Licht hindurchdrang, so erzeugte es weder Phosphoreszenz noch Erscheinungen der geradlinigen Projektion von Atomen, dafür sandte es unsichtbare Strahlen aus, die den Röntgenstrahlen ähnlich waren. Konnten aber die Röntgenstrahlen in optisch dichten Medien verborgene undurchsichtige Objekte sichtbar machen, so hatten diese Strahlen ein noch viel feineres Durchdringungsvermögen. Damit fotografierte er meinen toten Körper und fand auf dem Negativ eine unendlich große

Zahl verschwommener Schatten, deren Ursache die noch immer in mir ablaufenden chemischen und elektrischen Vorgänge waren. Das war ein unfehlbarer Beweis dafür, daß die Leichenstarre, in der ich mich befand, nur scheinbar war; daß die geheimnisvollen Kräfte, jene zarten Bande, die meinen Leib und meine Seele zusammenhielten, noch in Aktion waren.

Bei allen anderen Giften waren die Wirkungen nicht so schlimm; eine Ausnahme bildeten die Quecksilberverbindungen, die mich gewöhnlich für einige Tage niederstreckten.

Eine Serie ergiebiger Experimente wurde mit Elektrizität durchgeführt. Wir bewiesen Teslas Behauptung, daß Hochspannung völlig ungefährlich sei, indem wir 100 000 Volt durch meinen Körper jagten. Da mir das nichts ausmachte, wurde die Spannung auf 2500 Volt reduziert, wodurch ich schnell getötet wurde. Dieses Mal wagte sich mein Vater so weit vor, mich volle drei Tage tot – oder im Zustand unterbrochener Lebenstätigkeit – liegenzulassen. Mich zurückzuholen dauerte volle vier Stunden.

Einmal führte er zusätzlich einen Kinnbackenkrampf herbei; mein Todesschmerz war so qualvoll, daß ich es rundweg ablehnte, mich weiter ähnlichen Experimenten zu unterziehen. Die leichtesten Todesarten waren die Erstickung, etwa das Ertrinken oder Strangulieren sowie Gasvergiftungen. Auch Morphium-, Opium-, Kokain- und Chloroformvergiftungen waren keineswegs schlimm.

Einmal ließ er mich, nachdem ich erstickt worden war, drei Monate lang im Kühlraum liegen, wobei ich weder erfrieren noch verwesen durfte. Dies geschah ohne mein Wissen, so daß ich einen gewaltigen Schreck bekam, als ich die Zeitdifferenz bemerkte. Ich bekam Angst vor dem, was er noch alles mit mir anstellen könnte, während ich tot war, und meine Furcht wurde durch die Vorliebe vergrößert, die er für die Vivisektion zu entwickeln begann. Nach meiner letzten Wiederauferstehung entdeckte ich, daß er sich an meinem Brustkorb zu schaffen gemacht hatte. Obwohl die Schnitte sorgfältig genäht und verbunden waren, mußte ich einige Zeit im Bett bleiben. In dieser Genesungszeit entwickelte ich meinen endgültigen Fluchtplan.

Ich heuchelte grenzenlose Begeisterung für die Arbeit, bat aber um Urlaub von den Experimenten. In dieser Zeit widmete ich mich der Laborarbeit, während sich mein Vater zu sehr in die Vivisektionen der vielen von den Schwarzen gefangenen Tiere vertiefte, um meine Arbeit beachten zu können.

Meine Theorie gründete ich auf die folgenden zwei Lehrsätze: erstens auf die Elektrolyse oder die Aufspaltung von Wasser in seine gasförmigen Bestandteile mittels Elektrizität, und zweitens auf die hypothetische Existenz einer Kraft, die man als Umkehrung der Gravitation ansehen kann und die Astor »Apergie« genannt hat. Die Erdanziehungskraft beispielsweise zieht Objekte zusammen, verbindet sie aber nicht. Daraus folgt, daß Apergie lediglich Abstoßung ist. Die Anziehungskraft zwischen den Atomen und Molekülen zieht diese nicht nur zusammen, sondern verbindet sie. Die Umkehrung davon, eine Zersetzungskraft, wollte ich nicht nur entdecken und erzeugen, ich wollte sie willkürlich steuern. Die Moleküle des Wasserstoffs und Sauerstoffs reagieren miteinander, spalten sich auf und formen neue Moleküle, in denen beide Elemente vertreten sind – sie bilden Wasser. Die Elektrolyse veranlaßt diese Moleküle, sich aufzuspalten und in ihren ursprünglichen Zustand zurückzukehren, wodurch die zwei Gase wieder getrennt vorliegen. Die Kraft, die ich suchte, sollte dies nicht nur mit zwei, sondern mit allen Elementen tun, unabhängig davon, in welchen Verbindungen sie auftreten würden. Könnte ich meinen Vater in die Reichweite dieser Kraft locken, wäre er augenblicklich zersetzt und als Masse isolierter Elemente in alle Winde verstreut.

Man darf nicht glauben, daß diese Kraft, die ich schließlich zu beherrschen lernte, Materie vernichtete; sie löste nur die Form auf. Schnell fand ich auch heraus, daß sie nicht auf anorganische Verbindungen wirkte. Aber für alle organischen Formen war sie absolut verhängnisvoll. Dies verwirrte mich zunächst, hätte ich mir allerdings die Zeit genommen, gründlicher nachzudenken, wäre mir die Sache klargeworden. Da die Zahl der Atome in organischen Molekülen viel größer ist als in den kompliziertesten anorganischen Molekülen, sind organische Verbindungen instabil und können leicht durch physikalische Kräfte oder chemische Reagenzien aufgespalten werden.

Ein Paar speziell für diesen Zweck konstruierte Magnete, von starken Batterien gespeist, sandte zwei gewaltige Strahlen aus. Für sich genommen waren diese völlig harmlos. Sie erfüllten jedoch ihre Bestimmung, wenn sie sich in einem bestimmten Punkt im Raume kreuzten. Nach einer praktischen Demonstration ihrer Wirkung, bei der ich mich um ein Haar selbst ins Jenseits befördert hätte, legte ich meine Falle aus. Ich versteckte die Magnete so, daß ihre Strahlen den Eingang zu meiner Kammer in ein Todesfeld verwandelten. An meiner Couch befestigte ich einen Schalter, mit dem ich den Strom aus den Batterien zu den Magneten schicken konnte. Dann ging ich zu Bett.

Die Schwarzen bewachten noch immer meine Schlafräume, wobei sie sich um Mitternacht ablösten. Ich schaltete den Strom ein, als der erste Mann seinen Dienst übernahm. Kaum war ich eingenickt, da erwachte ich schon wieder von einem scharfen, metallischen Klang. Drüben, mitten auf der Schwelle, lag das Halsband von Dan, dem Bernhardiner meines Vaters. Mein Bewacher eilte herbei, es aufzuheben. Er verschwand wie ein Windhauch, wobei seine Kleider auf dem Boden zu einem Haufen zusammenfielen. Die Luft roch ganz leicht nach Ozon, da aber die wesentlichen gasförmigen Bestandteile seines Körpers Wasserstoff, Sauerstoff und Stickstoff waren, allesamt farb- und geruchlos, gab es keinerlei weitere Anzeichen seines Verschwindens. Als ich jedoch den Strom abgeschaltet hatte und die Kleidungsstücke entfernte, fand ich ein Häufchen tierischer Holzkohle, dazu andere Pulver – die separierten festen Bestandteile seines Organismus wie Schwefel, Kalium und Eisen. Ich baute die Falle wieder auf und kroch zurück ins Bett. Um Mitternacht stand ich auf und beseitigte die Überreste des zweiten Schwarzen, dann schlief ich ruhig bis zum Morgen.

Ich wurde durch die schrille Stimme meines Vaters geweckt, der mich vom anderen Ende des Laboratoriums her rief. Ich lachte in mich hinein. Es gab niemanden mehr, der ihn wecken konnte, und er hatte verschlafen. Ich konnte ihn hören, wie er sich meinem Raum in der Absicht näherte, mich zu wecken. So setzte ich mich im Bett auf, damit ich seine Verwandlung – vielleicht besser seine »Apotheose« – genauer beobachten konnte. Auf der Schwelle hielt er einen Moment inne, dann tat er den verhängnisvollen Schritt. Puff! Es hörte sich an, als würde der Wind zwischen Fichten singen. Er war verschwunden. Seine Kleidungsstücke fielen zu einem phantastischen Haufen auf den Boden. Außer Ozon nahm ich den leichten, knoblauchartigen Geruch von Phosphor wahr. Ein kleines Häufchen fester Elementarteilchen lag zwischen den Sachen. Das war alles. Die weite Welt stand mir offen. Meine Peiniger gab es nicht mehr.

Der Rote

Da war er! Dieser jäh ertönende Klang, dessen Dauer Bassett mit Hilfe seiner Uhr bestimmte und der ihm wie die Trompeten eines Erzengels erschien. Stadtmauern, so sann er, könnten wohl angesichts eines solch unermeßlichen und zwingenden Rufes einstürzen. Zum tausendstenmal mühte er sich vergebens, die Lautqualität dieses mächtigen Dröhnens zu analysieren, das das Land bis hin zu den Festungen der angrenzenden Stämme beherrschte. Die Bergschlucht – Ursprung des Schalles – hallte vom anschwellenden Tosen wider, bis es Erde, Himmel und Luft erfüllte. Mit der üppigen Phantasie eines kranken Mannes verglich er es mit dem gewaltigen Schrei eines Titanen aus der antiken Welt, der in Schmerzen und Zorn befangen war. Immer höher stieg es, so bedrohlich und gebieterisch in seiner Unermeßlichkeit, daß es für Ohren jenseits der engen Grenzen des Sonnensystems gedacht zu sein schien. Auch schien es ein Klageschrei, ein Aufbegehren dagegen zu sein, daß da keine Ohren waren, diese Äußerung zu hören und zu verstehen.

Derart war die Phantasie des kranken Mannes. Immer noch bemühte er sich, den Ton zu analysieren. Volltönend wie ein Donner, weich wie eine goldene Glocke, fein und süß wie der Klang eines straff gespannten Silberfadens – nein; es war weder das eine noch das andere und auch keine Mischung von alldem. Er hatte in seinem Wortschatz keinen Ausdruck, nichts, was dem nahekam, keine Erfahrung, um diese Klangfülle zu beschreiben.

Die Zeit verging. Die Minuten verschmolzen zu Viertelstunden, die Viertelstunden zu halben Stunden, und immer noch hielt der Ton an, ewig seinen anfänglichen Klangimpuls variierend, ohne je neue Impulse zu erhalten – schwächer werdend, verhallend und dann ebenso grandios ersterbend, wie er entstanden war. Er ging über in ein Gemisch aus gequältem Murmeln, Wispern und ungeheurem Geflüster. Langsam, Seufzer für Seufzer, kehrte er in irgendeinen gewaltigen Schoß zurück, aus dem er geboren wurde, bis er schließlich schreckliche Laute des Zorns flüsterte und gleichzeitig verführerische Laute des Entzückens, immer noch bemüht, gehört zu werden, um ein kosmisches Geheimnis zu übermitteln, einen Begriff von unerhörtem Wert. Er verkümmerte zu einem Abklang seiner selbst, der sowohl das Bedrohliche als auch die Verheißung verloren hatte. Noch mehrere Minuten, nachdem er ganz verklungen war, pulsierte er im Bewußtsein des kranken Mannes. Als Bassett nichts mehr vernehmen konnte, blickte er auf seine Uhr. Eine Stunde war vergangen, seit sich die Trompetenklänge des Erzengels in ein tonales Nichts verloren hatten.

War das jetzt also *sein* Verlies? – Bassett sinnierte, dachte an seinen Browning und starrte auf seine knochigen, vom Fieber ausgezehrten Hände. Er hatte ein Bild vor Augen, das ihn lächeln ließ – das Bild vom getreuen Paladin Roland, der versuchte, mit seinem Arm, so schwach wie der seine jetzt, ein Hifthorn an seinen Mund zu führen. Waren Monate oder Jahre vergangen, fragte er sich, seit er jenen geheimnisvollen Ruf an der Küste von Ringmanu zum erstenmal vernommen hatte? Um sich zu schonen, wollte er es nicht errechnen. Die Krankheit währte schon zu lange. Wenn er die Zeit, die er bei Bewußtsein war, zusammenzählte, kam er auf Monate, viele Monate; aber es war ihm nicht möglich, die langen Zwischenräume, als er im Delirium und in stumpfsinniger Betäubung lag, abzuschätzen. Und wie ging es wohl Kapitän Bateman vom Sklavenschiff Nari, fragte er sich, ob der betrunkene Maat des Kapitäns schon am Delirium tremens gestorben war?

Von diesen fruchtlosen Spekulationen wandte sich Bassett dann träge seinen Betrachtungen über all jene Ereignisse zu, die sich seit dem Tag zugetragen hatten, da er das Tönen zum erstenmal an der Küste von Ringmanu vernommen hatte und auf der Suche nach dessen Ursprung in den Dschungel getaucht war. Sagawa hatte protestiert. Er sah ihn jetzt vor sich, sein sonderbar kleines, äffisches Gesicht, in dem deutlich Angst zu lesen war, seinen von den Sammelkästen gebeugten Rücken, in den Händen Bassetts Schmetterlingsnetz sowie das Gewehr des Naturforschers, wie er im Beche-de-mer-Englisch stammelte: »Junge hat große Angst in Busch. Viele schlechte Männer in Busch.«

Bassett lächelte traurig bei der Erinnerung. Der kleine Kerl von New Hannover hatte auch Angst, blieb ihm aber treu und folgte ihm auf der Suche nach dem wunderbaren Klang ohne Zögern in den Busch. Nein, es war kein vom Feuer ausgehöhlter Baumstamm, der durch die Tiefen des Dschungels Krieg verkündete, wie Bassett zuerst geschlußfolgert hatte. Auch seine nächste Schlußfolgerung hatte sich als Irrtum erwiesen, nämlich, daß die Quelle beziehungsweise Ursache nicht weiter als eine Stunde Fußmarsch entfernt wäre und daß er bis zum Nachmittag ganz bequem zurück sein würde, um vom Walfischboot der *Nari* mitgenommen zu werden.

»Lärm von große Mann nicht gut, immer Teufel-Teufel«, urteilte Sagawa. Und Sagawa hatte recht behalten. War ihm nicht am selben Tag noch der Kopf abgehackt worden? Bassett erschauderte. Zweifellos war Sagawa auch von diesen bösen Wesen aufgegessen worden, die sich überall im Busch aufhielten. Er sah Sagawa vor sich, wie er ihn zuletzt gesehen hatte, auf dem schmalen Pfad, wo er kurz zuvor enthauptet worden war, des Gewehrs wie auch der Naturforscherausrüstung seines Herrn beraubt. Ja, innerhalb einer Minute hatte sich diese Sache ereignet. Innerhalb einer Minute – Bassett hatte gerade vorher zurückgeblickt und ihn geduldig unter seiner Last dahintrotten sehen. Dann kamen Bassett seine eigenen Sorgen zu Bewußtsein. Er besah seine grausig verheilten Stümpfe des ersten und zweiten Fingers seiner linken Hand und strich mit ihnen dann vorsichtig über die Vertiefung am hinteren Schädel. Wie blitzschnell der langstielige Tomahawk auch geflogen kam, er war doch schnell genug gewesen, seinen Kopf zu ducken und mit seiner hochschnellenden Hand den Schlag teilweise abzuwehren. Zwei Finger und eine böse Wunde am Schädel waren der Preis für sein Leben gewesen. Mit dem einen Lauf seines zehnkalibrigen Schrotgewehrs hatte er den Buschmann, der ihn um Haaresbreite erwischt hätte, niedergestreckt, aus dem anderen feuerte er auf den Buschmann, der sich gerade über Sagawa beugte, und es war ihm eine Genugtuung zu wissen, daß der größte Teil der Ladung den Mann getroffen hatte, der mit Sagawas Kopf davonsprang. All das hatte sich in Sekundenschnelle ereignet. Nur er selbst, der Buschmann und das, was von Sagawa übriggeblieben war, befanden sich auf dem schmalen, dem Fluchtweg wilder Schweine gleichenden Pfad. Aus dem dunklen Dschungel zu beiden Seiten kamen keinerlei Rascheln von irgendeiner Bewegung noch irgendein Lebenszeichen. Er stand unter einem fürchterlichen Schock. Zum erstenmal in seinem Leben hatte er einen Menschen getötet. Ihn überkam Übelkeit, als er an das scheußliche Werk dachte.

Dann hatte die Jagd begonnen. Er lief vor seinen Verfolgern, die sich zwischen ihm und der Küste befanden, den Schweinepfad zurück. Wie viele es waren, konnte er nicht sagen. Es konnten einer sein, aber genausogut hundert, denn er sah niemanden. Er war sich jedoch im klaren darüber, daß einige von ihnen auf die Bäume geklettert waren und durch das Dschungeldach schlichen, aber das Äußerste, was er wahrnahm, war ein gelegentlich vorüberhuschender Schatten. Er hörte kein Schwirren von Bogensaiten, und dennoch zischten winzige Pfeile, von denen er nicht wußte, wo sie abgeschossen wurden, hinter ihm oder trafen auf Baumstämme und fielen dann neben ihm auf die Erde. Sie hatten eine Spitze aus Knochen und Federn am Schaft, diese Federn stammten vom Brustteil des Kolibris und schillerten wie Juwelen.

Einmal hatte er – jetzt, da so viel Zeit vergangen war, konnte er bei der Erinnerung daran fröhlich vor sich hin lächeln – einen Schatten über sich gesehen, der sofort reglos verharrte, als er seinen Blick nach oben wandte. Er konnte nichts erspähen, entschloß sich aber, es darauf ankommen zu lassen, und feuerte aus dem Gewehrlauf Nummer fünf eine kräftige Ladung ab. Mit dem Schrei einer wild gewordenen Katze stürzte der Schatten durch Baumfarne und Orchideen herunter und kam auf den Füßen auf; vor Schmerz und Zorn immer noch schreiend, stieß er seine Zähne in den Knöchelschutz von Bassetts derben Laufstiefeln. Der war nicht müßig, und mit seinem freien Fuß erledigte er, was nötig war, um das Schreien abzuwürgen. Bassett hatte sich seit damals an die Wildheit gewöhnt, daß er bei dem Gedanken daran wieder vor sich hin lächelte.

Was für eine Nacht hatte er dann durchgemacht! Es war kein Wunder, daß er so viele schlimme Fieberattacken hinter sich hatte, dachte er in der Erinnerung an jene qualvolle schlaflose Nacht, als das Puckern der Wunden nichtig war im Vergleich zu den Myriaden von Moskitostichen. Es hatte kein Entkommen gegeben; ein Feuer anzuzünden hatte er nicht gewagt. Sein Körper war buchstäblich mit Gift vollgepumpt worden, und als er bei Tagesanbruch mit fast zugequollenen Augen blind herumstolperte, hätte es ihm kaum noch etwas ausgemacht, wenn man seinen Kopf abgehackt und sich sein Leichnam dem Sagawas auf dem Weg ins Feuer zugesellt hätte. Vierundzwanzig Stunden hatten aus ihm ein Wrack gemacht – sowohl psychisch als auch physisch. Er war gar nicht wieder ganz zu sich gekommen, so irre hatte ihn die enorme Giftmenge gemacht, der er ausgesetzt gewesen war. Mehrere Male feuerte er mit Erfolg in die Schatten, die ihm nachspürten. Stechende Eintagsfliegen und Mücken verschlimmerten seine Qualen, während seine blutigen Wunden Scharen von lästigen Fliegen anzogen, die sich träge auf sein Fleisch setzten und abgeschüttelt und zerquetscht werden mußten.

Einmal hörte er an jenem Tag wieder den wunderbaren Klang, der weiter weg zu sein schien, sich aber beherrschend über die nähergelegenen Kriegstrommeln im Busch erhob. Und da hatte er seinen Fehler begangen. In der Annahme, daß er schon an der Klangquelle vorbei war und daß sie also zwischen ihm und der Küste von Ringmanu liegen mußte, hatte er sich zurückgearbeitet, scheinbar auf sie zu, in Wirklichkeit jedoch drang er immer tiefer in das geheimnisvolle Herz der unerforschten Insel. In der Nacht war er schließlich, nachdem er zwischen den gewundenen Wurzeln des Banianbaumes umhergekrochen war, vor Erschöpfung eingeschlafen, wobei die Moskitos ungestört ihre Freude an seinem Körper hatten.

Es folgten Tage und Nächte, die in seiner Erinnerung so vage wie Alpträume waren. Klar in seinem Gedächtnis war aber das Bild, wie er sich plötzlich mitten in einem Buschdorf wiederfand und die alten Männer und Kinder in den Dschungel flüchten sah. Alle außer einem waren geflüchtet. Ganz dicht neben oder über ihm hatte ihn das Wimmern wie von einem Schmerz und Angst leidenden Tier aufgeschreckt. Als er hochschaute, sah er sie – ein Mädchen oder wohl eher eine junge Frau, in der prallen Sonne an einem Arm aufgehängt. Vielleicht hatte sie schon seit Tagen so gehangen. Ihre geschwollene heraushängende Zunge deutete darauf hin. Immer noch am Leben, starrte sie ihn mit Augen des Schreckens an. Alle Hilfe kam zu spät, befand er, als er die geschwollenen Beine sah, was vermuten ließ, daß ihre Gelenke zerschmettert und die großen Knochen gebrochen worden waren. Er beschloß, sie zu erschießen, und da hörte seine Erinnerung auf. Er wußte nicht mehr, ob er geschossen hatte, genausowenig konnte er sich erinnern, wie er in dieses Dorf gekommen war und wie es ihm gelungen war, sich wieder davonzumachen.

Viele zusammenhanglose Bilder tauchten auf und verschwanden wieder aus Bassetts Sinn, als er auf jene Zeit der schrecklichen Wanderungen zurückschaute. Er sah vor sich, wie er in ein anderes Dorf mit einem Dutzend Häusern eindrang und mit seinem Gewehr alle Bewohner vor sich her trieb bis auf einen alten Mann, der zu schwach war zu fliehen, der ihn anspuckte, jammerte und knurrte, während er einen Erdofen freischaufelte und zwischen den heißen Steinen ein gebratenes Schwein hervorzerrte, das durch die Garnierung aus grünen Blättern seinen köstlichen Duft verströmte. An diesem Ort hatte Bassett das geile Vergnügen an der Wildheit gepackt. Nachdem er geschmaust hatte und mit dem hinteren Viertel des Schweins in der Hand gehen wollte, legte er mit seinem Brennglas aus Übermut Feuer an das Grasdach eines Hauses.

Aber am tiefsten hatte sich der dumpf-feuchte Dschungel in Bassetts Seele eingebrannt. Er stank regelrecht nach Verderbtheit, und ständig herrschte Zwielicht in diesem Dschungel. Selten drang ein Sonnenstrahl durch das Dach aus Flechtwerk hundert Fuß über ihm. Unter diesem Dach lastete eine dicke Luftschicht, in der eine Vegetation monströser, parasitärer und entarteter Lebensformen wucherte, die im Tode wurzelte und vom Tode lebte. Und durch diese Welt trieb er, stets und ständig von den vorüberhuschenden Schatten der Menschenfresser verfolgt, die selber Geister des Bösen waren und nicht wagten, ihm im offenen Kampf gegenüberzutreten, die aber wußten, daß sie früher oder später von ihm essen würden. Bassett erinnerte sich, daß er sich in lichten Momenten mit einem verwundeten Stier verglich, der von Präriekojoten verfolgt wurde, die zu feige waren, mit ihm um sein Fleisch offen zu kämpfen, jedoch die Gewißheit hatten, daß sein Ende unvermeidlich war und sie sich dann an ihm vollfressen würden. Wie die Hörner und stampfenden Hufe des Stiers die Kojoten fernhielten, so hielt sein Gewehr diese Bewohner der Salomoninseln fern, diese zwielichtigen Schatten von Buschmenschen der Insel Guadalcanal.

Eines Tages hatte er das Weideland erreicht. Wie vom Schwert Gottes in der Hand Gottes abgetrennt, hörte der Urwald ganz plötzlich auf. Der Urwaldrand erstreckte sich steil und schwarz wie der Wald selbst über hundert Fuß. Und gleich an seinem Rand wuchs Gras – süßes, weiches, zartes Weidegras, das jeden Viehzüchter und dessen Vieh begeistert hätte; dieses samtige frische Grün erstreckte sich über endlose Kilometer bis hin zum Rückgrat der großen Insel, den sich hoch auftürmenden Bergen, die durch ewig zurückliegende Erderschütterungen dort hingeschleudert und vom ätzenden Tropenregen zwar angefressen und zerfurcht, aber noch nicht ganz vernichtet waren. Das Gras! Er kroch ein Stück ins Weideland hinein, vergrub sein Gesicht im Gras, roch es und brach in einem Anfall unfreiwilligen Weinens zusammen.

Und während er weinte, ertönte der wunderbare Klang – wenn mit dem Wort »ertönen«, so hatte er seither oft gedacht, ein so gewaltiger Klang angemessen beschrieben werden konnte. Es war ein so süßer Klang, wie er ihn nie zuvor gehört hatte. Er war so unermeßlich, so von mächtiger Resonanz, daß er aus der metallenen Kehle eines Ungeheuers hätte stammen können. Und dennoch war ihm, als gelte der Ruf ihm in dieser endlosen Savanne, und er war eine Wohltat für seine leidende und vom Schmerz gemarterte Seele.

Er dachte daran, wie er dort im Gras gelegen hatte, mit feuchten Wangen, obwohl er nicht mehr weinte, sondern dem Klang lauschte und sich darüber wunderte, daß er ihn an der Küste von Ringmanu hören konnte. Eine Anomalie von Luftdruckzonen und Luftströmungen hatte es möglich gemacht, so räsonierte er, daß der Klang so weit getragen wurde. Solche Bedingungen würde es in tausend und aber tausend Tagen nicht wieder geben; der eine Tag, an dem sie eingetreten waren, war der Tag, an dem er für ein paar Sammelstunden von der *Nari* gekommen war. Er war speziell auf der Suche nach dem berühmten Urwaldschmetterling mit einer Flügelbreite von einem Fuß und, da gänzlich ohne Farbe, so samtdunkel wie ein Laubdach. Er lebte in den luftigen Höhen der Bäume und fand im Laubdach seine Zuflucht, von wo er einzig mit ein paar Schüssen heruntergeholt werden konnte. Zu diesem Zweck hatte Sagawa das zwanzigkalibrige Gewehr geschleppt.

Zwei Tage und zwei Nächte war er quer durch den Savannengürtel gekrochen. Er hatte viel gelitten, aber die Verfolgung hatte am Urwaldrand ein Ende. Er wäre verdurstet, hätte ihn nicht ein schweres Gewitter am zweiten Tag belebt.

Und dann war Balatta gekommen. In dem ersten Schatten, den er fand, dort, wo die Savanne dem dichten Bergdschungel wich, war er, zum Sterben verurteilt, zusammengebrochen. Zuerst hatte sie angesichts seiner Hilflosigkeit vor Freude gequiekt, und dann war sie drauf und dran gewesen, ihm seinen Geist mit einem Knüppel auszuprügeln. Vielleicht hatte sie seine völlige Hilflosigkeit gerührt, und vielleicht war es ihre menschliche Neugier, die sie davon abhielt. Wie dem auch sei, er öffnete seine Augen angesichts des drohenden Schlages und sah, wie sie ihn ausgiebig musterte. Besonders seine blauen Augen und seine weiße Haut hatten es ihr angetan. Gelassen setzte sie sich auf ihren Hintern und spuckte ihm auf den Arm, mit den Fingerspitzen schrubbte sie die mehrere Tage und Nächte alte Schmutzschicht aus Kot und Urwalddreck ab, die das Weiß seiner Haut besudelt hatte.

Er hatte an ihr alles bemerkenswert gefunden, nichts an ihr entsprach den Konventionen. Er lächelte schwach bei dieser Erinnerung, denn ihre Kleidung war von der unschuldigen Art wie die Evas vor dem Abenteuer mit dem Feigenblatt. Gedrungen und zugleich mager, mit asymmetrischen Gliedern und Muskelsehnen wie Tauenden, mit der schon von Kindheit an festgebackenen Dreckkruste, die, abgesehen von gelegentlichen Regenschauern, kein Wasser abbekommen hatte, war sie ein so häßlicher Prototyp von Frau, wie ihn sein Wissenschaftlerauge noch nie erblickt hatte. Ihre Brüste kündeten sowohl von ihrer Reife als auch ihrer Jugend. Und wenn durch nichts anderes, so wäre ihr Geschlecht doch ausreichend gekennzeichnet gewesen durch den einzigen Schmuckgegenstand, den sie trug, nämlich einen Schweineschwanz, der durch ein Loch im linken Ohrläppchen gezogen war. Dieser Schweineschwanz war erst vor so kurzer Zeit abgetrennt worden, daß aus der Trennstelle noch Blut sickerte und ihr wie Kerzenwachs auf die Schulter tropfte. Und erst das Gesicht: verzerrt und verhutzelt, mit äffischen Zügen, durchbrochen von mongolischen himmelwärts gerichteten Nasenlöchern und einem Mund, dessen gewaltige Oberlippe herunterhing und der plötzlich im fliehenden Kinn verschwand, mit spähenden, mürrisch blickenden Augen, die wie die Augen von Affen im Käfig blinzelten. Auch das Wasser, das sie ihm in einem Blatt brachte, und der alte steinharte Klumpen Schweinebraten konnten ihre groteske Häßlichkeit nicht mildern. Während er aß, schloß er seine Augen, um sie nicht sehen zu müssen, wobei sie seine Lider immer wieder auseinanderzog, um auf seine blauen Augen zu starren. Dann kam der Klang. Näher, viel näher mußte er jetzt sein, aber er wußte, daß er trotz des schlimmen Weges, den er hinter sich hatte, noch Stunden von ihm entfernt war. Die Wirkung auf das Mädchen war bestürzend. Sie krümmte sich zusammen, mit abgewandtem Gesicht, wehklagend and zitternd. Nachdem der Klang seine volle Zeit von einer Stunde gewährt hatte, schloß Bassett die Augen und schlief ein, Balatta verjagte ihm die Fliegen.

Als er wach wurde, war es Nacht, und sie war fort. Aber er fühlte neue Kraft, dann schloß er seine Augen wieder und schlief ununterbrochen bis Sonnenaufgang. Er war zu jener Zeit viel zu sehr mit Moskitogift vollgepumpt, als daß er noch an einer Entzündung hätte leiden können. Kurze Zeit später war Balatta zurückgekommen und hatte ein halbes Dutzend Frauen mitgebracht, die bei all ihrer Häßlichkeit nicht ganz so unansehnlich waren wie Balatta. Diese machte durch Gesten deutlich, daß sie ihn als ihren Fund, als ihr Eigentum betrachtete, und der Stolz, mit dem sie mit ihm protzte, hätte etwas Lächerliches gehabt, wäre seine Lage nicht so verzweifelt gewesen.

Als er dann nach einem Marsch, der ihm schrecklich lang erschien, im Schatten des Brotbaumes vor dem Teufel-Teufel-Haus zusammengebrochen war, hatte sie sehr lebhaft Vorstellungen darüber geäußert, wie sie ihn wieder in ihren Besitz bringen könnte. Ngurn, den Bassett später als den Teufel-Teufel-Doktor, Priester oder Medizinmann des Dorfes kennenlernen würde, hatte seinen Kopf haben wollen. Einige der grinsenden und schwatzenden Affenmänner, die alle nur spärlich bekleidet waren und das gleiche tierische Aussehen wie Balatta hatten, hatten seinen Körper haben wollen, um ihn in ihren Öfen zu rösten. Damals hatte er ihre Sprache noch nicht verstanden, wenn mit dem Wort *Sprache* die plumpen Laute, mit deren Hilfe sie ihre Gedanken ausdrückten, benannt werden konnten. Aber den Gegenstand ihrer Debatten hatte Bassett genau verstanden, vor allem als die Männer sein Fleisch drückten, knufften und befühlten, gerade so, als sei er ein Stück Ware beim Fleischer.

Balatta war schon am Verlieren, als der Unfall geschah. Einem der Männer, die Bassetts Gewehr prüften, war es gelungen, es zu spannen und abzufeuern. Der Rückschlag des Gewehrkolbens in die Magengrube des betreffenden Mannes war nicht das schlimmste, aber der Schuß hatte in einer

Entfernung von über einem Yard den Kopf eines der Streitenden zerschmettert.

Selbst Balatta floh mit den anderen. Bevor sie zurückkamen, hatte Bassett, dessen Sinne sich angesichts der bevorstehenden Fieberattacke schon wieder zu trüben begannen, das Gewehr in seine Gewalt gebracht. Und obwohl seine Zähne klapperten und seine trüben Augen kaum noch sehen konnten, versuchte er das schwindende Bewußtsein so lange zu halten, bis er die Buschmänner mit den einfachen Zaubermitteln Kompaß, Uhr, Brennglas und Streichhölzern eingeschüchtert hatte. Zum Schluß hatte er mit gebührender Feierlichkeit und Würde ein Ferkel erschossen, worauf er selbst in völlige Bewußtlosigkeit fiel.

Bassett bewegte seine Armmuskeln, um zu prüfen, welche Kraft in solcher Schwäche noch stecken konnte, und richtete sich langsam und torkelnd auf. Es war erschrekkend, wie ausgezehrt er war; aber in den verschiedenen Phasen der Genesung während der monatelangen Krankheit hatte er wenigstens etwas Kraft wiedererlangt. Er fürchtete einen erneuten Rückfall, wie er ihn schon mehrmals erlebt hatte. Ohne Tabletten, ja sogar ohne Chinin hatte er es doch so weit gebracht, daß er das besonders üble und bösartige kombinierte Auftreten von Malaria und Schwarzfieber überstanden hatte. Aber würde er es weiterhin überstehen? Diese Frage bewegte ihn ständig. Denn als wahrer Wissenschaftler würde er nicht sterben können, ehe er das Geheimnis des Klanges gelüftet hatte.

Auf einen Stock gestützt, erstieg er schwankend die wenigen Stufen zum Teufel-Teufel-Haus, in dem der Tod und Ngurn ihre düstere Herrschaft ausübten. Bassetts Eindruck war, daß das Teufel-Teufel-Haus fast so unverschämt dunkel war und ebenso übel stank wie der Dschungel. Aber im Haus drin fand er gewöhnlich seinen Freund, und Ngurn war stets zum Geschichtenerzählen oder zu einem Gespräch aufgelegt, während er in der Asche des Todes saß und in dem ruhigen Rauch geschickt die Menschenköpfe drehte, die von den Dachsparren herunterhingen. In den Monaten, in denen Bassett bei Bewußtsein war, hatte er die psychologische Einfalt und die linguistischen Schwierigkeiten der Sprache des Stammes von Ngurn und Balatta sowie Gngngn erfaßt – letzterer war der wirrköpfige junge Häuptling, der von Ngurn beherrscht wurde und der dem heimlichen Gerede zufolge Ngurns Sohn sein sollte.

»Wird der Rote heute sprechen?« fragte Bassett, der sich im Lauf der Zeit so an die schreckliche Beschäftigung des Alten gewöhnt hatte, daß er den Fortgang des Räucherns mit Interesse verfolgte. Mit fachmännischem Auge prüfte Ngurn den Kopf, den er gerade in Arbeit hatte.

»Es wird noch zehn Tage dauern, ehe ich sagen kann ›fertig‹«, meinte er. »Niemals hat ein anderer Köpfe wie diese präpariert.«

Bassett lächelte im stillen über den Widerwillen des alten Burschen, mit ihm über das Tabu zu sprechen. So war es immer. Weder Ngurn noch einem anderen aus dem unheimlichen Stamm war jemals – und sei es durch Zufall – der geringste Hinweis auf die Natur des Roten über die Lippen gekommen. Der Rote mußte physischer Natur sein, wenn er diesen wunderbaren Klang von sich geben konnte; aber obwohl er der »Rote« genannt wurde, konnte Bassett nicht sicher sein, daß sich rot auf seine Farbe bezog. Rot waren allerdings seine Taten und Kräfte, wovon er eine vage Vorstellung gewonnen hatte. Der Rote hatte – so Ngurn – nicht nur gewaltigere Kräfte als die Götter der Nachbarstämme – immer gierig nach dem Blut von Menschenopfern –, sondern die Götter der Nachbarn selbst wurden vor ihm geopfert und gefoltert. Er war der Gott von einem Dutzend verbündeter Dörfer wie diesem hier, welches das zentrale Dorf des Bundes war und von dem die Befehle ausgingen. Kraft des Roten waren viele fremde Dörfer verwüstet und sogar ausgelöscht worden, die Gefangenen dem Roten geopfert.

Das galt heute und reichte weit in die Geschichte zurück, die durch das gesprochene Wort von Generation zu Generation getragen wurde. Als er, Ngurn, ein junger Mann gewesen war, hatten die Stämme jenseits der Savanne einen kriegerischen Überfall unternommen. Im Gegenangriff hatten Ngurn und sein kämpfendes Volk viele Gefangene gemacht. Allein fünf mal zwanzig Kindern wurde vor dem Roten das Blut ausgepreßt und noch viel, viel mehr Männern und Frauen.

Gewittermacher – das war ein anderer Name, den Ngurn der geheimnisvollen Gottheit gab. Manchmal wurde er Lauter Rufer, Gottes Stimme, Vogelkehle, Der mit der Kehle so süß wie die Kehle des Honigvogels, Sonnensänger oder Sternengeborener genannt.

Warum der Sternengeborene? Vergeblich versuchte Bassett, Ngurn zu befragen. Nach diesem alten Teufel-Teufel-Doktor war der Rote immer schon an derselben Stelle gewesen, wo er jetzt war, in Ewigkeit singend und den Menschen seinen Willen mit Donnern und Tosen auferlegend. Aber Ngurns Vater, der in faulende Grasmatten eingewickelt war und immer noch über ihren Köpfen zwischen den rauchigen Sparren des Teufel-Teufel-Hauses hing, hatte anderes behauptet. Jener verblichene Weise hatte geglaubt, daß der Rote aus der Sternennacht hervorgegangen sein mußte, warum sonst – so lautete sein Argument – hätten die Alten und Vergessenen den Namen »Sternengeborener« weitergegeben? Bassett mußte zugeben, daß dieses Argument etwas Zwingendes hatte. Aber Ngurn beteuerte, daß in all den vielen Jahren seines langen Lebens, in denen er viele Sternennächte betrachtet habe, niemals ein Stern in der Savanne oder in den Dschungeltiefen zu finden war – dabei habe er nach ihnen gesucht. Wohl habe er Sternschnuppen gesehen (dies als Erwiderung auf Bassetts Einwand); aber genauso habe er das Phosphoreszieren sich entwickelnder Pilze und verfaulenden Fleisches sowie Feuerfliegen in dunklen

Nächten gesehen, auch die Flammen von Holzfeuern und brennenden Candlenüssen; aber was waren Feuer, Flammen und Glut, wenn sie nicht mehr brannten? Antwort: Erinnerungen, nichts als Erinnerungen an Dinge, die aufgehört hatten zu sein, wie die Erinnerung an vollzogene Paarungen, an vergessene Feste, an Sehnsüchte, die die Geister von Sehnsüchten waren, flackernd, lodernd, brennend, und die doch nicht ihre Erfüllung gefunden hatten. Wo war der Appetit von gestern? Das geröstete Fleisch des wilden Schweines, das der Bogen des Jägers nicht niederzustrecken vermocht hatte? Das Mädchen, unvermählt und tot, noch bevor der Jüngling es erblickte?

Eine Erinnerung war kein Stern, lautete Ngurns Argument. Wie konnte eine Erinnerung ein Stern sein? Und außerdem fand er nach seinem langen Leben den nächtlichen Sternenhimmel immer noch unverändert. Niemals hatte er einen einzigen Stern an der gewohnten Stelle vermißt. Und Sterne seien ja auch Feuer, und der Rote sei kein Feuer – diese unfreiwillige Preisgabe sagte Bassett jedoch nichts.

»Wird der Rote morgen sprechen?« forschte er wieder. Ngurn zuckte mit den Schultern, als meine er, wer wisse das schon.

»Und am Tag darauf? Und danach?« beharrte Bassett.

»Ich möchte zu gern deinen Kopf präparieren.« Ngurn wechselte das Thema. »Er ist ganz anders als die anderen. Kein Teufel-Teufel hat einen solchen Kopf. Ich würde ihn sehr gut präparieren. Es würde Monate dauern. Die Monde würden kommen, und die Monde würden gehen, der Rauch würde sehr ruhig sein, und ich würde das Material für den Rauch selber sammeln. Die Haut würde nicht schrumpfen. Sie würde so glatt sein, wie sie jetzt ist.« Er stand auf und nahm von den dunklen Dachsparren, die vom Räuchern zahlloser Köpfe rußig geworden waren, wo die Helle des Tages nie hindrang, ein in Matten gewickeltes Paket und begann es aufzumachen.

»Das ist ein Kopf wie deiner«, sagte er, »aber er ist schlecht geräuchert.«

Bassett hatte bei der Andeutung, daß es der Kopf eines Weißen war, die Ohren gespitzt; er war seit längerem zu dem Schluß gekommen, daß diese Urwaldbewohner mitten im Zentrum der großen Insel noch nie mit dem weißen Mann in Berührung gekommen waren. Sicher war, daß sie das im westlichen Südpazifik nahezu universelle Beche-de-mer-Englisch nicht kannten. Auch kannten sie keinen Tabak und kein Schießpulver. Er vermutete, daß sie ihre wenigen wertvollen aus Bandeisen gefertigten Messer sowie ihre wenigen, aber noch wertvolleren Tomahawks aus billig erworbenen Beilen im Krieg von den Buschmännern jenseits des Weidelandes erobert hatten und diese wiederum von den Salzwassermännern, die die Korallenstrände bewohnten und gelegentlich Kontakt mit Weißen hatten.

»Die Leute da drüben wissen nicht, wie man Köpfe räuchert«, erklärte der alte Ngurn, während er aus der schmutzigen Matte den Kopf eines weißen Mannes hervorholte und ihn in Bassetts Hände legte.

Er war ohne Frage sehr alt; weiß war er auch, wie das blonde Haar bezeugte. Er hätte schwören können, daß er einstmals einem Engländer gehört hatte, und zwar einem Engländer aus sehr alter Zeit, worauf die schweren goldenen Ringe, die noch durch die verdorrten Ohrläppchen gezogen waren, hindeuteten.

»Nun, dein Kopf...«, begann der alte Teufel-Teufel-Doktor mit seinem Lieblingsthema.

»Ich will dir etwas sagen«, Bassett hatte eine neue Idee und unterbrach ihn. »Wenn ich sterbe, überlasse ich dir meinen Kopf zum Räuchern, aber erst führst du mich zu dem Roten.«

»Ich bekomme deinen Kopf sowieso, wenn du tot bist.« Ngurn lehnte den Vorschlag ab. Er fügte mit der brutalen Offenheit der Wilden hinzu: »Außerdem hast du sowieso nicht mehr lange zu leben. Du bist schon fast ein toter Mann. Du wirst immer schwächer. In wenigen Monaten habe ich dich hier und drehe deinen Kopf im Rauch. Es ist angenehm, an den langen Nachmittagen den Kopf von jemandem zu drehen, den man so gut kannte wie ich dich. Und ich werde mit dir sprechen und dir die vielen Geheimnisse anvertrauen, die du erfahren möchtest, was dann keine Rolle mehr spielt, denn du wirst ja tot sein.«

»Ngurn«, drohte Bassett in plötzlichem Zorn, »du kennst den Kleinen Gewittermacher in dem Eisen, das mir gehört.« (Damit bezog er sich auf sein allmächtiges und ehrfurchtgebietendes Gewehr.) »Ich kann dich jederzeit töten, und dann bekommst du meinen Kopf nicht.«

»Ist auch egal, dann wird Gngngn oder jemand anders aus meinem Volk ihn kriegen«, versicherte Ngurn gelassen. »Und derjenige wird dich ebenso unaufhörlich hier im Rauch des Teufel-Teufel-Hauses drehen. Je eher du mich mit deinem Kleinen Gewittermacher tötest, desto eher wird sich dein Kopf im Rauch drehen.«

Bassett wußte, daß er sich geschlagen geben mußte.

Was war der Rote – das fragte sich Bassett tausendmal im Verlauf der folgenden Woche, während er wieder Kraft zu sammeln schien. Was war der Ursprung des wundervollen Klanges? Was war dieser Sonnensänger, dieser Sternengeborene, diese geheimnisvolle Gottheit, die ebenso bestialisch war wie die schwarzen affenähnlichen Menschentiere mit ihrem Kräuselhaar, die ihn verehrten. Was war er, dessen silberhelles und zugleich stierisches Singen und Gebieten er aus der Tabuentfernung schon so lange vernahm?

Ngurn hatte er nicht bestechen können, da sein Kopf nach seinem Tode sowieso geräuchert würde. Gngngn war zu schwachsinnig und als Häuptling zu sehr unter der Fuchtel von Ngurn, als daß er in Frage käme. Blieb also Balatta, die, seit sie ihn gefunden und seine blauen Augen aufgedrückt hatte, so daß er ihre groteske weibliche Häßlichkeit wahrnehmen mußte, seine Verehrerin geblieben war. Sie war, wie Frauen nun einmal waren, und so hatte er lange schon gewußt, daß der Weg, sie zum Verrat an ihrem Stamm zu bewegen, durch ihr Frauenherz führen würde.

Bassett war ein sehr wählerischer Mann. Er hatte sich nie von dem ersten Grauen erholt, das Balattas weibliche Schrecklichkeit in ihm erregt hatte. In England hatte weiblicher Charme selbst im günstigsten Falle kaum eine stärkere Wirkung auf ihn. Jetzt aber, entschlossen, wie nur ein Mann sein kann, der fähig ist, sich für die Wissenschaft zu opfern, ging er daran, das Feine und Zarte seiner Natur zu vergewaltigen, indem er eine Liebesbeziehung zu der ekelerregenden Buschfrau anknüpfte.

Es schauderte ihn, er wandte sein widerwilliges Gesicht ab und schluckte, als er den Arm um ihre schmutzverkrustete Schulter legte und spürte, wie ihr ranzig-öliges Kräuselhaar seinen Hals und sein Kinn berührte. Aber er schrie fast, als sie schon beim erstenmal unter seiner Zärtlichkeit gefügig wurde und Grimassen schnitt, Kauderwelsch redete und kleine schweinsartige Gluckslaute der Wonne hervorbrachte. Das war zuviel. Der nächste Schritt in dieser seltsamen Werbung um eine Frau bestand darin, daß er sie zum Fluß schleppte und kräftig abschrubbte.

Von da an widmete er sich ihr wie ein echter Liebhaber so oft und so lange, wie sein Wille seinen Widerwillen überstimmen konnte. Aber Heirat, die sie eingedenk der Stammessitten eifrig vorschlug, lehnte er ab. Glücklicherweise spielten Taburegeln in dem Stamm eine große Rolle. So durfte Ngurn niemals Knochen, Fleisch oder Haut vom Krokodil berühren. Das war bei seiner Geburt verfügt worden. Gngngn war es auf ewig untersagt, mit Frauen in Berührung zu kommen. Eine solche Verunreinigung konnte, sollte sie doch einmal geschehen, nur durch den Tod der Frau gesühnt werden, die sich eines solchen Verstoßes schuldig gemacht hatte. Es war einmal seit Bassetts Ankunft vorgekommen, daß ein neunjähriges Mädchen beim Spielen rannte und stolperte und schließlich gegen den geweihten Häuptling fiel. Das Mädchen war nie wieder gesehen worden. Flüsternd erzählte Balatta ihm, daß sie seit drei Tagen und Nächten vor dem Roten im Sterben begriffen war. Für Balatta war die Brotfrucht tabu. Darüber war Bassett froh, denn es hätte auch Wasser sein können.

Für sich selbst dachte er sich ein ganz besonderes Tabu aus. Er könne nur heiraten, wenn das Kreuz des Südens seine höchste Stelle am Himmel erreicht habe. In Kenntnis der Astronomie erhoffte er auf diese Weise einen Aufschub von fast neun Monaten; und er war überzeugt, daß er im Verlauf dieser Zeit entweder tot oder mit allen Informationen über den Roten und die Herkunft seiner wunderbaren Stimme zur Küste entkommen sein würde. Zuerst hatte er sich den Roten als kolossale Statue vorgestellt wie die Memnonstatue, die unter einer bestimmten Sonnenlichteinstrahlung und Temperatur zu klingen begann. Aber als nach einem kriegerischen Überfall ein Trupp Gefangener bei Nacht, und zwar bei Regen, geopfert wurde, die Sonne also keine Rolle spielen konnte und der Klang des Roten noch stärker als gewöhnlich erschallt war, hatte Bassett diese Hypothese fallenlassen.

In der Gesellschaft von Balatta, manchmal gemeinsam mit Männern und Gruppen von Frauen, war es ihm erlaubt, drei Viertel des Dschungels zu durchstreifen. Aber das letzte Viertel, in dem sich der Rote befand, war tabu. Er verkehrte häufiger mit Balatta, sorgte auch dafür, daß sie sich häufiger abschrubbte. Das Ewigweibliche war auch ihr eigen, und im Namen der Liebe war sie jedes Verrats fähig. Und obwohl ihr Anblick zum Erbrechen reizte und obwohl sie ihn in Alpträumen verfolgte, erkannte er die kosmische Wahrheit des Geschlechtlichen, die sie beseelte und sie das eigene Leben geringer schätzen ließ als das Glück des Geliebten, mit dem sie sich zu vereinigen hoffte. Juliet oder Balatta? Wo war da der Unterschied? Das sanfte, zarte Produkt der Überzivilisiertheit oder dessen tierischer Prototyp hunderttausend Jahre zuvor – es gab keinen Unterschied.

Bassett war in erster Linie Wissenschaftler, Humanist erst an zweiter Stelle. Im Herzen des Dschungels von Guadalcanal testete er eine Liebesaffäre, wie er eine chemische Reaktion im Labor testen würde. Er verstärkte seine vorgetäuschte Begeisterung für die Buschfrau und gleichzeitig seinen Willen, von ihr zu dem Roten geführt zu werden, um ihm von Angesicht zu Angesicht gegenüberzutreten. Es war die alte Geschichte, stellte er fest, daß die Frau diejenige war, die zahlen mußte, und der Zeitpunkt dazu war gekommen, als sie eines Tages beide den noch nicht klassifizierten und benannten kleinen schwarzen Fisch fingen, einen Zoll lang, halb Aal, halb geschuppt, mit lachsgoldenem Rogen, rund von Gestalt, der im Süßwasser lebte und der roh und frisch oder bereits verwesend als Delikatesse geschätzt wurde. Balatta wälzte sich bäuchlings auf dem verfaulenden Urwaldboden, umklammerte seine Gelenke, küßte seine Füße und gab wabernde und schmatzende Geräusche von sich, daß es ihm heiß und kalt den Rücken runterlief. Sie flehte ihn an, sie lieber zu töten, als diesen äußersten Liebesbeweis zu fordern. Sie erzählte ihm, welche Strafe für das Brechen des Tabus drohe – eine Woche Folter bei lebendigem Leibe, deren Einzelheiten von ihrem Gesicht in der Tiefe des Schlammes abzulesen waren. Er erkannte, daß er noch ein blutiger Neuling war, was das Wissen um die Greuel betraf, die Menschen anderen Menschen anzutun fähig waren.

Dennoch bestand Bassett darauf, seinen männlichen Willen zu Lasten der Frau durchzusetzen, um das Geheimnis des Gesangs des Roten entschlüsseln zu können, auch wenn Balatta langsam, grauenvoll und entsetzlich schreiend würde sterben müssen. Balatta war ganz und gar Frau und fügte sich. Sie führte ihn in das verbotene Gebiet. Ein schroffer Berg, der sich von Norden hervorschob und sich mit einem ähnlichen Eindringling von Süden her traf, zwängte den Fluß, in dem sie gefischt hatten, in eine tiefe dunkle Schlucht. Nach einer Meile Wegs an der Schlucht entlang verlief der Pfad ganz steil aufwärts, bis sie einen Sattel von rohem Kalkstein überquerten, der das Interesse seines Geologenauges erregte. Sie kletterten weiter, wobei er aus reiner physischer Schwäche oft pausierte, und erklommen waldige Höhen, bis sie auf einem kahlen Tafelland herauskamen, dessen Zusammensetzung Bassett unschwer als schwarzen vulkanischen Sand identifizierte, ein Taschenmagnet würde eine ganze Ladung dieser scharfkantigen Körner, auf denen sie wanderten, aufnehmen.

Balatta an der Hand und sie nach oben führend, kam er schließlich an – genau in der Mitte des Plateaus war ein gewaltiger Schacht, offensichtlich ein künstlicher. Alte Geschichte, Ratgeber für das Befahren der Südsee, Unmengen von Daten und Anmerkungen rasten wild durcheinander in seinem Kopf herum. Mendana hatte die Inseln entdeckt und sie Salomoninseln genannt, in der Annahme, die legendären Minen jenes Herrschers gefunden zu haben. Man hatte über die kindliche Leichtgläubigkeit des alten Seefahrers gelacht, und doch stand er, Bassett, nun hier, am Rande einer Ausgrabung in der Art der Diamantenminen in Südafrika.

Aber das, worauf er jetzt schaute, war kein Diamant. Eher eine Perle; aber so groß, wie die Perlen der ganzen Welt und aller Zeiten zusammengeschmolzen nicht sein würden, und von einer Farbe, wie man sie an einer Perle oder anderswo noch nicht einmal im Traum gesehen hatte – es war die Farbe des Roten. Denn daß es der Rote war, wußte Bassett vom ersten Augenblick an. Von vollkommener Kugelgestalt, genau zweihundert Fuß im Durchmesser, der obere Rand hundert Fuß unterhalb des Randes der Grube. Ihm erschien die Farbe wie Lack. Er hielt es tatsächlich für eine Art Lackfarbe, von Menschenhand aufgetragen, aber viel zu wundervoll ausgeklügelt, als daß sie von dem Buschvolk hätte hergestellt sein können. Leuchtender als leuchtendes Kirschrot, war sie von einer Farbfülle, als sei ein Rot auf das andere aufgetragen. Es glühte und schillerte im Sonnenlicht, als ob eine rote Schicht um die andere durchschien.

Vergeblich bemühte sich Balatta, ihn am Hinabsteigen zu hindern. Sie warf sich in den Schmutz; als er jedoch der Spur folgte, die spiralenförmig hinunterführte, ging sie ihm unterwürfig nach, wobei sie vor Angst und Schrecken wimmerte. Daß die rote Kugel als wertvoller Fund ausgegraben worden war, war offenkundig. In Anbetracht der Armut der zwölf verbündeten Dörfer und ihrer primitiven Werkzeuge und Methoden konnte diese gewaltige Ausgrabung nur durch mühevolle Arbeit unzähliger Generationen bewältigt worden sein.

Der Boden des Abgrunds trug einen Teppich aus Menschenknochen, darunter die zerschellten und verstümmelten Dorfgottheiten aus Holz und Stein. Einige waren mit obszönen Totemgestalten und Mustern versehen und aus vierzig oder fünfzig Fuß langen kräftigen Baumstämmen geschnitzt. Ihm fiel auf, daß Hai- und Schildkrötengottheiten fehlten, die in den Küstendörfern so sehr verbreitet waren, und gleichzeitig war er über die ständige Wiederkehr des Kampfhelmmotivs erstaunt. Was wußten diese Urwaldwilden aus dem Herzen Guadalcanals über Helme? Hatten Mendanas bewaffnete Männer Helme getragen, und waren sie vor Jahrhunderten hier eingedrungen? Wenn nicht, wann hatte das Buschvolk dieses Motiv dann aufgegriffen?

Er arbeitete sich durch die herumliegenden Gottheiten und Knochen vorwärts, die wimmernde Balatta auf den Fersen, und gelangte in den Schatten des Roten, lief unter seinem gigantischen Überhang weiter, bis er ihn mit den Fingerspitzen berühren konnte. Das war keine Lackfarbe. Auch war die Oberfläche nicht glatt, wie sie in dem Fall hätte sein müssen. Im Gegenteil, sie war gewellt und hatte Vertiefungen und hier und da Stellen, die Hitze- und

Schmelzspuren aufwiesen. Also war es eine metallische Substanz, allerdings anders als die Metalle und Legierungen, die er kannte. Was die Farbe selbst betraf, so entschied er, daß sie nicht aufgetragen, sondern die ursprüngliche Farbe des Metalls selbst war.

Er fuhr mit seinen Fingerspitzen, die er bis dahin still gehalten hatte, über die Oberfläche und spürte, wie die riesige Kugel eine Seele bekam, lebte und empfänglich wurde. Es war unglaublich! Eine so leichte Berührung auf so gewaltiger Masse! Die Kugel erzitterte unter dem Streicheln seiner Fingerspitzen in rhythmischen Schwingungen, die zu flüsternden, raschelnden und murmelnden Geräuschen wurden – jedoch von ganz unterschiedlichem Klangcharakter; so unbegreifbar dünn wie ein Säuseln, so weich, daß es von berauschender Süße war, tönend wie ein Elfenhorn, so – stellte sich Bassett vor – würden die Glocken von Göttern klingen, die sich von jenseits des Kosmos in Richtung Erde begäben.

Er sah kurz mit fragendem Blick zu Balatta; aber als die von ihm hervorgelockte Stimme des Roten erklang, hatte sie sich mit dem Gesicht nach unten klagend zwischen die Knochen geworfen. Er wandte sich wieder seinen Gedanken über das Wunder zu. Hohl mußte es sein und aus keinem auf der Erde bekannten Metall, schlußfolgerte er. Es war zu Recht von den Alten als Sternengeborener benannt worden. Es konnte nur von den Sternen gekommen sein, und es war nicht das Resultat eines Zufalls. Es war eine künstliche Schöpfung des Geistes. Eine solche Vollkommenheit der Form, diese Hohlheit, die sein Inneres ausmachte, konnte nicht die Folge bloßer Zufälligkeit sein. Ein Kind des Geistes, das sich, fern und unenträtselbar, im Metallischen verkörperte, ja, das war es gewiß. Er blickte es voller Erstaunen an, in seinem Kopf raste ein wildes Feuer von Hypothesen, die eine Erklärung für diesen Weitgereisten versuchten, der die Nacht des Kosmos erlebt, einen Weg durch die Sterne gebahnt hatte und sich nun vor ihm und über ihm erhob, von geduldigen Menschenfressern ausgegraben, im Feuerbad zweier Atmosphären beschädigt und mit einer Lackschicht versehen.

Aber handelte es sich bei dieser Farbe denn um einen Hitzelack über einem bekannten Metall? Oder war sie eine dem Metall innewohnende Eigenschaft? Er stieß die Klingenspitze seines Taschenmessers auf den Körper, um die Substanz zu prüfen. Sofort ließ die Kugel ein mächtiges Raunen ertönen, das scharf klang vor Empörung, fast golden schwingend, wenn man ein Raunen als Schwingung betrachten konnte, höher steigend, tiefer sinkend, die beiden Extreme der Tonleiter ausschreitend, wie eine Drohung, den Kreis zu schließen und zu dem gewaltigen Donner zu verschmelzen, den er so oft jenseits der Tabugrenze vernommen hatte.

Selbstvergessen, ohne Rücksicht auf Sicherheit, auf sein eigenes Leben, betäubt vom Wunder des Unglaublichen und Unenträtselbaren, hob er das Messer, um mit ihm einen langen schweren Hieb auszuführen, wurde jedoch von Balatta zurückgehalten. Sie kniete sich hin, umschlang seine Knie und flehte ihn in ihrer Schreckenspein an, er möge davon ablassen. In ihrem starken Wunsch, ihn zu bewegen, nahm sie ihren Unterarm zwischen die Zähne und grub diese bis auf den Knochen hinein.

Er beachtete sie kaum, dennoch gab er automatisch seinen feineren Instinkten nach und ließ von seinem Vorhaben ab. Für ihn war das menschliche Leben zu mikroskopischen Proportionen zusammengeschrumpft im Angesicht des kolossalen Botschafters höheren Lebens aus den Fernen des Sternenuniversums. Er stieß die häßliche kleine Buschfrau an, als wäre sie ein Hund, so daß sie sich aufrichtete. Er zwang sie, mit ihm um den Sockel herumzugehen. Auf halbem Wege stieß er auf grauenvolle Dinge. Er erkannte die von der Sonne ausgedörrten Überreste des neunjährigen

Mädchens, das unbeabsichtigt das Tabu des Häuptlings Gngngn gebrochen hatte. Und inmitten der Überreste derer, die schon vergangen waren, fand er, was von einem übriggeblieben war, der es noch nicht hinter sich hatte. Das Buschvolk hatte sich in dem Namen des Roten wahrlich selbst ausgedrückt. In ihm sahen sie ihr eigenes Abbild, das sie mit diesen roten Opfergaben zu besänftigen und erfreuen suchten.

Weiter herum, immer auf die Knochen und Abbilder von Menschen und Göttern tretend, die den Boden dieses Opferbeinhauses bildeten, gelangte er zu der Vorrichtung, die es dem Roten ermöglichte, seinen donnernd gesungenen Ruf über den Urwaldgürtel und die Savanne bis zu dem fernen Ufer von Ringmanu erschallen zu lassen. Einfach und primitiv wie das vollkommene Kunstwerk des Roten selbst. Eine große hundert Fuß lange Holzsäule, Jahrhunderte in abergläubischer Besorgnis abgelagert, gereift und getrocknet, mit eingeschnitzten Götterdynastien, die einander überlagerten, die eine mit Helm, die andere im offenen Maul eines Krokodils, war von Seilen umschlungen, die aus umeinander gewundenen Kletterpflanzensträngen bestanden und sich von der Spitze eines Dreifußes, der aus drei großen Stämmen zusammengesetzt war, die ihrerseits Schnitzereien von grinsenden, die moderne Kunstkonzeption vorwegnehmenden Gestalten zeigten, herabschlängelten. Von dem als Schlagbolzen dienenden Pfahl hingen Seile aus Kletterpflanzen herunter, an die Männer ihr Gewicht hängen und über die sie die Richtung steuern konnten. Wie ein Sturmbock konnte dieser Holzpfosten mit dem unteren Ende zuoberst gegen die gewaltige rotschillernde Kugel gejagt werden.

Hier übte Ngurn sein Amt aus und zelebrierte die religiösen Riten für sich und die zwölf Stämme, über die er herrschte. Bassett lachte halb wahnsinnig auf bei dem Gedanken an diesen wunderbaren Botschafter, der, von Intelligenz beflügelt, den Kosmos überwunden hatte und schließlich hinab in die Festung eines Buschvolkes gefallen war und von affenähnlichen Menschenfressern und Kopfjägern verehrt wurde. Es war gerade so, als sei das Wort Gottes in den dreckigen Schlamm des Abgrunds gefallen, der sich unter dem Höllengrund auftut; so als seien die in Stein gemeißelten Gebote Jehovas den Affen im Tierpark vorgelegt worden; als sei die Bergpredigt vor Wahnsinnigen in einem lärmenden Irrenhaus gehalten worden.

Die Wochen schleppten sich dahin. Für die Nächte hatte sich Bassett den aschenen Fußboden des Teufel-Teufel-Hauses auserkoren, wo er unter den im sanften Rauch beständig hin und her pendelnden Köpfen lag. Er hatte sich so entschieden, weil dieser Ort für das geringer geschätzte Geschlecht der Frauen tabu und für ihn daher eine Zuflucht vor Balatta war, die immer aufdringlicher und liebevoller wurde, je höher das Kreuz des Südens stieg und das Nahen ihrer Hochzeit verkündete. Die Tage verbrachte Bassett in einer Hängematte, die im Schatten des großen Brotbaumes vor dem Teufel-Teufel-Haus schaukelte. Dieser Ablauf wurde unterbrochen, wenn er im Koma der verheerenden Fieberanfälle lag – dann verbrachte er Tag und Nacht im Haus der Köpfe. Immer wieder kämpfte er mit aller Kraft gegen das Fieber an, um zu leben, um weiterzuleben, um stärker zu werden, bis zu dem Tag, da er stark genug sein würde, sich durch die Savanne und den dahinter gelegenen Urwaldgürtel wagen zu können und schließlich die Küste und damit eine Ketsch oder einen Schoner zu erreichen, die Arbeitskräfte anwerben oder Sklavenhandel betreiben wollten, und dann in die Zivilisation zu gelangen, der er Kunde von der Botschaft aus anderen Welten bringen würde, die im schwarzen Herzen inmitten der Insel von Guadalcanal lag und dort von Tier-Menschen auf düstere Weise verehrt wurde.

In anderen Nächten verbrachte Bassett viele Stunden unter dem Brotbaum mit der Beobachtung des langsamen Untergangs der westlichen Sterne hinter der schwarzen Wand, wo der Urwald den Rodungen für das Dorf gewichen war. Im Besitz von relativ gründlichen astronomischen Kenntnissen, stellte er mit dem Vergnügen, das ein Kranker an solchen Dingen hat, Spekulationen hinsichtlich der Bewohner noch nicht entdeckter Welten jener unfaßbar fernen Sonnen an, um den Stätten des Lichts auf die Spur zu kommen, aus denen das Leben hervorging – ein schüchterner Besucher aus den lichtlosen Grüften der Materie. Wie er sich die Zeit ohne Ende dachte, konnte er auch dem Raum keine Grenzen mehr setzen. Keine zerstörerischen Radiumtheorien hatten seinen festen wissenschaftlichen Glauben an den Erhalt der Energie und die Unzerstörbarkeit der Materie erschüttern können. Immer und zu allen Zeiten muß es Sterne gegeben haben. Und in diesem kosmischen Gärungsprozeß muß alles verhältnismäßig gleich sein, von gleicher Substanz oder gleichen Substanzen, mit Ausnahme gewisser Abnormitäten dieses Prozesses. Alles muß den gleichen Gesetzen gehorchen oder die gleichen Gesetze hervorbringen, die sich ohne Ausnahme durch das Leben der Menschheit ziehen. Deshalb, so argumentierte er, müssen Welten und das Leben Bestandteil aller Sonnen sein, so wie sie Teil dieser einen Sonne seines eigenen Sonnensystems waren.

So wie er, der dort unter dem Brotbaum lag und als intelligenzbegabtes Wesen die Sternenströme betrachtete, mußte das ganze Universum unaufhörlich der eingehenden Betrachtung durch zahllose Augen wie die seinen ausgesetzt sein, die ihrerseits zu intelligenzbegabten Wesen gehörten, die sich zwar ganz sicher voneinander unterschieden, aber auch nach der Bedeutung und dem Gefüge des Ganzen fragten und suchten. In solcherart Gedanken vertieft, spürte er, wie seine Seele immer mehr eins wurde mit jener erhabenen

Gesellschaft, deren Blick auf ewig auf diesen wunderbar gewirkten Teppich der Unendlichkeit gerichtet war.

Wer waren sie, was waren sie, jene Fernen und Überlegenen, die den Himmel mit ihrer gigantischen rotleuchtenden, sphärisch singenden Botschaft überbrückt hatten? Gewiß hatten sie schon lange den Weg beschritten, auf den der Mensch nach kosmischen Dimensionen erst seit kurzem seinen Fuß gesetzt hatte. Um solch eine Botschaft über die Tiefen des Kosmos hinwegschicken zu können, mußten sie gewiß jene Höhen schon erreicht haben, zu denen sich der Mensch unter Tränen und Mühsal, in blutigem Schweiß, in der Finsternis und Verwirrung vieler Ideen so langsam durchkämpfen mußte. Und was für Wesen waren sie in ihren fernen Höhen? Hatten sie Brüderlichkeit errungen? Oder hatten sie die Erfahrung gemacht, daß das Gesetz der Liebe ihnen die Bestrafung von Schwäche und Verfall auferlegt? Hieß Leben ewiges Streben? Folgte das ganze Universum dem erbarmungslosen Gesetz der natürlichen Auslese? Und waren ihre fernen Erkenntnisse, ihre uralten Weisheiten vielleicht direkt und knapp in dem gewaltigen metallischen Herzen des Roten eingeschlossen und warteten darauf, daß ein Erdbewohner sie erstmals entzifferte? Eins stand für ihn fest: Nicht der Tropfen roten Taus, den irgendeine Sonne in ihrer Qual abgeschüttelt hatte, war diese klingende Kugel. Ihr lag ein Entwurf zugrunde, nicht irgendein Zufall, und sie barg die Sprache und Weisheit der Sterne.

Welcherart Maschinen, Elemente und gebändigte Kräfte, welches Wissen und welche Geheimnisse, welche Schicksalsbeherrschung mochten darin stecken? Da in einem kleinen Gegenstand wie dem Grundstein eines öffentlichen Gebäudes eine große Menge an Informationen eingeschlossen sein konnte, müßte diese gewaltige Kugel zweifellos lange Geschichtsdarstellungen sowie die Grundlagen von Forschungen enthalten, die jenseits der kühnsten menschlichen

Phantasien lagen, Gesetze und Formeln, die, wenn sie beherrscht würden, dem Leben des Menschen auf der Erde, sowohl dem des einzelnen als auch dem der Gemeinschaft, aus seiner jetzigen Niedrigkeit in unvorstellbare Höhen der Reinheit und Kraft verhelfen würden. Es war die größte Gabe der Zeit an den mit Blindheit geschlagenen, unersättlichen, zum Himmel strebenden Menschen. Und ihm, Bassett, hatte die göttliche Vorsehung die Gnade gewährt, der erste zu sein, der diese Botschaft von den interstellaren Verwandten des Menschen erhielt.

Es gab keinen Weißen und noch viel weniger einen Fremden aus einem der anderen Buschvölker, der den Roten je gesehen hätte und noch am Leben wäre. So hatte Ngurn das Gesetz Bassett gegenüber ausgelegt. Es gebe so etwas wie Blutsbrüderschaft, hatte Bassett früher häufig eingewendet. Auch durch Blutsbrüderschaft könne man nicht die Gunst des Roten genießen. Nur einem Mann, der in dem Stamm geboren war, war es erlaubt, des Roten ansichtig zu werden und weiterzuleben. Aber nun war die Situation eine andere, sein schuldhaftes Geheimnis war nur Balatta bekannt, deren Angst, den Opfertod vor dem Roten sterben zu müssen, ihr die Lippen fest verschlossen halten würde. Er mußte sich nur noch von dem fürchterlichen Fieber erholen und wieder in die Zivilisation gelangen. Dann würde er eine Expedition hierher zurückführen und dem Herzen des Roten die Botschaft aus den anderen Welten entnehmen, selbst wenn dabei die gesamte Bevölkerung von Guadalcanal vernichtet würde.

Aber Bassetts Rückfälle traten immer häufiger auf, seine kurzen Genesungsphasen wurden immer seltener, die Komaphasen länger, bis ihm entgegen den Eingebungen des Optimismus, der einer so starken Natur wie der seinen eigen war, klar wurde, daß er nie mehr das Weideland durchqueren, den gefährlichen Küstendschungel durchstoßen und die See würde erreichen können. Er versank in Bewußtlosigkeit, als das Kreuz des Südens höher stieg, und auch Balatta wußte, daß er tot sein würde, bevor der von seinem Tabu bestimmte Zeitpunkt der Hochzeit gekommen wäre. Ngurn ging selbst auf Wanderschaft und suchte das Material zum Räuchern von Bassetts Kopf, er verkündete stolz, er wolle künstlerische Vollkommenheit anstreben, wenn Bassett nur erst tot wäre. Bassett war darüber nicht einmal erschrocken. Sein Leben war schon zu lange und zu stark am Versiegen, als daß ihn noch Furcht vor dem nahenden Ende hätte packen können. Er harrte weiter aus, wobei Phasen der Bewußtlosigkeit mit Phasen wechselten, in denen er halb bei Bewußtsein war, quasi träumte und ihm alles unwirklich erschien und er sich benommen fragte, ob er den Roten tatsächlich gesehen hatte oder ob es eine Traumphantasie im Delirium gewesen war.

Es kam der Tag, an dem sich alle Nebel und Gespinste auflösten und sein Kopf klar wie eine Glocke war; er schätzte die Kraft seines Körpers ab. Weder Hand noch Fuß konnte er heben. Er hatte so wenig Gewalt über seinen Körper, daß er seiner kaum gewahr wurde. In der Tat lastete das Fleisch seines Körpers wenig auf seiner Seele, und seine Seele wußte in dem kurzen Augenblick der Klarheit, daß das Dunkel des Endes nahe war. Er wußte, daß bald alles aufhören würde; er wußte, daß er den Roten tatsächlich mit eigenen Augen gesehen hatte, den Botschafter zwischen den Welten, wußte, daß er der Welt diese Botschaft nie mehr würde bringen können, diese Botschaft, die vielleicht schon zehntausend Jahre im Herzen von Guadalcanal darauf wartete, daß der Mensch sie vernahm. Mit Entschlossenheit rief Bassett Ngurn zu sich unter den Brotbaum, um mit dem alten Teufel-Teufel-Doktor die Bedingungen und Vorkehrungen für seine allerletzte Lebensanstrengung, sein letztes Abenteuer in der Vergänglichkeit des Fleisches zu besprechen.

»Ich kenne das Gesetz, O Ngurn«, schloß er die Angelegenheit ab. »Wer nicht aus dem Volk stammt, darf den Roten nicht anschauen, ohne zu sterben. Ich werde sowieso nicht mehr leben. Deine jungen Männer sollen mich vor das Angesicht des Roten tragen, und ich werde ihn ansehen, seine Stimme hören und dann von deiner Hand sterben, O Ngurn. Dann sind alle drei Dinge erfüllt: das Gesetz, mein Verlangen, und du kommst schneller in den Besitz meines Kopfes, für den schon alle Vorbereitungen getroffen sind.«

Ngurn stimmte dem zu, wobei er hinzufügte:

»Es ist besser so, es ist töricht, wenn ein kranker Mann, der nicht gesund werden kann, noch eine kurze Zeit weiterleben will. Auch für die Lebenden ist es besser, wenn er geht. Du warst uns in der letzten Zeit oft im Wege. Nicht daß es für mich nicht gut gewesen wäre, mit einem so weisen Mann zu sprechen. Aber schon mehrere Monate lang haben wir nur noch wenig miteinander geredet. Statt dessen hast du im Haus der Köpfe Platz belegt, hast Geräusche verursacht wie ein sterbendes Schwein oder hast viel und laut in deiner Sprache geredet, die ich nicht verstehe. Du hast mich gestört, denn ich denke gern über die großen Dinge des Lichts und der Dunkelheit nach, während ich die Köpfe im Rauch drehe. Und dein Lärm hat mich beim Begreifen und Bedenken der letzten Weisheit gestört, die mir gehören wird, bevor ich sterbe. Über dir hat ohnehin schon lange die Dunkelheit gelastet, und so ist es gut, daß du jetzt stirbst. Und ich verspreche dir, daß in den vielen, vielen Tagen, an denen ich deinen Kopf im Rauch drehen werde, niemand hereinkommen und uns stören wird. Ich werde dir viele Geheimnisse erzählen, denn ich bin ein alter und sehr weiser Mann, und ich werde immer mehr Weisheit sammeln, während ich deinen Kopf im Rauch drehe.«

Es wurde also eine Trage gebaut, auf der Bassett auf den Schultern von einem halben Dutzend Männern zu seinem letzten Abenteuer aufbrach, das das Abenteuer seines gesamten Lebens übertreffen sollte. Mit einem Körper, den er kaum spürte, denn selbst der Schmerz war aus ihm gewichen, und mit einem glasklaren Kopf, der ihm die stille Ekstase der reinen Geisteserleuchtung bereitete, lag er auf der schaukelnden Trage und beobachtete die scheidende Welt, sah zum letztenmal den Brotbaum vor dem Teufel-Teufel-Haus, den trüben Tag über dem Dschungelgeflecht, die düstere Schlucht zwischen den Bergvorsprüngen, den Sattel aus rohem Kalkstein und das Tafelland aus schwarzem vulkanischem Sand. Sie trugen ihn auf dem gewundenen Pfad den Abgrund hinunter und umkreisten dabei den Roten in seinem Glanz und seiner Glut. Es schien, als würde sein Farb- und Lichterspiel jeden Augenblick in einen süßen Gesang und gewaltigen Donner übergehen. Über die Knochen geopferter Menschen und die Bruchstücke von Göttern hinweg trugen sie ihn, vorbei an den Schrecknissen der noch lebenden Opfer zu der Holzsäule mit dem Dreifuß und dem mächtigen Klöppel.

Hier richtete sich Bassett mit Ngurns und Balattas Hilfe leicht auf, wobei er in den Hüften etwas schwankte, und schaute mit klaren, entschlossenen, alles erfassenden Augen auf den Roten.

»Einmal, O Ngurn«, sagte er, ohne die Augen von der leuchtenden, vibrierenden Oberfläche zu nehmen, auf und hinter der alle Schattierungen von Kirschrot unaufhörlich spielten, ein ewiges Beben, das im Begriff war, in einen Klang überzugehen, ein seidenes Rascheln, silbernes Flüstern, ein goldenes Saitenzupfen, ein samtenes Flöten aus dem Elfenland, ein sanftes fernes Grollen.

»Ich warte«, erwiderte Ngurn nach einer langen Pause, den langstieligen Tomahawk unauffällig in der Hand.

»Einmal nur, O Ngurn«, wiederholte Bassett, »laß den Roten sprechen, so daß ich sehen und hören kann, wie er spricht. Dann schlag zu, denn wenn ich meine Hand hebe, lasse ich meinen Kopf nach vorn fallen, um meinen Hals für den Schlag freizugeben. Denn, O Ngurn, ich, der ich im Begriff bin, für immer aus dem Tageslicht zu scheiden, würde gern mit der Wunderstimme des Roten im Ohr scheiden.«

»Und ich versichere dir, daß niemals ein Kopf so gut geräuchert werden wird wie der deine«, sagte Ngurn ihm und gab ein Zeichen, worauf Männer an die vom Klöppel herunterhängenden Seile geschickt wurden. »Dein Kopf soll mein größtes Werk werden.«

Bassett lächelte still über die Eitelkeit des Alten, als der große geschnitzte Klotz, der um zwei Dutzend Fuß zurückgezogen worden war, losgelassen wurde. Im nächsten Augenblick verlor er sich angesichts der plötzlichen und dröhnenden Befreiung des Klanges in Ekstase. Ein solcher Donner! Die Weichheit der kostbarsten klingenden Metalle. So sprachen Erzengel, er war von großartiger Schönheit, schöner als alle anderen Klänge; er war mit der Intelligenz der Übermenschen von Planeten anderer Sonnen ausgestattet; er war die Stimme Gottes, zum Zuhören verlockend und zugleich befehlend. Und – das ewige Wunder jenes interstellaren Metalls! Bassett sah mit eigenen Augen, wie sich Farbe um Farbe in Klang verwandelten, bis die gesamte sichtbare Oberfläche der Riesenkugel ein Erzittern, ein Erregtsein, ein Dunstgebilde war, so daß er nicht mehr zwischen Farbe und Klang unterscheiden konnte. In diesem Augenblick gehörten ihm jene Zwischenstadien der Materie wie auch das Sichdurchdringen und Ineinanderübergehen von Materie und Kraft.

Die Zeit verging. Schließlich wurde Bassett durch eine ungeduldige Bewegung Ngurns aus seiner Ekstase gerissen. Er hatte den alten Teufel-Teufel ganz vergessen. Das Aufblitzen einer Idee verursachte ihm eine trockene Kehle. Sein Gewehr lag neben ihm auf der Trage. Er brauchte es nur an den Kopf zu legen, den Abzug zu drücken und seinen Kopf damit in ein Nichts zu schießen.

Aber warum sollte er ihn betrügen, war Bassetts nächster Gedanke. Kopfjäger, halb Affe, halb Mensch, hatte Ngurn in seiner Erleuchtung sehr redlich gehandelt. Ngurn selbst war ein Vorbote von Ethik und Treue, von Rücksichtnahme und edler Haltung. Nein, entschied Bassett schließlich, es wäre verachtenswert und unehrenhaft, den Alten am Ende zu betrügen. Sein Kopf gehörte Ngurn, es war Ngurns Recht, ihn zu räuchern.

Als Bassett seine Hand zum Signal erhob, seinen Kopf nach vorn beugte, wie vereinbart, so daß sein Hals bis zur gespannten Wirbelsäule frei lag, dachte er nicht an Balatta, die nur eine Frau war, nur eine Frau, einsam und verschmäht. Er wußte genau, ohne es zu sehen, daß das messerscharfe Beil hinter ihm gehoben wurde. Und in diesem Augenblick, kurz vor dem Ende, fiel auf Bassett der Schatten des Unbekannten, ein Gefühl des bevorstehenden Wunders, wenn die Mauern vor dem Unvorstellbaren einstürzen. In dem Augenblick, als er wußte, daß der Schlag kommen würde, und gerade noch bevor die Kante des Stahls Fleisch und Nerven berührte, schien es, daß er in das heitere Gesicht der Wahrheitsgöttin schaute. Und gleichzeitig, als mit dem Hieb des Stahls die Dunkelheit über ihn hereinbrach, sah er in einem Aufflackern der Phantasie, wie sich sein Kopf langsam drehte, immerfort drehte im Teufel-Teufel-Haus neben dem Brotbaum.

Quellenverzeichnis

Who Believes in Ghosts! (Wer glaubt schon an Gespenster!) Aegis, 21. Oktober 1895

The Rejuvenation of Major Rathbone (Major Rathbones Verjüngung). Conkey's Magazine, November 1899

Even unto Death (Bis daß der Tod uns scheidet). Evening Post, 28. Juli 1900

A Relic of the Pliocene (Ein Relikt aus dem Pliozän). Collier's Weekly, 12. Januar 1901

The Minions of Midas (Der Midas Clan). Pearson's Magazine, Mai 1901

The Shadow and the Flash (Der Schatten und der Blitz). Bookman, Juni 1903

The Enemy of All the World (Der Feind der ganzen Welt). The Red Book Magazine, Oktober 1908

Goliah (Goliah). The Red Book Magazine, Oktober 1908

A Curios Fragment (Ein seltsames Fragment). Town Topics, 10. Dezember 1908

The Dream of Debs (Debs' Traum). International Socialist Review, Januar 1909

When the World was Young (Als die Welt jung war). Saturday Evening Post, 10. September 1910

The Strength of the Strong (Die Kraft der Starken). Hampton's Magazine, März 1911

A Thousand Deaths (Tausend Tode). London Magazine, Juni 1912

The Red One (Der Rote). Cosmopolitan, Oktober 1918

Übersetzernachweis

Edith Boldt: Wer glaubt schon an Gespenster!; Ein Relikt aus dem Pliozän; Der Feind der ganzen Welt; Goliah; Die Kraft der Starken; Der Rote.

Ingo Schwarz: Der Schatten und der Blitz; Tausend Tode.

Sabine Thieme: Major Rathbones Verjüngung; Bis daß der Tod uns scheidet; Der Midas Clan; Ein seltsames Fragment; Debs' Traum; Als die Welt jung war.

Inhalt

Zu dieser Ausgabe

insel taschenbuch 3106: Die Ausgabe basiert auf dem suhrkamp taschenbuch 1675: Jack London, Phantastische Erzählungen. Herausgegeben von Olaf R. Spittel. Aus dem Amerikanischen von Edith Boldt, Edda Fensch, Ingo Schwarz und Sabine Thieme. Phantastische Bibliothek. Band 243. Suhrkamp Verlag Frankfurt am Main 1989. Lizenzausgabe mit freundlicher Genehmigung des Verlags Neues Leben, Berlin 1988. Umschlagabbildung: Francisco Goya, Die Teufelsaustreibung. Öl auf Leinwand, 1797/98. Ausschnitt. The Trustees of the National Gallery.

›Geisterstunde‹ im insel taschenbuch

Geisterstunde. Ein Lesebuch

Gruselgeschichten
Ausgewählt von Günter Stolzenberger
it 3108. 272 Seiten

Mary Shelley · Frankenstein oder Der Moderne Prometheus

Aus dem Englischen von Karl Bruno Leder und Gerd Leetz. it 3101. 304 Seiten

Robert Louis Stevenson
Der seltsame Fall von Dr. Jekyll und Mr. Hyde

Aus dem Englischen von Grete Rambach
it 3102. 144 Seiten

Bram Stoker · Dracula

Aus dem Englischen von Karl Bruno Leder
it 3103. 544 Seiten

Ambrose Bierce · Das Spukhaus

und andere Erzählungen
Aus dem Amerikanischen von Gisela Günther, Anneliese Strauß und Karl Bruno Leder
it 3104. 224 Seiten

Rudyard Kipling · Die Gespenster-Rikscha

und andere unheimliche Erzählungen
Aus dem Englischen von Friedrich Polakovics
it 3105. 336 Seiten

Jack London · Wer glaubt schon an Gespenster?

und andere phantastische Erzählungen
Aus dem Amerikanischen von Edith Boldt, Ingo Schwarz
und Sabine Thieme. it 3106. 288 Seiten

Edgar Allan Poe · Grube und Pendel

und andere Erzählungen
Aus dem Amerikanischen von Erika Gröger
und Heide Steiner. it 3107. 144 Seiten

Phantastische Bibliothek
im suhrkamp taschenbuch
Eine Auswahl

Algernon Blackwood
- Das leere Haus. Phantastische Geschichten. Übersetzt von Friedrich Polakovics. Ph.B. 339. st 2664. 241 Seiten
- Der Tanz in den Tod. Unheimliche Geschichten, ausgewählt von Kalju Kirde. Übersetzt von Friedrich Polakovics. Ph.B. 355. st 2792. 222 Seiten

Jonathan Carroll. Schlaf in den Flammen. Roman. Übersetzt von Peter Bartelheimer. Ph.B. 252. st 1742. 265 Seiten

Herbert Genzmer. Die Einsamkeit des Zauberers. Roman. Ph.B. 362. st 2871. 181 Seiten

Marcus Hammerschmitt. Target. Roman. Ph.B. 359. st 2847. 122 Seiten

Robert Irwin. Der arabische Nachtmahr oder Die Geschichte der 1002. Nacht. Übersetzt von Annemarie Schimmel. Ph.B. 304. st 2266. 266 Seiten

Joseph Sheridan Le Fanu. Geistergeschichten. Übersetzt von Friedrich Polakovics. Nachwort von Rein A. Zondergeld. Ph.B. 329. st 2509. 223 Seiten

H. P. Lovecraft
- Berge des Wahnsinns. Zwei Horrorgeschichten. Übersetzt von Rudolf Hermstein. Ph.B. 350. st 2760. 192 Seiten
- Cthulhu. Geistergeschichten. Übersetzt von H. C. Artmann. Vorwort von Giorgio Manganelli. Ph.B. 19. st 29. 239 Seiten

NF 12/1/3.00

- Der Flüsterer im Dunkeln. Eine Horrorgeschichte. Übersetzt von Rudolf Hermstein. Ph.B. 351. st 2761. 123 Seiten
- Stadt ohne Namen. Horrorgeschichten. Übersetzt von Charlotte Gräfin von Klinckowstroem. Nachwort Dirk W. Mosig. Ph.B. 52. st 694. 300 Seiten

H. P. Lovecraft/August Derleth. Die dunkle Brüderschaft. Unheimliche Geschichten. Übersetzt von Franz Rottensteiner Ph.B. 173. st 1256. 233 Seiten

Guido Morselli. Licht am Ende des Tunnels. Roman. Übersetzt von Arianna Giachi. Ph.B. 298. st 2207. 238 Seiten

Josef Nesvadba. Vampir Ltd. Science-fiction-Erzählungen. Übersetzt von Ernst Bertleff. Ph.B. 361. st 2863. 228 Seiten

Gruselgeschichten im insel taschenbuch

Alice Thomas Ellis. Das Gasthaus am Ende der Welt. Roman. Übersetzt von Herbert Genzmer. it 2248. 201 Seiten

Jeremias Gotthelf. Die schwarze Spinne. Mit Illustrationen von Renate Sendler-Peters. it 991. 136 Seiten

Wilhelm Hauff. Das Wirtshaus im Spessart. Eine Erzählung. it 2584. 201 Seiten

E. T. A. Hoffmann
- Die Elixiere des Teufels. Mit Illustrationen von Hugo Steiner-Prag. it 304. 349 Seiten
- Die Geheimnisse. Die Irrungen. Fragmente aus dem Leben eines Phantasten. Mit Illustrationen von Knut V. Neumann. it 1852. 168 Seiten

NF 12/2/3.00

- Spukgeschichten. Mit Illustrationen von Monika Wurmdobler. it 1880. 228 Seiten

Victor Hugo. Der Glöckner von Notre-Dame. Übersetzt von Else von Schorn. it 1781. 554 Seiten

Yuan Mei. Chinesische Geistergeschichten. Übersetzt und herausgegeben von Rainer Schwarz. it 1979. 252 Seiten

Edgar Allan Poe
- Sämtliche Erzählungen. Herausgegeben von Günter Gentsch. Vier Bände in Kassette. 1568 Seiten
- Grube und Pendel. Und andere Erzählungen. Übersetzt von Günther Steinig. it 362. 297 Seiten

Jan Potocki. Die Handschrift von Saragossa. Herausgegeben von Roger Caillois. Übersetzt von Louise Eisler-Fischer und Maryla Reifenberg. Mit Bildern von Goya. it 139. 867 Seiten

NF 12/3/3.00

NF 8/1/2.04

Novalis für Gestreßte. Ausgewählt von Ursula Michels-Wenz. it 2704. 160 Seiten

Platon für Gestreßte. Ausgewählt von Michael Schroeder. it 2189. 112 Seiten

Proust für Gestreßte. Ausgewählt von Reiner Speck. it 2866. 144 Seiten

Rilke für Gestreßte. Ausgewählt von Vera Hauschild. it 2191. 112 Seiten

Schopenhauer für Gestreßte. Ausgewählt von Ursula Michels-Wenz. it 2504. 125 Seiten

Seneca für Gestreßte. Ausgewählt von Gerhard Fink. it 1940. 102 Seiten

NF 8/2/2.04